우리 어느 둑길에서 다시 만나리

우리 어느 둑길에서 다시 만나리

발 행 | 2019년 12월 20일

엮은이 | 강현국
펴낸이 | 신중현
펴낸곳 | 도서출판 학이사
　　　　출판등록 : 제25100-2005-28호
　　　　주소 : 대구광역시 달서구 문화회관11안길 22-1(장동)
　　　　전화 : (053) 554~3431,3432
　　　　팩스 : (053) 554~3433
　　　　홈페이지 : http : // www.학이사.kr
　　　　이메일:hes3431@naver.com

ISBN _ 979-11-5854-214-6 03810

이 도서의 국립중앙도서관 출판예정도서목록(CIP)은 e-CIP 홈페이지
(http://seoji.nl.go.kr)와 (http://www.nl.go.kr/kolisnet)에서 이용하실 수 있습
니다.(CIP제어번호: CIP2019051623)

* 이 도서는 한국출판문화산업진흥원의 '2019년 출판콘텐츠 창작 지원 사업'의
일환으로 국민체육진흥기금을 지원받아 제작되었습니다.

시인 김춘수의 문학과 삶

우리
어느 둑길에서
다시
만나리

강현국 엮음

學而思 학이사

선생의 삶과 문학을
총체적으로 이해할 수 있기를

선생 가신 지 15년이 지났다. 大餘 김춘수 선생은 잘 알려진 바와 같이 한국현대시사의 거봉이셨다. 선생께서 개척하신 무의미 시론은 이른바 순수시 계보 형성·발전의 이론적 토대였다.

많은 학자들이 선생의 문학을 연구해 왔고, 많은 시인들이 선생의 삶과 시를 기리는 글을 써왔지만 선생의 삶과 문학에 대한 해명을 한곳에 모아 볼 수 있는 책이 없어 아쉬웠다. 『우리 어느 둑길에서 다시 만나리』의 출간은 이러한 아쉬움을 해결하기 위한 노력의 결과이다.

선생의 삶과 문학을 안과 밖에서, 총체적으로 이해할 수 있기를 꿈꾸는 마음으로, 선생의 시세계에 대한 이론적 접근인 1부 김춘수 문학의 주춧돌, 시인으로서의 선생의 삶, 그 내면을 엿본 2부 내가 만난 김춘수, 선생의 대표작 몇 편에 대한 젊은 시인들의 감상 에세이인 3부 내가 읽은 김춘수의 시 한 편, 선생의 문학과 삶의 안팎, 그 궁금함을 들여다본 4부 우리 시대의 큰 시인, 예술의 길을 함께 걸어

온 사람들과의 인간관계를 선생의 육성으로 들어보는 5부 나의 예술인 교우록 등 다양한 성격의 글들을 다섯 갈래로 나누어 한데 모아 엮었다.

『우리 어느 둑길에서 다시 만나리』의 출간이, 이 책 속에서, 선생과 독자들이 다시, 그리고 오래 만나는 계기가 되었으면 좋겠다.

귀중한 원고의 게재를 기꺼이 허락해 준 여러 필자들, 그리고 출판 사정의 어려움에도 출판을 맡아 준 학이사 신중현 대표와 직원들께 감사드린다.

2019년 12월
강현국

■ 차 례

3부 / 내가 읽은 김춘수의 시 한 편

4부 / 대담 - 우리 시대의 큰 시인

5부 / 나의 예술인 교우록

1부
김춘수 문학의 주춧돌

김춘수와 언어

허 만 하 시인

1. 말의 날갯짓

교조주의 문학이 그 결함에도 불구하고 사람들을 사로잡을 수 있었던 것은 그 단호한 세계관에 있었다. 그러나 확고한 세계관을 가진다는 것이 그대로 좋은 작품 생산으로 이어지는 것은 아니다. 일정한 세계관을 가진다는 것은 안정감을 주기는 하지만 판박이 같은 안일한 작품을 낳는 원인이 되기도 한다. 확고한 시론을 가지는 일이 투철한 눈길로 상황을 꿰뚫어 보는 사정(射程)을 낳기도 하지만, 그 굳은 시선 때문에 새로운 탐구 정신을 잃어버리는 경우를 나는 종종 목도했다. 새로운 전신(轉身)을 바라는 싱싱한 내면의 목소리를 하나의 잣대로 재단하기 때문에 생기는 이 폐단은 창조자의 몸짓에는 어울리지 않는다. 철학적인 작가라 일컬어지는 앙드레 지드는 일정한 세계관을 가지지 않고 끊임없는 변모를 보이면서 훌륭한 작품들을 낳았다.

김춘수는 '철학적인' 시인이다. 그러나 형성된 사상 체계를 가지지 않는다는 의미로 본다면 김춘수는 철학적이 아니다. 간단없이 자신을 사유의 현장으로 내몰았던 철학적 탐구 정신을 가졌다는 의미에서 그는 철학적이다. 당대의 철학에 대한 부단한 관심을 유지하면서 그는 그의 시론을 확대해 나갔다. 우리나라 시사에서 드물게 보는(혹은 처음 보는) 몸가짐이다. 나에게 주어진 제목은 '김춘수 문학의 사상적 기초'이지만 그에게는 형성된 사상적 체계가 없다. 오든이 예이츠를 두고 위대한 시인이라 불렀던 이유로 "(이 시인이) 발전을 계속하는 일, 어떤 한 종류의 시 쓰기를 익힌 순간, 다른 방식을 다시 시도하는 일"을 들고 있다.[1] 스펜더가 오든을 '자기과거의 부인'이라 요약했던 것도 이런 지속적인 변신을 두고 한 말이다.[2] 김춘수는 사상가가 아니고 시인이었다. 자기의 시론을 철학적 기반 위에 두려는 노력을 지속했던 시인이었다. 그에게 있었던 것은 사상의 형해(形骸)가 아니라, 그것을 거부하는 '살아 있는' 시적 언어학이었다. 이따금 그가 보이는 철학적 몸놀림은 그의 시적 언어를 새로운 표현에 수렴하는 과정이라 해석될 수 있다. 이러한 나의 논의를 예상이라도 한 듯 「말의 날갯짓」(『거울 속의 천사』, 민음사, 2001)에서 미리 해답을 마련해두고 있다. 제 15시집에 수록되어 있는 이 작품은 그의 사상의 일단과 새로운 표현의 면모를 요약하고 있는 면에서 주목할 만한 작품이다.

말의 날갯짓

내가 달라졌다고?

---

1) The Permanence of Yeats, Collier Books.
2) World within World, Hamilton.

무엇이 어떻게 달라졌나,
나에게는 나를 지탱케 하는 뭐라고 할까
라이트 모티브, 그런 것이 있다 이를테면
사상과 역사를 믿지 않는다.
길을 가다가 살짝
가래침을 뱉는다. 누가 볼까 봐
예쁜 꽃을 살짝 꺾는다.
내 시 「꽃」은 그렇게 씌어졌다.
50년대 초는 꽃가게가 눈에 잘 띄지 않았다.
이를테면 나는 철학도 믿지 않는다.
후설을 믿어볼까 하다가
믿는다는 것이 믿기지 않아 그만뒀다.
나를 예까지 오게 한 것은
어머니가 어릴 때 가끔 들려준
무말랭이 같은 오이지 같은
그 속담 몇 쪽일지 모른다.
그럭저럭 내 시에는 아무것도 다 없어지고
말의 날갯짓만 남게 됐다.
왠지 시원하고 서운하다.

　사상을 믿지 않는 김춘수는 이성과 역사를 불신하는 사상을 가졌
었다. 모든 속박을 거부하고 완벽한 자유를 지향하는 사상을 가졌
다. 그가 불신하는 그의 사상을 요약하고 다시 요약하면 실존주의
계보에 속한다.

2. 김춘수의 시적 실험

셰스토프는 도스토옙스키 소설의 주인공들이 "한 사람도 논리의 규칙에 따라 생각하는 사람이 없이, 어디를 살펴도 그들한테서 발견되는 것은 광폭, 분노, 통곡, 이 같기다"라고 말하고 있다.

나는 김춘수의 제 13시집 『들림, 도스토옙스키』(민음사, 1997)를 그의 사상을 엿볼 수 있는 의미 있는 시집으로 생각하고 있다. 그뿐 아니라 이 시집은 그의 난숙한 시적 수법을 살펴볼 수 있는 텍스트로도 의미 있다. 이 시집에 수록되어 있는 「手記의 蛇足」은 도스토옙스키의 「지하실 생활자의 수기」를 시적 현실(메타 현실)로 삼고 있는 주목할 만한 작품이다. 이 작품은 문학이면서 동시에 문학의 문학이라는 이중화된 구조를 가지고 있다. 이 작품에서 독자는 김춘수의 수법에서 그의 사상을 박리하지 않으면 안 된다.

手記*의 蛇足

개는 개집에서 나와 저잣거리에서 흘레붙고
이성은
방문 처닫고 이불 쓰고 소리 새지 않게
베개를 함께한다.
이성은
갓끈을 아무 데서나 매지 않고
남은 앵두 밭에는 가지도 않는다
이성은
22의 死**라고 말한다.
그러나 그러나

어디서 누가 죽건 살건 다 남의 일
나와는 상관없다.
오늘 내 하루는
볕바른 툇마루에 의자를 내놓고
아내가 달인 따끈한 차 한 잔
맛있게 먹고 싶은 생각뿐.

  * 도스토옙스키의 소설 「지하실 생활자의 수기」.
  ** 「지하실 생활자의 수기」에 나오는 말.

  유럽 사상의 뼈대가 되어 있는 이성을 냉소하는 이 작품은 그 내포
못지않게 그 표현의 특이성이 포스트모더니즘에 부합한다는 사실을
발견할 수 있다. 이 작품을 그의 초기 시 「꽃」과 비교해 보면 이 작품
이 아이러니와 페단트리를 굴대로 삼고 있다는 사실을 쉽게 발견할
수 있다. '22의 死'는 원작에서 과학적 이성의 상징이 되어 있는 22-
4의 4를 죽을 사(死)로 뒤틀어 놓은 것이다. 문학의 문학이라는 이중
구조에서 유래하는 이 시의 난해성의 또 다른 대목은

  볕바른 툇마루에 의자를 내놓고
  아내가 달인 따끈한 차 한 잔
  맛있게 먹고 싶은 생각뿐.

이란 마지막 연에 있다. 각주도 없이 인용된 이 구절은

  세계는 멸망해도 좋다. 그러나 나는 차 한 잔을 마시지 않으면 안
된다.

는 이름 없는 지하실 생활자 주인공의 말의 패러디다. 셰스토프가 '거지의 에고이즘'이라 불렀던 이기주의를 빗대고 있는 대목이다. 김춘수의 시적 현실은 타인의 현실을 활용하는 제2의 현실에 겹쳐져 있다. 그것은 뱁새의 둥지에 알을 낳는 뻐꾸기의 탁란(托卵)을 생각 나게 한다. 이런 패스티시(pastiche)는 포스트모더니즘 문학의 표현 법에서 심심찮게 보는 특징의 하나다.

이 작품이 보이는 완전히 새로운 수법이, 그가 자각적으로 리오타 르(Jean-Francois Lyotard, 1924~1998)에 의해서 대변되는 포스트모 더니즘 문학의 원리에 동의하고 포스트모더니스틱한 기법을 활용했 는지 또는 전통적인 시작 원리의 막다른 골목에서 자연 발생적으로 (필연적으로) 태어난 변신의 결과인지에 대해서 김춘수는 스스로 시 사한 바 전혀 없다. 결과적으로 콘텍스트나 시의 기법에 있어서 포 스트모더니즘에 부합하는 방식으로 후기의 시작이 이루어졌다는 사 실을 나는 지적하는 것이다. 포스트모더니즘의 시각에서 이 시에 접 근하면 이 작품은 포스트모더니즘의 성향을 대표하는 전형적인 작 품이라는 사실을 깨닫게 된다. 이것은 「김춘수와 역사」라는 제목으 로 반이성-반역사적인 그의 사상을 논의한 최근의 내 글(『문예중 앙』, 2004, 겨울호)에서 언급하지 못했던 부분이다. 이러한 그의 시 적 성향은 비단 이 「手記의 蛇足」 한 편에 한한 것이 아니라 그의 후 기 시에서 보이는 일반적인 증후가 되어 있다. 그의 초기 시 「꽃」에 서 보는 진지함을 벗어 던진 새로운 표현법이 언제부터 시도된 것인 지를 밝히는 일은 앞으로의 과제가 된다. 그 과제는 현대성의 의미 에 관한 사색과 무관하지 않다.

3. 현대성의 의미

　　"어느 시대에도 그 현대인은 절망한다"(李箱)고 할 때의 '현대'란
단순한 시간적인 개념이다. 이 문장은 어느 시대이고 하나의 현대이
며, 역사는 현대의 연속임을 전제로 하고 있다. 이 경우의 '현대'는
'당대'라는 말과 바꾸어 놓을 수도 있다.
　　그러나 고대니 중세니 하는 개념과 함께 쓰이는 '현대'는 하나의
역사적인 개념이다. '모던'(modern)이라는 형용사는 근대나 현대
에 마찬가지로 쓰이지만 근대와 현대는 동일한 개념이 아니다.
　　…[후략]…

　　　　　　　　　　　　　- 김종길, 「현대시 산고」, 『시론』, 탐구당, 1965.

　　1957년 가을 무렵, 대구의 『영남일보』 문화면에 현대시에 관한 일
련의 다른 글과 함께 발표된 김종길의 「현대」라는 글의 첫머리에 나
오는 이 간명한 요약에서 '시간적인' 개념으로 이해하는 '현대'에
가까운 것이 하버마스(Jurgen Harbermas)의 입장이고, '역사적인'
개념에 가까운 것이 리오타르의 입장이라 거칠게 요약해 볼 수 있
다. 그러나 이 요약에는 당연히 부연이 따라야 한다.

　　모더니즘의 역사에서 한 길목이 되는 것은 독일의 이론가 하버마
스의 「현대성 - 불완전한 계획」(1980)이라는 글이다. 그에 의하면
'현대'는 계몽운동(17세기 중엽에서 18세기 중엽에 이르는 백년)과
함께 시작된 것이다. 이 시대에 이성이 힘을 얻고 이 이성으로 인간
사회가 개선된다는 신념이 생겼다는 것이 그의 지적이다. 이러한 사
상은 독일의 칸트, 프랑스의 볼테르와 디드로, 영국의 로크와 흄 등
의 철학에 의해서 표현되었다. 이 시기에 인간은 이성에 눈뜸으로써

전통과 종교에 대한 노예적인 복종에서 벗어나 사회문제에 대한 해결의 전망을 얻었다고 보는 것이다. 하버마스에 의하면 이성에 대한 신앙과 진보에 대한 자신은 계몽주의 시대에 끝난 것이 아니라 지금까지 유효하게 살아남아 있다. 그는 데리다와 푸코 같은 프랑스의 후기구조주의 사상가들은 이성, 명징성, 진리, 진보 같은 '현대성'을 거부하는 '젊은 보수주의자'라 규정했다.

하버마스는 현대성을 일단 계몽주의와 연결되는 이념의 연장으로 파악해 이를 다시 더 포괄적인 개념으로 해석하고 이 개념의 오랜 역사를 주장한다.

라틴어 '모데르누스(Modernus)'는 로마시대와 이교도 시대에서 공식적으로 기독교 시대가 된 현재를 구별하기 위하여 5세기 후반에 처음으로 사용되었다.

하버마스는 낡은 것으로부터 새로운 것에 이르는 전환은 현대성이라는 개념에서 거의 본질적인 것이라 하며, 지난 시대와 새로운 관계를 가지게 되는 새로운 에포크는 언제나 현대성이란 의식을 가지게 된다는 견해를 말한다. 따라서 19세기에 태어난 모더니즘 시대라 불리는 시기는 말할 것 없이, 르네상스와 계몽주의 시대에도, 또한 고전주의 시대에서 로만주의에 이르는 전환기에도 현대성이란 개념은 적용될 수 있다는 사상을 펼쳤다.

시간을 중성적인 것으로 보는 이러한 견해에 정면으로 대립하는 것이 리오타르의 사상이다. 그는 시간의 질을 보는 것이다. 중세 이후 이성과 과학 정신을 새로운 신으로 모시고 발전해 온 현대를 아득한 옛날의 모데르누스와 같은 것으로 파악하면 모던은 보편적인 단어로서의 현대가 되고 모더니즘이 가지는 질적 독자성이 사라지고 만다.

리오타르는 현대를 인류 역사에 있어서 구체적인 질적 성질을 가진 한 시대를 가리키는 고유성을 가진 개념이라 파악해야 하며 산업자본주의 시대·정보화 시대에 접어든 이즈음의 문화 현상을 포스트모더니즘(Postmodernism)이란 말을 도입하여 설명하고 있다. 이 두 철학자는 극명하게 대립되는 역사의식을 가지고 있다. 이러한 장황한 상식을 이 자리에서 펼치는 이유는 모더니스트라 불리는 시인 김춘수가 과연 모더니스트에 그치는지 또는 모더니즘을 넘어선 포스트모더니즘에 부합하는 시인인지 하는 문제를 이번 기회에 독자들과 함께 논의해 보고 싶기 때문이다. 리오타르는 현대성을 끊임없는 자기부정이라는 역설에서 찾았다. 포스트모더니티는 재래의 '객관적인 세계' 또는 '현실'이라는 개념을 공격의 대상으로 삼는다. 계몽시대에 누리던 과학의 궁극적 권위는 포스트모던에서 상대화된다. 과학(이성)은 거대담론(Grand Nar-rative)이 아니라 인류 지식의 한 분야에 지나지 않는다. 과학의 상대화와 더불어 역사의식의 보편성이 도마 위에 올라 역사의 선조적 진보라는 개념이 거부되고 이데올로기의 다극성이 강조된다.

4. 허무의 정체

포스트모더니즘이란 개념이 제시되고 정립된 것은 리오타르의 에세이 「질문에 대답하며 : 포스트모더니즘이란 무엇인가?」(1982)가 발표되면서부터라는 것이 정설이다. 이 글에서 그는 하버마스를 보수주의자라 규정하며, 하버마스가 계속하고자 하는 계몽운동 계획은 기독교주의, 마르크스주의, 과학적 진보라는 신화와 다를 바 없는, 세계(사물)에 대한 가부장적, 전체주의적 발상이라는 사실을 지적한다. 리오타르는 진보와 인간의 완전성이라는 '거대담론'이 무너져 버린 이제 인간은 한시적이고 우발적이고 상대적인 '메타담론'으로 구체적인 집단의 국소적 환경에 대응해야 한다는 주장을 편다. 포스트모더니티는 역사의 단일한 목적이라는 이념에 바탕을 둔 계몽주의의 기본적 목표를 탈구축(decon-struction)했다.

포스트모더니즘에 의하면 인간의 손에 남은 것은 차이다. 개인은 저마다 서로 다른 현실을 가꾸며 그곳에는 궁극적인 현실(절대적인 진리)이라는 중심이 없다. 따라서 사람마다 현실에 대한 해석이 다르다. 이러한 바탕 위에서 포스트모더니스트들은 문학 작품에서 하나의 의미(올바른 의미)를 찾는다는 것이 의미가 없다는 사실을 깨닫고 그런 사상에 동조한다. 의미란 텍스트에 내재하는 것이 아니라 독자와 텍스트의 상호교섭에서 태어난다. 천의 독자가 있으면 천의 해석이 있다는 사실을 먼저 승인한다. 이러한 철저한 상대화에서 우리는 허무를 본다. (김춘수의 시를 지탱하는 사상은 지금 요약하고 있는 포스트모더니즘에 부합하는 것이라 나는 추론한다.)

이러한 허무를 먼저 본 사람으로 니체를 들 수 있다. 그는 『짜라투스트라는 이렇게 말했다』에서 객관적인 현실과 궁극적인 진리의 죽음을 선언했다. 서구문화를 지탱했던 신은 이와 함께 쓰러졌다. 니체는 메시지가 가지는 언어의 폐허를 먼저 보았던 것이다. 그는 그 풍경을 니힐리즘이라 불렀다. 그리고 그는 그 허무의 현장을 이항대립적 구조로 의미를 만드는 언어 구조의 붕괴에서 보았다. 니체에 기점을 두는 이러한 사상에 영향을 받은 하이데거와 데리다의 사상 전개에 대해서 보드리야르(Jean Baudeillard, 1929~)는 조급하게 의미 전달의 불가능성을 말하고 있다.

대중에게는 이제 이것과 저것 사이의 극성이 없다. 이것이 양극의 구별(선/악, 참/거짓, 생/사, 좌/우(정치적인))로 살아남아 온 체계 안에 진공을 만들고 안쪽으로 붕괴를 일으키는 원인이다. 이것이 대중 속에서 의미가 순환하는 것을 불가능하게 한다. 그것은 즉각 [의미를-필자] 진공 속의 원자처럼 흩어지게 한다.

현실을 압도하는 가상현실을 극실재(Hyperreality)라 이름 지은 보드리야르는 현실보다 더 현실적인 재현을 시뮬라르크라 이름 짓고 재현이 불가능해지고, 이분법적 차이가 소멸하는 현상(의미가 소멸하는 현상)을 설명하기 위하여 의미의 내파(Implosion)라는 개념을 도입하고 있다. 그는 근대 뒤의 현대 뒤의 현대를 역사의 새로운 단계로 보고 포스트모던이라 부른다.

5. 포스트모더니즘과 언어

포스트모던 사상의 특질의 하나로 언어에 대한 유별난 관심을 들 수 있다. 더 구체적으로 말한다면 현실 체험을 언어의 기능으로 파악하는 것이다. 후기 비트겐슈타인(Wittgenstein)에 의하면 언어의 중심은 영원한 로고스와 무관한 말놀이(language games)가 이루어지고 있는 역동적인 생활 형태의 반영이다. 그에 따르면 언어에는 본질이 없다. 이러한 사상은 데리다의 '탈중심'(de-center) 언어라는 생각과 유사한 점을 가진다. 데리다는 존재라는 관념을 기능이란 관념으로 탈구축하려 했다. 이러한 사실을 인정하지 않는 태도를 그는 이성중심주의(logocenterism)라 부른다. 포스트모더니즘은 계몽주의 시대의 목적을 근본적으로 거부한다. 바꾸어 말하면 역사와 주체의 일원론적 목적이라는 이념을 탈구축한다. 중세의 신을 대신하는, 계몽주의 시대의 이성을 신봉하는 하버마스와 예리한 대립을 보이는 것이 리오타르다. 이런 양자택일의 길목에 김춘수가 선다면 그는 분명히 리오타르라는 화살이 가리키는 이정표 방향을 따르고 있다. 그의 시와 산문이 그것을 말하고 있다.

발터 벤야민은 언어활동을 '표현'을 위한 언어영역과 '전달'을 위한 언어영역의 2개의 극성을 생각했다. 의사를 전달하는 도구로써의 전달 언어를 언어의 타락이라 두려워했던 그는 언어의 참된 가치는 표현을 위한 언어에 있다고 생각했었다. 바르트는 이 '전달'에서 '표현'으로의 관심의 이동을 '시니피에'에서 '시니피앙'으로의 비중의 이동으로 파악하면서 '과학' 대 '문학'의 대립 구도로 발전시켰다. 과학의 언설은 제도적인 표준 어법을 들먹이면서 그 가치를 중성적인 데서 구하는 전달을 위한 도구인데 반하여, 문학의 언어는 표준에서의 편차, 파생물, 하위 코드로 자리매김한다는 것이다. 문학적인 언설은 전달의 의미 내용이 아니라 언설의 형식 그 자체에 초점을 맞춘다는 견해다. 그는 이러한 언어를 에크리튀르(ecriture)라는 그의 키워드로 표현하면서 에크리튀르는 논리의 교란, 코드의 뒤엉킴, 의미의 미끄러짐, 패러디 등 투명·중성적인 언설에서 배제된 여러 가지 요소들을 적극적으로 건져 올려 활용하는 언어 실천이라 본다. 바꾸어 말하면 시니피앙의 자유로운 놀이를 즐기는 언어 행위라 할 수 있다. 김춘수는 '전달'이 아니라 '표현'의 시인이었다.

김춘수의 시 작품과 시론은 그가 대표적인 모더니즘 시인이란 사실을 분명히 하고 있지만 일부 포스트모더니즘으로 해석되는 성격을 보이기도 한다. 사실 포스트모더니즘이 모더니즘의 한 부분이라는 견해와 모더니즘의 뒤를 잇는 독립된 새로운 문화 현상이라는 상충하는 의견에 대한 논의는 아직 결말이 나지 않은 상태에 있다.(리오타르 자신은 "'포스트모던'이란 '모더니즘'의 종언이 아니라 모더니즘에 관한 사유의 새로운 형이라고 되풀이해서 말해 왔고 다시 그렇게 말하겠다."고 언명했다.) 후기의 김춘수 시인을 따로 포스트모더니즘 시인이라 부를 수 있는지의 여부는 일도양단식으로 결말지을 수 없는 일이다. 그리고 그런 분류는 그렇게 의미 있는 사안이 아니다.

사실 시적 표현에 있어서 모더니즘과 포스트모더니즘은 공통적인 것이 대부분이다. 그러나 일부 학자들은 모더니즘과 포스트모더니즘의 문학적 표현의 차이에 관심을 가진다. 포스트모더니즘은 모더니즘처럼 무의미한 세계에 시(예술)로써 의미를(통일성과 일관성을 함께) 부여할 수 있다고 주장하지 않으며, 시는 난센스와 어울려 놀이를 한다는 의식을 가진 점에서 모더니즘과 구별된다는 것이 클라그스(Mary Klages, 현 콜로라도대학교 교수)의 견해다. 이 두 가지 사조의 문학적 표현에 있어서의 차이는 그렇게 분명한 것은 아니나 포스트모더니스트들은 예술의 가치는 완벽하게 주관적이고 개인적인 데 있다고 믿는다. 이 언어학자는 다시 포스트모더니즘 문학의 특징으로 '무엇이' 지각되느냐 보다도 '어떻게' 보느냐에 대한 강조를 지적하고, 국소적으로 포스트모더니스트가 즐겨 쓰는 패스티시(pastiche), 패러디, 브리콜라즈(bricolage), 아이러니, 유희성 등의 수법을 주목하고 있다. 포스트모더니즘은 표현의 단편화(비계체적 표현)와 선후당착을 당연한 것으로 받아들이며 그것을 확인하는 입장이라 해석하고 있다. 동일성 또는 획일화를 지향하던 유럽 사상의 물길을 정반대 방향으로 되돌린 것으로 볼 수 있다. 아울러 시어라는 울타리를 헐고 일상생활 용어(비어도)를 거리낌없이 시에서 사용하는 방법도 포스트모더니즘의 한 현상이라고 나는 추가하고 싶다. 언어의 고답적 관료성을 무너뜨리는 것이다.

마르크스주의에 뿌리를 두고 문학 이론을 전개하고 있는 제임슨(Frederic Jameson, 현 듀크대학 교수)은 포스트모더니즘을 핵 및 전자기술과 연결된 다국적 소비자본주의 단계의 문화 현상이라 정리한다. 이런 시각을 이해함으로써 포스트모더니즘 사상을 입체적으로 바라보는 시점을 가질 수 있을 것이다.

내가 주목하는 것은 정통적인 시 쓰기에서 출발한 김춘수가 포스트모더니즘으로 해석되는, 우리 시단에서는 아직 낯선 시작 태도를 향한 과감한 전향이다. 이 현상을 나는 서두에서 말했던 '자기 과거의 부인' (스펜더)이 낳은 자생적인 현상이라 해석한다. 그만치 그의 시작은 치열했던 것이다. 그의 사상은 현학적인 체계가 아니라 펄쩍펄쩍 뛰는 물고기의 운동 같은 그의 시적 체질 자체였다.

6. 말놀이의 경지

김춘수는 그의 제 16번째 시집(생시의 마지막 시집) 『쉰한 편의 悲歌』(현대문학, 2002)의 「책 뒤에」에서 시에 대한 그의 총괄적인 생각을 피력하고 있다. 이 시집에서 그는 「悲歌를 위한 말놀이」9편을 선뵈고 있으며 「책 뒤에서」에서 말놀이로서의 난센스 포이트리를 시도하고 있음을 말하고 있다. 의미가 완전히 증발한 난센스를 지향하고 있음을, 그리고 이 일에 성공하지 못하고 있음을 고백하고 있다. 그 가운데 「悲歌를 위한 말놀이 5」를 위시한 '동요풍으로' 라는 부제가 붙어 있는 몇편은 영국의 동요 「Mother Goose」를 생각나게 한다.

悲歌를 위한 말놀이 · 5
- 동요풍으로

멧산아 멧산아
나 끼꺼쟁이 다 가지고 가거라,
멧산아 멧산아
니 끼꺼쟁이 다 버리고 오너라,
멧산아 멧산아 고치 고치* 세우고
자지 자지 세우고
멧산아 멧산아
발가벗은 멧산아, 아무데도 없는
멧산아,

* 고추

　　이 시의 '멧산'은 천자문의 '뫼산 내천'에서 태어난 아이들 노래
(또는 자장가)의 한 구절로 짐작된다.
　　밑도 끝도 없는 가락과 비논리적인 난센스에서 만년의 김춘수가
시의 한 경지를 찾으려 했다는 사실은 주목할 만한 일이다. 이 난센
스 포이트리를 가장 철학적인 시 「두이노의 비가」에서 얻은 패러디
로서의 비가와 함께 수록한 편집도 흥미있는 일이다. 그는 의미의
시로서의 비가와 비의미의 시 말놀이의 양극을 의식하고 평생을 이
대립 구도 사이를 왕래했던 언어의 나그네였지 않았나 하는 생각이
든다.3) 그에게는 시를 위한 언어의 담장이 따로 없었던 것이다.

7. 자유

김춘수는 1954년 무렵부터 몇 년 동안 부산대학 강사로 신문학사, 시론을 강의했었다. 이때 영도에 있던 연세대학 분교에도 출강했었다. 나중에는 조교수로 해군사관학교에서도 강의했었다. 마산에 집을 두고 있었던 그는 이런 일로 일주일에 사흘 정도를 부산에서 지냈었다. 강의 때문에 부산에 나온 그가 머물렀던 곳은 주로 그를 따르던 후배의 집이었다. 그때 요산 김정한 교수가 부산대학 학과장으로 있었다 한다. 안정된 교직에 정착하지 못하고 있던 이 무렵의 그를 경북대학교 교수로 초빙한 사람이 안의 출신의 경북대학교 하기락 교수다. 그는 아나키스트로 알려져 있다.(졸저 『청마풍경』(솔, 2001)에 그에 관한 언급이 있다) 김춘수의 「제18번 悲歌」(『쉰한 편의 悲歌』, 현대문학, 2002)를 읽으면 무정부주의에 대한 김춘수의 관심이 정치적 이념이라기보다 자유에 대한 동경이었던 것을 짐작할 수 있다. 더욱 이러한 그의 지향이 그의 『처용단장』(미학사, 1991) 제2부 23과 24에서 시로 소개되어 있다. 이때 그가 접했던 사상이 크로포트킨, 프르동 등의 이론과 우리 나라의 실천적 아나키스트 박 열과 부인 가네꼬 후미꼬 등을 통한 것이었다는 사실을 말하고 있다. 특히 시릿셸베르그 요새 감옥에서 21년을 지냈던 여의사

---

3) 필자가 어릴 때 들었던 다음과 같은 노래(대구지방)와 일부 유사성을 보이는 동요가 영국의 「Mother Goose」에 있다는 사실을 이번 기회에 알고 이 분야 전문가들(문화인류학자들)의 참고를 위하여 각주를 이용해 소개해 둔다.
- 꼬부랑 할머니가 꼬부랑길을 가고 있는데 꼬부랑 개가 나타나서 꼬부랑 작대기로 때리니 꼬부랑깽 꼬부랑깽 울며 달아나더라.
- There was a crooked man, and he walked/a crooked mile, He found a crooked six pence against a crooked stil:/He bought a crooked cat which caught a crooked mouse./and they all lived together in a little crooked house.

아나키스트 베라 피그넬의 영어 생활에 대한 이해가 눈에 띈다. 행여 대학생 시절 일본에서 겪었던 자신의 영어 경험을 피그넬에 겹쳐 보았는지 모른다. 이 자서전적인 장시에서 스쳐 지난 옷자락을 보인 아나키스트 몇 사람에 대한 작품을 그는 『샤갈 마을에 내리는 눈』(김춘수 대표 시집)(신원문화사, 1990)에서 먼저 다루었다. 시집 발표 연도순으로는 아나키스트 열전 같은 인물을 주제로 한 독립된 시편들이 먼저다. 그것을 그의 정신사적 편력을 시적으로 소개한 『처용단장』에서 빠트리지 않고 있는 것을 보면 아나키즘의 자유사상이 그의 정신에 지울 수 없는 자국을 남겼을 가능성을 강하게 시사하고 있다. 인물을 대상으로 했던 이 무렵의 그의 현학적 사유 놀이가 그의 사상시 『들림, 도스토옙스키』(1997)의 밑거름이 되었을 가능성을 검토해 본다. 도스토옙스키의 작품처럼 명백한 철학적 관심에서 태어난 텍스트에서 그 주제를 잡음으로써 메타작품으로서의 시 쓰기를 행여 이 무렵부터 착상했던 것이 아닌가 추측해 보는 것이다.

동지 피그넬

영하 40도,
시릿셸베르그의
要塞 감옥 돌바닥에 살을 묻고
뼈를 묻으려 했다.
스물일곱 살,
月經의
피도
두 주먹으로 틀어막았다.
손바닥에 못이 박힌

누군가의 영혼처럼
21년 하고도 일곱 달,
볕이 드는 쪽으로는 한 발짝도
발을 떼지 못했다.
동지 베라 피그넬,

제 18번 悲歌

공자가 仁을 말하고
노자가 天池不仁을 말할 때
개가 달 보고 짖어대고
지구가 돌고 도는 것을 보고 있을 때
밤9시 뉴스시간에
KBS 화면에

모택동이 평등을 말하고, 한참 뒤에
虛有* 선생이 자유를 말할 때도
한 아이가 언제나 울고 있다.
엄마 배고파,

* 아나키스트 河岐洛 선생의 아호.

이 빈정거림에는 분명히 포스트모더니즘적 기법이 있으나 정통적
인 이데올로기 시에 못지 않는 심각한 고발이 있다. 하기락 교수를
매개로 하는 아나키즘에 대한 교감은 『거울 속의 천사』에 수록되어
있는 「虛有선생의 토르소」에서도 그 흔적을 남기고 있다.

샤르트르가 그의 전 철학적 저술과 문학 작품을 통하여 다루었던 궁극적 주제는 인간의 자유 문제였다고 요약할 수 있다. 인간은 자유롭도록 저주받고 있다고 말했던 그가 말하는 자유는 철학적인 자유다. 김춘수는 철두철미 자유를 소망했던 시인이다. 그러나 그런 자유는 실재하지 않는다. 라이프니츠가 신만이 참되게 자유롭다고 말했던 것도 이런 인식을 말한 것이라 생각한다. "가능할 듯 하면서도 실제로 가능하지 않는 것이 '자유'다."라는 로브그리예의 말도 라이프니츠의 후렴이라 볼 수 있다. 그런 소망과 현실의 틈새에 시인 김춘수의 사상적 위상이 있다. 자유에 대한 김춘수의 관심에 대해서 최근 나는 「김춘수와 실존」(『현대시학』, 2004, 12월호)에서 다룬 바 있기 때문에 다시 되풀이하지 않는다.

다만 그가 사르트르를 다루는 솜씨에 대해서 간단히 언급하고자 한다. 그것은 한마디로 不卽不離의 그것이다. 이런 기법을 그는 「시인 I」(『거울 속의 천사』, 민음사, 2001.)에서 다음과 같이 말하고 있다. "3할은 알아듣게/ 아니 7할은 알아듣게 그렇게/ 말을 해가다가 어딘가/ 얼른 눈치채지 못하게/ 살짝 묶어두게/ 살짝이란 말 알지/ 펠레가 하는 몸짓 있잖아(후략)." 그가 말하는 펠레의 날렵한 몸짓, 즉 제비 물 차듯 하는 이 수법을 나는 不卽不離라 이름지어 이해하는 것이다.

고뿔
- 故 장 폴 사르트르에게

하늘수박 가을 바람 고추잠자리,
돌담에 속색이던 경상도 화개 사투리.

신열이 나고 오늘 밤은 별 하나가
연둣빛 화석이 되고 있다.

  고전적인 상투적인 읽기로 다가서지 말라고 펼친 손바닥을 내보
이는 이 시인의 모습을 보는 것 같다. 그가 치마를 살짝 들어 보이는
것은 사르트르의 '실존한다는 것은 자유롭다.' 는 말이다. 세계·내·
존재로서 현실 세계에 구속되면서 항상 현재를 변혁하고 넘어서서,
새로운 창조에 의한 가능성에 산다는 것이 사르트르가 말하는 인간
의 자유다. "그는 세계 전체와 하나가 되어, 자아를 영원한 '차이'에
의해서 파악하고 자기의 타자성을 실현하려 한다"는 것은 사르트르
가 보들레르를 두고 한 말이나(「보들레르론」), 이 구절은 김춘수의
시를 이해하는데 그대로 도움이 된다.

8. 몸의 말과 사상의 말

  언어를 제도적인 문맥에서 해방하는 일은 쉬르리얼리즘이 했던
일이 있다. 그것은 세계를 기성의 문맥에서 해방하는 일이다. 언어
를 잘라내어 다시 분류하고 다시 결합하는 조작은 세계를 다시 만들
어 내는 일이다. 그러나 문제는 이것을 잘라내고 다시 잇는 방식에
있다. 그것은 사상에 의하여 세계를 재편성하는가 아니면 몸에 의하
여 하는가 하는 말이 된다. "텍스트의 쾌락은 내 몸이 그 자신의 생
각에 따르려 하는 순간의 일이다. - 왜냐하면 내 몸은 나와 같은 생각
을 가지고 있지 않기 때문이다."(바르트). 나는 이곳에서 몸이란 말
을 썼다. 이 말은 바르트가 제도적인 것에 대항하기 위하여 쓴 말이
다. 제도적인 것을 바르트는 '몸이 없는 것' 이라 정의하면서 제도적

인 언설을 호되게 비판했다. 김춘수의 말은 몸의 말이지 사상의 말이 아니다.

　김춘수의 대표작 「꽃」의 끝 구절은

　　너는 나에게 나는 너에게
　　잊혀지지 않는 하나의 눈짓이 되고 싶다

　로 되어 있지만, 필자 소장의 초간본(『꽃의 소묘』, 백자사, 1959, p53)에 의하면

　　너는 나에게 나는 너에게
　　잊혀지지 않는 하나의 意味가 되고싶다.

　가 수정 이전의 원형이다. 그는 이 수정으로 관념을 몸으로 환원한 셈이다. 그러나 나는 원래의 '意味'가 더 김춘수의 다면체적인 시세계에 어울릴 것 같다는 생각을 한다. 그의 고집스러운 부인에도 불구하고 그는 위대한 관념시인이라는 것이 내 생각이다. 워낙 고수이기 때문에 그 관념을 '살짝' 묻어 두었을 뿐이다.

9. 시적 언어에 대한 실천적 인식

　완벽한 자유를 꿈꾸는 김춘수에게 체계는 부담을 넘어선 구속이었다. 그가 남긴 총 17권의 시집과 체계를 외면하는 산문으로 김춘수의 사상을 총체적으로 다루기는 쉬운 일이 아니다. 더욱 그는 사

상가가 아니라 그의 시론을 시작을 통한 실천으로 전개한 시인이다.

시인 김춘수는 그의 사상을 좀처럼 구체화하지 않을 뿐더러 노출하지 않는다. 시집 후기에 살며시 숨겨 두거나 작품 그늘에 엷은 터치로 가을 구름처럼 묻혀두고 그는 바람이 되어 사라지고 만다. 바람은 한 좌표에 머물지 않는다. 그는 언제나 우리에게 간접화법이다. 백미러에 비치는 이미지다. 사람들은 바람이 떨어트린 낙과를 바구니에 주워 담는다. 그 단편(斷片)들은 체계의 요청이면서 동시에 그 해체라는 이중성을 보이는 표현이다. 전체 상을 보이지 않는 그의 정신적 지형에 대한 지도는 단편적일 수밖에 없다. 나는 그의 사상을 우회적인 표현으로 드러낼 수밖에 없었다. 그 간접화법은 때로 상징적인 표현에 머물기도 했다. 그것이 거대 담론을 상대화하는 그의 사상에 대응하는 전략이었다. 나는 이 어눌한 글을 통하여 김춘수의 사상은 시적 언어에 대한 실천적 인식에 귀납되는 운동성이라는 생각을 확인하게 되었다. 그것을 표현의 자동화작용(쉬크로프스키)으로부터의 끊임없는 언어의 해방이라고 말해도 좋을 것 같다.

* 김춘수의 사상에 관련하여 필자는 최근 다음과 같은 글을 발표하였다. 이 글들이 「김춘수와 언어」라는 제목을 붙인 이번 글과 상보적인 관계에 있기 때문에 이 자리를 빌어 소개하는 것이 나의 의무일 것 같다.

1. 「김춘수와 실존」, 『현대시학』, 2004년 12월호, pp.19~36.
2. 「김춘수의 천사 '춘수와 실존'에 대한 보유 5제」, 『현대시학』, 2005년 1월호, pp.30~46.
3. 「김춘수와 역사」, 『문예중앙』, 2004년 겨울호, pp.367~396.

무의미 시론의 문학사적 의의

이 승 훈 시인, 한양대 교수

1. 모더니즘의 의미와 극복

　김춘수가 무의미 시론을 주장한 것은 1973년에 발표한 두 편의 시론 「의미에서 무의미까지」, 「대상, 무의미, 자유」를 통해서이다. 이 시론은 20년에 걸친 자신의 시 쓰기에 대한 미적 성찰과 반성과 반영의 성격이 강한 글이다. 그는 1948년 첫 시집 『구름과 장미』를 간행하고 1959년 시집 『부다페스트에서의 소녀의 죽음』을 간행하면서 전후 세대 혹은 1950년대 대표 시인으로 우리 문학사에 자리를 잡는다. 그렇다면 우리 문학사에서 1950년대란 무엇인가? 권영민에 의하면 1950년대는 잃어버린 문학의 시대이다. 그는 다음처럼 말한다.

　　한국의 현대문학에 있어서 한국전쟁은 잃어버린 문학의 시대를 낳았다. 전쟁이 휩쓸고 지나간 폐허에는 해방 직후에 만끽했던 민족적 감격도, 정치적 이념과 열정도, 새로운 삶의 의욕도 사라져버린 것이다. 전쟁과 피난과 수복으로 이어지는 참극 속에서 새로운 민족

문학을 꿈꿨던 희망도 사라졌고 문학 자체에 대한 열정마저 상실된다.

- 권영민, 『한국현대문학사』(민음사, 1993, pp.100)

　문학이 사라진 시대, 상실된 시대, 소멸한 시대에 시를 쓴다는 것은 이어령의 표현에 의하면 화전민 지역에서 화전민이 할 일, 곧 황야에 불을 지르고 밭을 가는 야생의 작업이다. 한마디로 다시 시작하는 것. 다시 시작한다는 게 중요하다. 1950년대 시인들의 몫은 이렇게 다시 시작한다는 데 있고 특히 피난지 부산에서 집단적인 모더니즘 운동을 전개한 '후반기' 동인을 위시하여 김수영, 김춘수, 전봉건, 김종삼, 신동문 등이 보여준 세계가 그렇다. 이들은 최소한 식민지 의식에서 벗어나고 전쟁의 상처를 알고 무엇보다 낡은 시적 인습을 부정하고 그런 인습과 싸우고 새로운 시학의 건설에 몰두한다. 어느 시대에나 새로운 시학은 있고 있어야 하고, 문학에 대한 새로운 태도, 새로워지려는 의지, 한마디로 전통을 부정하고 파괴하고 새로운 시적 모험을 추구하는 고독한 작업은 있어야 한다. 광의의 모더니즘은 이런 태도를 말하고 따라서 모더니즘은 어느 시대에나 존재한다. 모더니즘은 언제나 새로워지려는 태도이다. 새로움이 없다면 문학의 역사가 없고 문학의 역사가 없다면 문학도 없다.

　이런 모더니즘의 태도는 1930년대 식민지 시대에도 존재했다. 대표적인 시인들은 이상, 김기림, 정지용, 김광균이고 특히 당대의 새로운 시를 이론적으로 옹호하고 실천한 시인은 김기림이다. 그런 점에서 김춘수의 시론이 차지하는 문학사적 의의, 시사적 의의를 제대로 밝히기 위해서는 먼저 두 시인의 시론을 비교해야 하고, 다시 같은 세대인 김수영 시론과 비교해야 하고, 다시 후배 시인들의 시론과 비교해야 한다. 말하자면 통시적·공시적 비교를 통해 한 시인의 시론의 문학사적 의의가 밝혀질 것이다. 그러나 나는 이 글에서 김춘수 시학, 말하자면 그의 시론 전체를 대상으로 하지 않고 이른바 무의미 시론만을 대상으로 한다. 따라서 이 글은 김춘수 시학의 문학사적 의의에 대한 간단한 스케치 형식에 지나지 않고 이 글을 계기로 본격적인 연구가 이루어지길 바란다. 또한 김수영과 김춘수의 시론에 대해서는 다른 글에서 살핀 바 있으므로 이 자리에서는 생략한다.(이승훈, 「김수영, 김춘수의 시적 모험」, 『한국모더니즘시사』, 문예출판사, 2000, pp.222~233)

김기림은 대표 시론 「시의 모더니티」(1933), 「기교주의 비판」(1935), 「모더니즘의 역사적 위치」(1939) 등을 통하여 1930년대에 우리 시의 새로운 특성을 비교적 객관적으로 해명하고 우리 시의 세계성, 혹은 현대성을 주장한다. 나는 다른 글에서 그의 대표적인 시론들이 보여주는 문제점을 살핀 바 있고 따라서 이 자리에서는 주로 그가 뒤의 시론에서 주장한 모더니즘의 의미와 위기, 특히 이 위기를 우리 시가 어떻게 수용하고 극복하고 비판하는가를 김춘수의 시론과 관련해서 살피기로 한다. (이승훈,「김기림의 시론」, 『한국현대시론사, 고려원』, 1993)

그에 의하면 모더니즘은 낭만주의와 상징주의를 비판하면서 나타나는 바 그것은 문명 감수와 언어 예술이라는 두 명제로 요약된다. 먼저 문명 감수는 '오늘의 문명 속에 나서 신선한 감각으로 문명이 던지는 인상을 포착하는 것', 그리고 이런 문명과의 만남이 도시주의와 연결된다. 언어 예술은 특히 시의 경우 말의 가치를 발견하는 일과 관계되고 그것은 음으로서의 가치, 시각적 가치, 의미적 가치로 요약되는 바 이런 가치의 발견에 의해 모더니스트는 운문 위주의 앞 시대 시작법을 극복하고 내재적 리듬, 시각적 이미지, 연상적 내포적 의미를 지향한다. 그가 신경향파를 비판한 이유이다.

지금 읽으면 그가 말하는 미적 현대성은 상식에 가까운 주장이지만 이런 상식이 통하지 않던 게 1930년대 우리 시의 지적 수준이고 모두 그런 것은 아니지만 지금, 그러니까 21세기에 접어든 우리 시의 수준이기도 하다. 그런 점에서 그는 우리 시에 미적 현대성을 최초로 강조한 현대성 전도사이고, 현대성 확보에 남다른 노력을 기울인 시인이고, 이런 시론이 있었기 때문에 그나마 우리 시가 이 정도라도 촌티를 벗어난 셈이다.

　김춘수의 경우 이런 현대성, 특히 시가 언어 예술이라는 명제는 수용되고 변주되고 발전되고 극복된다. 수용과 변주라는 것은 그의 무의미 시론이 내재적 리듬, 시각적 이미지, 내포적 의미라는 말의 가치를 수용하면서 이런 가치를 극한까지 몰고 갔기 때문이고, 발전과 극복이라는 것은 이런 집중이 마침내 무의미 시로 나타나기 때문이다. 나는 최근 다른 글에서 그가 주장한 무의미 시를 크게 세 유형, 곧 서술적(묘사적) 이미지의 시, 탈이미지의 시, 통사 해체의 시로 나누고 새롭게 해명한 바 있다. 그가 강조한 무의미 시는 서술적 이미지가 아니라 서술적 이미지의 극한이고 이 극한에서 그는 자유연상과 만난다. 탈이미지의 시는 소리의 가치를 극한까지 몰고 간 것이고 통사 해체는 내포적 의미, 아니 일체의 의미 해체와 통한다.(이승훈, 「김춘수와 무의미 시의 세 유형」, 『현대문학』, 2005, 1월호)

　문체는 문명 감수, 곧 도시주의, 김춘수는 문명 속에서 시를 쓰지만 신선한 감각으로 문명의 인상을 포착하지 않는다. 그의 경우 문명, 현대, 과학 기술은 억압의 대상이고 따라서 문제가 되는 것은 외적 현실이 아니라 이런 현실의 조건, 이런 현실 너머에 있는 진리, 이른바 존재 탐구이다. 그는 비재(非在)라고 말한다. 같은 1950년대 모더니스트인 김수영이나 '후반기' 동인들과 그가 다른 점이 여기 있다. 예컨대 김수영이 '오 죽어있는 방대한 서책들'이라고 계몽 이성에 대한 불신을 노래하고 박인환이 '도시의 그림자' 를 노래할 때 김춘수는 '얼굴을 가린 나의 신부' 를 노래한다. 이 신부가 이른바 비재와 통하고 이 비재는 언어 저쪽에 있는, 언어로는 도달하기 어려운, 언어를 초월하는 존재의 근거, 말하자면 존재의 존재인 대문자 존재(Being)를 뜻한다. 그의 말을 옮기면 다음과 같다.

> 나의 발상은 서구 관념 철학을 닮으려고 하고 있었다. 나도 모르는 사이 나는 플라토니즘에 접근해 간 모양이다. 이데아라고 하는 비재(非在)가 앞을 가로막기도 하고 시야를 지평선 저쪽으로까지 넓혀 주기도 하였다. - 중략 - 이 비재(신부)는 끝내 시가 될 수 없는 심연으로까지 나를 몰고 갔다. 그 심연을 앞에 하고는 어떤 말도 의미의 옷이 벗겨질 수밖엔 없었다.
>
> - 김춘수, 「의미에서 무의미까지」(『김춘수전집 2』, 문장, 1982, pp.383~384)

김수영과 '후반기' 동인이 김기림의 문명 감수를 수용하면서 발전시킨다면 김춘수는 이런 문명이 아니라 존재라는 형이상학적 주제에 집착한다. 이 무렵 김수영이 강조하는 것은 문명의 긍정적 양상이 아니라 부정적 양상이고 그런 점에서 그는 김기림이 주장하는 문명과는 다른 시적 특성을 보여주고 크게 보면 '후반기' 동인들의 시적 특성 역시 비슷하다. 한마디로 이들은 6·25전쟁을 계기로 하는 문명의 참담함, 끔찍함, 아이러니를 강조하고 따라서 문명의 부정적 양상을 노래한다. 그러나 김춘수가 노래하는 것은 이런 외적 현실이 아니다. 그는 이른바 비재를 노래한다.

2. 모더니즘의 위기와 모험

그리고 그는 비재 탐구의 끝에서 심연을 보고 언어의 한계를 자각한다. 말하자면 이런 비재, 곧 존재의 근거는 언어 너머에 있다는 자각이다. 이런 자각은 과연 우리 시의 역사, 특히 모더니즘 시의 역사에 무슨 의미를 띠는 것일까?

김기림은 위의 시론에서 모더니즘의 위기를 주장한 바 있다. 1930년대 중반이 되면서 우리 시의 모더니즘이 위기에 처하게 된 것은 그에 의하면 두 가지 이유 때문이다. 하나는 내적 원인으로 말의 중시가 언어의 말초화로 타락한 점, 다른 하나는 외적 원인으로 모더니스트들이 명랑한 전망 아래 감수하던 문명이 어두워간다는 점이다. 문제는 이런 위기를 극복하기 위한 방법으로 그가 경향파와 모더니즘의 종합을 제시한 점이다. 언어의 말초화 현상을 경향파적 이데올로기에 의해 추진한다는 것.

그가 1930년대 모더니즘의 위기를 문명의 어두움, 문명의 부정적 양상과 관련시킨 것은 다소 늦은 감이 있지만 타당한 견해로 수용된다. 왜냐하면 모더니즘의 출발은 미래파를 제외하면 대체로 문명의 긍정적 요소를 찬미하는 게 아니라 부정적 요소를 동기로 하기 때문이다. 이때 부정적 요소란 소박한 의미의 문명 비판뿐만 아니라 좀더 적극적인 의미로서의 문명 비판을 노린다. 적극적인 의미로서의 문명 비판은 문명을 대상으로 하는 게 아니라 이런 과학 문명, 역사적 현실, 사회를 부정하고 새로운 미적 현실을 창조한다는 의미이다.

아도르노식으로 말하면 이런 부정성은 예술이 사회를 반영하는 것이 아니라 사회와 대립하는 것이고, 이런 대립이 예술의 사회성과 통한다. 그에 의하면 예술은 생산력과 생산관계의 변증법을 구현하기 때문에 사회성을 띠는 것도 아니고, 그 소재를 사회로부터 끌어 온다는 점에서 사회성을 띠는 것도 아니다. 한마디로 현대 예술은 자율성을 강조하고 이 자율성, 곧 반사회성이 바로 사회성과 통한다는 역설과 만난다. 기존 사회 규범에 종속되는 것, 곧 사회적 유용성을 증명하기보다는 예술의 자율성을 강조함으로써 사회를 비판한다. 말하자면 예술은 대자를 지향하는 사회 속에서 즉자를 지향함으로써 사회를 비판한다.(T.Adorno, Aesthethic, Theory, trans. by C. Lenhardt, Routledge and Kegan Paul, New York, 1970, p.321)

그러므로 모더니즘의 위기를 어두운 문명의 감수와 비판으로 극복하자는 김기림의 주장은 좀더 적극적인 의미로서의 문명 비판, 예컨대 자율성 미학, 그것도 자본주의 사회와 관련되는 자율성 미학에 대한 자각과 실천으로 극복될 필요가 있다. 김춘수의 존재 탐구가 보여주는 하나의 양상, 곧 언어를 매개로 하는 존재 탐구는 우리 모더니즘 시의 위기를 새로운 방향에서 극복하려던 시도로 평가된다. 왜냐하면 예컨대 「꽃」 같은 시에서 그는 언어와 사물의 관계를 형이 상학적으로 추구하지만 한편 이런 인식은 언어의 자율성, 절대성, 나아가 언어가 존재라는 언어학으로 발전할 수 있기 때문이고, 이런 언어학이 문학 이론과 관련될 때 자율성 시학의 이론적 체계가 확립될 수 있기 때문이다. 물론 김춘수는 그 후 존재 탐구를 포기하고 이른바 무의미 시로 나간다. 다음은 그가 이런 시도를 포기하게 된 동기이다.

나는 이 시기에 어떤 관념은 시의 형상을 통해서만 표시될 수 있다는 것을 눈치챘고, 또 어떤 관념은 말의 피안에 있다는 것도 눈치채게 되었다. 나는 관념 공포증에 걸려 들게 되었다. 말의 피안에 있는 것을 나는 알고 싶었다. 그 앞에서는 말이 하나의 물체로 얼어붙는다. 이 쓸모 없게 된 말을 부수어 보면 의미는 분말이 되어 흩어지고, 말은 아무 것도 없어진 거기서 제 무능을 운다. 그것은 있는 것(존재)의 덧없음의 소리요, 그것이 또한 내가 발견한 말의 새로운 모습이다.

- 김춘수(위의 글, p.384)

요컨대 존재의 탐구는 그에게 관념 공포증을 앓게 했다는 것. 그리고 그것은 언어에 대한 새로운 자각을 낳는다. 관념과 이미지의 관계이다. 어떤 관념은 이미지에서만 표현되고 어떤 관념은 언어 저쪽에 있다는 자각이 그렇다. 결국 그가 선택한 길은 관념을 죽이는 연습이고 이런 연습 끝에 그는 이른바 서술적 이미지의 시를 지향한다. 그가 지향하는 이런 이미지의 세계는 앞에서도 말했지만 김기림이 지적한 모더니즘의 특성 가운데 하나인 언어 예술, 특히 시각적 이미지를 그가 극단적으로 몰고 간다는 의미를 띤다. 그런 점에서 그는 현대시가 소리보다 회화성을 강조한다는 일반적 인식이 아니라 이런 회화성의 극단을 추구한다. 거기서 그가 깨닫는 것은 형식적 절망과 이 절망이 주는 의미이다. 한마디로 그는 새로운 스타일을 추구하고 절망하고 다시 추구하고 다시 절망한다.

그런 점에서 그는 우리 시의 모더니즘의 실질적 토대를 형성한다. 왜냐하면 모더니즘의 역사는 새로운 스타일의 추구와 절망의 연속이기 때문이다. 李箱식으로 말하면 절망이 기교를 낳고 기교가 절망을 낳는다. 모더니즘에 대한 정의가 쉬운 것은 아니지만 앞에서 말한 자율성 개념을 전제로 하면 현대 시인들이 할 일은 무슨 현실 반영이나 비판이 아니라 그런 현실에서 떠나는 것, 눈을 내면으로 돌리는 것, 그리고 언어에 관심을 갖는 것이다. 말하자면 내향성과 스타일에 대한 관심이다. 그러나 내향성과 스타일은 따로 노는 게 아니라 변증법적 관계에 있다.

브래드버리와 맥팔렌은 모더니즘의 공통적 토대로 세련된 기교, 상투형, 내향성, 기술적 배열, 내적 자기회의를 든 바 있지만 좀더 요약하면 내향성과 기교이고 이 내향성은 자기 회의와 연결된다. 이런 자기 회의는 자아 소멸로 발전하고 과격한 형식 실험은 마침내 혼돈에 빠져서 형식적 절망을 낳는다. 그러나 이런 형식적 절망, 형식적 위기가 바로 문화의 위기와 통한다는 게 그들의 주장이다. 따라서 모더니스트는 특수한 역사적 굴레에서 자유로운 자가 아니라 그런 굴레 속에 있는 자이고, 그런 굴레에서 벗어나려는 자이고, 요컨대 이 시대의 혼돈에 반응하는 자이다. 결국 모더니즘은 20세기를 지배하는 불확정성 원리의 자식이다.(M. Bradbury, j. Mcfarlane, 'The Name and Nature of Mod-ernism', Modernism, Penguin Books, 1978, p.72 참고)

무엇 하나 확정된 것은 없다. 따라서 시인이 할 일은 자신의 내부를 보면서 새로운 스타일을 추구하는 것. 김춘수의 경우 새로운 스타일은 이른바 무의미 시로 나타나고 이런 실험은 시쓰기에 대한 자의식을 동반한다. 이런 자의식에 의해 무의미 시론이 태어난다.

3. 모더니즘과 무의미 시론

김춘수가 강조하는 서술적 이미지는 관념의 배제를 노리는, 그런 점에서 순수시를 지향한다. 나는 서술적 이미지라는 용어보다 묘사적 이미지라고 부르는 게 좋다는 입장이므로 이 글에서는 서술적 이미지를 묘사적 이미지라고 부르기로 한다. 물론 그도 말하듯이 이런 이미지의 세계에도 관념이 개입한다. 그러나 그는 이런 묘사의 극한, 사생의 극한을 추구하고, 거기서 그가 발견하는 것이 자유연상의 개념이다. 이른바 무의미 시가 태어나는 부분. 그는 다음처럼 말한다.

> 세잔느가 사생을 거쳐 추상에 이르게 된 과정을 나도 그대로 체험하게 되고, 사생은 사생에 머무를 수만은 없다는 확신에 이르게 되었다. 리얼리즘을 확대하면서 초극해 가는 데 시가 있다는 하나의 사실을 알게 되고 믿게 되었다. 사생이라고 하지만 있는 (실제) 풍경을 그대로 그리지는 않는다. - 중략 - 말하자면 실지의 풍경과는 전연 다른 풍경을 만들게 된다. 풍경의, 또는 대상의 재구성이다. 이 과정에 논리가 끼이게 되고, 자유연상이 끼이게 된다. 논리와 자유연상이 더욱 날카롭게 개입하게 되면 대상의 형태는 부수어지고 마침내 대상마저 소멸한다. 무의미의 시가 이리하여 탄생한다.
>
> - 김춘수, 「의미에서 무의미까지」(위의 책, pp.386~387)

사생의 극한에서 논리와 자유연상을 발견한 과정은 최소한 우리 현대시, 아니 우리 현대시론의 경우 시 쓰기에 대한, 그것도 리얼리즘에 대한 비판을 동반한다는 점에서 모더니즘의 새로운 단계를 형성한다. 새롭다고 하지만 이런 반재현주의는 사실 아도르노가 강조하는 자율성 개념과 통하고 모더니즘의 일반적 특성에 해당한다. 그렇다면 나는 왜 굳이 새롭다고 하는가? 그것은 이런 발견이 우리 현대시사 나아가 모더니즘 시사를 전제로 할 때 새롭기 때문이다.

김기림은 시론 「기교주의 비판」(1935)에서 당대의 모더니즘이 보여주던 기교주의, 곧 시의 순수화 운동을 비판한다. 그가 기교주의를 비판한 데에는 이유가 있다. 그것은 시인이 기술의 일부만을 추상하여 고지시키는 것은 순수화가 아니고 일면적 편향화이기 때문이다. 물론 기술의 일부를 부조(浮彫)하는 것은 시의 명증성을 확보한다. 그러나 이런 명증성은 전체로서의 시가 아니라 부분으로서의 시에 기여한다는 게 그의 주장이다. 이런 주장은 시의 기술 혹은 기법이라는 개념을 내용과의 대립 개념으로 파악했음을 반증한다. 리얼리즘이 내용과 기법, 혹은 내용과 형식이라는 2분법을 강조한다면 모더니즘의 경우엔 내용이 형식이고 형식이 내용이다.(이승훈, 「김기림의 시론」, 위의 책, P.108)

러시아 형식주의자들이 지속적으로 관심을 둔 것은 문학 작품의 외적 조건이 아니라 재적 조직, 구성이다. 그들은 형식과 내용이라는 전통적 2분법을 거부한다. 그것은 이런 2분법이 문학 작품 속에 쓸데없이 두 개의 분리된 층이 존재하는 것처럼 가정하기 때문이다. 내용은 오직 형식을 통해 나타나고, 따라서 내용은 그 예술적 구현, 혹은 실현 양식에 지나지 않기 때문에 그들은 내용과 형식 대신 재료와 기법이라는 용어를 제안한다. 재료와 기법은 창조 과정의 두 국면에 상응하는 바, 전자는 前미적 과정, 심미화 이전의 국면에 해당하고 후자는 미적 과정에 해당한다. 따라서 재료는 작가가 사용할 수 있는 소재, 일상 생활의 사실들, 문화적 인습, 관념들을 뜻하고, 기법은 이 재료들을 예술 작품으로 변형시키는 미적 원리를 의미한다.

형식이 내용이고 내용이 형식이다. 그러므로 기법은 내용과는 관계가 없고 기법이 바로 예술이다. 따라서 기교파들이 기술의 일부만을 추상하여 고조시키는 것은 순수화가 아니라는 김기림의 주장은 기술과 내용, 형식과 내용의 2분법을 전제로 하는 주장이다. 그런 점에서 그의 기법 개념은 전근대적이고 이런 것이 그의 모더니즘 시론의 한계이다. 그렇기 때문에 그가 주장하는 전체로서의 시, 곧 기술의 각 부분을 종합 통일하는 것이 시라는 개념이나 모더니즘의 기술성과 카프파의 내용성을 종합시켜야 한다는 주장은 현대시의 기법에 대한 오해를 반영한다. 오해가 아니라면 그를 지배한 이데올로기와 관계된다는 게 나의 주장이다.

과연 기술의 각 부분을 종합한다는 말은 무슨 뜻인가? 부분들의 종합은 이 종합을 가능케 하는 전체가 있어야 하고 이 전체는 내용, 관념, 사상에 지나지 않는다. 또한 모더니즘의 기술성과 카프파의 내용성을 종합한다는 말 역시 표면적으로는 그럴듯하나 따지고 보면 애매한 절충주의이거나 관념적 절충주의에 지나지 않고 현대시는, 특히 미적 현대성을 자각한 시는 이런 절충주의가 아니다. 앞에서도 말했듯이 모더니즘은 형식의 극한, 기법의 극한과 언제나 새로운 스타일을 추구하고 이 스타일이 바로 시가 되기 때문이다.

김춘수의 무의미 시론은 그런 점에서 김기림의 시론을 거부하고, 부정하고 김기림의 시론과 대립되는 시적 모험을 추구한다. 김기림은 기술과 내용의 종합을 강조하고 김춘수는 기술의 극단을 추구한다. 묘사, 사생의 극한에서 그가 발견한 것은 논리와 자유연상이고 그는 자유연상을 지향하면서 마침내 대상의 소멸을 깨닫고 무의미 시를 주장한다. 이런 자각, 이런 발견이 중요하고 우리 모더니즘 시론의 새로운 방향을 뚫는다. 그의 무의미 시론에 의해 우리 현대시가 최초로 의미가 아니라 무의미라는 화두와 만나게 되기 때문이다. 김춘수 이후에 무의미가 나타난다. 물론 이 무의미의 의미에 대해서는 오해가 많고 비판도 많다. 그러나 그건 어디까지나 내용주의자들, 재현주의자들, 인간주의자들의 인습적인 타령이고 현대시는 그런 전통적 인습을 부정하고 새로운 스타일을 모색하는 미적 실천이다. 아무튼 김춘수에 의해 최초로 그리고 본격적으로 무의미, 기교, 형식, 놀이, 장난, 스타일에 대한 새로운 해석이 전개된 것은 우리 시의 행복이다.

4. 무의미, 비대상, 날이미지

　김춘수의 경우 묘사의 극한이 세잔느와 관련된다면 자유연상은 액션 페인팅 미학으로 발전한다. 그의 말에 의하면 무의미 시는 인상파풍의 사생과 세잔느풍의 추상과 액션 페인팅을 동시에 형상화하려던 시도이다. '처용 단장 제1부'가 그렇다. 나는 이런 시도로서의 무의미 시를 제1단계 무의미 시라고 부른 바 있다. 그것은 광의로는 탈관념의 세계이고 이른바 묘사적 이미지의 세계이지만 광의라는 용어에 유의하시기 바란다. 광의로 그렇다는 것이지 그의 무의미 시가 곧장 묘사적 이미지의 시는 아니라는 말씀.(좀더 자세한 것은 이승훈, 「김춘수와 무의미 시의 세 유형」, 앞의 책 참고 바람.)
　중요한 것은 그가 제1단계의 무의미 시를 부정하고 제2단계의 무의미 시를 시도한다는 점이다. 이른바 탈이미지의 세계로 '처용 단장 제2부'가 여기 해당한다. 그것은 허무의 빛깔을 보려는 노력과 통한다. 결국 묘사적 이미지를 중심으로 하는 무의미 시를 쓰면서 그가 발견한 것은 허무이고 이 허무의 빛깔을 보려는 노력이 제2단계 무의미 시로 발전한다. 그가 만난 허무는 무엇이고 왜 그는 허무와 만나게 된 것일까? 다음은 그의 말.

　　자각을 못 가지고 시를 쓰다 보니 남은 것은 토운뿐이었다. 이럴 때 나에게 불어닥친 것은 걷잡을 수 없는 관념에의 기갈이라고 하는 강풍이었다. 그 기세에 한동안 휩쓸리다 보니 나는 어느새 허무를 앓고 있는 내 자신을 보게 되었다. 나는 이 허무로부터 고개를 돌릴 수가 없었다. 이 허무의 빛깔을 어떻게든 똑똑히 보아야 한다. 보고 그것을 말할 수 있어야 한다. 의미라고 하는 안경을 끼고는 그것이 보여지지 않았다. 나는 말을 부수고 의미의 분말을 어디론가 날려

버려야 했다. 말에 의미가 없고 보니 거기 구멍이 하나 뚫리게 되었다. 그 구멍으로 나는 요즘 허무의 빛깔이 어떤 것인가를 보려고 하는데 그것은 보일 듯 보일 듯 하고 있다. 그래서 나는 '처용 단장 제2부'에 손을 대게 되었다.

- 김춘수(앞의 글, p.388)

　너무 어렵게 생각하지 말자. 그가 묘사적 이미지를 중심으로 하는 무의미 시를 쓰면서 깨달은 것은 허무이다. 그가 관념에의 기갈에 휩쓸린 것은 당연하다. 왜냐하면 이런 시는 탈관념의 시이고 그런 시를 지향하는 시이다. 한마디로 관념 공포증에서 벗어나려는 노력의 산물이었다. 관념에서 벗어났기 때문에, 관념을 버렸기 때문에 관념이 그를 복수한다. 그러나 그는 이런 복수를 수용하지 않는다. 그의 관념 기갈은 그에게 허무를 알려줄 뿐이다. 탈관념의 세계에서 그는 관념의 세계로 회귀하는 게 아니라 오히려 탈관념의 극한으로 가고 거기서 다시 허무를 발견한다.
　탈관념의 극한에 허무가 있고 이 허무의 빛깔을 보여주려는 노력은 허무의 극한을 보여주려는 노력과 통한다. 이런 점이 김춘수의 개성이다. 왜냐하면 그는 허무를 피하지 않고 허무의 극한까지 가기 때문이다. 이 극한에서 이른바 탈이미지의 세계, 제2단계 무의미 시가 전개된다. 이런 시가 노리는 것은 결국 이미지도 죽이는 것. 남는 건 소리뿐이다. 이 소리는 의미가 없는 소리이고 허무의 극한에서 그가 듣는 소리이다. 나는 이런 세계를 실존의 현기라고 부른 바 있다. 이런 현기는 액션 페인팅의 세계와 통한다. 그는 묘사의 극한에서 논리와 자유연상을 만났지만 이제 그는 묘사도 죽이고 논리와 자유연상을 액션 페인팅과 관련시킨다.
　액션 페인팅은 2차 대전 후 뉴욕을 중심으로 전개된 전위적 회화

운동으로 전쟁 전의 기하학적 추상과 대비되는 추상적 표현주의를 지향한다. 액션 페인팅이라는 말이 강조하듯 이 회화는 내용보다는, 그리고 형식보다는 그리는 행위 자체를 중시한다. 잭슨 폴록을 중심으로 하는 이런 회화 운동이 우리 시론에 영향을 준 것은 예사로 보아 넘길 문제가 아니다. 김춘수가 말하는 제2단계 무의미 시는 의미가 사라진 언어가 환기하는 허무의 율동을 뜻하고 그는 이런 세계를 '잭슨 폴록의 그림에서처럼 가로 세로 얽힌 궤적들이 보여주는 생생한 단면-현재 즉 영원'이라고 말한다. 내가 이런 세계를 실존의 현기라고 부른 것은 폴록의 체험이 그렇기 때문이고, 이 현기는 실존을 구성하며 동시에 실존을 초월하기 때문이다.

　추상 표현주의, 액션 페인팅은 나의 시론 「비대상」(1981)의 출발점이다. 이 글에서 내가 주장한 비대상은 시 쓰기를 구성하는 세 요소, 곧 자아-언어-대상의 관계에서 대상이 존재하지 않는 시 쓰기를 말한다. 그것은 내가 노래하는 대상이 분명치 않다는 뜻도 되고 혹은 자연이나 일상 세계를 노래하지 않는다는 뜻도 된다. 이런 시 쓰기는 결국 대상이나 사물들이 이 세계에 어떻게 존재할 수 있는가라는 인식론적 회의를 동기로 하고 자아 탐구를 지향한다. 이런 세계는 우리 시의 경우 이상의 「절벽」, 김춘수의 「꽃을 위한 서시」에서 읽을 수 있다. 두 시인 모두 강조하는 것은 비대상, 무, 부재이고 말하자면 외적 현실이 아니고 내면이다. 그러나 이상의 경우엔 비대상, 무, 부재가 시작의 모티브임에 반해 김춘수의 경우엔 대상, 유, 실재가 시작의 모티브가 된다.

　그러나 김춘수의 경우 비대상이 나타나는 것은 존재 탐구의 시기가 아니라 앞에서 말한 것처럼 그가 사생의 극한에서 논리와 자유연상을 발견할 때이고 이때 그는 대상이 소멸하고 무의미 시가 태어난다고 말한다. 그리고 이런 세계가 잭슨 폴록의 세계와 통한다. 그가 대상의 소멸을 깨닫는 것은 대상의 재구성과 관계되고 그것은 그가 묘사적 이미지의 극한까지 가면서 체험한 것이다. 그러나 나는 처음부터 이런 대상에는 관심이 없었다. 첫 시집 『사물 A』(1969)를 낼 때까지 나는 비대상이 아니라 내면성이라는 말을 쓰고 있었다. 그러나 1970년대 초, 그러니까 연작시 「모발의 전개」, 「지옥의 올훼」(제 2시집 『환상의 다리』에 수록) 등을 쓰면서 나는 비대상이라는 용어를 사용하기 시작한다. 내가 말하는 비대상은 실존의 투사, 외부세계의 無化, 언어 자체의 도취, 폴록의 경우처럼 이지러짐의 세계, 무형의 형태를 지향한다.

김춘수의 무의미와 내가 말하는 비대상은 크게 보면 같지만 방법론적으로는 다르다. 무의미 시나 비대상 시나 실존의 현기, 외부 세계의 분해, 언어 자체의 도취를 추구한다는 점은 같다. 그러나 무의미 시가 대상을 전제로 대상의 재구성 과정에서 논리와 자유연상을 매개로 대상의 소멸, 곧 비대상을 노래한다면 비대상 시는 처음부터 그런 대상은 없고, 따라서 어지러운 내면, 무, 불안, 비대상에서 출발한다. 그러니까 김춘수는 대상, 유, 실재에서 출발해 마침내 비대상, 무, 부재에 도달하고 나는 그가 도달한 지점에서 출발한다. 그런 점에서 방법론으로 보면 나는 김춘수 보다는 이상 쪽이다. 이상의 「오감도시 제 1호」, 「절벽」, 「아침」 등은 대상을 전제로 하지 않고 어떤 대상도 노래하지 않는다. 그는 대상이 아니라 비대상, 무에서 시작하고 이 무가 불안과 통하고 유머와 통한다.

물론 방법론의 측면에서 내가 이상과 비슷하다는 것이고 인식론의 측면에서는 이상보다는 김춘수 쪽이다. 김춘수가 '존재란 무엇인가' 라는 인식론적 질문에서 시작한다면 나는 '나는 누구인가' 라는 인식론적 질문, 곧 자아 탐구에서 시작한다. 그가 대상의 소멸을 추구한다면 나는 대상을 부정하고. 그가 사물의 존재 근거에 대해 질문하며 출발한다면 나는 자아의 존재 근거에 대해 질문하면서 출발한다. 김춘수는 허무와 계속 싸우고 나는 자아 탐구의 끝에서 '나는 있는가' 라는 존재론적 회의로 나가고 마침내 불교적 사유에 의해 내가 없다는, 나는 相에 지나지 않는다는 無我 사상과 만난다. 나는 그동안의 시 쓰기를 자아 탐구에서 자아 소멸을 거쳐 자아不二로 발전했고 자아 있음(자아 탐구)/자아 없음(자아 소멸)의 대립이 변증법적으로 종합되고, 아니 禪은 종합이 아니므로 있음/없음의 경계를 초월하는 쏻, 不二의 세계로 나가게 되었다고 고백한 적이 있다.(이재훈과의 대담, 「비대상에서 선까지」, 『시와세계』, 2004, 겨울호)

그런 점에서 오규원이 주장하는 '날이미지의 시' 는 방법론적으로 김춘수와 비슷하다. 그가 말하는 날이미지는 그동안 그가 추구한 관념의 재해석, 관념의 해체 다음 단계에 해당하고 그것은 사변화되거나 개념화되기 이전의 의미, 곧 관념화되기 이전의 의미를 존재의 현상에서 찾아내어 이미지화하는 것을 뜻한다. 이런 시 쓰기가 방법론적으로 김춘수의 무의미 시와 비슷한 것은 김춘수나 오규원이나 시에서 관념을 배제하며 이런 관념 배제는 대상 혹은 존재를 전제로 하기 때문이다. 말하자면 대상을 전제로 대상의 의미 혹은 관념을 제거한다. 나는 대상을 전제로 하지 않고 따라서 대상의 의미를 제거하는 게 아니라 대상이 없는 상태, 곧 비대상에서 출발하기 때문에 방법론적으로 이들과는 다르고 인식론적으로는 무의미, 탈관념, 비대상을 추구한다는 점에서 이들과 비슷하다.

그러나 김춘수의 무의미와 오규원의 날이미지는 방법론적인 차이를 보여준다. 김춘수가 탈관념, 곧 묘사적 이미지에서 마침내 탈이미지의 세계로 나간다면 오규원은 관념화되기 이전의 의미를 이미지로 재구성한다. 그런 점에서 그도 말하듯이 김춘수가 무의미를 지향한다면 그는 의미를 지향한다. 그러나 이 의미는 개념화, 관념화를 거부한다는 점에서 결과적으로 무의미에 속한다. 요컨대 김춘수가 관념 이후라면 오규원은 관념 이전이고 김춘수가 탈이미지를 추구한다면 오규원은 이미지를 추구한다. 따라서 오규원의 날이미지는 김춘수의 묘사적 이미지를 새롭게 해석하고 이런 해석은 불교적 사유를 동기로 한다. 그는 최근 그가 추구하는 날이미지를 사실적 날이미지, 발견적 날이미지, 직관적 날이미지로 유형화한 바 있다.(이재훈과의 대담, 「날이미지와 무의미시 그리고 예술」, 『시와세계』, 2004, 가을호)

이제까지 나는 김춘수의 무의미 시론의 문학사적 의의, 가치, 중요성에 대해 살펴보았다. 주로 1930년대의 대표적 모더니스트요, 시론가인 김기림의 시론과의 관계 그리고 세칭 1960년대 시인으로 불리는 필자와 오규원의 시론에 미친 영향, 특히 공통점과 차이점을 강조했다. 아직도 미적 후진성을 벗어나지 못하고 시 쓰기에 대한 자의식도 없이 시를 쓰는 소박한 시인들이 판을 치는 우리 시단에 김춘수가 주장한 무의미, 무의미의 의미는 계속 우리 시의 화두이다. 다시 묻자. 무의미란 무엇인가? 데리다는 이렇게 말한다.

시로서의 진정한 문학 언어가 가진 계시력, 그것은 다름 아닌 자유로운 파롤에의 도달 가능성이다. 요컨대 '있다(etre)'라는 단어가 그 가리키는 (告知) 기능들로부터 해방되는 그 자유로운 파롤에의 도달 가능성이다. 바로 글이 고지 기호로서 죽을 때 글은 언어로서 태어난다. 그것은 결국 자기 자신만을 참조하는 바로 그 점에 의해서 의미작용 없는 기호, 또는 유희나 순수한 기능 작용인 것을 말한다. 왜냐하면 글은 자연적 생물학적 기술적 정보로서 사용되기를, 또는 한 존재자에서 다른 존재자로의 이행이나 하나의 시니피앙에서 하나의 시니피에로의 이행처럼 사용되기를 그치기 때문이다. 그런데 역설적으로 기록만이 시의 위력을 가진다.

- 자크 데리다, 「힘과 의미」, 남수인 옮김, 『글쓰기와 차이』, 동문선, 2001, p.25)

김춘수의 초상, 그리고 접목시와 편집시

오 규 원 시인

南天
- 김춘수의 초상

열린 책장 위를
구름이 지나고 자꾸 지나가곤 하였다.
소금쟁이 같은 것, 물장군 같은 것,
거머리 같은 것,
가 버린 그들을 위하여
돌의 볼에 볼을 대고
누가 울 것인가.
萬噸의 우수를 싣고
바다에는
군함이 한 척 닻을 내리고 있다.
남의 속도 모르고 새들이

금빛 깃을 치고 있다.
너는 발자국이 없고
해태 마트 앞뜰 돌벤치
네가 두고 간
한 아이가 나비를 쫓는다
나비는 잡히지 않고
나비를 쫓는 그 아이의 손이
하늘의 투명한 깊이를 헤집고 있다.

모처럼 바다 하나가
삼만년 저쪽으로 가고 있다.

접목시와 편집시

'김춘수의 초상' 이라는 부제가 붙은 위의 작품 「南天」은, 내가 지니고 있는 시인 김춘수의 어떤 면면을 표현하기 위해 김춘수 시에서 가져온 시행으로 만든 '編輯詩' 이다. 편집시라는 이 낯선 시의 형태와 그 용어는 물론 내가 만든 것이지만, 이 시형과 용어는 김춘수의 '접붙이기' 라는 시론과 깊은 관계가 있다. 접붙이기는 김춘수가 장편 연작시 「처용단장」에서 시험한 네 개의 시작 방법 가운데 하나이다. 즉, 제1부에서는 철저한 물질시를, 제2부에서는 리듬만 남은 일종의 주문 형태의 시를, 제3, 4부에서는 언어 해체와 위에서 말한 접붙이기를 시험하고 있는 것이다.

더 구체적으로 말해 보자면 김춘수의 '접붙이기' 는 시집 『처용단장』 끝에 붙인 장편 연작시 「처용단장」 시말서의 끝 부분에 있는

「사족(2)」이라는 짧은 글이 발전한 것이다. 시집 『처용단장』(1991)을 낸 후 『들림, 도스토옙스키』(1997)라는 시집이 나올 동안, 위에서 말한 「사족(2)」의 이론이 한 걸음 더 앞으로 나간 것이다. 그러한 연유로, 「사족(2)」에서는 단지 패러디와 패스티쉬와는 다른 '표절의 효용'을 시도해 보았다고만 적고 있다. 그리고 '나의 과거를 현재에 재생코자 하는 방법'으로써, '역사주의의(유일회적) 세계관을 배척하는 신화적·윤회적 세계관의 기교적 실천이요 놀이'라고 말하며, 자신의 작품에서 따온 시 구절들로 조립한 작품을 보여주고 있다. 그러나 계간 『현대시사상』(1997, 봄호)에서는 '접붙이기'라는 용어로 자신의 시론을 정리한다. 그가 보기로 들고 있는 작품 가운데 첫 번째는 다음과 같다.

잎갈이를 한다고
또르르 참죽나무 사지가 말린다.

남한강
지는 해가
등자나무 살찐 허리를 한 번 슬쩍 안아준다.

길모퉁이 손바닥만한
라면 가게 작은 문이 비주룩이
열려 있다.
갓 태어난 이데올로기는
들어갈까 말까 망설이고 있다.

보리깜부기 하나가 목구멍을 타내리면서

목구멍을 자꾸 간지럽힌다.
간지럽다, 세상이,

밤은 못생긴 눈썹처럼
제 얼굴을 제가 찌그러뜨린다.
글쎄.

　이 작품은 '「처용단장」 제4부 8의 전문'이라고 시인은 위의 글에
서 적고 있다. 그리고 제1연 전부는 「반가운 손님」에서, 제2연 1~2행
은 「겨울 에게해」에서, 제3연 1~2행은 「2월의 어느 날」에서, 제4연
1~2행은 「다시 또 2월의 어느 날」에서 따온 것이라고 말한다.[4] 어떻
든, 그는 '접붙이기'로 '정서적 과거가 서로 포개지면서 되풀이되는
생의 나선형적 반복'을 보여주며, 이러한 상태를 '실존의 허울'이라
고 말한다. 그러니까 과거의 작품 다섯 편에서 가져온 시행들을 '조

---

4) 그러나, 「사족(2)」에서나 「접붙이기」에서 모두 4연으로 나와 있는 「처용단장」
　제 4부 8은 원전(미학사 판 『처용단장』)이나 전집에는 모두 5연으로 되어 있으
　며, 시행도 한 행이 더 있다.

　잎갈이를 한다고/또르르 참죽나무 사지가 말린다.

　남한강/지는 해가/등자나무 살찐 허리를 한 번 슬쩍 안아 준다.

　길모퉁이 손바닥만한/라면 가게 작은 문이 비주룩이/열려 있다./갓 태어난 이
　데올로기는/들어갈까 말까 망설이고 있다.

　보리깜부기 하나가 목구멍을 타 내리면서/목구멍을 자꾸 간지럽힌다./간지럽
　다, 세상이,

　밤은 못생긴 눈썹처럼/제 얼굴을 제가 찌그러뜨린다./글쎄,

　그리고, 시인이 지적한 내용에는 포함되어 있지 않지만, 위의 작품 제 3연은
　그의 시 「첫눈」을 약간 손질한 것이다.

립'⁵⁾함으로써 시 속의 세계가, 그 세계의 현상이 '바로 현재의 내 실존의 허울'의 면면을 나타내도록 하고 있다고도 말할 수 있다.

예로 들고 있는 두 번째 작품은 이와는 조금 다르다.

구름은 딸기밭에 가서 딸기를 몇 따먹고
흰 보자기를 펴더니
양털 같기도 하고 무슨 헝겊쪽 같기도 한
그런 것들을 풀어놓고
히죽이 웃어 보기도 하고 혼자서 깔깔깔 웃어 보기도 하고
목욕이나 하고 화장이나 할까 하며
제가 진짜 구름이나 될 듯이
멀리 우스리강으로 내려간다.

무릎 꿇고 요즘도
땅에 입맞추는 리자 할머니는
올해 나이 몇 살이나 됐을까.

위의 작품은 「역사」의 전문이다. 이 작품의 제1연은 아주 오래 전에 씌어진 「구름」을 '거의 그대로 베낀 것'이며, 제2연은 최근에 쓴 「소냐에게」의 한 부분을 '조금 손질한 것'이다. 그러니까, 현재의 '내 콘텍스트' 속에 과거의 '내 콘텍스트'를 접붙이기[接木]한 것이다. 이러한 접붙이기 과정을 통해 시인은 '소냐의 이미지는 여기 나오는 리자 할머니와 포개지고, 그 포개진 더블 이미지'는 도스토옙

---

5) '조립'이라고 시인은 말하고 있지만, '接合'이라는 용어가 더 좋을 듯하다. 이 점에 대해서는 조금 후에 이야기하겠다.

스키의 장편 『죄와 벌』과 연결되기를 희망한다. 아니, 그런 환기 작용을 하도록 기획되었다. 그런 기획으로 2연의 시행 위에 알레고리로 읽힐 수 있는 '구름'을 접붙이기해서 '붙이는 쪽의 나무'인 '구름'에 화학적 변화가 일어나기를 기대하는 것이다. 그러니까 「역사」와 같은 시를 '접붙이기시' 즉, 接木詩라고 부를 수도 있겠다.

그러나 앞에서 본 「처용단장」 제4부 8은 접목시라고 부르기에는 난점이 있어 보인다. 첫째는 어느 부분이 뿌리이고 어느 부분이 접목한 가지인지 구별하기 어렵고, 둘째는 어느 한 부분이 뿌리라고 하더라도 여러 종류의 가지를 한 뿌리에 접목하는 데는 무리가 따를 수밖에 없다. 그래서 시인도 시론의 제목을 '접붙이기'로 하고 있지만, 「처용단장」 제4부 8은 '조립'이라는 용어를 따로 사용하고 있다. 그러나, '조립'이라는 용어는 화학적 변화를 포괄하거나 기대하기가 어렵다. 기계적 특성 때문이다. 그런 연유로, 나는 '接合'이 어떤가 한다. '접합'이라는 용어는 화학적 변화를 포괄하거나 기대할 수가 있기 때문이다. 그리고, '접붙이기'라는 방법론의 두 개의 내부 구조가 되는 접목시와 접합시가 상호 조응할 수도 있으리라는 점도 한 이유이다.

나의 편집시 「南天」도 위의 접목시나 접합시와 유사한 구조를 가지고 있지만, 완전히 구분되는 다른 유형의 시라고 보아야 한다. 그 이유를 다음과 같이 세 가지로 간략하게 요약할 수 있다. 첫째, 「南天」은 제3자의 기획과 편집에 의한 작품이라는 점이다. 둘째, 「南天」에는 접목이든 접합이든 그런 지향성을 작품 밑바닥에 깔고 있지 않다는 점이다. 즉, 단순한 이미지의 조합인 것이다. 셋째 「南天」이 김춘수의 작품에서 그대로 베껴온 시행들로 이루어져 있지만, 그것은 시인의 '실존의 허울'이 아니라 제3자가 본 단편적 이미지일 뿐이라는 점이다. 이런 유형의 편집시는, 결코 바라지는 않지만, 미래에 있을 수 있는 시의 한 형태라고 보아진다.

*

앞서 본 「南天」은 1~2행은 「소년」의 4~5행이며, 3~4행은 「늪」의 4~5행이다. 5~7행은 「죽어가는 것들」의 11~13행이며, 8~10행은 「눈에 대하여」의 18~20행이다. 여기까지는 대체로 시인 김춘수 이전의 김춘수를 둘러싸고 있었다고 생각되는 환경적 요소들을 머릿속에 두고 시행을 골랐다. 이어지는 시행들은, 그러니까, 당연히 시인 김춘수적 성격이 강하다. 물론 시행들의 편집은 어떤 진행 또는 발전 과정을 염두에 두었다. 11~12행은 「처용」의 6~7행이며, 13~15행은 「돌벤치」의 4~6행이다. 16~19행은 「라일락 꽃잎」의 1~4행이며, 20~21행은 「봄 안개」의 6~7행이다.

*

'김춘수의 시'라고 하면 나는 「처용단장」을 떠올린다. 그러나 '김춘수'라고 하면 나는 「소년」이라는 작품이 즉각 떠오른다. 그만큼 「소년」은 김춘수의 초상과 같은 분위기를 가지고 있다. 이런 표현이 가능할지 모르겠으나 '김춘수의 원형' 같은 그런 이미지가 이 시 속에 있다고 느끼는 모양이다. 뿐만 아니라, 이 시에는 김춘수의 세계 인식에 결정적인 역할을 하는 '책'도 벌써 '열린' 모습으로 고개를 내밀고 있다. 나는 김춘수라는 한 시인을 구성하는 핵심적인 요소로 세 가지를 꼽는다. 책·바다·처용이 그것인데, '책'은 그가 세계를 읽고 만드는 창이며, '바다'는 실존의 너울이며, '처용'은 그의 시적 자아의 얼굴이라고 여기고 있는 것이다. 이 세 요소가 각각 삼각형의 꼭지점을 이루면서 그 안과 밖에 하나의 시적 우주를 형성하는 셈이다.

시인 자신이 스스로 말하고 있듯, '현실 감각이란 것' 이 거의 없는 그에게 책이란 절대적인 것이다. 그러니까, 책은 '전적으로 세계의 창이며 틀' 인 것이다. 그런 책 속에서 그는 릴케에게 '들리' 고 도스토옙스키에게 '들리' 고, 예수에게 '들린' 다. 그리고 지질학적 감각[6]의 소유자라고 느끼는 이중섭과 김종삼의 작품을 좋아하고(사람이 아니라 작품이다.), 그러는 한편으로 프로이트와 마르크스(혹은 크로포트킨)에게는 끊임없이 '눌린' 다(라고 말한다). 이렇게 들리고, 좋아하고, 눌리는 사실에 대한 흔적은 그의 글 도처에 여러 가지 형태로 산재해 있다. 『들림, 도스토옙스키』처럼 한 권의 시집으로 나와 있기도 하고, 『하느님의 아들 사람의 아들』과 같은 한 권의 에세이집으로 나와 있기도 하고, 또는 「이중섭」, 「예수」와 같은 연작시 형태로 나와 있기도 하다.

*

작품 「늪」이나 「죽어가는 것들」의 이미지는, 김춘수의 시 세계에서는, 어쩌면 일회적 관심의 산물처럼 보일지 모른다. 호주 선교사가 운영하는 유치원이나 천사 또는 바다의 이미지가 훨씬 전면에 부상해 있기 때문이다. 그러나, 한 시인의 식물적 상상력이 뿌리내리고 또 호흡하고 있는 곳은 아무래도 돌과 물과 풀이 있는 땅으로 보인다. 유년기부터 계속 이어지는 김춘수의 서구적 이원론의 인식 흔적은 여전하지만, 그렇다고 전적으로 뿌리까지 옮긴 상태는 아니다. 그가 끝까지 '충무' 라는 지정학적 토양 위에 사유하고 있다는 증거는 작품 도처에서 찾아볼 수 있다.

---

6) 존재에 대한 덧없음의 감각은 역사의 힘으로는 어쩔 수 없는 초역사적인 것으로 파악하고, 그런 감각을 가진 사람을 그는 그렇게 말하고 있다.

김춘수의 '바다'는 물론 '충무 앞 바다'에서 나온 것이다. 그러나 작품 속의 그 바다는 사실적인 그것이 아니라 추상화된 것이다. 그 것은 그가 "바다는 병이고 죽음이기도 하지만, 바다는 또한 회복이 기도 하고 부활이기도 하다. 바다는 내 유년이고, 바다는 또한 내 무 덤이다."라고 말하는 점을 보면 즉각 알 수 있다. 그러니까, 그 바다 는 '시인의 실존'의 추상화된 모습이기도 하다. 그가 관념화하고 추 상화한 바다 가운데는 "왼종일 생쥐 같은 눈을 뜨는" 바다가 있는가 하면, "손바닥에 고인" 바다도 있으며, 한 사내가 "한 쪽 손에 들고 있는 죽은 바다"도 있고, "산다화가 바다로 지는" 바다도 있고, "맨 발로 바다를 밟고 간 사람은 새가 되었다."는 바다도 있다. 이렇게 추상화되고 이미지화된 것은 모두 "실존의 허울"일 것이며 실존은 여전히 '허울' 밑에 '너울' 지고 있다고 보아야 한다. 「처용단장」에 서는 "萬噸의 우수를 싣고" 대신 "바다는 가라앉고/바다가 있던 자 리에"라고 되어 있지만, 「南天」에서는 실존의 우수인 '萬噸'이 있는 쪽을 선택했다.

'처용'은 앞서 말한 바처럼 시적 자아의 얼굴이다. 처용의 시점, 처용의 말은 그러므로 시인의 그것이다. 그리고 '처용설화'는 그의 시적 주제를 구상화하는 틀이 되고 있다. 그는 자신의 경험과 처용 을 어떻게 오버랩시켰는지를 이렇게 말하고 있기도 하다. "처용설화 를 나는 폭력·이데올로기·역사의 삼각관계 도식의 틀 속에 끼워 맞 추었다. 안성맞춤이었다. 처용은 역사에 희생된(짓눌린) 개인이고 역신은 역사다." 그 어느 쪽에서 보아도 처용은 김춘수 시의 중심에 놓인다. 「처용」이라는 시가 있고, 「처용단장」이라는 장편 연작시가 있고, 「처용」이라는 소설이 있는 것만 봐도 짐작할 수가 있다.

*

작품 「돌벤치」와 깊은 관계가 있는 존재는 "내 곁을 떠나" 서 비로소 "낯설고 신선한" 아내라는 천사이다. 김춘수에게는 세 번째의 천사이지만, 비서구적 비관념적 존재로서의 천사로는 첫 번째이다. 그만큼 육화된 천사이다. 아내가 천사가 되기 이전에도 시인은 '해태 마트' 가 있는 시를 썼다. 그때는 'HAITAI MART' 라고 적고 있다(無爲貴人). 새로 생긴, 그리고 조금은 찬선 마트라는 형태의 체인점을 김춘수는 상가 건물에 적힌 알파벳 그대로 옮겨 적고 있다. 그러니까 'HAITAI MART' 와 '해태 마트' 사이에는 그 낯선 알파벳 표기가 아무런 장애를 일으키지 않고 한글로 쓸 수 있을 만큼의 시간이 필요한 것이다. 아니, 한 사람의 인간이 천사가 될 수 있을 만큼의 시간이 필요한 것이다.

*

「돌벤치」의 3행과 「라일락 꽃잎」의 4행을 이어놓은 것은 시행 속의 '너' 와 '아이' 를 어떤 아날로지 속에 두기 위해서이다. 그리고, 편집시 「南天」의 중심에 위의 7행이 자리 잡았으면 하는 바람도 있다. 욕심은 그것뿐만이 아니다. 가령 '나비' 를 '실존의 허울' 로 읽으면 '하늘의 투명한 깊이' 는 '실존의 본질' 로 다가오지 않을지.

*

김춘수의 '바다' 가운데 내가 제일 좋아하는 바다는 「봄 안개」에 있는 것이다. 다시 읽어보아도 여전히 '그 바다' 가 바다의 원형 또는 참모습 같다.

　　모처럼 바다 하나가
　　삼만년 저쪽으로 가고 있다.

　나의 '편집시'에 내가 보고 싶은 '바다'를 넣는 것이 지나친 욕심은 아니리라. 아니, 내가 좋아하는 그의 바다를 배경으로 김춘수를 세워보는 것이 훨씬 나다운 그의 초상이 되리라.

* 이 글은 『현대문학』 562호(2001년 10월호)에서 재수록한 것임.

김춘수의 시 세계
'자선自選 대표시' 10편의 세계

윤 호 병 문학평론가, 추계예술대학교 교수

시 읽기를 시작하면서

김춘수 그의 시 세계를 언급할 때에 대부분의 연구자들은 '관념시'와 '무의미시' 그리고 '떠도는 시니피앙'의 세계 등으로 분류하고는 한다. 그의 초기 시를 특징짓는 '관념시'는 물론 릴케와의 조응 및 실존주의 사상에서 비롯된 것으로 파악할 수 있고 '무의미시'는 그의 시집 『처용단장』을 기점으로 하여 그렇게 분류할 수 있다. '떠도는 시니피앙'의 세계는 그가 '관념시'의 세계와 '무의미시'의 세계를 성취한 후에 언어의 시니피앙과 시니피에의 관계에서 전자에 역점을 두어 언어의 명명 행위를 극단으로까지 추구한 결과라고 볼 수 있다. 김춘수의 시 세계를 언급할 때에 또 다른 특징으로는 그가 시 자체의 '미학주의'와 '객관주의'를 철저하게 추구했다는 점을 들 수 있다. 이는 그가 평소에 릴케와 T. S. 엘리엇이 현실과는 무관하게 시 자체만의 세계를 추구했다는 점을 강조한 점에서 찾아볼 수 있다.

이 글에서 살펴보고자 하는 김춘수의 '자선(自選) 대표시 10편'은 상당히 많은 분량의 대담(김춘수와 강현국)과 함께 『시와반시』 (2002년 가을호)에 수록되어 있다. 시인 자신이 선정한 '대표시 10 편'은 『구름과 장미』(1947)에 수록된 「西風賦」, 『꽃의 소묘』(1959) 에 수록된 「꽃을 위한 서시」, 『타령조·기타』(1969)에 수록된 「나의 하나님」, 「부두에서」, 「처용 三章」, 시선집 『처용』(1974)에 수록된 「눈물」, 『남천』(1977)에 수록된 「석류꽃 대낮」, 『비에 젖은 달』 (1980)에 수록된 「흉노」, 그리고 『라틴점묘·기타』(1987)에 수록된 「마드리드의 어린 창부」, 그리고 「산보길」 등으로 되어 있으며, 그 것을 필자는 (1) '관념시'의 세계, (2) '무의미시'의 세계, (3) '떠도 는 시니피앙'의 세계 등으로 나누어 살펴보고자 한다.

1. '관념시'의 세계

김춘수의 첫 시집 『구름과 장미』(1974)에 수록되었고 그 자신의 '자선 대표시 10편'의 첫 번째 시에 해당하는 시가 바로 「西風賦」이 며, 이 시가 수록된 『구름과 장미』에서 '구름'과 '장미'가 지니는 상징성을 『문학사상』(1973년 9월호)에 수록된 김춘수의 「의미에서 무의미까지」를 중심으로 하여 살펴보면 다음과 같다. 김춘수에 의하 면 '구름'은 낯익은 말이고 '장미'는 이른바 '舶來語'이다. 따라서 전자는 "감각으로 설명이 없이⋯ 祭床에 놓인 시루떡처럼" 다가왔 지만, 후자는 "양과자를 먹을 때와 같은 '손님이 갖다 주는 선물'로 서" 다가왔으며 그는 이러한 '장미'를 '관념'으로 사용하게 되었다. 다시 말하면 김춘수는 익숙한 표현에 대한 철저한 거부와 낯선 표현 에 대한 집착과 새로운 의미 부여를 위해서 '이국취미'로 사용하게 되었지만 곧바로 '관념에의 기갈'로 인해서 '장미'는 실체 그 자체보다는 '하나의 유추'로 쓰게 되었다.

> 너도 아니고 그도 아니고, 아무것도 아니고 아무것도 아니라는데…… 꽃인 듯 눈물인 듯 어쩌면 이야기인 듯 누가 그런 얼굴을 하고,
> 간다 지나간다. 환한 햇빛 속을 손을 흔들며……
> 아무것도 아니고 아무것도 아니고 아무것도 아니라는데, 온통 풀냄새를 널어놓고 복사꽃을 울려놓고 복사꽃을 울려만 놓고,
> 환한 햇빛 속을 꽃인 듯 눈물인 듯 어쩌면 이야기인 듯 누가 그런 얼굴을 하고……
>
> - 김춘수, 「西風賦」

이 시에 대해서 김춘수는 '말(의미)보다 먼저 토운'을 강조했으며 자신의 무의식에는 베를렌과 미당 서정주가 자리 잡고 있었던 것 같다고 술회하고 있다. 말하자면, 상징주의 시의 계열을 베를렌 계열과 보들레르 계열로 나눌 때에 일반적으로 전자는 시적 음악성에 관계되고 후자는 시적 의미성에 관계된다. 김춘수는 자신의 이 시에서 의미보다는 음악성을 혹은 토운을 더 강조하고 있다고 볼 수 있다. 어떻게 보면 셸리의 「西風賦」를 연상시키기도 하는 이 시에서 우리는 주체로서의 '서풍', 촉각으로서의 '서풍'보다는 그 주체가 끼쳐 놓은 결과물에 해당하는 후각으로서의 '풀냄새'와 시각으로서의 '복사꽃'만을 느낄 수 있고 볼 수 있을 뿐이다. 그리고 그러한 촉각과 후각과 시각은 모두 이 시의 반복적인 구절에서 비롯되는 토운 혹은 음악적 리듬으로 수렴된다.

"둑이 끊긴 듯 한꺼번에 관념의 무진기갈이 휩쓸어 왔다. 그와 함

께 말의 의미로 터질 듯이 부풀어 올랐다."라는 김춘수 자신의 언급처럼 그는 '자신의 관념을 담을 유추를 찾아야만 한다.'는 명제의 강박관념에 시달리게 된다. 이를 위해서 그는 서구의 '관념철학', '플라토니즘', '이데아', '非在', '선험세계' 등을 모색하게 되었으며, 그 결과가 바로 다음에 살펴보고자 하는 「꽃을 위한 서시」이다. 이 시와 릴케와의 상관성은 "이 시를 탈고했을 때 마침 마산에 들른 평계 이정호에게 보였더니 무릎을 탁 쳐주었다. 그러나 끝의 행은 너무도 릴케의 수사를 닮고 있어 불안하다는 첨언을 잊지 않았다. 시인이 되는 것이 참 어렵기도 하구나, 하는 것이 그 때의 내 감회였다."라는 김춘수의 회고에서 찾아 볼 수 있다.

　김춘수가 자신의 초기 시에서 '관념시'를 지향하게 된 것은 바로 릴케와의 조응에서 비롯되었으며 그것을 그는 『현대시학』(1976년 1월호)에 수록된 「두 번의 만남과 한 번의 헤어짐」에서 분명하게 언급하고 있다. 그가 릴케를 처음 접하게 된 것은 그의 나이 18세였던 1940년 늦가을 동경의 한 고서점에서 구입한 일본어로 번역된 릴케 시집에서 「사랑은 어떻게」라는 시를 읽었을 때이며, 그 감동을 그는 이렇게 적고 있다. "이 시는 나에게 하나의 계시처럼 왔다. 이 세상에 시가 참으로 있구나! 하는 그런 느낌이었다. 릴케를 통하여 나는 시를(그 존재를) 알게 되었고 마침내 시를 써보고 싶은 충동까지 일게 되었다. 이것이 릴케와의 첫 번째 만남이다." 김춘수에게 그렇게도 깊은 감동을 주었던 릴케의 시 「사랑은 어떻게」 전문은 다음과 같다.

　　사랑은 어떻게 너에게로 왔던가.
　　햇살이 빛나듯이
　　혹은 꽃 눈보라처럼 왔던가.

기도처럼 왔던가.
말하렴!

사랑이 커다랗게 날개를 접고
내 꽃피어 있는 영혼에 걸렸습니다.

- 릴케, 「사랑은 어떻게」 전문

김춘수가 릴케를 두 번째로 조응하게 된 것은 해방 이듬해인 1946년으로 그때 그는 릴케의 『말테의 수기』를 읽게 되었으며 그 감동을 이렇게 적고 있다. "8·15 해방을 맞았다. 그 흥분으로 해방의 한 해는 보내고, 46년경에 비로소 나는 또 마음의 여유를 얻어 릴케를 다시 읽게 되었다. …릴케의 초기 시와 『말테의 수기』는 새로운 감동을 다시 불러 일으켰으며 나는 또 시를 쓰게 되었다." 그러나 김춘수는 그의 나이 40이 가까웠을 무렵인 1962년경부터 릴케를 멀리하기 시작했으며 그 이유를 그는 이렇게 적고 있다. "나는 릴케와 같은 기질이 아니라는 것을 깨닫게 되었고, 특히 그의 관념과잉의 후기 시는 납득이 잘 안 가기도 하였지만, 나는 너무나 신비스러워서 접근하기조차 두려웠다. 나는 일단 그로부터 헤어질 결심을 하고, 지금까지 그를 늘 먼발치에 둔 채로 있다." 그러나 김춘수는 『현대시학』(2003년 3월호)에 수록된 자신의 시 「그리움이 언제 어떻게 나에게로 왔던가」에서 다시 릴케를 만나게 된다.

나의 다섯 살은
햇살이 빛나듯이 왔다.
나의 다섯 살은

꽃눈보라처럼 왔다.
꿈에
커다란 파초잎 하나가 기도하듯
나의 온 알몸을 감싸고 또 감싸주었다.
눈 뜨자
거기가 한려수도인 줄도 모르고
발 담그다 담그다 너무 간지러워서
나는 그만 남태평양까지 가버렸다.
이처럼
나의 나이 다섯 살 때
시인 라이나 마리아 릴케가 나에게로 왔다 갔다.

- 김춘수, 「그리움이 언제 어떻게 나에게로 왔던가」 전문

위에 인용된 시는 이 시 자체의 제목, '햇살이 빛나듯이', '눈꽃보라처럼' 등으로 미루어 볼 때에 다분히 앞에 인용한 릴케 시와 유사하다는 점을 알 수 있다.

나는 시방 위험한 짐승이다.
나의 손이 닿으면 너는
미지의 까마득한 어둠이 된다.

존재의 흔들리는 가지 끝에서
너는 이름도 없이 피었다 진다.
눈시울에 젖어드는 이 무명의 어둠에
추억의 한 접시 불을 밝히고

71

나는 한밤내 운다.

나의 울음은 차츰 아닌 밤 돌개바람이 되어
탑을 흔들다가
돌에까지 스미면 금이 될 것이다.

……얼굴을 가리운 나의 신부여.

- 김춘수, 「꽃을 위한 서시」 전문

　위의 인용 시에서 중요한 부분은 물론 "……얼굴을 가리운 나의 신부여."이다. 여기서 이데아 혹은 관념으로서의 '신부' 이미지는 '금'에 의해서 구체화되지만, '非在'로서의 '신부'는 "끝내 시가 될 수 없는 심연으로까지" 시인 자신을 몰고 가게 된다. 따라서 바로 그 '심연'의 앞에서 말은 의미의 옷이 벗겨질 수밖에 없다는 점을 파악한 시인 자신은 '어떤 관념은 시의 형상을 통해서만 표시될 수 있는 것'과 '어떤 관념은 말의 피안이 있다는 것'을 알게 된다. 일종의 관념공포증에 사로잡힌 그는 "말의 피안에 있는 것을 나는 알고 싶었다."라고 고백한다. 시니피에가 아닌 시니피앙의 한계를 타파하고자 하는 김춘수의 추구는 궁극적으로 '무의미시'를 지향하게 된다. "쓸모없게 된 말을 부수어 보면 의미는 분말이 되어 흩어지고, 말은 아무 것도 없어진 거기서 제 무능을 운다. 그것은 있는 것(존재)의 덧없음의 소리요, 그것이 또한 내가 발견한 말의 새로운 모습이다. 말은 의미를 넘어서려고 할 때 스스로 부숴진다. 그러나 부숴져보지 못한 말은 어떤 한계 안에 가둬진 말이다. 모험의 그 설레임을 모른다."

2. '무의미시'의 세계

김춘수는 『중앙일보』(1996. 3. 23)에 수록된 「나의 문학 실험」에서 '관념시'와 결별하고 '무의미시'로 나아가게 되는 과정을 다음과 같이 설명하고 있다. "60년대로 접어들자… 시는 관념으로 굳어지기 전의 어떤 상태가 아닐까 하는 시에 대한 새로운 인식을 하게 되었다. 관념을 의미의 세계라고 한다면 시는 의미로 응고되기 전의 존재 그 자체의 세계가 아닐까 하는 인식에 이르게 되었다. 나는 시에서 관념을 빼는 연습을 하게 되었는데… 시에서 관념, 즉 사상이나 철학을 빼자니 문체가 설명체가 아니고 묘사체가 된다. 있는 그대로의 사실(존재의 모습)을 그린다. 흡사 물질시의 그것처럼 된다. 묘사라는 것은 결국 이미지만 드러나게 하는 방법이다. 그리고 이때의 이미지는 서술적이다. 나는 이미지를 비유적인 것과 서술적인 것으로 구별하게 되었다. 서술적 이미지는 이미지 그 자체를 위한 이미지다. 말하자면 이미지가 무엇을 비유하지 않는 이미지다. 무엇을 비유한다고 할 적의 무엇은 사상이나 철학, 즉 관념이 된다. 그러나 서술적 이미지는 그 배후에 관념이 없기 때문에 존재의 모습(사실)이 그대로 드러난다. 즉 그 이미지는 순수하다. 이리하여 나는 이런 따위의 이미지로 된 시를 순수시라고도 하고, 무의미의 시라고도 하게 되었다. 무의미한 관념, 즉 사상이나 철학을 1차적으로는 시에서 빼버리는 것을 뜻한다. 그런데 이미지가 아무리 순수하게, 즉 서술적으로 쓰인다 해도 이미지는 늘 의미, 즉 관념의 그림자를 거느리게 된다. 이리하여 이미지도 없애야 되겠다는 극단적인 시도를 하게 된다. 이런 상태가 내 무의미시의 둘째 번 관계라고 할 수 있다. 이미지를 없애고 리듬만이 남게 한다. 흡사 주문과 같은 상태가 빚어진다. 음악을 듣듯 리듬이 빚는 어떤 분위기에 잠기면 된다."

이러한 언급에서 파악할 수 있는 바와 같이, 김춘수가 1960년대부터 실험했던 '무의미시'는 1차적으로는 아무 것도 비유하지 않는 '서술적 이미지'만으로 이루어진 시에 관계되고 2차적으로는 그러한 이미지마저도 철저하게 배제시킨 시에 관계된다. 그 하나의 유형에 해당하는 김춘수 시 「나의 하나님」 전문은 다음과 같다.

사랑하는 나의 하나님, 당신은
늙은 비애다.
푸줏간에 걸린 커다란 살점이다.
시인 릴케가 만난
슬라브 여자의 마음 속에 갈앉은
놋쇠 항아리다.
손바닥에 못을 박아 죽일 수도 없고 죽지도 않는
사랑하는 나의 하나님, 당신은 또
대낮에도 옷을 벗는 어리디어린
순결이다.
삼월에
젊은 느릅나무 잎새에서 이는
연둣빛 바람이다.

- 김춘수, 「나의 하나님」 전문

이미지를 배제시킨 '무의미시' 계열의 초기 단계를 보여주는 이 시에는 릴케의 흔적이 여전히 남아 있으며, 그것을 우리는 "시인 릴케가 만난/슬라브 여자의 마음속에 갈앉은/놋쇠 항아리다."에서 확인할 수 있다. 두 번의 러시아 여행을 통해서 릴케는 러시아인들의 신앙심에 깊은 감동을 받았으며 그것을 자신의 시로 형상화하는데 주저하지 않았다. 이러한 점에 대해서 박찬기는 자신의 『독일문학사』(1978)에서 다음과 같이 언급하고 있다. "신과 종교에 대한 릴케의 사상은 특히 두 번의 러시아 여행에서 그 기초가 이루어진 것이다. 톨스토이의 영향이 컸으며 자신의 내부적인 고독감과 지성인의 고민이 순박한 러시아적 신앙과 신에 대한 친밀감으로 변전될 수 있었다. 소박과 겸허, 그것이 그들 러시아인들의 특색이었으며 그로 인하여 오히려 무례할 만큼 인간의 신과의 거리가 단축되는 것이다. 릴케는 그 경험을 다음과 같이 말하였다. '각자는 어두움에 타서 마치 산과 같았고 머리끝까지 겸허하여 자신을 비하하는 데 티끌만큼도 두려움이 없었다. 따라서 경건하였다.' 신은 높이 군림하는 초월적인 신이 아니고, 각자 앞에 있는, 개개의 물건 속에 내재하는, 그리하여 함께 생성 유전하는 신인 것이었다." 이렇게 파악할 때에 위에 인용된 시에서 '하나님'은 절대 신으로 군림하는 '신'이라기보다는 우리들 주변에 보편적으로 존재하는 '신'이라고 볼 수 있다. 그러한 점은 '늙은 비애', '커다란 살점', '놋쇠 항아리', '순결', '연둣빛 바람' 등에서 그렇게 파악할 수 있다. 따라서 '하나님'은 '외경(畏敬)'으로서의 존재라기보다는 '보편'으로서의 존재가 되어 '인간'과 '신'의 경계를 지워버림으로써, 낯익고 친숙한 존재로 전환된다.

'무의미시' 계열로 정의되는 김춘수의 이러한 시와 릴케 시를 관련지을 때에 그 공통점은 절대 신으로부터 버림받은 존재로서의 인간이 아니라 그러한 신을 자신의 주변에 가까이 두고 싶은 일종의 욕망, 인간적인 욕망, 두려움의 욕망에서 찾아볼 수 있다. 릴케는 자신의 『두이노연가』의 '첫 번째 연가'에서 다음과 같이 절규하고 있다. "내가 지상에서 소리친다 하더라도 천사의 계열 중에서 어느 천사가 나의 외침을 들을 수 있을 것인가? 그 중에서 한 천사가 나를 갑자기 껴안는다 하더라도 나는 이미 그 놀라운 존재에 말문이 막혀 버릴 것이다. 아름다움은 두려움의 시작일 뿐이다. 그러한 두려움을 우리들은 여전히 그저 견디어 낼 수 있을 뿐이다. 그것은 우리들을 솔직하게 경멸하고 우리들을 전멸시키기 때문에, 우리들은 그저 놀라게 될 뿐이다. 모든 천사는 두려운 존재이다."

　절대 신에 대한 외경심과 그러한 외경심을 자신의 것으로 전환시키고자 했던 릴케처럼 김춘수도 절대 신에 대한 외경심 혹은 의구심 및 자신의 개인적인 인고의 체험을 바탕으로 하여 『처용단장』을 집필하게 되고 그 중의 하나가 「처용 三章」이다.

　　1
　　그대는 발을 좀 삐었지만
　　하이힐의 뒷굽이 비칠하는 순간
　　그대 순결은
　　型이 좀 틀어지긴 하였지만
　　그러나 그래도
　　그대는 나의 노래 나의 춤이다.

　　2
　　유월에 실종한 그대
　　칠월에 山茶花가 피고 눈이 내리고,0
　　난로 위에서
　　주전자의 물이 끓고 있다.
　　西村 마을의 바람받이 서북쪽 늙은 홰나무,
　　맨발로 달려간 그 날로부터 그대는
　　내 발가락의 티눈이다.

3
바람이 인다. 나뭇잎이 흔들린다.
바람은 바다에서 온다.
생선 가게의 납새미 도다리도
시원한 눈을 뜬다.
그대는 나의 지느러미 나의 바다다.
바다에 물구나무선 아침 하늘,
아직은 나의 순결이다.

- 김춘수, 「처용 三章」 전문

김춘수는 자신의 「장편 연작시 '처용단장' 시말서」에서 이 시를
집필하게 된 여러 가지 동기를 밝히고 있는데, 그 중의 하나가 바로
'폭력·이데올로기·역사' 이며 그 저변에는 다음과 같은 그의 영어
생활이 자리 잡고 있다. "일제 말 대학 3학년 때의 겨울에 어떤 사건
에 연루되어 관헌에 붙들려가 헌병대와 경찰서에서 반년 동안의 영
어생활을 하게 되었다. 손목에 수갑이 채인 채 '不逞鮮人' 의 딱지가
붙여져서 서울로 송환되었다." 그래서 그는 "처용설화를 폭력·이데
올로기·역사의 삼각관계 도식의 틀 속에 끼어 맞추었다. 안성맞춤
이었다. 처용은 역사에 희생된(짓눌린) 개인이고 역신은 역사이다.
이 때의 역사는 역사의 악한 의지, 즉 악을 대변한다." 이렇게 파악
해 본다면 김춘수에게 있어서 '처용' 을 매체로 하는 그의 일련의 무
의미시는 '무의미' 라기보다는 충만한 의미를 넘어선, 뛰어 넘은 세
계, '초 의미' 의 세계라고 볼 수 있다.
위에 인용된 「처용 三章」은 유기적인 관계를 지니고는 있지만 각
각 서로 다른 독립적인 세 편의 시로 이루어져 있다. 제1장은 순결을

잃은 자와 순결을 빼앗은 자의 대립에 의해서 '순결이 무엇을 의미할 수 있을까'에 역점을 두고 있으며, "그러나 그래도/그대는 나의 노래 나의 춤이다."는 괴테의 서정시에서 차용한 것이다. 제2장은 원래 '사회비평적인 냉소적인 요소'가 짙은 「西村마을의 徐夫人」의 연작에 해당한다고 볼 수 있지만, 그 의미는 끊임없는 '상실감'에 있다. 제3장의 첫 구절 "바람이 인다. 나뭇잎이 흔들린다."는 말라르메 시를 닮고 있다는 시인 자신의 지적과 같이 일종의 패러디에 해당한다. 그러나 제1장이 상처를 드러내려고 했다면, 제3장에서는 그러한 상처를 치유하려고 했다는 점에서 서로 대응 관계를 유지하고 있다.

이와 같은 의미를 지닌 「처용 三章」은 "처용은 나의 유년의 모습이다."라고 「처용, 그 끝없는 변용」에서 시인 자신이 언급하고 있는 것처럼 그의 유년기의 기억에 밀접하게 관계된다. "나는 바다가 되어 버린 것이다. 동해가 아니라, 한려수도로 트이는 남쪽 바다, 다도해, 봄에 유자가 익고, 겨울에 죽도화가 피는 그러한 바다. 바다는 자라고 있었고 자라는 동안 죽기도 하고 깨어나기도 했다. 죽은 바다를 어떤 사나이가 한쪽 손에 들고 있기도 하고, 山茶花가 질 무렵, 다 자란 바다가 발가벗고 내 앞에 드러눕기도 했다. 발가벗은 바다의 살찐 곳에 山茶花가 지기도 하고, 어떤 때는 크나큰 해바라기 한 송이가 져서는 점점점 바다를 다 덮기도 했다. … 처용은 어느새 나와 화해하고 있었다. 그런 처용에게는 윤리도 논리도 심리의 음영조차도 없었다. 그는 다만 훤한 빛이었다. 때로 그 빛에 쓸쓸한 그늘이 지는 수는 있었지만, 그러나 그 그늘도 곧 흔적을 지우곤 하였다. 나는 보았다. 내 속에 있는 한 사람을! … 처용은 또 한번 탈바꿈을 해야 하지만, 그 탈바꿈은 가장 위험한 탈바꿈이다. 유년의 얼굴을 완전히 지워버릴 수는 없기 때문이다. 이 탈바꿈은 하나의 화학변화라고 할 수 있다. 말하자면 지양되는 탈바꿈이다."

　이상과 같이 파악할 때에 '무의미시' 계열의 한 축을 형성하고 있는 '처용' 연작은 김춘수에게 있어서 복합적인 요소로 작용하고 있다. 하나는 자신의 영어 생활에서 비롯되는 폭력·이데올로기·역사의 문제이고, 다른 하나는 그 자신의 유년기의 체험에 해당하는 한려수도, 산다화, 호주 선교사네 집 등에서 비롯되는 흔적의 세계이고, 또 다른 하나는 이 모든 점을 지양하고 극복하기 위한 탈바꿈 혹은 완전한 변용의 세계에 해당하는 '무의미'의 세계이다.

　아울러 김춘수에게 있어서 '부두'는 특별한 의미를 지닌다. 그것은 그가 일본 유학 시절 '가와사키 항구'에서 하역 작업을 하면서 생계비와 학비를 마련하는 동료 학생들을 단지 호기심에서 따라갔다가 거기서 한국 사람끼리 모여 한국말로 '천황 욕도 하고, 총리 비판도 하고' 하다가 염탐꾼, 스파이의 밀고로 영어 생활을 하게 되었기 때문이다.

　　　바다에 굽힌 사나이들,
　　　하루의 노동을 끝낸
　　　저 사나이들의 억센 팔에 안긴
　　　깨지지 않고 부서지지 않은
　　　온전한 바다,
　　　물개들과 상어떼가 놓친
　　　그 바다.

　　　　　　　　　　　　　- 김춘수, 「부두에서」 전문

　위에 인용된 시에서 '사나이들'의 1차적인 의미는 동경 유학시절에 만났던 가난한 한국 고학생들, '가와사키 항구'에서 석탄 하역 작업을 하던 고학생들과 관계되고 '물개들'과 '상어떼'는 그들 사이에 은밀하게 잠입하여 조선 유학생들의 동태를 염탐하여 일본 경찰에게 알려주던 '밀고자' 혹은 '스파이'를 지칭하지만, 궁극적으로는 그 모든 1차적인 의미가 배제되어 버린 채, 이미지만으로 존재하게 된다. 이 시에서 가장 중요한 시어는 물론 '바다'이며, 세 번 반복되는 그 바다는 차례로 노동과 삶의 현장으로서의 바다, 시인의 고향 통영 앞바다의 원시 상태 그대로의 바다, 그리고 그 어떤 난관에도 변함없는 영원성 그 자체로서의 바다에 관계된다고 볼 수 있다. 따라서 궁극적으로는 그 모든 관념이 배제되어버린 이미지만이 남게 된다. 이처럼 관념을 철저하게 배제시키고 있는 시, 김춘수의 말대로라면 '관념을 죽이는 것'에 철저한 시로는 다음에 인용하는 「눈물」을 들 수 있다.

남자와 여자의
아랫도리가 젖어 있다.
밤에 오는 오갈피나무,
오갈피나무의 아랫도리가 젖어 있다.
맨발로 바다를 밟고 간 사람은
새가 되었다고 한다.
발바닥만 젖어 있었다고 한다.

- 김춘수, 「눈물」 전문

위에 인용된 시는 문장구조에 의해서 전부 네 부분으로 이루어져 있으며, 이미지의 형성에 의해서 크게 두 부분, 즉 1행부터 4행까지의 전반부와 5행부터 마지막 행까지의 후반부로 이루어져 있다. '남자와 여자' 그리고 '오갈피나무' 는 "아랫도리가 젖어 있다." 라는 공통점에 의해서 어떤 상관성, 말하자면 섹스 이미지를 떠올릴 수도 있지만, 김춘수는 『심상』(1975년 6월호)에 수록된 자신의 「대상의 붕괴」에서 "이것은 하나의 트릭이다." 라고 밝히는 한편, 다른 한편으로는 '정성적인 순서' 와 '진실을 위한 뜻이 없는 허구' 가 동시에 존재한다는 점도 강조하고 있다. 그 결과 그는 "허구란 실은 그것을 만드는 사람의 관념의 틀에 지나지 않는다. 관념이 필요하지 않을 때 허구는 당연히 자취를 감춰야 한다." 라고 결론짓고 있다. "관념은 없다." 라는 단호한 선언과 함께 이미지의 서술성, 순수 이미지, 절대 이미지를 강조하고 있는 그는 "설명을 전연 배제한다. 설명은 관념의 설명이기 때문이다." 라고 다시 한 번 '관념의 배제' 와 '설명의 배제' 를 강조하게 된다. 그렇다면, 위에 인용된 시의 후반부 3행은 무엇에 관계되는가? 그것을 시인 자신은 "예수를 염두에 두고 있었다." 라고 밝히고 있다. 이 시에서 '바다' 와 '맨발' 의 관계는 바로 "예수께서 물 위를 걸어오시는 것을 본 제자들은 겁에 질려 엉겁결에 '유령이다!' 하며 소리를 질렀다."(마태복음, 14장 26절)에 관계되고, '발바닥' 과 '아랫도리' 는 우리들의 눈에 '보이지 않는 부분', 즉 은밀하게 감추어진 부분에 관계된다. 그리고 이 시에서 이 두 가지 관계는 '물', 궁극적으로는 제목인 '눈물' 의 개입으로 인해서 하나의 '무드(정서)' 를 형성하게 된다.

3. '떠도는 시니피앙' 의 세계

시니피에로서의 구체적인 대상이나 추상적인 관념 그리고 서술

이미지나 순수 이미지 중심의 시적 실험을 통해서 김춘수가 궁극적으로 지향한 것은 레비스트로스가 말하는 '떠도는 기표'로서의 시니피앙의 세계로 수렴될 수 있다. 시니피에 자체를 인정하더라도 시니피앙은 시니피에의 주변만을 떠돌 수밖에 없고 그것이 지칭하고자 하는 대상의 핵심으로부터 사뭇 미끄러질 수밖에 없다. 하물며 시니피에 자체를 부정하고 관념을 부정하고 더 나아가 이미지도 묘사 이미지보다는 서술 이미지, 순수 이미지, 이미지 자체만을 끊임없이 추구하는 김춘수의 시적 변모 과정에서 말, 시어, 시의 언어, 문자는 무한하게 떠돌 수밖에 없게 된다. 그러면서도 이러한 것들이 없이는 시를 쓸 수도 없고 언급할 수도 없기 때문에 시니피앙은 영원히 떠돌 수밖에 없게 된다. 『시와반시』(2002년 가을호)에 수록된 「大餘 김춘수 선생의 시와 삶, 그리고 산문」에서 김춘수는 자신의 '무의미시'와 잭슨 폴록의 그림과의 관계를 이렇게 언급하고 있다. "내가 무의미시를 생각할 그 무렵에 우연히도 잭슨 폴록을 알게 됐어. 깜짝 놀랐어. 아이쿠, 내가 생각하고 있는 걸 이 사람이 이미 해버렸구나, 그림으로. 그게 뭐냐 하면, 시에서 말하자면 의미를 지워버리는 거란 말이야. 거죽만 남기는 것, 흔적만 남기는 것, 무얼 그렸는지 알 수가 없는… 그런 의미로서 내 선배가 그 사람이야. … 음악이나 회화는 그게 문학보다 용이할지 모르지만 문학은 역시 힘들어. 언어를 매개로 하니까, 언어 그 자체가 의미를 가지고 있으니까."

시적 대상으로서의 관념을 언어로 지칭하지 않을 수도 없고, 관념을 배제시킨 이미지를 언어로 표현하지 않을 수도 없는 상황에서 한 편의 시를 완성해야만 하는 시인으로서의 김춘수에게 있어서 시니피앙은 시니피에의 주변만을 떠돌게 되어 있다. 따라서 묘사 이미지가 아닌 서술 이미지, 순수 이미지를 추구하게 되며 그 결과는 이미지 자체의 명확한 제시보다는 암시를 강조하게 된다. 이러한 점은 다음에 인용하는 「석류꽃 대낮」에서 확인할 수 있다. 보편적인 통사 구조에서는 '석류꽃은 대낮과 같다.' 라든가 혹은 '석류꽃은 대낮이다.' 등으로 표현할 수 있지만, 이 시의 제목에서는 철저하게 서술부를 배제시킨 채 명사 혹은 주어부만이 나타나 있을 뿐이다.

어제와 오늘 사이
비는 개이고
구름이 머리칼을 푼다.
아직도 젖어 있다.
미류나무 어깨 너머
바다
석류꽃 대낮.

- 김춘수, 「석류꽃 대낮」 전문

위에 인용된 시는 형식면에서 제1행에서 제3행, 제4행 그리고 제5행에서 제7행까지 전부 세 부분으로 나뉘고, 의미면에서 제4행을 기점으로 하여 전반부와 후반부로 나뉜다. 서술적인 측면이 나타나 있는 첫 번째 부분에서는 시적 정황, 말하자면 '어제' 와 '오늘' 이라는 시간과 비 개인 후에 하늘에 흩어지는 '구름' 에 의해서 바로 그 시간을 공간화하고 있다. '공간화' 가 가능한 까닭은 이 시의 전환점이 되는 제4행의 "아직도 젖어 있다." 에 의해서 그렇게 파악할 수 있다. 특히 '아직도' 라는 시어는 주체로서의 '비' 가 남기고 사라져버린 '흔적' 으로서의 '물기' 를 가능하게 한다. 시간의 경과를 의미하는 '어제와 오늘 사이' 에 비는 개었지만 아직도 젖어 있는 흔적으로서의 물기는 하늘 높이 치솟은 미류나무 둥치나 그 가지 끝에 하나의

'공간'으로 남아 있기 때문이다. 이 시에서의 시간이 공간으로 변화하는 이러한 과정은 마지막 두 행에 의해서 '바다'와 '석류꽃 대낮'으로 구체화되며, 전자는 청색을, 후자는 황색을 암시하게 되고 그것은 궁극적으로 철저하게 대립되어 있다. 말하자면 '바다'라는 광의의 공간과 '석류꽃'이라는 협의의 공간은 다시 '대낮'에 의해서 바다만큼 크고 넓은 공간으로 확대된다. 이렇게 볼 때에 '석류꽃 대낮'에는 이 시의 출발점에 해당하는 '흔적', 비 개인 후의 흔적이 단순한 흔적이 아니라 더 크고 의미 있는 흔적이라는 점이 함축되어 있다고 볼 수 있다. 이러한 점은 다음에 인용하는 「흉노」에도 나타나 있다.

> 도토리나무 어깨가 떨리고 있다.
> 正使 北狄傳.
> 도토리는 음산산맥 이쪽
> 만리장성 이쪽
> 시황제 발등에도 우수수 우수수
> 떨어지고 있다.
> 다람쥐야 다람쥐야 뭐가 그리 이상하냐,
> 푸줏간 식칼은 뒤로 실컷 휘고
> 가도 가도 하늘은 황사빛이다.
> 달이 뜨면 밤에는 늑대가 운다.

> - 김춘수, 「흉노」 전문

위에 인용된 시에는 과거의 역사와 현재의 사실, 인간의 세계와 동식물의 세계, 천상계와 지상계 등 '거대 담론'과 '미시 담론'이 파편적으로 혹은 '흔적'으로 병치되어 있다. 과거의 역사와 현재의 사실은 '正使 北狄', '만리장성', '시황제'와 그 각각에 대응되는 현재형 서술어에 해당하는 '떨리고 있다', '떨어지고 있다', '이상하냐', '빛이다', '운다' 등에서, 인간의 세계와 동식물의 세계는 '시황제', '도토리', '다람쥐', '늑대' 등에서, 천상계와 지상계는 '하늘', '달', '음산산맥' 등에서 확인할 수 있다. 이 모든 대립과 병치 및 흔적을 거대 담론과 미시 담론으로 요약할 때에 전자는 '시황제'로 대표되는 역사의 거대한 소용돌이와 흥망성쇠에 관계되고 후자는 '도토리'로 대표되는 현재의 척박한 삶에 관계되지만, 이때의 '도토리'는 먼 과거와 바로 '지금 여기'에서의 현재를 연결 짓는 역할을 한다.

거대 담론을 가능하게 하는 '陰山山脈'은 중국 내몽골자치구 중앙부에 있는 '인산산맥'의 다른 이름으로 그것은 장장 600km에 이르는 산맥이며, 그것은 중국 북방의 방위선으로 중요시되어 동부지구를 따라서 秦·漢시대에 축성된 '만리장성'에 관계되는 한편 다른 한편으로는 중국 근대사에서 '신해혁명'(1911)이 일어나기 전까지 2000년 이상 지속된 '황제 지배체제'를 창립했던 '시황제'(BC 247~BC 221)에 관계된다. 그리고 '시황제'라는 말에서 우리들은 '만리장성'과 '焚書坑儒' 등 가혹한 법과 혹독한 정치를 떠올리게 된다. '흔적'으로 남겨진 과거 권력자의 허상은 '도토리'와 '다람쥐'로 대표되는 미시 담론에 의해서 오늘의 현실을 고발하게 된다. 그것을 암시하는 부분이 바로 "푸줏간 식칼은 뒤로 실컷 휘고/가도 가도 하늘은 황사 빛이다."라는 부분이다. 이때의 '식칼'과 '황사 빛 하늘'에는 수많은 무고한 생명을 유린했던 '시황제'의 권력 무상이 반영되어 있다. 그러나 가공할 절대 권력의 잔인무도함은 바로 오늘의 이 시점에서도 여전히 우리들을 전율케 한다는 점이 "달이 뜨면 밤에는 늑대가 운다."에 요약되어 있다. 따라서 "다람쥐야 다람쥐야 뭐가 그리 이상하냐'라는 질문의 이면에는 진실의 불변성이 존재한다. 이처럼 서로 대립적이면서도 상보적인 관계를 유지하고 있는 이 시에서 거대 담론과 미시 담론은 시간적으로 볼 때에 2000년 이상을 뛰어넘어 과거와 현재를 연결짓기도 하고, '시황제'로 대표되는 지배 세계와 '다람쥐'로 대표되는 피지배 세계를 연결 짓기도 한다. 이 때의 '연결 고리'는 물론 '도토리'이며 그것이 일종의 '떠도는 시니피앙'의 역할을 하는 까닭은 '음산산맥'과 '만리장성'의 '이쪽'에도 떨어지고 '시황제 발등'에도 떨어질 뿐만 아니라 '다람쥐'에게도 떨어지고 있기 때문이다. 따라서 '우수수 우수수'라는 의성어가 암시하는 바와 같이 구심력으로서의 역사적 거대 담론은 원심력으로서의 미시 담론으로 파편화되고 분산되고 탈-중심되어 '떠도는 시니피앙'으로 나아가게 되며, 바로 이 점에서 이 시는 김춘수가 강조했던 역사적 폭력에 대한 고발에 해당한다고 볼 수 있다.

이렇게 파악할 수 있는 이 시에서 '匈奴' 역시 중국의 '史書'에서 시대에 따라 각기 다른 이름으로 命名되었다는 점에서 '떠도는 시니피앙'에 관계된다. 예를 들면, 殷과 周의 시대에는 '鬼方', '昆夷', '험윤'으로, 춘추시대에는 '戎'과 '狄'으로 불리다가 '匈奴' 또는 '胡'로 정착되었다는 점에서 그렇게 파악할 수 있다. 따라서 김춘수 시의 본문에서 '北狄'은 춘추시대의 명칭에 관계되지만 제목이 '흉노'로 된 것은 동일 대상에 대한 다른 명칭을 고려하고 있기 때문이다.

마드리드에는 꽃이 없다.
다니엘 벨은
이데올로기는 이제 끝났다고 했지만
유카리나무에 피는

하늘빛 꽃은 바다 건너
예루살렘에 가야 있다.
마드리드의 밤은
어둡고 낯설고
겨울이라 그런지 조금은
모서리가 하얗게 바래지고 있다.
그네가 내미는 손이
작고 차갑다.

- 김춘수, 「마드리드의 어린 창부」 전문

　위에 인용한 시는 김춘수의 시 세계에서 중요한 의미를 지닌다. 그
것은 이 시의 제목인 '마드리드의 어린 창부'가 이한직의 시 「황해」
의 "燕京圓明園胡同에 사는 老巫/마드리드의 창부"와 똑같을 뿐만
아니라 그가 자신의 『시의 표정』(1979)에 수록된 「황해, 또는 마드
리드의 창부 : 이한직의 비애」에서 이한직의 「황해」를 "언어단편(소
도구)들이 윤색되고 있는 그 빛깔을 말하자면, 그것은 비애 그것이
라고 할 수 있다. … 시편 「황해」는 화려했던 것이 (고대 동양의) 몰
락한 그 비애의 서정이다."라고 심도 있게 논의하고 있기 때문이다.
다른 하나는 이 시에서도 그는 자신이 관심을 가지고 있던 「샤갈의
마을에 내리는 눈」, 「고야의 비명」, 「마요르카 도」 등과 같이 그 자
신만의 창조적인 안목으로 그림과 시를 접목시키고 있기 때문이다.
또 다른 하나는 '이데올로기', '예루살렘', '마드리드' 등의 시어에
서 우리는 김춘수의 시 세계를 종합할 수 있기 때문이다. 말하자면,
'폭력·이데올로기·역사'에 대한 그 자신의 삼각관계 도식 및 지배
와 피지배의 소멸을 "이데올로기는 이제 끝났다."라는 다니엘 벨의

말을 인용하여 강조하고 있으며, '예루살렘'에는 김춘수 시에서 하나의 배경으로 작용하고 있는 기독교 정신이 암시되어 있다. 기독교에 대한 그의 관심은 「예수를 위한 6편의 소묘」(1977)에 대해서 "앞으로도 예수를 소재로 한 시가 더 쓰여질 듯 하다. 예수에 대한 매력은 날이 갈수록 더해 간다. 그러나 예수는 나에게 자꾸 주제를 강요하고 있어 거북한 때가 없지 않다."에서 확인할 수 있다. 마지막으로 '마드리드'에는 스페인으로 대표되는 라틴문화권에 대한 시인 자신의 애정이 깃들어 있다.

이렇게 말할 수 있는 까닭은 '드골공항에서 오를리공항까지', '스페인 소묘', '그리스 소묘', '기타' 등 전부 네 부분으로 이루어진 『라틴점묘기타』에서 스페인에 관련되는 시편은 열아홉 편에 달하지만 그리스에 관계되는 시편은 세 편뿐이기 때문이다. 이 시집의 서문에서 "오래 전부터 라틴문화권을 동경해 왔다."라고 시인 자신이 밝히고 있는 바와 같이 고야, 피카소, 미로, 우나무노, 오르테가 이 가세트 같은 화가와 철학자를 배출한 스페인에 대해서 그는 남다른 애정을 가지게 된다.

위에 인용된 시의 전반부에서 '유카리나무'는 호주 원산으로 그것은 식민지의 부산물로 유럽에 건너오게 된 나무이다. 그것은 또 자신의 의지와는 무관하게 흩어져 살아야만 하는 일종의 '디아스포라(Diaspora)'에 관계된다. 호주 원주민들 사이에서 '키노(Kino)'라고 불리는 이 나무의 속명은 '유칼립투스(Eucalyptus)'이며 'Eu'는 '완벽하다'는 의미를, 'Calypto'는 '수술로 뒤덮인 것'을 의미한다. 심한 상처를 치료하는 데 사용되었던 이 나무는 '시드니 페퍼민트'라는 질병 치료제의 원료를 제공하지만 다른 식물의 생장을 방해하기도 한다. 치료와 훼방의 이중성을 지닌 유카리나무의 꽃이 인용 시에서 예루살렘으로 가야하는 까닭은 분쟁의 중재와 해결, 혹은 지배와 피지배의 완전 해소의 역할을 할 수도 있다고 시인은 믿고 있기 때문일 것이다. 그리고 '작고 차가운 그네의 손', 즉 '마드리드의 어린 창부'의 손은 거대 식민 제국을 형성했던 스페인의 과거의 영광, 즉 100m 넘는 거목으로서의 유카리나무와도 같았던 영광과 현재의 침잠, 즉 '작고 차가운 손'으로 대표되는 침잠을 반영한다.

'어둡고 낯선 마드리드의 밤', 여행객에게도 을씨년스럽고 '그림' 속의 혹은 '현실' 속의 '어린 창부'에게도 을씨년스러운 밤, 그 암울하고 참담한 어둠으로부터 벗어나야 한다는 점을 시인은 강조하는 한편, 다른 한편으로는 이스라엘 민족이 오랜 세기에 걸친 '디아스포라'를 끝내고 정착하게 된 예루살렘, 모든 인류의 구원의 원점에 해당하는 예루살렘, 그러나 또 다른 분쟁을 야기할 뿐인 예루살렘을 떠올리게 된다. '예루살렘에 피는 하늘빛 유카리나무의 꽃' 그것은 이 시의 핵심에 해당하는 '떠도는 시니피앙'을 대변한다. 호주에서 유럽으로, 다시 중동의 예루살렘으로, 이 나무가 식민지의 산물로서 이동했듯이, 이스라엘 민족이 끝나지 않는 '디아스포라'를 계속하고 있듯이, 그리고 오늘날에도 세계 곳곳에서 여전히 그러한 離散이 지속되고 있듯이, 시인은 자기 자신이 그렇게도 혐오하고 거부했던 '폭력·이데올로기·역사'가 아직 끝나지 않았다는 점을 시사하고 있다.

시 읽기를 마치며

라이너 마리아 릴케와 Y. S. 엘리엇을 선호했던 시인, 현실과는 무관하게 관념을 추구했던 시인, 그 관념의 무게마저도 벗어버리고 무의미를 찾아 나섰던 시인, 그리고 시니피에의 세계보다는 시니피앙의 무한한 가능성을 모색했던 시인 김춘수, 그래서 그의 시는 사뭇 낯설게 느껴지고 실험적으로 느껴지고 생경하게 느껴지기도 하지만, 언제나 새로운 활력과 충격을 한국 현대시단에 부여했다. 그 누구보다 한국 현대시의 역사에서 부단하게 '모더니즘' 계열의 시를 추구해 왔던 시인 김춘수, 그의 그림자는 그가 떠나고 없는 지금, 영원히 언제까지나 길게 드리워져 있을 수밖에 없다. 그만큼 한국 현대시의 역사에서 그의 영향력은 지대한 것이었다.

어떤 늙은이가 내 뒤를 바짝 달라붙는다. 돌아보니 조막만한 다 으그러진 내 그림자. 늦여름 지는 해가 혼신의 힘을 다해 뒤에서 받쳐주고 있다.

- 김춘수, 「산보길」 전문

자신의 마지막 모습을 암시하기라도 하는 것 같은 이 시에서 시인은 실체로서의 '나 자신'보다는 그것의 허상으로서의 그림자, '조막만한 다 으그러진 내 그림자'를 더 강조하고 있다. 아울러 그 그림자를 받쳐 주고 있는 '늦여름 지는 해'에 반영되어 있는 마지막 열기, 바로 그 열기는 그가 그토록 애정과 열정을 가지고 추구해왔던 관념시, 무의미시, 떠도는 시니피앙의 세계가 지속될 수 있도록 하는 한편, 다른 한편으로는 李箱, 김춘수 자신, 이승훈 등으로 이어지는 한국 모더니즘 시 계열의 큰 축이 더욱 확고부동하게 형성될 수 있도록 한다. 하나의 '허상'으로서의 바로 이 '그림자', 그것은 우선적으로 그가 남겨놓은 그 자신의 시 세계에 관계되고 다음으로는 그의 시 세계가 끼쳐놓은 '모더니즘 시'의 영향력에 관계된다는 점을 강조하면서 글을 마친다.

西風賦

　너도 아니고 그도 아니고, 아무것도 아니고 아무것도 아니라는
데…… 꽃인 듯 눈물인 듯 어쩌면 이야기인 듯 누가 그런 얼굴을
하고,
　간다 지나간다. 환한 햇빛 속을 손을 흔들며……
　아무것도 아니고 아무것도 아니고 아무것도 아니라는데, 온통
풀냄새를 널어놓고 복사꽃을 울려놓고 복사꽃을 울려만 놓고,
　환한 햇빛 속을 꽃인 듯 눈물인 듯 어쩌면 이야기인 듯 누가 그
런 얼굴을 하고……

꽃을 위한 서시

나는 시방 위험한 짐승이다.
나의 손이 닿으면 너는
미지의 까마득한 어둠이 된다.

존재의 흔들리는 가지 끝에서
너는 이름도 없이 피었다 진다.
눈시울에 젖어드는 이 무명의 어둠에
추억의 한 접시 불을 밝히고

나는 한밤내 운다.
나의 울음은 차츰 아닌 밤 돌개바람이 되어

탑을 흔들다가
돌에까지 스미면 금이 될 것이다.

⋯⋯얼굴을 가리운 나의 신부여.

나의 하나님

사랑하는 나의 하나님, 당신은
늙은 비애다.
푸줏간에 걸린 커다란 살점이다.
시인 릴케가 만난
슬라브 여자의 마음 속에 갈앉은
놋쇠 항아리다.
손바닥에 못을 박아 죽일 수도 없고 죽지도 않는
사랑하는 나의 하나님, 당신은 또
대낮에도 옷을 벗는 어리디어린
순결이다.
삼월에
젊은 느릅나무 잎새에서 이는
연둣빛 바람이다.

부두에서

바다에 굽힌 사나이들,
하루의 노동을 끝낸
저 사나이들의 억센 팔에 안긴
깨지지 않고 부서지지 않은
온전한 바다,
물개들과 상어 떼가 놓친
그 바다.

처용 三章

1
그대는 발을 좀 삐었지만
하이힐의 뒷굽이 비칠하는 순간
그대 순결은
틸이 좀 틀어지긴 하였지만
그러나 그래도
그대는 나의 노래 나의 춤이다.

2
유월에 실종한 그대
칠월에 山茶花가 피고 눈이 내리고,
난로 위에서

주전자의 물이 끓고 있다.
西村 마을의 바람받이 서북쪽 늙은 홰나무,
맨발로 달려간 그날로부터 그대는
내 발가락의 티눈이다.

3
바람이 인다. 나뭇잎이 흔들린다.
바람은 바다에서 온다.
생선 가게의 납새미 도다리도
시원한 눈을 뜬다.
그대는 나의 지느러미 나의 바다다.
바다에 물구나무 선 아침하늘,
아직은 나의 순결이다.

눈물

남자와 여자의
아랫도리가 젖어 있다.
밤에 보는 오갈피나무,
오갈피나무의 아랫도리가 젖어 있다.
맨발로 바다를 밟고 간 사람은
새가 되었다고 한다.
발바닥만 젖어 있었다고 한다.

석류꽃 대낮

어제와 오늘 사이
비는 개이고
구름이 머리칼을 푼다.
아직도 젖어 있다.
미류나무 어깨 너머
바다
석류꽃 대낮.

흉노

도토리나무 어깨가 떨리고 있다.
正使 北狄傳.
도토리는 음산산맥 이쪽
만리장성 이쪽
시황제 발등에도 우수수 우수수
떨어지고 있다.
다람쥐야 다람쥐야 뭐가 그리 이상하냐,
푸줏간 식칼은 뒤로 실컷 휘고
가도 가도 하늘은 황사빛이다.
달이 뜨면 밤에는 늑대가 운다.

산보길

어떤 늙은이가 내 뒤를 바짝 달라붙는다. 돌아보니 조막만한
다 으그러진 내 그림자다. 늦여름 지는 해가 혼신의 힘을 다해 뒤
에서 받쳐주고 있다.

마드리드의 어린 창부

마드리드에는 꽃이 없다.
다니엘 벨은
이데올로기는 이제 끝났다고 했지만
유카리나무에 피는
하늘빛 꽃은 바다 건너
예루살렘에 가야 있다.
마드리드의 밤은
어둡고 낯설고
겨울이라 그런지 조금은
모서리가 하얗게 바래지고 있다.
그네가 내미는 손이
작고 차갑다.

2부
내가 만난 김춘수

시인 김춘수에게 보내는 편지

전 혁 림 화가

붉고도 시린 아침이다. 이 아침에도 동백이 뚝 떨어진다. 겨울 통영에는 남망산 동백 떨어지는 소리가 난다. 나는 귀가 어둡다. 그런데도 남망산 동백 떨어지는 소리는 이 아침 유난히 크게 들린다. 나는 시간에 따라 바뀌는 통영 바다의 물빛을 바라보고 있다. 나는 아흔의 노인이다. 생전의 춘수 얼굴이 어리다가 간다. 한낮의 바다는 회청색으로, 차가운 납색의 굵은 너울 줄기로 이어졌다가 남실거리다가 다시 붉고 시리게 서서히 깊은 무채색으로 변해 간다.

김시백과 나는 코발트블루를 좋아했다. 코발트블루는 세밀히 말하자면 쪽빛 바다 한 술에 청색 잉크 한 방울을 떨어뜨렸을 때 일어나는 번짐의 가장자리색이라고 표현할 수 있다. 우리는 왜 코발트블루를 좋아했을까? 굳이 20세기 모더니스트들의 공통된 이론과 표현 방식을 들지 않더라도 코발트블루는 김시백과 나에게 선험적 색채감으로 각인이 되었으리라. 우리는 바다와 연하여 형성된 포구를 지척에 두고 성장했고, 사계절이 가져다 주는 바다의 풍부한 변화는 그와 나에겐 피할 수 없는 색감으로 그림과 시의 근간으로 아주 중요한 작용을 했으리라.

또 한 가지, 정확치는 않지만 김시백에게도 아마 색채에 대한 공포가 있지 않았나 여겨진다. 그것은 이를테면 나에게 붉은색이 억압이고 피해야 할 색으로 인식되어 있는 것과 같다. 나는 붉은색을 거의 쓰지 않았다. 그것은 이 나라의 역사와 깊은 관련이 있다. 우리는 역사가 인간에게 부여하는 시련의 고초를 혹독하게 경험하고 일생을 살아온 세대다. 일제와 좌와 우의 대립, 역사의 이데올로기 속에서 붉은색은 공포였다. 피해야 할 색이었다. 사실 붉은색은 부르주아의 색이다. 그것은 공산주의의 색이 아니다. 그런데도 우리는 왜 붉은색을 피했을까. 춘수는 역사는 비겁하다 했다. 비로소 최근에 이르러서야 나는 코발트블루보다 붉은색을 많이 쓴다. 하여간 일본에서의 젊은 시절 천황에 대한 비판 죄로 감옥살이를 경험한 김시백에게도 색채에 대한 모종의 공포가 있지 않았나 여겨진다. 그리고 이것은 그의 허무주의로 귀결되는 역사의식과 깊은 관련을 갖는 것으로 나는 미루어 짐작하고 있다.

김시백의 부음을 듣고 나는 공포를 느꼈다. 거울처럼 마주보던 예술적 동지의 얼굴을 이승에서 다시는 볼 수 없다는 공포! 다시 말하지만 나는 아흔 살이나 먹은 노인이다. 우리 같은 모더니스트들에겐 죽는다는 것에 대한 공포는 없다. 다만 서로를 긴장하게 하고 동지애를 느끼게 하였던 대상을 잃는다는 것은 죽음보다 더한, 슬픔을 넘어 공포로 작용한다.

김시백과 함께 했던 젊은 시절이 떠오른다. 해방 직후, 모든 것이 뒤엉켜 있던 시절 통영에도 한글을 모르는 문맹자들이 흔했고, 미래를 어디서부터 찾아야 하는지 모른 채 하루하루를 살아가는 사람들이 태반이었다. 1945년 9월 우리는 통영문화협회라는 것을 만들어 미래를 찾고자 하였다. 청마가 회장으로 추대되었고 김시백이 총무를 맡았다. 우리는 한글 강습회나 야간 공민학교를 개설했고 연극 공연, 미술 전람회 등 많은 일을 하면서 아울러 각자의 현실을 깨우치고 다그치는 계기로 삼았다.

통영문화협회 총무로서 김시백은 너무나 충실하고 정확했다. 그가 시를 다시 쓰기 시작한 것도 아마 그 무렵일 것이다. 당시 몇 편의 습작을 청마에게 보여준 일이 있는데, 글자 토씨 몇 개 잘못된 것을 지적하고는 별 말이 없었던 것으로 기억한다. 이후에도 김시백이 청마에게 자주 작품을 보이고 평을 청하였으나, 좋은 시가 어떤 것인지 청마 자신이 가늠할 수 없다며 할 말이 없다고 했다는 일화를 들은 적도 있다. 생각해보면, 이 말은 청마의 시 세계와 대여의 시 세계가 결국엔 어차피 갈라설 수밖에 없는 전조가 아니었나 여겨지기도 한다. 하여간 그래도 김시백의 초기 시들엔 아마도 청마의 영향이 컸을 것으로 나는 추측하고 있다. 언젠가 통영문화협회 모임을 하고 술자리를 하기 위해 자리를 옮기는데 춘수 씨와 내가 둘이만 같이 걷게 되었다. 우리는 바닷가를 따라 걸으며 이런저런 이야기를 나누었다. 그리고 그때 예술에 대한 서로의 생각이 일치한다는 것을 알게 되어 반가웠다. 우리는 서로에 대해 깊은 호감을 느꼈고, 그날의 공감대가 그와 나를 평생의 예술적 동지로 이어지게 하였다. 좌우지간 통영문화협회 모임은 3년여 지속되다가 고향을 떠나게 되는 이들이 하나 둘 생김으로서 지지부진 중단되었다. 그때 김시백은 마산으로 떠났다.

1950년대 초에 나도 마산의 모 고등학교에 임용이 되어 잠시 고향을 떠나게 되었는데, 마땅한 거처가 없어 얼마간 김시백의 집에서 신세를 진 적이 있었다. 그때 나는 김시백의 이모저모를 다시 한 번 확인할 수 있었다. 김시백은 릴케, 도스토옙스키, 고리키 등의 문학을 즐겨 보았는데, 아마도 슬라브 민족의 정서가 우리의 애틋한 정서와 비슷하다는 발견을 했던 것으로 안다. 또한 유라시아 세계의 신비스러움에 대한 동경도 함께 지니고 있었던 걸로 짐작이 되었다.

또한 그는 그림을 무척 좋아해서 화가들과의 교류가 많았다. 나는 물론이고 마산의 화가들과도 수차례의 시화전을 가지면서, 20세기 회화의 중심인 포비즘과 큐비즘, 초현실주의의 필연적 형성 과정을 해박한 이론으로 설명해 전형적인 모더니스트의 모습을 보여주었다.

언젠가 김시백이 '자신의 의지에 철저하였던 릴케의 삶이 우리의 현실에서도 가능한지' 나에게 물어온 적이 있었다. 김시백은 릴케에 경도되어 있던 것으로 짐작이 갔다. 그리고 몇 년 뒤에는 니콜라이 베르다예프에 빠져 있었고, '예술가로서의 양심이 현실 속에서 어떠해야 하는지'를 실천하는 화두에 깊이 고민하고 있다는 얘기를 들었다.

하여간 그 이후 김시백이 부산으로 대구로 서울로 생활 근거지를 옮겨다님으로 해서 우리는 그렇게 자주 만나지는 못했다. 항간에선 춘수 씨가 좀 쌀쌀맞고 인정머리가 없다는 얘기를 하던데 그건 그를 잘 모르는 사람들이 하는 소리다. 김춘수는 다정다감한 사람이었다. 서울의 모 백화점에서 내가 전시회를 가진 적이 있는데 우연히 춘수 씨를 만났다. 당시 그는 꽤 유명해져 있는 상태였다. 우리는 반갑게 악수를 나누고 그간의 안부를 묻고 했는데, 춘수 씨가 내 입성을 보고는 걱정을 해주었다. 전시회를 한다고 며칠을 갈아입을 옷도 없이 객지에 나가 있었으니 내 행색이 그가 보기엔 초라한 것이 당연했으리라. 그와 어디 근처 옷 가게에 가서 우선 입을 만한 옷을 샀고, 식사를 하자고 해서 밥집엘 갔는데 또 서로 밥값을 내겠다고 다투었던 기억이 난다. 밥집 아주머니가 결국 '아무래도 서울에 사시는 선생님이 내시는 게 낫겠네요' 하고 중재를 해서 춘수 씨가 밥값을 내었다. 그리고 신작 시집이 나오면 가끔 나에게도 직접 보내주곤 하였는데, 포장을 뜯으면 린시드(유화재료의 희석기름)에 엉켜진 푸른 물감의 진득한 냄새가 새 책에서 물씬 풍겨 나오는 착각을 몇 번이나 느꼈다. 그와 나는 전화를 통해 서로에 대한 격려를 아끼지 않았다.

아마도 부인을 잃고 나서부터였을까, 1995년 무렵부터 김시백은 이전보다 훨씬 더 자주 통영을 찾았고 고향을 방문할 때마다 잊지 않고 나를 찾아 주었다. 나는 그가 고맙고 감사했다. 그런데 2004년 2월 그때의 고향 방문이 마지막일 줄이야. 팔구십 년 인생을 산 우리는 전혀 예감하고 예견치 못했으니 참으로 비통하고 안타까움을 금할 수가 없다.

나는 아흔 살이라는 삶 속에서 정확하게 69년을 화가로 고향 통영에서만 살았다. 한 곳에 오래 정착하여 살다보면 주변의 일들은 관심에 들지 않고 꼭 필요한 일에만 마음을 쓰게 되는데, 돌아보면 김시백과 나는 60년 가까이 서로의 안부를 묻고 격려를 하고 예술적 동지로 관계를 유지해 온 것 같다. 서로에게 아무런 가식이 필요없었던 젊은 시절의 교유가 밑바탕이었음은 두말할 필요가 없다.

오늘도 나는 코발트블루의 통영 바다를 바라보며 김시백에게 나지막히 말을 건넨다.

춘수! 당신이 생전에 좋아했던 최선생의 작품을 보고 있소. 이 작품이 당신의 시화집으로 곧 출간된다고 하니 한결 기쁜 마음으로 감상하게 되오. 다시 보니 이 작품은 메타포(metaphot)가 더욱 강하고, 당신이 말년에 추구하였던 무의미의 시와 일치하여 유겐트슈틸(Jugendstil, 1895년경에 형성된 조형예술의 한 흐름, modern style, Art Nouveau 등으로 불리어진 새로운 회화 양식의 독일적 변용)의 현대적 변용 속에 녹아들어 다시 보헤미안의 세계로 인도하는 듯하오. 마치 당신이 경도되었고 떨쳐버리려고 하였던 릴케가 다시 그림으로 살아나 당신의 모습으로 은근히 미소짓는 듯 하오. 축하드리오.

그리고 아흔 나이의 내가 몇 밤을 뒤척이며 당신의 기억을 더듬는 것은 홀로 남은 자의 이를 데 없는 외로움이라고 그렇게 알아 주시오. 보고 싶소, 춘수!

2005년 1월 문학과 그림과 음악의 고향 통영에서 화가 전혁림

* 이 글은 화가 전혁림 선생의 구술과 아드님 전영건 화백의 글을 조합, 유홍준 시인이 재구성했음을 밝힙니다.

우울하던 시절의 김춘수 선생

김 진 경 전 경북대 교수

　씨는 고명한 시인이다. 그러나 시인으로서의 김춘수를 나는 거의 알지 못한다. 내가 읽은 씨의 시라곤 두 편밖에 없다. 그 한 편은 시라고 할 것 없는 대구문화방송의 테마송의 가사에 불과한데 그것도 새벽이면 텔레비전이 시작될 때마다 활기찬 가락과 함께 화면에 나타나는 것이니 어쩔 수 없이 듣고 읽을 수밖에 없었던 것이다. 이 치졸하기 이를 데 없는 군가나 응원가 조의 가사를 볼 때마다 나는 씨에게 경멸보다는 연민을 느꼈었다. 이 가사 한 편으로 상당한 액수의 고료를 우려냈을 것이긴 하나 시시한 유행가만도 못한 하찮은 가사가 새벽마다 방영될 양이면 씨는 새벽마다 자신의 치부를 드러내는 부끄러움을 느꼈을 것이기 때문이다.
　내가 아는 또 한 편은 씨가 직접 붓으로 써 준 「내가 만난 李仲燮」이란 시인데 이것을 나는 이중섭의 복사판 그림과 함께 액자에 넣어 연구실 빈 벽에 걸어 두었으니 미상불 읽지 않을 수 없었던 것이다. 하지만 나는 이 시가 마음에 들었다. 지적인 에토스와 환상적인 이미지가 섞여 엮인 샤갈적 감각의 깨끗한 시인데 이 한 편으로 씨의 인기를 짐작할수 있을 것 같았다.

나는 내가 읽은 이 두 편의 시를 내 멋대로 씨의 최대의 졸작과 걸작이라 단정하여 버렸기 때문에 씨의 다른 작품을 읽을 필요가 없는 것이라 생각했었다.

씨는 산문에 대해서도 상당한 자신을 가지고 있었다. 산문을 못 쓰는 시인은 데생을 못 익힌 추상 화가와 같다는 데에 나와 의견을 같이 했다. 실인즉 씨의 시는 모두가 산문시라 할 수 있을지도 모르며 그래서 씨의 '이미지' 라는 것도 평역한 산문시의 행을 띄엄띄엄 빼버리고 그것을 독자에게 상상으로 메꾸어 보라고 하는 '파즐' 적인 것이라 비꼬아준 일도 있지만 어쩌면 씨의 문인으로서의 본령은 산문에 있었는지도 모를 일이다. 그렇다고 내가 씨의 산문을 각별히 연구했다는 건 물론 아니다. 실인즉 나는 씨의 산문을 한 줄도 유심히 읽어 본 적이 없는 것이다. 두 편의 시를 통해 그러한 느낌이 들었다는 것일 뿐이다.

씨의 시론 강의나 강연은 학생들 사이에 소문이 자자했지만 나는 한 번도 들어 본 일이 없어 그 내용을 알 수 없으며 도시 씨와의 대화에서 문학이 화제가 된 일이 거의 없었던 것 같다. 그것은 내가 그 방면의 문외한이기 때문이기도 했고 그런 고상한 얘기를 주고받는 것이 씨로선 쑥스럽고 촌스러운 일이라 느꼈기 때문이기도 했을 것이다.

대체로 우리 나라 대정파 문인들은 기분은 낭만적이나 학문이나 사상과는 거리가 먼 무식한이지만 이례적으로 씨는 창작과 이론을 겸비한 스컬러포이트로 간주되는 것이 사실이다.

그러나 내가 아는 한 씨는 문학에 대해 별로 공부를 하는 것 같지 않았다. 씨와 함께 시내를 배회하다가 이따끔씩 책방을 기웃거리곤 했지만 씨가 책을 사는 것은 매우 드문 일이었다. 일체의 잡서에는 관심이 없었으며 어쩌다가 문학서가 눈에 띄면 도서관용이나 과도서(科圖書)로 매입 수속을 할 뿐 외상이건 현금이건 당신 돈으로 책을 사는 일은 거의 없었다. 따라서 씨의 독서량은 적이 빈약할 것이라 짐작되는데 그럼에도 불구하고 강의나 강연이나 평론에서 '有識한 얘기'로 명성을 얻고 있다는 것은 놀라운 일이 아닐 수 없었다. 씨가 정녕 유식한지는 알 수 없었으나 지극히 크리에이티브한 천분을 타고 났음은 틀림없는 사실이라 할 것이다,

요컨대 나는 문인으로서의 씨를 이해하거나 각별히 존경할 처지가 아니었으며 굳이 그럴 필요도 없었다. 인품만으로도 씨는 적이 매력적이고 충분히 존경할 만한 점이 없지 않았기 때문이다.

씨와 친숙하게 된 것은 언제부터일까. 경북대에 부임한 것은 씨와 내가 비슷한 시기이었으나 면식 정도일 뿐 각별한 친교가 없었다. 그러나 1970년경 내가 미국에 다녀온 후 씨의 옆방으로 연구실을 옮긴 후부터 가까워진 것이 아니었을까. 씨는 동료 교수나 후배 문인들과는 다른 홀가분한 기분으로 중학 후배인 나를 대할 수 있었을 것이며 따라서 둘이는 자연히 허물없이 지낼 수 있게 되었을 것이다.

옆방에 자리한 씨의 연구실은 창고와 같이 살풍경했다. 책을 사 모으는 현학적인 취미를 갖지 않은지라 서가는 텅 비어있었으며 비품은 보잘 것 없었다. 낡아 빠져 폐품과 진배없는 책상을 앞에 두고 삐걱거리는 회전의자에 위태롭게 기대어 멍하니 앉아 있는 씨의 모습은 어쩌면 고 이양하 선생을 방불케 하는 점이 없지 않았다. 학생 시절 나는 학장실에 앉아 있는 고인의 모습을 본 일이 있다. 고인은 전임자가 으리으리하게 꾸며 놓은 장서니 상패니 액자 따위 속취(俗臭)나는 일체의 장식품을 깨끗이 치워버리고 텅 빈 방에 혼자 앉아 시작에만 몰두하고 있는 것이었다. 그러나 장식품이 없다 해도 넓고 깨끗한 학장실은 구 제국대학 시절의 중후한 분위기를 간직하고 있

어 그것이 소탈한 고인의 모습을 한결 무게 있게 하고 있었다.

텅 빈 방에 앉아 있는 시인이란 점에서 두 분의 모습은 비슷하였으나 이쪽은 창고와 같은 썰렁한 분위기인지라 씨의 모습은 한결 측은하게 보일 뿐이었다.

씨는 책을 사지도 않거니와 간직하지도 않았다. 전문(傳聞)이라 진위를 알 수 없는 얘기이나 씨의 제자 한 사람이 시장 고물가게에서 산더미같이 쌓여 있는 시집을 발견하여 살펴본즉 그것이 모두 씨에게 보낸 기증본이더라는 것이다. 나는 이 얘기를 듣고 씨의 매정함을 탓하기보다 기증받은 시집 따위를 방구석에 수북이 쌓아 두느니 폐지로서 깨끗이 처분해 버린 씨의 통쾌한 처사에 갈채를 보내고 싶은 심정이었다.

연구실은 씨에게는 강의 사이에 잠시 머무는 휴게실에 불과했으며 그 무렵의 씨는 시내 어느 다방에 살다시피 하고 있었다. 젖비린내 나는 문학청년도 아닌 씨가 다방에 도사리고 있는 것은 그 다방의 아름다운 용모의 마담과의 담소 때문이었다. 말하자면 씨는 그들 다방의 정신적 기둥서방 격이었다. 정신적이라고 한 것은 적어도 씨는 돈을 대거나 뜯거나 하는 금전적인 후견인이 될 처지가 아니었기 때문이다. 씨와 마담은 겉보기에는 다정한 오누이 사이라는 인상을 주었으며 씨는 그녀를 사랑스러운 제자를 대하듯 했다.

하긴 씨는 문학 지망 숙녀들 가운데도 깨끗한 용모를 가진 숙녀만을 가까이 했다. 재능이 있는 추녀보다 재능이 없는 미녀를 당연히 좋아한 것이다. 씨는 인기 있는 시인으로서 많은 여성 팬을 가졌을 것이다. 그러나 행인지 불행인지 시인을 좋아하는 문학소녀 내지 문학 마담치고 미인이란 없는 법이라 씨의 여성 관계는 지극히 담담하였다. 씨는 어디까지나 가미(歌美)적인 페미니스트이기 때문이었다. 따라서 씨는 늙은 시인에서 흔히 보이는 못생긴 문학소녀에 둘러싸여 자음적(自淫的)인 웃음을 히죽거리는 노잔한 꼴을 보이는 일은 결코 없을 것이다.

생활 태도에 있어 씨는 합리적인 에고이스트이었다. 통영 부잣집 태생이라는 소문이었지만 그런 소성(素性) 탓인지 이 나라 문인, 특히 대정파 문인들의 공통적인 고질인 가난과 비굴과 인색과는 아랑곳이 없었다. 물론 씨의 수입이라곤 보잘 것 없는 것이었을 것이나 살림살이야 어떻든 씨는 미식과 옷맵시를 즐기는 귀공자연한 생활이었다.

옷맵시에 있어 씨는 한 가지 기벽을 가지고 있었다. 웃옷을 매일같이 갈아입는 것이 그것이다. 따라서 씨는 시인의 상표인 나태와도 아랑곳이 없다 할 것이다. 옷을 갈아 입을 양이면 주머니 속의 자잘구레한 물건을 일일이 옮겨야 하며 그러한 번거로운 이동 작업을 매일같이 행한다는 것은 워낙 부지런한 성격임을 말해주는 것이기 때문이다.

이토록 옷맵시에 신경을 쓰는 씨인지라 거리의 양품점을 무심코 지나치질 않았다. 눈에 띄는 옷가지가 걸려 있으면 서슴지 않고 흥정을 걸어 당장에 사 버리고 만다. 손수건 하나를 고르는 데도 며칠이 걸려야 하는 우유부단한 나로선 부러울 정도의 결단력이다. 그러나 나는 씨의 결단력을 부러워하되 그 결과에 대해서는 반드시 그러하지는 않았다. 씨가 고른 옷가지치고 내 마음에 드는 것은 거의 없었기 때문이다. 그렇다고 씨의 미에 대한 감각이 보잘 것 없다는 말은 아니다. 씨의 심미안에 찰 만한 물건이 없었을 뿐이라 할 수 있기 때문이다. 씨에겐 한창 나이의 자녀들이 있기에 "다 늙은 양반이 당신 치장만 하지 말고 애들한테도 옷이나 좀 사 줘 보시지." 하고 쏘아 붙였더니 "젊은 애는 젊음만으로 충분해. 옷치장이 필요 없어요."라고 변명을 하면서도 버릇없는 내 말에 몹시 기분이 상한 듯했다. 그것은 내가 씨의 씀씀이를 지적해서가 아니라 씨를 늙은이라 불렀기 때문이었다.

하지만 씨는 이따금씩 부인의 옷을 살 때가 있었다. 이때야말로 인간 김춘수의 가장 아름다운 모습이었다. 가정에서의 씨는 가히 신성 불가침적인 어리광(?)을 부리겠지만 너그럽고 유력한 부인에 대해서는 깊은 정과 안쓰러움을 품고 있었던 것이다.

귀공자연한 생활 태도라 했지만 그렇다고 씨가 우정에까지 담백하고 대범한 성격이라는 말은 아니다. 씨는 오랜 친분을 갖던 파스텔화가인 강모 씨와 여러 번 시화전을 가졌다는데 그 때의 소품 몇 점을 남겨두고 있었다. 그 한 점을 양도하라고 졸라댔지만 막무가내이었다. 내가 그 그림을 탐낸 것은 그림이 좋아서라기보다 그 그림이 두 분의 돈독한 우정의 결정이었기 때문이었으며 나는 나대로 그것을 씨와의 교우의 기념으로 삼기를 원했던 것이다. 말하자면 그림을 탐냈다기보다 두 분의 우정을 탐낸 것이다. 따라서 "몇만 원짜리를 함부로 줄 수 있느냐"는 씨의 매정한 거절에 배신감과 같은 실망을 느꼈었다. 하지만 그것도 아름다운 것은 티끌만큼도 남에게 양보할 수 없는 철저히 탐미적인 에고이스트이기 때문이라 해석해야 할 것이다.

씨는 시인으로서의 오기가 대단했겠지만은 세련된 신사인지라 그것을 함부로 노출하지는 않았다.

한때 문화 방송이 지방 문화 발전에 봉사한다는 뜻에서 일요일 아침 지방 문화인을 등장시키는 문화 프로를 방영하는 일이 있었는데 스폰서 없는 프로라 등장하는 문화인도 무료로 출연하는 것이 상례이었다. 씨에게 출연 교섭이 있자 씨는 10만 원인가 하는 엄청난 출연료를 요구하며 프로듀서를 아연케 한 것이다. 물론 씨의 출연은 이루어지지 않았지만 씨가 출연료를 요구한 것은 돈도 돈이거니와 출연을 영광으로 생각하는 무명의 지방 문인과는 다르다는 오기 비슷한 감정이 있었을 것이고 문인을 수월하게 대접해서는 안 된다는 경종 같기도 하였다. 시내 모 백화점 PR지에 글을 몇 줄 써주고는 고명한 시인을 어떻게 처우해야할지 모르는 순박하고 무지한 사원으로부터 대단한 액수의 고료를 기어코 우려낸 것도 같은 이유에서이었다.

정신적 귀족으로서의 오기에도 불구하고 당신의 건강하지 못한 육체에 대해서는 늘 신경성에 사로잡혀 있었다. 젊을 때는 강건한 체력이었으며 위장을 다치기 전만 해도 한 자리에서 수타의 맥주를 통음했노라고 자랑했지만 삼손 시대의 씨를 알지 못하는 나로서도 그것이 허언이라 생각하지 않는다. 몸은 초췌해도 뼈대는 가냘프지 않았으며 무엇보다도 가슴팍에 남아있는 몇 오리 가슴털이 왕년의 남성적 체취를 말해주지 않는가. 하긴 씨는 이 가슴털이 자랑스러웠던지 여름에는 반드시 그것이 드러나 보이도록 셔츠를 살짝 열어 두고 있었다. 하지만 애석하게도 그 털엔 백발이 섞여 있어 남성적 매력은커녕 중년 이후의 가슴팍을 한결 파리하게 하고 있었다.

하지만 위궤양 수술 후 씨의 외모는 놀랄 만큼 변했다. 얼굴에는 전에 없이 윤기가 나게 되고 볼에는 살이 붙고 배는 슬그머니 앞으로 튀어 나왔다. 시인다운 구도적인 풍모는 사라지고 위풍당당한 속물적인(?) 풍채가 되어버린 것이다.

그러나 이러한 변모에도 불구하고 변할래야 변할 수 없는 것은 씨의 최대의 약점인 대머리이다. 오심적인 낙인과도 같은 이 대머리를 감추기 위해 가발을 써 보기도 했으나(이 가발 작전은 자녀들의 반대로 포기했다고 한다) 결국 여러 가지 모자를 갖추어 철따라 다양하게 바꾸어 쓰게 된 것이다. 그리하여 내 뒷머리가 어느새 벗겨지기 시작한 것을 발견했을 때 상련은커녕 더 없이 기뻐하는 것이었다. 이때의 씨의 얼굴에 떠오른 천진한 소년과도 같은 행복한 웃음은 나로서도 씨에게서 처음 보는 하나의 '발견'이었다.

정치에 대해서는 씨는 초연했다기보다 냉담하였다. 한동안 순수·참여 논쟁이 한창일 때도 그것을 묵살하는 태도이었다. 씨를 굳이 순수파라고 한다면 그것은 씨가 순수의 신조에 살아서가 아니라 애써 정치에 무관심하려 했기 때문이라 할 것이다.

씨의 정치에 대한 냉담은 과거의 체험에서 유래한 듯하다. 학생 시절 반일 운동으로 투옥된 일이 있었다는데 씨는 그것을 자랑은커녕 쓰디쓴 회한으로 여기는 듯했다. 왜경의 고문에 견딜 만큼 자기가 강인한 인간이 되지 못함을 통감했으며 해방이 되자 자기가 치른 정신적 육체적 고통에 대해 아무도 이해나 동정이나 보상을 해 주지 않은 데 대해 버림받은 듯한 허무감을 느꼈다는 것이다. 그리하여 씨는 정치니 참여니 하는 것에 대해 관심을 갖지 않기로 마음 먹었을 것이다.

1970년대를 휩쓸었던 학생들의 격렬한 반정부 운동에 대해서도 씨는 대체로 냉담하였다. 그것은 반드시 박정권을 지지해서가 아니었을 것이다. 박정희 개인에 대해서는 인간적인 동정을 품었던 것이 사실이었다. 그의 강직한 성격을 좋아했으며 그의 최초의 하야 성명에는 눈시울이 뜨거웠을 정도로 감동했다는 것이다. 그러니 만큼 그 후의 박정권의 작태에 대해 실망과 우울을 느꼈을 것이다. 그러나 박정권을 부정하지도 반정부 운동을 지지하지도 않은 냉담한 태도이었다.

하지만 K모 씨와 같은 반체제 시인에 대해서는 노골적인 혐오를 품고 있었다. 씨 자신이 페미니스트이면서도 그의 여성 편력에 대해서 분격을 나타내기도 했다.

사실 깊은 정치적 센스를 지녔으면서도 씨의 정치적 현실에 대한 냉담은 현 체제에 대해 불만이 있으되 묵인할 수밖에 없다는 태도임을 의미하며 그것이 리버럴한 생활신조와 모순된다는 점에서 스스로 우울과 짜증을 느끼게 되었을 것이다.

사실인즉 씨에게는 여러 가지 우울해야 할 이유가 있었다. 씨가 지방에 자리잡은 것은 중앙 문단의 혼탁한 공기에 휩쓸리지 않게 한 큰 이점을 갖게 했다. 그러나 중앙의 문인들은 씨를 성역에 사는 은자로서 경의를 표하면서도 이권이 얽힌 일에는 씨를 완전히 도외시해 버리는 것이었다. 그리하여 씨에겐 흔해빠진 문학상 가운데 반반한 부상이 나붙은 것은 하나도 돌아오는 일이 없었으며 무슨 회의 대표랍시고 삼삼오오 떠나는 공짜 해외 나들이에도 한 번도 낄 수 없었던 것이다. 이러한 푸대접이 씨를 몹시도 우울케 하였다.

씨를 더욱 우울케 한 것은 대학에서의 씨에 대한 대접이었다. 대학의 동료들은 씨의 점잖고 깔끔한 성품과 시인으로서의 명성에 경의를 느끼면서도 바로 그 시인이라는 점에서 씨를 경원하고 소외하는 경향이 있었다. 그러나 참을 수 없는 것은 일부 학내에서의 그에 대한 처우이었다. 일부 학내의 동료 가운데는 씨의 명성에 선망을 느끼면서도 존경은커녕 심한 모욕을 가하는 경우가 허다하였다. 그러한 모욕을 애써 묵살하려 했지만 그러니 만큼 내심의 고통과 분격은 컸을 것이다.

악명 높던 K모 총장과 그 주변 인물에 대한 불만도 누구보다 강하였다. 그들이 무슨 심사위원회란 것을 만들어 씨의 연구비 신청을 거부했을 때 씨의 자존심은 치명적인 타격을 입은 듯했다. 씨가 경북대를 떠나기로 마음먹은 것은 너무나도 당연한 일이었다.

1977년 내가 대구를 떠난 후 씨는 영남대로 자리를 옮기고 그후 학장이 되고 정당인이 되고 국회의원이 되고 예술원 회원이 되었다.

시대에 따른 이러한 변모는 씨가 지난날 너무나 우울했던 까닭으로 충분히 이해할 수 있는 일이며 그러한 뜻에서 씨로서는 퍽이나 다행스러운 일이라 해야 할 것이다.

하지만 영향력을 얻게 된 지금 지난날의 우울이 완전히 가실 수 있었을까. 표면상 씨를 우울케 할 아무런 이유도 없는 것 같다. 모두가 씨를 알아 주고 아무도 대면해서 씨를 괄시할 수 없게 되었으며 보다 우아한 정신적 생활도 영위할 수 있게 된 것이다.

그렇기는 하나 마음 한 구석엔 지난 날과는 다른 새로운 우울을 느낄지도 모를 일이다. 일부의 쌀랑한 냉소를 의식할 때 이따금씩 우울해질수도 있을 것이며 현재의 경우에 만족하면서도 외견상 우울한 표정을 지어야만 하는 자기 자신에 대해 자조적인 우울을 느낄 수도 있을 것이다. 하지만 씨의 심중이 우울하건 안 하건 그것은 이젠 나와는 아무런 상관이 없는 일이 되어 버렸다.

대구를 떠난 지 수년이 지났으면서도 아직도 나는 대구에 대한 정을 뿌리치지 못하고 있다. 대구의 거리거리 골목길 다방 화랑 책방… 그 모든 것에 아련한 고향에 대한 정을 느끼는 것이다. 그러나 내가 그리는 그 모든 곳은 우울하던 시절 씨와 함께 족적을 남긴 곳임을 새삼스레 느끼게 된다. 따라서 대구에 대한 정은 어쩌면 씨와의 교우의 정이라 할 수도 있을 것이다.

훗날 어느 때고 나는 다시 대구에서 살 수도 있을 것이다. 그러나 다시는 씨와 함께 거리를 배회할 수는 없을 것이다. 그것은 다시는 씨가 지난날의 우울로 되돌아 갈 수는 없게 되었기 때문이다.

* 이 글은 『김춘수 연구』(1982, 학문사)에서 전문 재수록한 것임.

'적막' 속의 '즐거움'

조 영 서 시인

시인 김춘수 선생과의 만남은 50년이 더 흘렀다. 노시인의 만년은 너무나 적막했다. 그래도 적막 속에서나마 아쉬운대로 더러는 즐거움이 있었다.

축하할 일이 생겼어요

전화벨이 울렸다.
"냅니다. 마침 집에 있었네요."
"네, 선생님."
"조형, 축하할 일이 생겼어요."
"선생님, 뭔지 잘 모르지만 먼저 축하부터 드립니다."
"시집 『거울 속의 천사』가 2쇄에 들어간다는 연락이 방금 왔어요."
"정말 축하 드립니다."
"이상한 일이에요. 내 시집이 팔린다니, 그전에는 이런 일이 한번도 없었어요."

"선생님, 경사입니다."

"허허…."

웃음 소리가 전류를 타고 왔다.

선생은 '이상한 일'이라고 했다. 그 '이상한 일'이 쓸쓸한 선생을
더없이 즐겁게 해 준 것이다. 『거울 속의 천사』에 이어 그 뒤에 나온
『쉰 한편의 悲歌』와 『金春洙 四色詞華集』도 몇 쇄를 거듭하자 선생
은 어린애처럼 좋아했다. 그야말로 '적막 속의 즐거움'이라 하겠다.

그때의 비화가 있다. 선생이 시집 제목을 '거울 속의 천사'와 '그
흔적'을 놓고 나더러 심판해 달라고 했다. 나는 '거울 속의 천사'가
좋겠다고 그랬다. 시집도 좀 팔릴 것이라는 의견까지 덧붙였다. 그
러면 그렇게 하지, 하고 선생은 결단을 내렸다.

뻔한 소리는 하지 말게

만년의 선생은 일주일에 한 차례 몇몇 시인과 자리를 같이 했다.
점심 또는 저녁을 반주 한두 잔 곁들여 담소를 나눴다. 선생은 느지
막에 인덕이 있다고 했다. "우리는 아마도 전생에 무슨 인연이 있었
던기라."고 말하는 표정이 흐뭇해 보였다.

그리고 어느 대통령의 주치의를 마다하고 선생의 주치의를 자청
한 성모병원 김춘추 교수에게는 늘 그 고마움을 잊지 않았다.

그날은 점심 자리였다. 선생은 누군가의 질문을 받고 시론을 펼쳐
나갔다. "시의 눈은 보이지 않는 세계, 내면세계를 보아야 한다. 릴
케도 미당도 내면세계를 본 시인"이라고 했다. 선생의 순수 시론은

언제나 진지했으며 시인들에게 시의 깊이와 넓이를 심어 주었으리라. 나는 이를 '식탁에서의 명강의' 라고 이름을 붙였다.

이 뿐만 아니라 선생의 시 「품을 줄이게」가 화제에 올랐다. "선생님, 저에게 한 시가 아닙니까." "아니야, 내가 나에게 한 시지" 하고 슬쩍 웃어 넘겼다.

> 뻔한 소리는 하지 말게.
> 차라리 우물 보고 숭늉 달라고 하게.
> 뭉개고 으깨고 짓이기는 그런
> 떡치는 짓거리는 이제 그만두게.
> 홀쩍 뛰어넘게
> 모르는 척
> 시치미를 딱 떼게.
> 한여름 대낮의 산그늘처럼
> 품을 줄이게
> 詩는 침묵으로 가는 울림이요
> 그 자국이니까

- 「품을 줄이게」 전문

그렇다. 시는 황홀한 장난이다.
나는 이 시가 시사하는 바가 있다고 생각한다.

사인 행렬에 피로도 잊고

좀 된 일이지만 선생을 모시고 창원에 갔다. 하연승 시인이 선생을 특별 초청한 '창원사랑시회'의 문학 행사 때였다.

선생의 심도있는 강연에 장내는 잔잔한 물살이 일렁이는 것 같았다. 조용한 감동이었다. 강연을 마치자마자 사인 행렬이 장사진을 이뤘다. 선생은 피곤함도 잊고 '大餘 金春洙 ㅇ년 ㅇ월'이라고 일일이 서명을 해 주었다. 이것 또한 만년의 즐거운 풍경의 하나였다. 그 날이 봄날이었던가, 바람결이 보드라웠다.

나는 불현듯 이웃 마산이 떠올랐다. 1960년 3월 15일. 마산이 일어났을 때, 마산이 소용돌이쳤을 때, 마산이 총성에 찢겨졌을 때 선생이 그 때 마산사건에 희생된 소년들의 영전에 바친 「베꼬니아의 꽃잎처럼이나」라는 시가 울려왔다. 찡하게, 역사의 폭력에 맞선 이 한 편의 시가 '4월 혁명시'의 효시다. 권력의 잔인성을 고발한 이 시가 마산시 구암동 3·15 국립묘지 화강암 벽면과 전시실 입구의 제일 앞자리에 놓였다고 한다.

"남성동 파출소에서 시청으로 가는 대로 상에/또는/남성동 파출소에서 북마산 파출소로 가는 대로 상에/너는 보았는가……뿌린 핏방울을"로 시작되는 이 시가 자유당 정권 때 문제가 될 뻔도 했다.

하늘을 날고 열차를 타고

남녘 동행길. 열차에서의 일이다. 선생은 릴케, 미당 얘기를 하다가 흥겨웠는지 미당의 「귀촉도」 전문을 암송했다. 그 중에서도 '제 피에 취한 새가 귀촉도 운다'는 기막힌 말이라고 했다. 명사를 동사화한 솜씨가 놀라우며 그는 타고난 최고의 시인이라고 격찬을 아끼지 않았다. 시 한 자도 빠뜨리지 않는 선생의 기억력 또한 여든의 나이를 무색케 했다.

이밖에도 문학 작품의 주인공 이름, 옛 명화의 감독, 남녀 주연 배우의 이름 등을 환하게 외우고 있었다.

부산서 서울로 오는 비행기에서 나는 "선생님, 구름에도 끝이 보입니다. 그것을 '運平線'이라고 하면 안되겠습니까." 선생은 "운평선이라… 그것 재미있는 말인데 그걸로 시 한번 써 보세요. 그러면 조형이 운평선이란 말의 창시자가 되겠네요."

그 뒤에 나는 「운평선」이라는 시를, 선생은 「an event - 조영서의 시 운평선에 화답하여」라는 제목으로 시를 썼다. 나로서는 뜻밖의 일이었다. 그리고 그 시를 붓글로 써 줬다. 선생의 시와 글씨가 내 거실의 벽에 걸려 있다.

내 귀에 목소리가 숨쉬는

어느 날 또 전화벨이 울렸다.
"냅니다. 잘 잤어요."
"네, 선생님 저가 먼저 전화를 드리야되는데 고만 선수를 놓쳤습니다."
"전화야 누가 먼저 하면 어때요, 참, 시 한 편 썼어요. 읽어 볼게요."

선생의 약간 떨리는, 잔잔한 목소리가 내 귀에 울렸다.
내 귓속에 선생의 소리가 숨쉬고 있다. 선생은 살아 있다.

오늘도 전화가 올 것 같다.

「타령조」와 「누란」

윤 후 명 소설가

내가 김춘수 시인을 좋아하게 된 것은 그의 시 「타령조(打令調)」를 읽고서였다. 물론 그는 많은 시를 썼고 그 가운데 「꽃」은 대표적인 작품으로 손꼽힌다. 그러나 나는 시를 공부하면서 「타령조」에 빠져들었다. 「타령조」도 여러 편인데, 「타령조 10」을 읽었을 때의 기억은 지금도 생생하다.

이세반도(伊勢半島)에서 온 오토미,/ 네 말을 빌리면/ 지형이/ 태평양을 바라고 기어가는 거북이 모양인 밀감밭에서/ 밀감은 따지 않고/ 바다에만 먼눈을 팔다가 일터를 쫓겨난 오토미,/ 빠 쿠로네꼬의 여급이 된 지/ 채 열흘이 안 되는 오토미,/ 오토미의 손등은 나이보다 늙고 꺼칠했지만,/ 오토미의 볼과 이마는 이세반도의 밀감밭의/ 밝은 밀감빛이었다고 할까,/ 나이 열다섯만 되면 마음이 익는다는/ 이세반도에서 온 열아홉 살 오토미의 눈에는/ 그 커단 눈에는/ 태평양보다는 훨씬 적지만 바다가 너울거리고 있었다./ 오토미, 너는 모를 것이다./ 그로부터 일 년 뒤/ 세다가야 등화 관제한 하숙방에서/ 시도 못 쓰고 있는 나를/ 한국인 헌병보가 와서 붙들어 갔다./ 오토미, 참 희한한 일도 있다./ 어젯밤 꿈에/ 이십 년 전 네가 날 찾아왔더구나,/ 슬픔을 모르는 네 커단 두 눈에는/ 태평양보다는 훨씬 적지만/ 바다가 여전히 너울거리고 있었다.

좀 긴 인용이 되고 말았어도 시인을 얘기하는 방법으로 나는 이 길을 택할 수밖에 없다. 이세반도의 밀감밭에서 온 빠 쿠로네코의 여급 오토미가 시인과 어떤 관계였는지는 알 길이 없다. 그런데 시인의 연보를 보면 1940년 일본대학 예술학원에 입학했다가 2년 뒤 일본의 총독 정치를 비방했다고 붙잡혀 세다가야 경찰서에 6개월 동안 갇혔다가 한국으로 돌아왔다는 기록이 있고, 그때 붙잡혀간 일이 이 시에 적혀 있으며, 이십 년이 지난 어느 날 꿈속에 여전히 두 눈에 바다가 너울거리는 그녀가 나타나는 것이다.

나는 그 인연이 매우 아름답고 공교롭다고 여겼다. 그로부터 나는 도쿄에서 가깝다는 이세반도를 꼭 가보고 싶었고, 쿠로네코, 즉 검은 고양이라는 이름의 술집에도 들러 술 한잔을 기울이고 싶었다. 그러나 나는 아직 이세반도에도, 검은 고양이 술집에도 가보지를 못했다. 언젠가 도쿄의 거리에서 코네코, 즉 작은 고양이라는 술집을 발견하고 무작정 기어들어가 맥주를 마신 것은 그 연상 작용 때문이었을 것이다.

어쨌든 시인은 그렇게 내게 다가왔다. 그러다가 막상 시인과의 첫 대면은 그로부터 훨씬 늦은 80년대의 어느 날이었다. 무엇 때문인지 몰라도 프레스센터에 갔다가 시인을 만난 나는 그제서야 인사를 올렸다. 시인은 내 소설에 그의 시가 인용된 사실을 알고 있었다. 「누란(樓蘭)의 사랑」이라는 단편은 뒷부분에 그의 시 「누란」 가운데 '명사산(鳴砂山)'을 인용함으로써 결말을 짓고 있었던 것이다.

명사산 저쪽에는 십년에 한 번 비가 오고, 비가 오면 돌밭 여기저기 양파의 하얀 꽃이 핀다. 언제 시들지도 모르는 양파의 하얀 꽃과 같은 나라/ 누란(樓蘭).

그런데 여기 인용한 구절은 본래 시에서 가운데 몇 줄을 내 의도대로 생략한 것이었다. '양파의 하얀 꽃이 핀다'와 '언제 시들지도' 사이에 다음과 같은 구절이 있었다.

봄을 모르는 꽃, 삭운(朔雲) 백초련(白草蓮), 서기 기원전 백이십년, 호(胡)의 한 부족이 그 곳에 호(戶) 천오백칠십, 구(口) 만사천백, 승병(勝兵) 이천구백십이 갑(甲)의 작은 나라 하나를 세웠다.

내가 의도적으로 빼버린 구절은 상당히 어렵고, 또 내 소설에는 그리 역할을 못 하는 것이었다. 그러나 이 구절은 시에서는 묘미도 있고 의미도 있었다. 시인은 내 소설을 잘 읽었다고 말하면서도, 그 부분을 생략한 것이 아쉬운 모양이었다. 나는 그저 죄송해서 "네,네." 하고만 있었다.

그 뒤에도 여러 차례 모임에서 시인을 뵐 기회가 있었다. 그러나 나는 인사만 올렸을 뿐 외곽을 빙빙 돌았다. 병실에 누우셨다는 말에도 차일피일하다가 그만 기회를 놓치고 말았다. 내 시 공부의 중요한 시기를 점하셨는데… 삼가 명복을 비옵니다.

대여 선생님이 들려 주셨던 시 세 편

류 기 봉 시인

탈상 때 본 선생님 묘소에는 풀이 없다. 아직 잔디를 심지 않아서
이다. 사막 같은 봉분에 따스한 햇빛과 바람만 들락날락했다. 돌아
가시기 전 선생님께서 사모님 묘를 찾으실 때 차에서 내리시어 잠시
쉬셨던 밤나무 그늘도 바위도 없어졌다. 그곳에 시멘트로 포장한 길
만 불쌍하게 남아 있다.

평소에 선생님께서 내게 들려주셨던 詩 세 편을 달리는 차 안에서
생각했다. 차가 달리는 동안 선생님께서 시에 관한 많은 말씀을 해
주셨었는데…. 대여 선생님!

詩와 사람

하늘은 없지만 하늘은 있다.
밑 빠진 독이
허리 추스르며 바라보는 하늘,
문지방 너머 그쪽에서

떼꾼한 눈알 굴리며 늙은 실솔이 바라보는
아득한 하늘,
그런 모양으로 시와 사람도
땅 위에 있다.

혼자 올림픽대로를 달렸다. 선생님께서 내 옆자리에 앉으셔서 읊어주셨던 선생님의 '시와 사람'에 대한 강의가 자꾸만 생각난다. 선생님께서는 '시와 사람'은 같은 거다, 동일하다고 하셨다. '시 안 쓰는 류기봉은 제자가 아니다.' 하셨다. 사람이 좋아도 시가 안 되면 호되게 매질을 하셨다.

오래 전에 이런 일이 있었다. 나는 평소에 선생님께 듣고 싶었던 말씀을 하기로 작정하고 "선생님! 인터넷 뉴스를 보니 어느 시인이 선생님의 무의미 시는 시도 아니라고 했습니다. 선생님 생각은 어떻습니까?" 당돌하게 여쭤보았다. 목소리를 갑자기 높이신 선생님께서는 "내 같은 시를 내가 볼 때는 제대로 된 시인데 그렇게 보는 그 사람은 나쁜 사람이다. 나를 나쁜 사람으로 만들어 버리는 나쁜 사람… 시가 무엇인지 모르는 사람이다. 시뿐만 아니라 예술은 논리로서 풀이가 안 되는 것이다. 가장 지적인 시인 폴 발레리가 한 소리이다. 훌륭하고 좋은 시인의 가장자리는 침묵이 있을 뿐이다. 좋은 시는 말 못한다. 무릎을 탁 치며 악! 악!만 있을 뿐이다. 음악도 한 구절 두 구절 무슨 해석이 있는 예술이 아니지 않느냐."고 선생님께서 말씀을 높이신 기억이 새롭다. 그때는 괜히 그런 질문을 했구나 생각하였지만 지나오고 나니 나는 과연 선생님처럼 시에 최선을 다했는지 내 시를 사랑하고 있는지 끊임없이 자책하였다. 그 이후로 선생님이 쓰신 시의 행간을 드나들 때마다 '안경 낀 늙은 멘셰비끄처럼 생긴 가로등에 불이 온다'(김춘수 선생님의 시 「일모」에서)처럼 선생님과 선생님의 시가 불빛처럼 내 마음 속을 끊임없이 걸어가고 있었다. 하늘이 엉덩이를 크게 까놓고 용변을 보는 여황산(통영 서북쪽에 있는 산) 거기쯤을.

도리뱅뱅이

나는 처음에
생선 이름인 줄 알았다.
그것은 그러나
요리 이름이었다.
도리뱅뱅이, 무슨 말인 줄도 모르면서 먹는
맛,
엊그저께는 시인 이가월의 집에서
그가 대접하는
피라미 도리뱅뱅이를 먹었다.
온몸에 양념장 칠갑을 한 피라미가
내 혓바닥을 쾌적하게 지긋이 누르면서
가루가 되어 끝내는
내 목구멍을 빠져 어디론가
가버렸다. 그
도리뱅뱅이와 함께,

대여 김춘수 선생님의 시 「도리뱅뱅이」에 나오는 시인 '이가월'의 정확한 이름은 '이가을'이다. 선생님은 가을보다는 가월이 부르기에 좋다고 하셨다. 흔하지만 이디서든 친근하게 볼 수 있는 마음 속 아름다운 달, 가월….

이가을 시인의 남편은 어부다. 남양주에서 매운탕집을 한다. 그렇다고 바다에 나가 고기를 잡는 것은 아니다. 강원도 철원, 깨끗한 계곡에서 고기를 잡는다. 그물로 고기를 잡지만 메기, 쏘가리, 꺽지 등은 손으로 잡는다. 이가을 시인의 말을 빌리면 '남편이 물고기를 잡으러 나갈때면 눈이 반짝반짝하고 십 리 밖에서도 물고기가 노는 모습이 보인다.'고 하였다. 그런 면에서 프로다. 대여 선생님도 시를 이야기하실 때 눈에서 빛이 번쩍번쩍하셨다. 프로의 눈빛은 반짝임에 있다. 詩의 대가와 물고기의 대가가 만났을 때 첫 인사는 이렇다. "도리뱅뱅이 있나요?", "철원이요.", "철원에 도리뱅뱅이가 많이 있나요?", "고기가 한 군데에 몰려 있기 때문에 한번 제대로 잡으면 많이 잡아요.", "오늘 도리뱅뱅이 맛있겠는데… 도리뱅뱅이로 주세요."

도리뱅뱅이를 요리하는 방법은 이렇다. 철원의 깨끗한 계곡에서 잡은 작은 피라미의 배를 따서 내장을 다 빼낸다. 고추장, 참깨, 파, 고추, 마늘을 다진 양념을 피라미에 배게 한 다음 프라이팬에 올려 놓는다. 30~40마리의 피라미를 둥근 원을 그리듯이 가지런히 올려 놓고 은근한 불로 가열하면 바삭바삭하게 잘 익어 술안주로 제격이다. 술은 꼭 그 집에서 보물처럼 아끼는 잘 숙성된 대나무 술로 하셨다. 선생님은 젓가락으로 도리뱅뱅이의 몸 가운데를 집어서 머리부터 반쯤 잡수시고 다시 꼬리까지 두 번에 나눠 드셨다. 도리뱅뱅이의 쾌적한 맛에 취한 선생님은 대나무 술 한 잔을 매운탕도 나오기 전에 다 드셨다. 그날은 술을 두 잔 하시는 날이다.

달

동쪽에서 와서 서쪽으로 진다.

너무 횐해서 그럴까,

눈뜨면

아침에는 보이지 않는다.

대낮에 간혹

골목 어디에서 만난다.

너무 할쑥하다.

고개 너머 잡목림 너머 저녁에

밀밭에서 또 만난다.

이목도 없고 구비도 없는

테두리가 빤한,

입에 거품을 문

한 마리 게를 가게 한다.

밤을 새워 잠든 모래톱을,

  선생님은 달이 뜨고 지는 '아침 낮 저녁 밤을 24시의 생태' 라고 말씀하셨다. 그리고 달은 디지털이 아닌 아날로지로서 늘 생명의 존재, 명암을 확인시켜 준다는 말씀도 덧붙이셨다. 선생님은 유년 시절 새벽에 소변이 마려워 밖을 자주 나가셨다고 한다. 그럴 때면 달이 대문이나 뒷산 어디쯤에 흔한 강아지처럼 나타나서 슬며시 앞으로 다가온다고 하셨다. 그 달을 사모님 가신 지금도 똑같은 모습 똑같은 빛깔로 만나신다고 하셨다. 선생님 당신도 늙은 것처럼 달도 늙어서 주름이 있을 법도 한데 사모님처럼 토실토실 살도 올랐다 하셨다.

  1999년 7월초였다. 선생님과 나는 과천 현대미술관 부근에서 차 한 잔 하고 오후 다섯 시쯤 대치동 선생님 댁으로 돌아가고 있었다.

강남구 일원동 수서지구에 이르자 선생님과 나는 동시에 어느 아파트 지붕에 기울어 있는 희미한 달을 발견하였다. 나는 "선생님 저기에 달이…", "자네도 봤나? 내도 지금 달을 보고 있다. '달'은 옛날이나 지금이나 참 친숙해요. 늘 같은 모양이야. 변하지도 않아. 먼저 간 아내처럼 친숙해요. 달을 보니 생각나는데 「달」이라는 시를 최근에 썼어요. 내 집사람이 가고 첫 작품이야. 자네 한 번 들어보게." 하시면서 「달」이라는 작품을 처음부터 끝까지 다 낭송해주셨다. 그리고 그 시를 후에 『문학사상』에 발표하셨다. 사모님께서 선생님께 한결같은 사랑과 애정의 빛을 보여주셨던 것처럼, '달'도 평생 선생님께 한결같은 사랑의 빛이 되어준 것이다. 그래서 선생님은 사모님과 달을 동일하게 보셨던 것이다.

선생님의 시 「달」을 한 작품만 실을 수 있는 『문학사상』에 실었던 것도 사모님도 유일하지만 달도 유일하기 때문일 것이다. 대치동에서 선생님과 함께 보던 여름 달빛이 유난히 밝았었는데, 선생님께서 가시고 난 뒤의 달빛도 선생님 얼굴처럼 밝았다. 겨울 하늘의 모란빛 둥근 달빛을 오늘은 나 혼자서 바라본다.

오갈피나무와 부용과 코끼리와 앵두밭과

이 원 시인

생전의 '춘수 선생'을 다섯 번 만났다. 아주 가까이에서 한번, 조금 가까이에서 또 한번, 그리고 조금 멀리서 세 번. 첫 번째 뵙고 나서 선생님은 내게 '김춘수 선생님'이 아닌 '춘수 선생님'이 되었다. 다섯 번째 뵙고는 '춘수 선생님'은 내게 '춘수 선생'도 되었다. 도무지 시가 내게 와주지 않던 새벽, 노트에 '춘수 선생'이라고 적고 속으로 불러보기도 하는 '불경'을 나 혼자 가지게 되었다.

2002년 초여름 선생님을 처음 뵈었다. 한낮이었는데도 어둑어둑했던 거실에서 선생님은 꽤 큰 TV로 혼자 스모를 보고 계셨다. 선생님은 꽃무늬 소파에 앉으셨고 의자가 모자라는 바람에 나는 식탁 의자를 가져다 앉았다. 선생님과 마주보는 자리였다. 밖은 햇빛이 지천이었으나 마치 가을의 해 질 녘 같았던 창 안에서 선생님의 목소리를 처음 들었다. 경상도 억양이 섞인 목소리는 나직했고 그러나 단호했다. 선생님의 목소리는 커지기는 했지만 빨라지지는 않았다. 그런 순간에는 침묵을 징검돌처럼 턱 턱 놓으셨다.

129

선생님의 말씀을 따라가고 있던 나는 처음 경험하는 이상한 느낌에 사로잡히게 되었다. 나는 말을 듣고 있는 것이 아니라 말을 보고 있었다. 선생님은 말을 하고 계신 것이 아니라 말을 풀어주고 계신 듯 했다. 언어는 선생님의 몸속에 감겨 있고 언어를 풀어주는 도르래는 선생님이 잡고 계신 듯 했다. 풀어주고 싶은 만큼 언어를 풀 수 있는 몸이라니. 그러나 다음 순간 나는 더욱 놀랐다. 선생님은 마치 큰 산에서 원하는 만큼의 흙을 덜어내듯 언어를 쓰고 계셨다. "삶은 허무한 것입니더."라고 말씀하실 때, 그 허무는 거대한 시간과 막연한 관념의 안개로 뒤덮인 사전적인 언어가 아니었다. 원하는 만큼의 크기와 무게로 계량되어진, 탈사전적인 선생님만의 언어였다. 어떤 형태로도 과장되어 있지 않았으므로 그 언어의 크기와 무게는 내게도 선생님이 덜어낸 그만큼 그대로 전달되어졌다. 삶 속에서 시를 쓰신 것이 아니라, 아예 시 속으로 들어가 삶을 쓰셨기에, 그런 언어를 갖게 된 선생님 앞에서 내 내부가 왈칵 흔들렸다. 그리고 그 순간 선생님은 내게 '김춘수 선생님'이 아닌 '춘수 선생님'이 되었다.

나는 그날 선생님 댁 부엌 찬장을 열어 커피를 찾고 오랜 시간의 흔적을 지우지 않은 잔에 선생님 커피를 탔다. 계량이 잘 되지 않아 몇 번이나 물과 커피와 프림을 번갈아가며 넣어야 했다. 조금 덜어 내고 드릴 생각은 하지도 못한 채 한 잔 가득 되어버린 커피를 선생님께 드렸다. 더듬거리며 전후 사정을 말씀드리고 있는데 커피를 한 모금 드신 선생님이 "맛있읍니더."라고 말씀하셨다. 그 순간에도 선생님의 그 언어의 부피와 무게는 내게 그대로 전달되어졌다. 그래, 선생님처럼 내게도 삶이 있고 시도 있다. 시라는 불은 화약을 당겨 삶이라는 육체를 만들어 주고 싶어한다. 선생님의 언어는 내게 그것을 가르쳐주고 있었다.

2년 전 선생님을 한 시상식에서 다시 뵙게 되었다. 다섯 번째였고 초가을 밤이었다. 선생님은 축사를 하기 위해 나오셨고 나는 선생님과 조금 먼 맨 뒤쪽에 앉아 있었다. 선생님은 가슴에 붉은 꽃 한 송이를 달고 불빛 속에 서 계셨다. 어김없이 선생님의 몸이 도르래를 풀어주는 그곳에서 언어가 풀려 나왔다. 그날도 선생님은 원하는 만큼의 무게와 크기로 덜어낸 언어를 쓰고 계셨다. 어느 맥락에서 선생님이 말씀하셨다. "시는 그렇게 비장한 것이 아닙니더. 시는 부드러운 것입니더. 삶 속에 있는 슬픔을 폭발시키는 것이 아니라 그 슬픔을 한없이 달래고 쓰다듬어 주는 것이 시입니더."

그 순간 내 온몸이 왈칵 쏟아졌다. 굳어져 있었고 비틀려 있었고 싸우고 있었다고 생각했던 모든 것이 다 쏟아졌다. 모두 애처로운 표정을 하고 있는 그것들을 보고 나는 비로소 알게 되었다. 내 몸 속에 사는 골렘은 내가 싸워 이겨야 하는 존재가 아니라 한없이 달래고 쓰다듬어 주어야 하는 존재였다는 것을, 아니, 나는 이미 골렘과 상처를 핥아주는 짐승처럼 서로를 쓰다듬어주고 있었다는 것을. 그리고 시가 내게 그런 손을 갖게 해주었음을 알게 되었다. 선생님은 내가 삶과 싸우는 손이 아니라 쓰다듬는 손을 이미 갖고 있었다는 것을 깨닫게 해주셨던 것이다.

행사가 끝나자마자 나는 혼자 그 자리를 빠져나왔다. 다시 한번 뒤돌아보고 싶었지만 그러지 않았다. 그러는 대신 환한 형광 불빛 아래가 아니라 오갈피나무와 부용과 코끼리와 앵두밭이 함께 출렁이는 시간 속으로 선생님을 모셔다드렸다. 그리고 나는 경복궁에서 삼청공원 쪽으로 난 밤길을 아주 천천히 걸었다. 바람은 조금 쌀쌀했고 밥집의 불빛 속에는 사람들이 가득했다. 나는 어둠 속의 나무들보다 그들이 더 낯설었다.

그리고 선생님이 보여주셨던 말씀처럼, 문득 문득 멈추어 침묵을 놓기도 했다. 이렇게 삶의 시간 속을 내 속도로 계속 걷다보면 나도 춘수 선생님처럼 '언어의 몸'이 될 수도 있으리라, 그 먼 시간을 잡아당기며, 나는 밤의 한가운데에 서서 '춘수 선생님'을 '춘수 선생'이라고 아주 건방지게 불러보았다. 그렇게 불러보니 영혼이 용감해졌다. 그것으로 되었다. 내 영혼은 용감해졌고 내 몸은 그 먼 시간의 중력을 받게 되었으니까.

김춘수 선생님께

심 언 주 시인

12월 5일, 한겨울에 핀 민들레

오늘은 광주 공원 묘원으로 선생님을 뵈러 왔습니다.

지난번에 일주일에 한번씩 선생님을 뵈러 간다는 말씀을 가족들께 들었어요. 이번 일요일에는 저도 함께 따라나섰습니다.

8월부터 11월까지 선생님을 뵈러 드나들던 그 길. 그곳을 그냥 지나쳐 오려니 중환자실에 계셨던 선생님 모습이 자꾸 떠올랐습니다.

광주 공원묘원. 쓰러지시고 넉 달 동안 그렇게 오래도록 걸어 걸어서 오신 곳이 바로 여긴가요. 흰 국화 한 다발을 무덤 앞에 드리니 또 눈물이 나요. 유난히도 추위를 많이 타시던 선생님. 차디찬 흙 속에서 이 겨울을 어떻게 견디시나요. 겨울에 즐겨 입으시던 빨간 스웨터는 챙기셨는지요. 목에 두르고 계시던 머플러는?

선생님 곁 사모님 무덤에 노란 민들레 한 송이가 핀 걸 보았어요. 산골바람이 제법 차가운데 참 신기하지요. 5년 동안의 한결같은 기다림은 이 겨울에 저리도 환히 꽃을 피울 수 있나 봐요.

공원묘원 선생님 뜰 앞의 목련도 곧 꽃을 피우려나 봐요. 금방이라도 날아갈 듯 새의 꽁지처럼 도르르 말린 꽃잎들이 하늘을 향해 바짝 꼬리를 치켜세우고 서 있습니다.

선생님께서 꽃을 사랑하시는 줄 어찌 알고 사방의 꽃들이 겨울을 마다하고 저리 다투어 봉오리를 터뜨리고 있는지요. 참 신기하네요.

선생님께 다녀오면서 우리들은 아무도 말을 하지 않았어요. 울음 끝이기도 하려니와 모두들 깊은 회상에 잠긴 듯한 눈치였습니다.

『쉰한 편의 비가』 그리고 『두이노의 비가』

류기봉 시인의 제안으로 선생님을 처음 뵙던 날은 무척 설렜습니다.

시로는 이미 선생님을 만나고 있었지만 직접 뵙기는 쉽지 않은 일이라 생각한 탓이었지요. 의외로 따뜻하게 대해주셨던 여름날의 첫 만남이 잊혀지지 않아요.

그 만남 이후로 온라인 상태로도 오프라인 상태로도 알 수 없었던 많은 문인들 이야기며 문학 이야기를 들을 수 있었습니다.

특히 선생님께서는 릴케 이야기를 즐겨 하셨지요. 「비가」 연작시는 릴케의 「두이노의 비가」의 패러디라고 선생님 스스로 밝히셨듯이 선생님은 많은 시인 중 특히 릴케를 좋아하셨던 것 같아요.

릴케가 어린 시절 여장을 했었다는 얘기, "예술가는 예술을 위해서 행복을 버려야 한다."는 로댕의 말을 듣고 시를 위해 가족을 버렸던 얘기들을 들을 수 있었습니다. 특히 장미 가시에 찔려 생을 마감한 부분을 말씀하실 적에는 릴케가 참 지독한 시인이라고 심각한 표정을 지으셨지요.

죽음에 이르는 지경인데도 자기의 죽음을 자기의 눈으로 똑똑히 보겠다고 어떻게 치료(마취제)를 거부할 수 있느냐고, 거슬러 생각해 봅니다. 의식불명의 상태가 아니셨더라면 선생님께서는 어떻게 하셨을까 하고 말예요. 다행히 하느님은 우리 시단의 주역 배우를 그런 고통의 상황으로 두지는 않으셨습니다. 당신의 아끼는 천사였기 때문이지요.

참 이상하지요.

선생님과 릴케는 태어난 시기도 생을 마감한 시기도 비슷하답니다.

선생님은 11월 25일에 태어나 11월 29일에 가셨고, 릴케는 12월 4일에 태어나 12월 29일에 생을 마감했거든요. 선생님은 새소리가 맑은 숲속 병원에서, 릴케는 뮈조트 성에서 거울 속으로 가버렸지요. 그래서 그런지 선생님의 시에도 릴케의 시에도 거울의 우수와 고독이 짙게 배어있어요.

"하늘을 보면 벌써 작은 구름 하나/졸고 있다, 구름아 벌써부터 졸지마라./지금 졸면 너는 영영 눈뜨지 못한다."(「제 40번 비가」 부분)

선생님은 선생님 스스로를 일깨우고 계셨으면서도 그렇게 넉 달을 주무시기만 하고 영영 눈 뜨지 못하셨습니다.

릴케는 또 자신의 수첩에 병의 마지막 단계를 적어놓음으로써 자신의 죽음을 예감하였다지요. "오 생명, 생명은 저 바깥에 있고/나는 불타니, 나를 알아보는 이 아무도 없구나."

선생님, 왜 거기 그러고 계셔요?

'여기서 나는 왜 이러고 있는가?'

끊임없이 선생님 스스로에게 던지셨던 이 질문. 『달개비꽃』 시집도, 『나는 왜 시인인가』 에세이집도 뿔테 안경 너머로 흐뭇하게 읽으시는 모습을 보고 싶은데 '선생님 왜 여기 이러고 계셔요?' 선생님 무덤 앞에 와서 이제 제가 그 질문을 던집니다.

선생님께서 떠나셨다는 사실이 아직 받아들여지질 않습니다.

다만 제 차 안에 서너 알쯤 남아 있는 커피 캔디가 줄어들지 않고 있을 뿐이지요. 문학 행사에 오고 갈 때 한 알씩 드시던 커피 캔디. 덩그러니 혼자 남은 선생님 댁 거실의 소파처럼 마냥 선생님을 기다리고 있을 뿐입니다. 선생님의 시 보물 창고에서 또 무엇이 나올까 귀 기울이면서….

선생님, 왜 거기 그러고 계세요?

봉평에 모시고 가 메밀꽃을 보여드리고 싶은데….

'헛바닥을 지그시 누르면서' 목을 타 넘어간다는 도리뱅뱅이를 함께 먹고 싶은데….

'김춘수(1922~　)' 라고 적힌 선생님의 약력을 '김춘수(1922~2004)'로 바꾸어 적어야 한대요. 한참을 더 비워두어도 좋을 물결표시(~) 뒷부분의 공간이 2004로 채워진 채 괄호의 문은 영영 닫히게 되었어요.

요즘에도 가끔 휴대폰 알람 소리가 환청으로 들립니다. 저녁 7시. 선생님을 뵈러 병원에 갈 무렵이면.

3부
내가 읽은 김춘수의 시 한 편

꽃

내가 그의 이름을 불러주기 전에는
그는 다만
하나의 몸짓에 지나지 않았다.

내가 그의 이름을 불러주었을 때
그는 나에게로 와서
꽃이 되었다.

내가 그의 이름을 불러준 것처럼
나의 이 빛깔과 향기에 알맞는
누가 나의 이름을 불러다오.
그에게로 가서 나도
그의 꽃이 되고 싶다.

우리들은 모두
무엇이 되고 싶다.
너는 나에게 나는 너에게
잊혀지지 않는 하나의 눈짓이 되고 싶다.

영원토록 1:1인 꽃

김 영 승

이 무슨 군군신신부부자자(君君臣臣父父子子)하는 자기중심적 공장식 정명론(正命論)이란 말인가. 그런 식으로 남남여여시시화화(男男女女詩詩花花), 즉 남자는 남자다워야 하고 여자는 여자다워야 하며 시는 시다워야 하고 꽃은 꽃다워야 하는데 김춘수의 꽃은 김춘수의 꽃다울 뿐이다.

또한 이 무슨 '존재는 인식됨이다.(esse est percipi)' 하는 윌리엄 버클리식 존재론, 인식론이란 말인가. 김춘수식 존재론이고 인식론일 뿐이다.

박찬호의 강속구는 아무나 받을 수 있는 게 아니다. 또한 아무한테나 던질 수 있는 것도 아니다. 물론 아무나 다 그 강속구를 받을 수 있는 것도 아니다. 아이한테는 소프트볼 던지듯 살살 던져야 한다.

김춘수는 그런 강속구를 던진 바가 없다. 왜냐하면 무의미시니까. 무의미시는 무의미한 시다. 던질 힘도 물론 없다. 언어도 표면과 이면의 양면이 있다. 겉 다르고 속 다르다고? 속이 아예 없는 사람은 그 겉이 곧 속이다. 물론 속이 꽉 찬 사람은 그 속이 곧 겉이다. 김춘수의 시는 그 표리가 부동하지 않다. 김춘수 강속구의 유일한 포수는 김춘수 자신이라고? 꽃은 아무리 세게 던져도 멀리 가지 않는다. 그러므로 헌화(獻花)나 할 뿐이다.

시인으로서의 김춘수는 자연인으로서의 김춘수한테 자연 발생적인 자생적인 민요를 몰수한 가해자라는 점에서 종교적 최후 심판의 대상이다.

김춘수는 심산유곡엔 네온사인을 갖다놨으며 마천루의 도심엔 백운심처(白雲深處)를 갖다 놨다. 그것이 그의 시론(詩論)이다. 아니 모든 인공적 시인들의 시론인 것이다. 그러므로 그의 꽃은 조화(造花)다.

언젠가 『현대시학』(1991년 8월호)에서 「시인의 아포리즘」이라는 특집이 있었는데 나는 「시는 영원토록 1:1이다」라는 제목의 졸문 중에 다음과 같은 한 아포리즘을 쓴 바 있다.

　　술 한 잔에 무의미시 한 수로 떠나가는 김삿갓 ― 도 있을까. 히히.
　　此竹彼竹化去竹. 春水滿四澤.

그렇게 원고를 보냈는데 책이 나오고 보니 그 『현대시학』의 주간이신 경산장(絅山丈)께서 '春水滿四澤'을 슬쩍 뺀 채 원고를 넘기신 게 아닌가? 그래서 나도 그 '丈'을 뺄 뻔했다.

김춘수의 꽃은 아직도 꽃이다. 아니 영원히 꽃이다. 영원한 김춘수의 꽃인 것이다. 그러면서도 그 김춘수의 꽃은 아직도 해어화(解語花)인데 김춘수의 말을 알아듣는 꽃이다. 말을 알아들을 줄 알면 말을 할 줄도 안다. 그 해어화는 아직도 김춘수의 말을 하고 있는 미인,

절세가인(絕世佳人)인 것이다. 그러면서도 김춘수의 그 꽃은 어사화(御賜花)이다. 임금은 물론 김춘수 자신인데 그 김춘수 왕국의 백성 역시 김춘수 자신이다. 장원급제한 사람 역시 그 김춘수 왕국의 유일한 백성인 김춘수 자신이다. 외국인들은 그 난공불락의 철옹성이며 동시에 국경 없는 관념의 국가, 그 국가의 영토와 영해와 영공을 침입하거나 진입하기도 하는데 물론 김춘수로 변장하거나 김춘수로 환생할 때만 가능한 밀입국일 뿐이다. 곧 추방당하거나 자진해서 탈출하여 그 궁성(宮城)을 바라보면 목동요지행화촌 같은 영원한 울긋불긋 꽃대궐이다. 그 속에서 놀던 때는 다 그리운 것이다.

나이지리아

나이지리아 나이지리아,
바람이 불면 승냥이가 울고
바다가 거멓게 살아서
어머님 곁으로 가고 있었다.
승냥이가 울면 바람이 불고
바람이 불 때마다 빛나던 이빨,
이빨은 부러지고 승냥이도 죽고
지금 또 듣는 바람 소리
나이지리아 나이지리아,

공포의 시작

김 언 희 시인

아름다움은 우리가 간신히 견딜 수 있는 공포의 시작에 불과하다
— 릴케, 「제 1 비가」

*

이따금 너는 너를 개 패듯 팬다. 나이지리아, 나이지리아, 라고 헐떡거리며. 끝이 섬세하게 갈라지고 촉촉하게 적셔진 채 살에 착착 감기는, 살가죽을 짝짝 벗겨내는 가죽 맛이라니…

*

너는 이 시에서 공포를 처음 배웠다. 바람이 불면 승냥이가 우는 공포를, 바람이 불 때마다 빛나는 이빨을, 거멓게 살아서 어머님 곁으로 가고 있는, 가야 하는 언어의 공포를

*

어떤 투명 속에는 어른거리는 살기가 있다. 어떤 도착(倒錯)이 있

다. 너무나 투명해서 어른어른 죽음이 비치는 언어의 처소.

*

무슨 말을 하지 않으려고 그는 '天使'라고 했을까… '天使'라고만 했을까… 시가 천사의 음부인 줄을 알면서

*

너는 처음으로 가학과 피학을 놀이로 배웠다 그에게서. 쓰는 자와 쓰여지는 것 사이에 수시로 체위가 바뀌고 역할이 바뀌는 가학과 피학의 놀이를

*

바끔한 틈도 없는 빈대의 핏자국, 그 핏자국 낱낱이 내력과 후장을 들추어 네게 돌려주는 명증, 뒤꼭지에도 눈이 있는 그런 명증이 불러오기 마련인 적개심. 그 맹렬한 적개심 뒤에는 맹렬한 공포가 있고, 그 공포 앞에서의 앙앙불락

*

뭉개고 으깨고 짓이기는 그런/ 떡치는 짓거리는 이제 그만두게. 라고 그가 말할 때 느닷없이 눈알을 우비고 다시 또 우벼내는 부끄러움이 오고, 너는 이를 갈아부치며 저주한다 그 혹은 너 자신을

*

어느 날 문득 너는 깨닫는다. 거울 속에서 너를 빤히 바라보는 것의 눈이 다름 아닌 도다리 납새미의 눈이라는 것을. 그리고 처음으로 너는 그 눈을 향하여 히죽 웃어보인다. 도다리 납새미의 웃음을

승냥이가 울면 바람이 불고/ 바람이 불 때마다 빛나던 이빨을 읽고 있는데 **자기 이빨 부딪히는 소리에 잠이 깨는 짐승은 너뿐이 아니란다**(김경주)가 딸려나오고 **보이지 않는 먼 바다 이랑 사이에 은백색 옆구리가 보이면**(고형렬)이 물려 나온다.

작년에 갔던 각설이 죽지도 않고 또 왔다(遺稿) 또 오고 또 올 것이다. 이빨은 부러지고 승냥이는 죽었지만

죽음

1
죽음은 갈 것이다.
어딘가 거기
草綠의 샘터에
빛 뿌리며 섰는 草金의 나무……

죽음은 갈 것이다
바람도 나무도 잠든
고요한 한밤에
죽음이 가고 있는 敬虔한 발소리를
너는 들을 것이다.

2
죽음은 다시 돌아올 것이다.
가을 어느 날
네가 걷고 있는 잎 진 街路樹 곁을
돌아오는 죽음의
풋풋하고 의젓한 無名의 그 얼굴……
죽음은 너를 향하여
夫知의 제 손을 흔들 것이다.

죽음은
네 속에서
숨쉬며 자라갈 것이다.

Wnrdma

함 기 석 _{시인}

하늘에서 누군가 조리개로 빛을 뿌린다 바다는 잔잔하게 반짝거린다 물결을 따라 은색 햇빛 알갱이들이 아름답게 너울거린다 바다는 한 꺼풀 한 꺼풀 하얀 제 살 껍질을 벗겨 바람과 함께 뭍으로 보낸다 해변에 한 노인이 서서 바다를 바라본다 바다의 주름진 이마를 바라본다 바다의 유치원에서 뛰노는 어린 물고기들을 바라본다 물고기들의 노랫소리를 눈을 감고 듣는다 바다의 우체부인 갈매기들이 전하는 수평선 너머의 소식을 몸으로 듣는다

노인은 말없이 고개를 떨군다 하얀 모래밭에 홀로 서 있는 자신의 맨발을 바라본다 고독과 고통 속에서 보낸 수십 년의 시간과 길들이 스며있는 아픈 발을 바라본다 쉬지 않고 걷고 걷고 또 걸어서 이 마지막 해변까지 걸어온 상처투성이 발을 바라본다 언제나 아파하면서도 언제나 말이 없던 착한 발을 미안하게 바라본다 발등을 어루만져 주는 바다의 하얀 손가락들을 바라본다 노인은 하얀 모래밭에 바다가 쓰는 시를 말없이 바라본다 부서지며 사라지는 물로 된 말들,

말들이 만드는 무수한 모래구멍과 흔적들을 오랫동안 바라본다

노인의 뺨을 타고 투명한 눈물방울 하나가 발등으로 떨어진다 노인은 다시 걷는다 맨발로 바다 위를 걷는다 노인이 일생동안 사랑했던 사람 예수처럼 그도 발바닥만 젖는다 빈 배가 한 척 노인 뒤를 따라온다 노인은 계속 걷는다 노인이 걷는 동안 노인 뒤에서 삐걱삐걱 노 젓는 소리가 들린다 노인은 걸음을 멈추고 잠시 뒤돌아본다 빈 배에서 Wnrdma가 천천히 노를 젓고 있다 이제 그만 이 배를 타고 가시지요? 그가 말한다 노인은 다가가 노 젓는 자의 얼굴을 본다 죽음이다

수평선 뒤에서 한 여인이 걸어나온다 하얀 머리칼이 바람에 흩날린다 햇살에 그을린 얼굴의 잔주름들이 훤히 드러난다 꽃이 피었다 진 꽃자리처럼 여인의 눈은 쓸쓸하고 그늘이 깊다 배가 다가오는 것을 보자 여인은 손을 흔든다 손님을 마중 나온 사람처럼 배를 향해 이리 오라는 손짓을 한다 노인을 태운 배는 천천히 여인을 향해 나아간다 여인은 하얀 이를 조금 드러내고 미소를 짓는다 여인은 말없이 노인이 탄 배보다 앞서 걸으며 노인을 안내한다 배는 여인을 따라 여인과 함께 소리 없이 나아간다 그 침묵의 파문이 아름다운 물결로 남는다

여인과 노인을 태운 배는 바람 반대방향으로 나아간다 물에서 점점 멀어지다 수평선 뒤로 사라진다 배는 이제 수평선과 맞닿은 하늘로 나아간다 구름 속을 노 저어 나아간다 드넓게 펼쳐진 구름밭을 지난다 여인도 아픈 허리를 두드리며 계속해서 공중을 걷는다 여인과 배는 시작도 끝이 보이지 않는 허공 너머로 사라진다

새로운 땅이 나타난다 아름답고 아름다운 언덕이 나타난다 언덕 아래엔 신비로운 과일나무들이 즐비하다 아이들이 어린 양들과 신나게 뛰논다 아이들을 바라보던 노인의 눈이 쥐똥나무 열매처럼 똥그래진다 젊은 시절 책에서만 보았던 온몸이 눈으로 된 아이들이다 배가 언덕에 정박하자 노인은 배에서 내린다 그제야 여인은 다가가 노인의 손을 잡는다 눈가에 맺힌 눈물을 닦으며 말한다 여보! 여기가 바로 천국이에요 오시느라 고생했어요 여기로 다시 돌아오는데 80년이 넘게 걸렸네요 우리 이제 여기서 새 신혼살림을 꾸려요 저기 저 집 보여요? 우리가 살 집이에요

여인은 노인의 손을 잡고 집으로 간다 노인이 들어서자 거실에 앉아 있던 두 사람이 일어나며 기분 좋게 반긴다 셰스토프와 도스토옙스키다 셰스토프가 악수를 하며 말한다 난 바로 옆집에 살아요 잘 오셨습니다! 도스토옙스키도 말한다 난 바로 뒷집에 살아요 심심할 때 놀러오세요! 그들은 마주 앉아 지상에서 있었던 이야기를 나눈다 인간과 예술, 시와 사랑, 고독과 슬픔에 관해 이야기를 나눈다 그때 현관으로 누군가 들어온다 사과와 장미꽃이 가득 든 과일 광주리를 머리에 이고 들어온다 릴케다 광주리를 바닥에 내려놓으며 말한다 조금 있으면 예수도 올 겁니다 창 밖을 가리키며 다시 말한다 저기 저 포도 농장 보이죠? 그는 거기 살아요 노인은 얼른 일어나 창가로 간다 언덕 아래로 펼쳐진 평화로운 농장을 바라본다 한 농부가 열심히 땀을 흘리며 조리개로 빛을 뿌리고 있다

바다는 잔잔하게 반짝거린다 물고기들 노랫소리 계속해서 들린다 갈매기들 날아다닌다 수평선 뒤에서 배가 나타난다 물을 향해 천천히 노저어 온다 배가 그리는 물결의 파문이 바다 저편으로 침묵으로

퍼진다 배가 해안에 닿자 배에서 죽음 Wnrdma가 내린다 하얀 모래
밭에 검은 발자국을 남기며 걷는다 해안 끝에 보이는 도로로 간다
도로에 세워 놓은 오토바이에 올라탄다 갈매기 한 마리가 수평선 너
머로 날아간다 바람이 거세어진다 죽음은 바람을 가르며 달리기 시
작한다 검은 망토 휘날리며 너에게로 달린다

구름

　구름은 딸기밭에 가서 딸기를 몇 개 따먹고 「아직 맛이 덜
들었군!」 하는 얼굴을 한다.

　구름은 흰 보자기를 펴더니, 羊털 같기도 하고 무슨 헝겊쪽
같기도 한 그런 것들을 늘어놓고 혼자서 히죽이 웃어보기도
하고 혼자서 깔깔깔 웃어 보기도 하고…

　어디로 갈까? 냇물로 내려가서 沐浴이나 하고 化粧이나 할
까 보다. 저 뭐라는 높다란 나무 위에 올라가서 휘파람이나 불
까 보다…… 그러나 구름은 딸기를 몇 개 더 따먹고 이런 淸明
한 날에 夫安하지만 할 수 없다는 듯이 「아직 맛이 덜 들었군」
하는 얼굴을 한다.

어느 날, 구름

성 미 정 시인

어느 날 『시와반시』로부터 김춘수 시인의 시 가운데 좋아하는 시 한 편을 골라 그 시에 관한 산문을 10매 가량 써 달라는 원고 청탁을 받는다. 어느 날 『현대시학』에 실린 김춘수 시인의 운구 행렬 사진을 본다. 몇몇 젊은 시인들이 관을 메고 어디론가 가고 있다. 어느 날 TV에서 김춘수 시인의 사망 소식을 듣는다. 빈소에 문상이라도 갈까 잠시 망설이다 왠지 부끄러워진다. 어느 날 김춘수 시인이 갑작스레 음식물이 기도에 걸려 병원에 입원 중이라는 소식을 듣는다. 어느 날 대학로에 위치한 생맥주집에서 김춘수 시인을 뵙는다. 아마 무슨 시상식의 뒤풀이였으리라. 어려운 걸음을 한 노시인을 뵙고 함께 사진이라도 찍었으면 좋겠다고 어느 시인과 이야기한다. 연로하셔서 내일을 기약할 수 없다는 생각에. 어느 날 TV 문학 프로그램에서 김춘수 시인을 본다. 통영의 바닷가 언덕이었던 것 같다. 한참 아래 연배의 시인들 앞에서 팔굽혀펴기를 해 보인다. 장난스럽고 대담하게.

어느 날 10년 전 현대시학 망년회에서 김춘수 시인을 처음 뵙는다.

시인은 몇 겹의 방석에 의지해 벽에 비스듬히 기대어 앉아계신다.
그때 눈을 지그시 감고 계셨던가. 집으로 돌아와 시를 쓴다. 「달팽이
김춘수옹」이라는.

> 4년 전이던가 현대시학회 망년회 모임에서
> 방석을 몇 겹씩 겹쳐 놓고
> 비스듬히 앉아계시던 김춘수 선생을 뵌 적이 있다
>
> 부다페스트에서의 소녀의 죽음
> 나는 그 시를 읽은 적이 있다
> 나는 김춘수 선생이 돌아가신 줄 알았다
> 무식하게도 나는 교과서에 실린
> 사람은 다 고인인 줄 알았다
>
> 오늘 서른넷의 나이에 처용 단장을 읽는다
> 부끄럽게도 그 시를 읽으며 김춘수 선생 생각을 한다
> 비스듬히 앉아서 선생은 무슨 생각을 하셨을까
>
> 달팽이처럼 뿔을 세우고
> 선생을 죽은 사람인 줄 알고 있던
> 내 속내를 눈치 채고 일부러
> 눈을 감고 계셨던 건 아니었을까

　어느 날 「부다페스트에서의 소녀의 죽음」을 읽고 있다. 부다페스
트는 아이러니컬한 언어의 조합이라고 소녀는 생각한다. 교실의 창
밖 너머로 구름이 팔굽혀펴기를 하며 떠다니고 있다. 어느 날 『시와

반시』로부터 원고청탁 전화를 받는다. 허겁지겁 '서문당'이라는 출판사에서 1986년의 어느 날 발행된 『김춘수 시전집』을 읽는다. 시집의 맨 뒷장에는 김춘수 시인의 인지가 붙어 있다. 붉은 펜으로 직접 서명한 듯한 딸기 빛깔의 봄 춘(春)자는 아직도 선명한데 이 언어들은 어딘가 낯설다. '날씨스의 노래', '베꼬니아의 꽃잎처럼이나', '바이어르 아스피린', '에리꼬로 가는 길' 등 나와는 다른 세대의 언어들이다. 신선하다. 마치 구름을 먹는 딸기처럼.

어느 날 책 속을 떠다니는 구름을 본다. 구름이 좋다는 고백을 한다. 구름은 마치 제가 시인인 양 혼자서 히죽이 웃고 혼자서 낄낄거리며 흔적 없는 노래들을 부른다. 양털 같기도 하고 무슨 헝겊 쪼가리 같기도 한 가벼운 노래들을 부르며 구름은 어디로 갈까 궁리한다. 어느 날 구름은 차마 올려다 볼 수도 없는 까마득한 나무 위에서 휘파람을 분다. 어느 밤 그 휘파람 소리가 환청처럼 들려와 나도 혼자서 히죽이 웃고 깔깔거리며 흔적 없는 노래들을 흉내내고 싶기도 하다. 마치 시인인 양. 어느 날 구름은 이 어줍지 않은 고백을 듣고 이렇게 말할지도 모른다. 아직 맛이 덜 들었군.

『처용단장』 3부 40

새장의 문을 닫고 새의 날개짓을
생각했다. 그것이 곧
내 몫의 자유다.
모난 것으로 할까 둥근 것으로 할까
쭈뼛하니 귀가 선 서양 것으로 할까, 하고
내가 들어갈 괄호의 맵시를
생각했다. 그것이 곧
내 몫의 자유다.
괄호 안은 어두웠다.
불을 켜면
그 언저리만 훤하고 조금은
따뜻했다.
서기 1945년 5월,
나에게도 뿔이 있어
세워보고 또 세워보고 했지만
부러지지 않았다. 내 뿔에는
뼈가 없었다.
괄호 안에서 나서 괄호 안에서
자랐기 때문일까 달팽이처럼,

뼈 없는 뿔

이 수 명 시인

김춘수는 '새장의 문을 닫고 새의 날개짓을/생각했다'고 하지만 그는 새장의 문을 닫을 필요가 없었을 것이다. 그의 시에서 새는 존 재하지 않기 때문이다. 그는 새를 두려워하지 않고, 새의 부재를 두 려워하지 않는다. 새를 꿈꾸지 않고, 새의 환영을 보지 않는다.

그럼 그에게 무엇이 있는 것일까? 새장, 괄호, 뿔이다. 새가 없는 새장과 그 안이 어두워 보이지 않는 괄호, 뼈가 없는 뿔이다. 이것들 은 무엇일까? 형식이다. 형체가 드러난 형식이다. 눈뜨고 있는 형식 이다. 형식의 감각이다. 무엇의 형식일까? 언어다.

언어의 운명은 기이한 것이다. 언어는 이방인이다. 언어는 존재의 세계 속으로 스며들 수 없다. 존재의 세계를 투명하게 비추지도 않 는다. 오히려 언어는 세계를 차단한다. 세계와의 접촉면을 막는다. 언어의 세계에 머무른다는 것은 날개 달린 갑옷을 입은 것과 같다. 부유하고, 떠돌고, 춤추듯 날아다니며 이동할 수 있지만 세계와는 절연된 채로이다.

세계를 막고 서서 언어는 다른 세계를 이루어 낸다. 그것을 뚫고통과할 수 없을 정도로 언어는 다층적이고, 질퍽거리고, 미끄럽고, 흩어져 버린다. 언어는 눈 먼 세계이다. 언어는 아무 것도 볼 수 없고, 보지 않는다. 언어가 외부를 향하지 못하는 것은 이 때문이다. 언어는 그저 눈 먼 채 자신의 세계 속을 흘러 다닐 뿐이다.

김춘수의 시는 언어의 이런 운명에 몰두해 있다. 언어의 다리를 건너 존재 세계에 이를 수 없음을, 따라서 언어를 통해서는 존재의 세계가 지워지거나 괄호 속으로 사라져 버렸음을 자각하고 있는 것이다. 그는 존재의 세계로 나아가는 길을 막고 있는 이 거추장스러운 언어를, 걸리적거리는 걸림돌을 달래거나 무시할 수 없었다. 그는 본능적으로 여기에 충실해야 했다. 아니, 언어의 형식, 나아가 언어라는 형식밖에 의식할 수 없었다. 한 걸음 앞으로 내딛을 때마다 그에게 더 뚜렷이 감각되는 것은 새장이나 괄호, 뿔 같은 추상들이다. 이 추상들은 존재와 물질의 세계를 대체하는 언어의 신호등들이다. 그는 새를 보려 해도 새장밖에 볼 수 없었다.

김춘수에게는 새를 보는 것은 자유가 없는 것이다. 새를 보면, 새에 사로잡힌다. 물질이라는 것은, 존재의 속성은 압도하고 지배하는 것이기 때문이다. 이에 반해 새장이라는 추상은 그에게 자유를 준다. 다행히 그는 여기에 끌렸다. 그래서 자유가 있다. 물론 그 자유는 건조한 것이다. 새가 없는 새의 날갯짓이나 새장, 이런 저런 모양을 가지고 있긴 하지만 불을 켜도 언저리만 훤하고 안이 어두워 보이지 않는 괄호, 부러지는 것조차 할 수 없는, 뼈도 없이 텅 빈 뿔은 그가 누리는 자유의 불모성을 보여 줄 뿐이다. 하지만 역설적으로 불모성이란 얼마나 자유스러운 것인가. 자유란 애당초 채워지지 않는 것임을, 그래서 자유임을 어찌 할 것인가.

西風賦

　너도 아니고 그도 아니고, 아무것도 아니고 아무것도 아니
라는데…… 꽃인 듯 눈물인 듯 어쩌면 이야기인 듯 누가 그런
얼굴을 하고,
　간다 지나간다. 환한 햇빛 속을 손을 흔들며……
　아무것도 아니고 아무것도 아니고 아무것도 아니라는데, 왼
통 풀냄새를 널어놓고 복사꽃을 울려놓고 복사꽃을 울려만
놓고, 환한 햇빛 속을 꽃인 듯 눈물인 듯 어쩌면 이야기인 듯
누가 그런 얼굴을 하고……

아무것도 아니고 아무것도 아니라는데

조 말 선 시인

무수한 시인들이 늘상 푸념하듯이 어느 날 그가 '난 시인의 자질이 없는 사람 같아요.' (『다층』, 2000년 가을호)라고 말했지만 그는 천상 시인이다. 내가 어떤 수사를 그 앞에 붙인다는 건 참으로 사족이지만 무어라고 간단히 자신을 정의할 수 없는 시인이라고 생각한다. 어느 때는 이런가 싶다가 또 어느 때는 저런가 싶어서 시인이란 자기 존재에 대한 정의를 찾아가는 과정을 누리는 사람이라고 생각한다. 한 시인의 길고 지난한 시력을 간단명료하게 요약할 수는 없으나 한때는 의미론적 시 쓰기에서 오랜 동안 무의미시에 천착하다가 최근 또 다시 의미에 근접했다고 시인 스스로 회고했지만, 그는 무엇보다도 그런 간명한 결과에 치중하기보다는 한마디 한마디 연대기를 요약하기까지의 치열한 과정에 관심을 가져달라고 요청했었다.

그렇다. 그는 갔지만 시가 남았다. 이제는 과정이 이러했다고 설명할 수 있는 시인은 없다. 그러나 또 사실 시란 이미 시인으로부터 독립한 결과물이므로 과정을 되짚어볼 필요는 없다. 시 한 편 한 편이 과정이자 결과라는 것을 우리는 잘 알고 있다.

　　이것들은 모두 내 觸覺이 더듬어가며 짚어가며 暗中에서 쓰여진
시들이다. 내 체질의 빛깔은 원색이 아니고 중간색인 듯하다. 방법
을 정립하지 못하고 거의 觸覺 하나를 밑천으로 시를 쓰고 있었다.
그러니까 말(意味)보다 먼저 토운이 있다. 나의 無意識에는 베르렌
느와 未堂이 있었는 듯하다. 이 무렵 내 가까이에 늘 靑馬가 계셨지
만 靑馬의 말은 나에게는 너무 무겁고 거북하기만 하였다.

　『구름과 장미』에 실린 시들을 두고 그는 이렇게 말했다. 시인은 촉
각으로 시를 썼다고 실토한다. 오, 촉각으로 시를 썼다니! 시인은 방
법을 찾아 헤매지만 또한 촉각으로 그 길을 더듬어간다. 예민한 더
듬이로 굳이 하나 하나 의미를 짚어갈 필요는 없었으리라. 그는 어
떤 중간에 놓여 있다고 했는데 '구름' 과 '장미' 의 중간이 아니었을
까. 1947년의 '구름' 은 낯익은 말이어서 시인에게 감각적으로 다가
온 반면 '장미' 는 감각적이긴 하되 관념적 감각이었다고 한다. 시인
에게 '장미' 는 그 당시 몰입해 있던 관념적 서구 철학의 이국취미의
좋은 유추였던 것이다.
　그가 말하는 무의미시란 의미 없는 시라는 뜻이 아니라 단순히 확
정적 의미로 규정지을 수 없다는 말인 듯하다. '너' 라고 단정 지을
수 없는 것은 '그' 라고 단정 지을 수 없고 '너' 와 '그' 사이 안이거
나 밖에 있을 수도 있거나 차라리 '아무것도 아니' 라고 하는 모호성
에 놓여 그것은 '왼통 풀냄새를 늘어놓고 복사꽃을 울려놓고' 독자
들을 이 방향 저 방향으로 교란시켜 놓는다. 그러므로 독자들은 해
독의 자유를 부여받는다. 돌이켜보면 그는 상징적 '꽃' 이었다가 이
국적 취향에 빠진 '장미' 였다가 '처용' 이었다가 '천사' 시편에서

드디어 천사가 되고 싶지 않았을까. 천사는 현실에는 적응하지 못하고 날개를 달았지만 그 날개는 비상을 위한 도구가 아니라 비상의 욕망을 위한 상징만을 지닌 채 지상에서도 천국에서도 상주하지 못하는 존재로 암시된다. 지상에서는 비상을 욕망하고 천국에서는 지상으로의 귀속을 원하는 모호한 존재인 시인은 거대한 무의미시라는 장르를 개척했지만 '꽃'이라는 지독히도 상징적인 의미시를 가지고 있다.

'아무것도 아니고 아무것도 아니라는데' '왼통' 늘어놓은 '풀냄새' 때문에 울려놓은 '복사꽃' 때문에 독자는 풀냄새에 복사꽃에 현기증을 느낀다. 누가 지나간 것일까. '꽃인 듯' '눈물인 듯' '이야기인 듯' 정의하지 않은 채 정의되고 싶지 않은 채 '누가 그런 얼굴을 하고' 지나갔다.

가을

개가 갓낳은 제 새끼를 먹는다.
올해 여섯 살인 죠의 눈에서
여름의 나팔꽃 채송화가 지는
저녁나절,
어머니가 주고 간 위스키 한 병을
보시기로 마시며
한국의 외할아버지는 수염을 부르르
부르르 떤다.
언젠가
흑인黑人 아저씨가 주고 간
얼룩얼룩한 양말 한 짝이
빨랫줄에서 시나브로 흔들리고 있다.
아메리카는 멀고도 가까운 나라,
올해 여섯 살인 깜둥이 죠는
한국의 외할아버지 몰래
기침을 옆구리로 한다.
늑골 하나를 뽑아 아주 옛날에
사랑하는 누구에게 주어 버렸기 때문이다.

처용과 나

신 동 옥 시인

중년 이후 나는 시를 실험적인 경향으로 스스로(자각적으로) 몰고
갔다. 지금도 내 실험은 끝나지 않고 있다. 힘에 기울기는 하나, 나
는 시를 끝내 추구해 가고 싶다. 어중간한 데서 주저앉고 싶지는
않다. 이런 생각 자체가 미숙함을 한없이 드러내는 꼴이 되는 것인
지도 모른다. 나이 육십에 아직도 眼界는 열리지 않고 있다.

- 『김춘수 전집1-詩』, 문장사, 1982, 「책머리에」 가운데

회갑을 넘긴 나이에 시인은 이렇게 저돌적인 포부를 자신의 전집
머리에 아로새긴다. 무의미시는 이미지화의 과정에 개입되는 이미
지화의 결과로써 감추어지거나 부당하게 전제되는 관념을 원천봉쇄
하려는 긴장에 가깝다. 세계와 관념을 관련짓는, 표현해내는 언어가
있다. 시는 기호화 과정이라는 점에서 세계-언어-관념의 삼각 구도
는 항상 시 자체에 앞서 놓일 수밖에 없다. 시 짓는 행위와 그 결과에
항상 관념-언어-세계가 내적으로 실재한다. 관념을 배제한다는 것은
이미지를 통해 언어 너머의 기호를 곧장 읽어낸다는 말과 통한다.

긴장의 미학은 인식론적 차원에서 발원한 것이 아니라 존재론적 차원의 근본 물음이다. 시인은 스물다섯 권의 시집을 내고 마지막으로 전집을 내는 순간까지 다시 시작해야 한다라고 되풀이 말해 왔다. 그것은 투철한 긴장 속에 시를 놓았다는 뜻도 되고, 긴장이 가져오는 비참과 고독을 끝끝내 견뎠다는 뜻도 된다.

처용은 수난(passion)과 정념(passion) 가운데 선 내 20대의 초상이다, 계속된다. 처용은 내게 어린이, 미개인, 예언자가 뒤섞인 음성으로 다가왔다. 모든 작용과 반작용이 떠난 자리의 매혹, 엑스터시, 웃음의 세계를 몰고 왔다. 처용의 전언은 악보의 형태로 내게 각인되었다. 음악은 고차원의 순수문학을 지향하고, 문학은 음을 지향한다. 가령 「가을」 속에서는 부재하는 풍경의 여백이 음을 만들고 있다. 첼로나 파곳의 느리고 끈질긴 마이너풍의 저음을 읽을 수 있다.

이를테면 어머니는 없고, 제 새끼를 먹는 어미 개만 있다. 여섯 살 난 깜둥이 죠에게는 어머니가 없고, 늑골이 없다. 사랑하는 누군가도 없다. 올드 블랙 죠는 그리운 날 옛날과 이 세상에 없는 낙원을 그렸지만, 여섯 살 난 깜둥이 죠는 상처를 옆구리로 앓는다. 늑골이 빈자리에 남은 것은 가을바람 쯤일 것이다. 개도 소도 갓 낳은 제 새끼를 먹는 법은 없다. 새끼를 미끈하게 감싸고 숨통을 옥죄는 태반을 핥아 먹을 뿐이다. 그러나 간혹 (천국이 아닌 곳에서는) 갓 낳은 제 새끼를 먹을 수도 있다. 분노는 한국의 외할아버지에게나 허락되는 것. 여섯 살 난 깜둥이 죠에게 없는 것은 하얗거나 노란 피부색, 제 나라가 없다.

인간들 속에서
인간들에 밟히며
잠을 깬다.

숲 속에서 바다가 잠을 깨듯이
젊고 튼튼한 상수리나무가
서 있는 것을 본다.
남의 속도 모르는 새들이
금빛 깃을 치고 있다.

- 「處客」 전문

이 행성의 중심에서 체인을 돌리는 강한 팔뚝은 누구의 것일까?
의지와 무관한, 의지가 개입할 수 없는, 의지를 허락하지 않는 한국
의 가을 저녁나절. 위스키를 허락하는 것은 투명한 유리잔이 아니라
작은 사발이다. 남의 속도 모르는 풍경 속에 옆구리로 상처를 삼키
는 한국의 가을 저녁나절이다. 인간들 속에서 인간들에 밟히며 잠을
깨는 한국의 가을 저녁나절이다. 흔들리고, 부르르 부르르 떨고, 먹
어치우고, 마셔 없애는 풍경 속에 죠 홀로 큰 눈을 뻐끔 뜨고 몰래 기
침을 한다.

「가을」 속에는 상처를 늑골로 숨쉬는 죠가 있지만, 나의 처용은 내
잠 속에서 깨어난다. 숲속에서 바다가 잠을 깨듯이. 또한 젊고 튼튼
한 상수리나무처럼 까마득히 서 있다. 남겨진 한 권의 시전집은 처
용의 육신이고 나의 빵이다. 개가 제 새끼의 태반을 핥아 눈뜨게 하
듯 처용은 나를 눈뜨게 하고, 나는 아직 흔들리며 지켜나갈 미학도
없는 미명으로 동시대의 한 세류에 끼어 있다. 무엇이 왜인지도 모
른 채 써 나가고 있다.

무엇에 귀의하기 위해 여기까지 날아 왔는가?
시린 발바닥 주무르면 깊어가는 현(絃)의 골짜기.
영원한 긴장 앞에 머리 숙여 절한다.

나의 하나님

사랑하는 나의 하나님, 당신은
늙은 비애다.
푸줏간에 걸린 커다란 살점이다.
시인 릴케가 만난
슬라브 여자의 마음 속에 갈앉은
놋쇠 항아리다.
손바닥에 못을 박아 죽일 수도 없고 죽지도 않는
사랑하는 나의 하나님, 당신은 또
대낮에도 옷을 벗는 어리디어린
순결이다.
삼월에
젊은 느릅나무 잎새에서 이는
연둣빛 바람이다.

사랑하는 나의 하나님

김 옥 희 시인

　사랑하는 나의 하나님, 영암군 노송리 뒷마당에 둥근 팽이 열매가 떨어져 수북하게 쌓인다. 맨 궁둥이를 내놓고 닭똥을 입으로 가져가던 아기가 까만 염소를 향해 기어간다. 사랑하는 나의 하나님, 아기를 업은 젊은 엄마가 울면서 강물 앞에 서 있다.

　사랑하는 나의 하나님, 당신은 늙은 비애다. 자라지 않는 아이의 목소리다. 자라지 못해 늙지도 못하는 비애다. 늙지 못하는 것들을 바라보는 사랑하는 나의 하나님, 당신은 푸줏간에 걸린 커다란 살점이다. 죽어야만 부활하는 하나님, 손바닥에 못을 박아 죽일 수도 없고 죽지고 않는 당신은 푸줏간에 걸린 질기디 질긴 상처다.

　사랑하는 나의 하나님, 당신은 슬라브 여자의 마음속에 갈앉은 놋쇠항아리다. 항아리 속에 담긴 노을이다. 노을에 불붙은 검붉은 의자이다. 불길에 타고 있는 사랑하는 나의 하나님, 하늘에서 별 하나가 내려와서 불 속으로 섞여든다. 번지는 불길에 불안해진 당신이 눈동자를 빼서 항아리 속에 집어넣는다. 놋쇠항아리를 잊어버리고 자꾸 움푹 패인 눈언저리를 문지르는 늙은 하나님, 겨울이 되어 슬라브 여자와 마주친 하나님, 놀란 듯 잠깐 멈춰 서있다. 고개를 갸우뚱하며 지금도 광주시 백운동 고갯길 시내버스 정류장에 서 있다.

사랑하는 나의 하나님, 당신은 또 대낮에도 옷이 벗겨지는 더럽디 더러운 순결이다. 나의 입을 틀어막고 나를 겁탈하는 하나님, 더러운 피가 속옷에 묻었다고 투덜거리는 하나님, 다음에 만나면 더 주겠다고 삼천원을 건네주고 가는 하나님, 닮은 것 같아 미친 듯 달려갔지만 손을 흔들며 가버리는 하나님. 충장로 맞은편에서 오고 있는 사람의 눈길을 피해서 천천히 고개를 외로 꼬는 하나님.

사랑하는 나의 하나님, 당신은 느릅나무 잎새에서 이는 연둣빛 바람이다. 연둣빛 비명이다. 한낮에 아파트 입구로 들어가는 가난한 소녀이다. 입구의 어둠은 깊어 머리칼 한 올 보이지 않고, 떨어진 단추의 흔적도 없는데 벽을 더듬어 돌아가면 밀짚모자를 파는 소녀, 그녀가 덤으로 달아주는 금빛 나비, 중요한 기억을 잃어버린 사랑하는 나의 하나님, 당신이 문 뒤에서 걸어 나온다. 모래 속에 잠든 꿈을 꾸다 일어난 것처럼 목에 잠긴 모래를 아프게 뱉어내는 하나님.

사랑하는 나의 하나님, 당신은 쓰레기통에서 튀어나와 앞으로 내달리는 고양이다. 한바탕 퍼붓는 소낙비에 드러난 사건 현장이다. 목을 조르고 간 사람의 발자국은 씻겨버리고 의심할 때마다 산비탈 돌처럼 굴러 떨어지는 하나님, 누구의 입 속이라도 들어가 부서져 삼켜지고 싶은 하나님, 눈을 감은 채 한없이 도망치고 있는 나의 하나님, 광주시 백운동 48번지 칠이 벗겨진 대문에 손톱으로 누군가의 이름을 쓰고 있는 하나님, 죽은 사람의 가슴을 열고 천천히 걸어 나오는 하나님, 또 다른 사람과 다른 꿈을 꾸러 가는 사랑하는 나의 하나님, 다른 느릅나무 잎새에 다시 일고 있는 연둣빛 바람.

4부
우리 시대의 큰 시인

김춘수 선생의 시와 삶, 그리고 산문

대담 : 강현국(시인, 『시와반시』주간)
진행 : 이원(시인)
기록 : 유홍준(시인)

7월 20일 토요일, 팔순의 노시인을 만나기 위해 서울가는 열차에 몸을 실었다. 진주 사는 유홍준 시인과 함께였다. 『시와반시』 창간 10주년 특별 기획을 위한 상경이었다. 알려질 대로 알려지고 밝혀질 만큼 밝혀진 김춘수 시인에 대해, 김춘수 시인의 시에 대해 다시 더 무엇을 캐낼 수 있단 말인가. 유명 잡지, 유명 언론과의 인터뷰 기사가 낯설지 않을 만큼 진행된 이 시점에서의 대담을 통해 무엇을 더 얻어낼 수 있단 말인가. 뒷북치지 않고 덧칠이 되지 않을 한 원로 시인의 문학과 삶의 이면에 감추어지고 숨겨진 어떤 것? 그것이 사뭇 걱정이었고, 세상에 대해, 인생에 대해, 문학에 대해 여태 누구에게도 털어놓지 않은 한 시인의 속내.(?) 우리는 그것을 훔치고 싶었다.
　서울역에는 『시와반시』 출신의 조병완, 이형선 시인이 나와 있었다. 조금 늦게 신동욱 시인이 합류했다. 분당 초입에서부터 한기자는 승용차에 장착된 첨단시스템을 작동시켰다. 경기도를, 성남시를, 그리고 분당의 까치마을이라는 최종 목적지를 입력시키자 얼굴 없는 여비서가 안내를 시작했다. 까치마을 선경 롯데 아파트가 육안에 보일 때 미리 와서 한 시간을 헤매던 이원 시인으로부터 부랴부랴 연락이 왔다. 낯선 도시에서의 길 찾기, 산이 높고 골이 깊은 한 시인에 대한 길 찾기; 시골 사람들이 길을 일러주는 방식, 이쪽으로 쭉 가서 왼쪽으로 가다가 담배집이 나오거들랑 또 물어보세요 하는 식이면 될까. 시인의 모자, 시인의 지팡이, 복장, 체격, 신발 크기, 자잘한 가재도구들, 시인의 침실 풍경, 시인의 잠버릇… 등에 대한 탐색은 어떨까.

말귀에 대한 민감은 여전히 푸르렀다

방이 네 개 달린 40평형 아파트는 좁아 보였고 한낮인데도 거실은 어두웠다. 선생은 일본 씨름을 시청하다 우리를 맞으셨다. 예상보다 많은 일행이 마음 쓰이는 눈치셨다. 앉을 자리부터 마땅치 않았던 것. 벌써부터 한기자의 카메라는 바빴다. 이형선 시인은 녹음기를 틀었고 유홍준 시인은 캠코더를 켰다. 이원 시인이 준비해 온 꽃바구니를 어디에 두었던가. 키 170cm, 50kg이 채 되지 않는 몸무게, 내 곁에 앉은 흰 수염 가득한 할아버지가 편안했지만 주름진 얼굴이 마음에 걸렸다. 세월이었다. 안경 너머 눈빛은 형형했고 말귀에 대한 민감은 여전히 푸르렀다. 시인이었다. 학창 시절 야구 선수를 잠시 하셨다는 기억이 스쳤다. 건강이 궁금했다. 노익장한 활동의 비밀이 알고 싶었다.

— 적극적으로 하는 건 없고, 글쎄 내가 뭐 보약을 먹는 것도 아니고. 그렇다고 건강을 위한 특별한 운동을 하는 것도 아니고. 소극적으로 하는 것, 규칙적인 생활, 식사도 제때, 제때에 그저 밥, 가정부

가 와서 밥해 놓고 가는데, 제때 안 먹으면 안 되거든, 오늘 토요일인데 일찍, 저녁 밥까지 준비해놓고 갔어. 내가 술을 먹는 것도 아니고 잠자리도 여름이나 겨울이나 똑같거든. 식사, 취침, 규칙적이어야 돼. 여름에는 아침에, 겨울에는 낮에 한 시간 정도 산책을 하는데, 날씨 안 좋으면 할 수 없고 거의 매일 한 시간 정도 늘 산책을 하지.

중학교 때가 아니고 야구는 대학 때 했어요. 일본은 대학 야구가 세거든. 선수 했으니까 여기 오면 프로지 프로. 중학교 때는 농구를 했어요. 구기는 안 한 게 없어. 선수감은 아니라도 거의 다⋯ 육상은, 백 미터 선수했거든. 지금 내가 그랬다고 말하면 에이 무슨, 거짓말이라 할 거야. 그래서 그런가 우리 아들도 운동신경이 좋거든. 운동을 잘 해.

글쎄 운동한 게 건강 유지에 밑바탕이 되었는지는 잘 모르겠고, 운동 선수가 일찍 죽는 수도 있어. 병치레를 많이 할 수도 있고 병에 저항력이 약할 수도 있단 말이야. 약골이 잘 견딜 수도 있어. 내가 몸이 약하잖아. 음, 이렇게 약해진 게 대략⋯ 대학 때 영어(囹圄) 생활을 1년 했거든. 그때 상했어. 나와서 조리 잘 해야하는데 그걸 못했지. 위가 상하고 그때부터 살이 싹 빠져버렸지. 회복이 안 돼. 지금까지⋯ 학생 때는 내가 몸이 좋았거든. 살도 알맞게 찌고 보기 좋았는데⋯ 큰 불편은 없어요. 혈압이 조금 높고 전립선이 조금 부어 약 먹고 있지만⋯ 늙어서 찾아오는 거니, 할 수 없지.

사별한 사모님을 대담 자리에 모셔와야겠는데 쓸쓸한 집안의 분위기가 가로막았다. 나는 조금 더 딴청을 피워야 했다. 결혼 기념 사진을 떠올렸다. 족두리를 쓴, 귀골형의 청년⋯.

— 아니, 그건 부은 거야. 그 결혼사진 찍을 때는 부었고, 감옥 나

와 가지고 얼마 안 되어 결혼을 했거든. 아직 부었을 때였어 살이 쪄서 그런게 아니고….

선생은 사진 속의 아내를 불러내지 않으셨다. 내 대학 시절 선생은 담뱃불을 붙일 때 손을 떠셨고 가만 고개를 흔드는 증상이 있었다. 대학 졸업하고 군대갔다 오니까 거짓말처럼 선생의 흔들림은 멎어 있었다.

─ 나는 못 느끼는데 다른 사람들이 그러더군. 고개를 흔든다고. 손 떨리는 건 보이지만 고개 흔드는 건 안 보이니까, 안 보이니까 나는 모르든데… 그게 전부 영어 생활에서 얻은 후유증이야. 생활에 지장은 없었어요. 남 보기가 싫어서 그렇지. 특별히 치료를 받거나 한 일은 없었어요. 그냥 시간이 가서 저절로 없어진 것 같애.

대치동의 여름

무슨 일이었는지 잘 기억되지 않는다. 『시와반시』 창간 직후였으니까 아마 잡지 일 때문이 아니었던가 싶다. 선생이 사시는 명일동 아파트를 찾아갔다가 외출 중이셔서 메모만 남기고 돌아왔던 적이 있다. 그리고 선생은 지금 분당 사시고 그 사이에 대치동 시절이 있다. 대치동의 여름이 다음과 같이 끼어 있었다.

내 귀에 들린다. 아직은
오지 말라는 소리,
언젠가 네가 새삼

내 눈에 부용꽃으로 피어날 때까지,
불도 끄고 쉰다섯 해를
우리가 이승에서
살과 살로 익히고 또 익힌
그것, 새삼 내 눈에 눈과 코를 달고
부용꽃으로 볼그스럼 피어날 때까지,

하루 해가 너무 길다.

- 「대치동(大峙洞)의 여름」 전문

  명일동을 떠나, 하루 해가 너무 긴 대치동의 여름을 지나 지금 이 곳까지 오시게 된 과정의 한가운데 사모님이 계실 것이었다.

— 대치동으로 옮기게 된 것은 우리 집사람 때문이었어. 삼성의료원에서 치료를 받는데, 명일동에서 거기까지 다니기가 힘드니까, 딸애가 사는 대치동이 병원에서 가깝단 말이야. 그래서 딸애 집 옆으로 이사를 했어.

  선생의 표정에는 갑자기 어둠이 역력했다. 한기자의 카메라는 긴장하고 있었다. 선생의 이야기는 담담했지만 자주 머뭇거렸다.

— 그래. 암인데 말기가 되어 있었어. 이상하더군. 그 암에 걸리면 엄청나게 아프다던데 집사람은 전혀 통증이 없었어. 간혹 그런 사람들이 있다더군. 그러니까 아무도 몰랐지. 아무도, 아이들도 몰랐어. 내 아래 동서가 한양대 의과대학 교수로 있거든. 그래 그 사람이 아, 어느 날 우연히 우리 부부 진찰이나 한 번 해 봅시다 그러더라고. 그

래서 당신 먼저 해 보소 했더니, 엉뚱하게도 그런 진단이 나왔단 말이야. 절망적이더군. 청천벽력이었지, 손을 쓸 수가 없다고… 수술도 안 되겠다고, 담당의사 말이 3개월을 더 견디지 못하겠다 하더군. 입원을 했다가 또 좀 좋아지고 갑갑하면 집에 오고 그러려니까 대치동으로 이사를 했지. 그런데 그 사람이 가고 좀 있다가 딸애가 분당으로 이사를 했단 말이야. 내 혼자 떨어졌으니… 우리 애가 바로 요앞에 살아요. 여기 와보니까 괜찮아. 새로 생긴 동네라 깨끗하고 공기도 좋고, 산보길도 좋은 데 있고 내가 뭐 일이 있는 것도 아니고, 직장이 있는 것도 아니고, 그러니까 서울에 살 필요 뭐 있어.

광주 공원묘지에 마련된 사모님의 유택을 선생은 자주 찾는다고 하셨다. 만남에서 영결까지 '이승에서 살과 살로 익히고 또 익힌 쉰다섯 해'의 날들이 궁금했다.

— 물론 중매지. 중매결혼을 했어. 그때… 내가 일제 말, 이상한 사건에 연루되어 가지고 결국 퇴학을 당하고 피해 다녔어요. 나 같은 사람은 늘 요주의 인물로 잡혀 갈 위험이 있었거든. 식량도 배급제였는데 공산주의 체제하고 똑같았어. 이름이 얹혀 있어야 배급도 받고 하는데 나는 늘 행불자로 피해 다녔단 말이야. 그런데 집안 어른들은 결혼을 시키려고 했어. 내가 장남이고 아, 결혼이라도 해서 씨라도 봐야 될 것 아냐. 어른들한텐… 결혼을 하게 되었는데 처가가 마산이야. 내 장인이 알고 보니까 지사(志士)였어요. 장례식을 사회장으로 치렀을 만큼 그 일대에서는 알아주는 지사였어요. 여운형 선생 밑에 마산 건국위원장 지낸 분이었지. 피해 다니는 몸이었기 때문에 혼담이 깨지곤 했는데 이 어른은 내가 어떤 사람인지를 알고는 오히려 좋다고 그러더군. 맞선을 봤는데, 허허허. 당사자들도 물론

싫지 않았으니까 결혼을 했겠지. 그래서 부랴부랴. 1주일만에 결혼
했어요. 내 처가 열아홉 살. 일제 말 여학교를 갓 나왔었지. 지금 열
아홉 살 먹은 딸애들을 보면 이건 영 어린애 같은데 그때는 그래
도… 허허허허. 그래 시집을 오니, 층층시하 시부모, 시조부모가 계
셨고, 우리 어머니하고, 고부 간에 트러블이 좀 있었어요. 조모님이
손부를 덮어주고 비호해 주고 그랬지. 고생이랄 것까지는 없고, 그
저 보통 시집 사는 정도였지.

　그때는… 예단이라 그랬어. 사돈끼리 주고받는… 내 할아버지가
만석꾼이야. 통영에선 손꼽히는 부호였어. 토호, 토호였어. 내 선친
께서도 유산을 받아서 한 삼천 석 했지. 부자였어. 그래서 일제 말 물
자 귀할 때인데도 예단을 그런 대로 잘 해 갔지. 이불까지 싹 다… 장
인 장모가 깜짝 놀랠 정도로 했어.

　사모님과 나란히 쇼핑을 하고 돌아오는 모습을 어느 텔레비전에
서 보여준 적이 있었다. 노부부의 한때가 더없이 행복해 보였었다.
알 수는 없지만 그것이 비록 연출에 의한 것이었다 하더라도 내게는
의외였다. 한 집안의 가장으로서의 역할, 한 여자의 남편으로서 자
신에 대한 평가를 선생은 어떻게 하고 계실까.

　― 으응, 그래. 그래. 나한테 그런 취미가 있어. 시장 다니는 걸 좋
아하지. 슈퍼마켓 구경을 좋아해. 아이쇼핑도 좋아하고. 다른 취미
가 없으니까. 물건 산 것 들어주기도 하고. 그것도 재미니까. 봉사니
까. 아내한테 그것조차 안 하면 내가 할 수 있는 게 뭐 있어. 아니, 내
가 재미있으니까, 그걸. 그래 그걸 하면 재미가 있어요. 나도 쓰일 데
가 있구나! 내가 말이야. 그것조차 안 하면 아무짝에도 쓰일 데가 없
거든. 못을 하나 제대로 칠 줄 아나. 못도 말이야, 이게 내가 박으면

구부러지고 부러지고… 다 아내가, 아내가 했거든. 그러니까 그거라도 해 주어야 내 마음이 풀렸거든. 그래… 아내가 가고… 여성 잡지 어디에 인터뷰를 했어. 그때 내가 그랬지. 내 인생의 9할은 그 사람이 가져 갔다. 나는 겨우 1할로 산다. 그 사람이 내 모든 걸 다 해 주었거든. 아쉬워. 사람이 귀하다는 거 그거 없어져봐야 알아. 있을 땐 몰라. 나이 팔십 살을 먹도록 몰랐어. 이제는 그 아내란 말이 전혀 다르게 들려. 세상에 아내란 말처럼 이렇게 아름다운 말이 있나! 없어져 봐야 알아. 있을 땐 모르거든. 늘 그렇게 있는 줄, 있을 줄 알고. 그러다가 없어지고 나니까, 아이쿠, 물건 하나라도 그런데… 이제 없어지고 나니까 내 할 일을 내가 다 못하니까… 55년을 같이 살았으니까 내 분신이었지 분신. 나보다도 나를 더 잘 알아. 9할을 가져 갔어, 겨우 나한텐 1할만 남았어….

선생의 눈시울이 젖어 있었다. 민망하고 난감했다. 이원 시인은 부엌으로 커피 만들러 가고, 조병완과 이형선과 신동옥 시인은 벽에 걸린 조각으로 눈을 피했다. 유홍준 시인의 캠코드와 한기자의 렌즈가 큰 눈을 반짝거렸다.

— 남편으로서의 점수? 글쎄, 한 오십 점… 다른 사람들은 더 후하게 줄지는 몰라도 내가 생각할 땐… 혼자가 되어 보니까 알겠어. 후회막심이야. 한이라는 말이 무엇인지 알겠어. 한은 말이야, 일상의 욕구불만에서 시작되는 것 같아. 해 줄 걸 왜 못 해 주었나. 왜 이렇게 갚지도 못할 빚을 졌나. 한이라는 말, 그 감정이 절실해져. 나는 그때 왜 그렇게 했나. 모진 말, 안 해도 될 말을 그렇게 모질게 했나. 그렇게 가슴에 못으로 박힐 말을 왜 했나. 당하는 사람한테도 하는 사람한테도 그게 한이거든.

그렇지. 우리 세대는 바보 같은 세대였어. 특히 경상도 남성들은 이거 뭐 말도 못하지. 뭐 하려고 살았나 싶을 정도로 마음에 있는 것도 표시를 못했어. 표시를 해야 되는데, 이제 나는 아들보고도 하라고 해. 속에만 담아놓지 말라고. 나는 그걸 못 했단 말이야. 그런 게 한두 가지가 아니지. 내가 그랬으니까 우리 아이들도 그럴 거란 말이야. 서로가 그렇게 해야 돼. 좋은 말로 은근히, 이런 말하잖아. 은근히도 정도 문제지 정도 문제. (일동 웃음) 한이 될 정도로 은근히는 안 된단 말이야.

— 선생님, 그 외로움을 어떻게 감내하세요? 혼자 어떻게 지내세요?

— 하루 종일 우두커니… 고문이야… 요 앞에 둑길 가서, 아침 일찍 가면 혼자서 고함도 지르고 흑흑 울기도 하고… 그러면 마음이 좀 풀려요.

— 구래, 그 꽃, 어느 순간에 그렇게 느껴졌어. 분홍빛 꽃으로 환생한 환한 아내의 모습이었어.

— 내세를 믿으세요?

— 안 믿습니다. 내가 본 일이 없는데 그걸 어떻게 믿어요?

— 선생님 그럼, 종교는 있으십니까?

— 아니야. 없어. 안 믿어요. 안 믿어져요. 종교는 믿음이니까, 맹목이니까 아, 시를 쓰는 사람이 그게 되나. 자꾸 분석하고 따지는데, 안 되지 암, 안 되지. 거 말이야 미당이 사십이 되니까 귀신이 보인다 했는데, 저승이 보인다. 저승이 보인다 했는데, 허허허허 난 80이 돼도 귀신이 안 보여. 미당이 그런 소리 한 게 사십인데, 배는 더 살았는데도 나는 안 돼요. 이미 내 생각에는 미당이 괜히 그런 소리 한번 해 본 걸 거다 그런 생각 들어요. 시인이니까. 시인은 뭐 그런 소리하

는 사람이니까. 아, 어찌 귀신이 보이겠나. 아마도 허깨비를 봤을 거라. 허허, 미당이 들으면 섭섭할지 모르지만 뭐 여하튼 내 생각엔 그래요.

　내세에 대한, 종교에 대한 선생의 생각은 야속할 정도로 단호하셨다. "아내를 단 한번만 다시 만나 볼 수 있다면 지금 죽을 수도 있겠다." 하실 정도로 한이 되어버린 아내에 대한 그리움과 흑흑 숨 막히는 끝나지 않을 외로움의 여생을 결코 종교로 피하거나 종교에 기대려하지는 않으셨다. 대부분의 사람은 절대절명의 위기에 처하면 난데없이 하느님을 찾는다 하지 않는가. 이성으로 확인할 수 없는 것에 대한 불신, 맹목에 대한 싸늘한 거부, 쉽게 허물어지지 않는 선생의 저 강인한 리얼리티, 인생은 그저 그런 것 하며 쉽게 타협하고도 남을 나이에 팽팽한 시적 긴장을 유지할 수 있는, 김춘수 문학의 오늘을 지탱해온 바탕이 여기에 있을 터. 그러나 나는 선생이 종교에 기대어서라도 고문의 나날이 줄어지고, 나날의 고문이 그 무게를 덜 수 있게 되기를 바라는 마음을 버릴 수 없었다. 다시 물었다.

　— 선생님, 전에 어느 대담 자리에서, 만약 무인도에 가신다면, 꼭 한권의 책만 가져가신다면 신약성경을 택하겠다고 하셨는데, 어떤 뜻이었습니까?
　— 음, 그랬지. 그러나 그때 뭐 그런 질문 하니까 얼떨결에 그랬어요.(일동 웃음) 대답을 안 할 수는 없고, 허허허허허, 얼떨결에 그랬는데 내가 성경을, 성서를 애독하긴 했어요. 사실입니다. 그러나 기독교로서, 종교로서, 신앙으로서 읽는 게 아니고 문학작품으로… 예수도 인간적으로 퍽 매력있는 분이고….

시 속의 여인들, 혹은 장미, 수련, 부용

워즈워드가 그렇고 릴케가 그렇다. 백석이 그렇고 이상이 그렇고 가까이는 미당이 그랬다. 가슴이 따뜻한, 눈매가 서늘한 여인, 혹은 연인은 시적 상상력의 모티브이자 그것은 시인에게 있어 문학 에너지의 끓어오르는 자장일 수 있다. 선생의 시 속에 숨어사는 여인이, 여인들이 궁금했다. "내가 그의 이름을 불러주기 전에는/그는 다만/하나의 몸짓에 지나지 않았다."로 시작하는 그 유명한 「꽃」의 라이트 모티브는 이랬다.

— 그래. 그런 일이 있긴 있는데… 육이오 사변 무렵에, 내가 마산 중학교 교사로 있었거든. 전쟁 때라 교사(校舍)는 군(軍)에 내 주고 판잣집 가교사를 쓰고 있었는데 어째서 그랬는지 하루는 저녁때까지 퇴근을 안 하고 있었어요. 화장실엘 갔다 왔던가 여하튼 어딜 잠시 갔다 오니까 내 책상하고 바로 내 옆에 책상하고 어우름에, 그러니까 그게 묘하게 책상과 책상 경계에 놓여 있더라고. 유리화병에 하얀 빛깔의 꽃 한 송이를 두고 간 거야. 그 꽃이 놓인 자리가 참 묘했다 말이야.
— 옆 책상의 주인이 누굽니까?
— 에이, 그걸 뭐, 말 안 하려네. 허허허허.

그 꽃이 하얀 빛깔이라 하셨지만 내게는 붉은 장미로 느껴진다. 존재론도 좋고, 언어는 존재의 집이라는 하이데거의 명제를 시로 쓴 것이 「꽃」이라는 해석도 나쁘지 않다. 그러나 우리는 예술을, 시를 너무 근엄하고 무겁게만 생각하는 것은 아닐까. 절대다수의 독자에게 「꽃」은 신시사상 대표적인 연시 중의 하나로 향유된다. 책상과 책상 사이에 꽃 한 송이를 두고 간 한 학생은 누구일까. 꽃을 들고 교무실을 들어서는 그 학생의 마음은 어떤 것이었을까. 왜 그는 책상과 책상 사이에 예의 꽃 한 송이를 두고 갔을까. 그 사실을 기억하고 있을까.

한 학생의 사춘기적 호기심이 역사적(?) 반향으로 번지게 된 것을 알고 있을까. 아마 그렇지 못할 것이다. 그러나 나는 그 학생이 지금 어떻게 살고 있는지 궁금하다. 그를 찾아 「꽃」을 낭송하도록 해보고 싶다. 우리는 한 예술가의 신변잡사에, 작품 세계의 형이하학에 지나치게 무심한 것은 아닌가. 우리의 연구는 일방적인 고담준론이기만 해서 연구의 성과가 도서관 서고 속에 유폐되어 가는 것은 아닐까. 옆 책상의 주인은 지금 우리 주변에 살아있는, 이름만 대면 금방 알 수 있는 저명 여류임이 분명해 보였지만 선생은 끝내 그 이름을 말하지 않으셨다.

바람이 분다.
그대는 또 가야 하리,
그대를 데리고 가는 바람은
어느 땐가 다시 한번
낙화하는 그대를 내 곁에 데리고 오리,
그대 이승에서
꼭 한번 죽어야 한다면
죽음이 그대 눈시울을
검은 손바닥으로 꼭 한번
남김없이 덮어야 한다면
살아서 그대 이고 받든
가도 가도 끝이 없던 그대 이승의 하늘,

그 떫디 떫던 눈웃음은 누가 가지리오?

-「垂蓮別曲」

수련은 찻집 '세르팡' 마담의 이름이다. 세르팡은 1960년대 말에서 1970년대 초까지 대구시 동성로 높지 않은 건물 2층에 있었다. 그곳에서 나는 책에서만 보던 시인들을 여럿 만날 수 있었다. 마담을 닮아서 그 집의 커피 맛은 은은하고 평화로웠다. 대학 시절, 선생을 뵈러 나는 연구실 대신 '세르팡'을 찾곤 했었다.

— 암, 그랬지. 그랬어. 그 세르팡이라는 이름도 내가 지어주었지. 응, 그래. 그 수련이가 가끔 내 연구실에도 놀러 오고 그랬어요. 좋아했지. 좋아했으니까 시를 써 주었지. 「수련별곡」을 써서… 너한테 주겠다 하고 쓴 거거든. 그러고 실제로 발표도 했고, 주었어요. 몰라. 지금 어디 사는지 통 몰라 어찌 됐는지… 그냥 뭐 한때 그런 적이 있었어요. 수련이 내 시에 무슨 큰 영향을 준 것은 아니고… 무슨… 그런 거 아니고 단지 그 「수련별곡」이라는 시를 써서 주었다, 뭐 정도지요. 한때….

한때…. 그렇다 한때일 것이다. 사랑도 열정도 되돌아보면 한때일 것이다. 그러나 한때 선생은 "그대는 또 가야 하리,/낙화하는 그대를 내 곁에 데리고 오리,/가도가도 끝이 없던 그대 이승의 하늘,"에서와 같이 세 차례나 쉼표를 찍고 있지 않은가. 안타까움, 쉼표에서 들려오는 한숨 소리, 쉼표로 돋을새김한 덧없음을 보라. 덧없음은 시의 어미이자 시의 자식이다. 그것은 삶의 입구이자 출구이기도 하다.

선생은 알려진 멋쟁이고 적지 않은 여성 독자를 가진 시인, 선생의 여인들이 궁금했지만 예상한 대로였다. "아내는 내 곁을 떠나자 천

185

사가 되었다. 그가 두고 간 두 쪽의 희디흰 날개를 본다. 그것이 지금의 내 시다."라고 말하지 않았던가.

— 에이, 싱거운 사람… 없었어. 없었고, 있다면 단지 내 아내지. 암, 아내지. 아내가 죽고 수십 편의 시를 썼으니까. 『거울 속의 천사』는 그 사람이 쓴 거나 마찬가지야. 3분의 2가 그 사람 이야기야. 사실이야. 「비가」 연작도 벌써 십여 편 그 사람 시를 썼어요. 안 쓰고는 못 견디니까. 견딜 수가 없으니까.

— 그렇게 사모님에 관한 시를 쓰시면, 어떠세요, 그리움이 진정이 되세요? 위로를 받으세요? 아니면….

— 오히려 촉발되지. 그러나 어쩔 수 없고. 통제가 안 되는 걸, 통제를 못 하겠는 걸, 어찌 할 수가 없어. 보고 싶은 마음이, 외로움이 조장된다고 할 수 있지. 연장시킨다고 할 수 있지. 시를 쓰는 게 내 생활이 되어버렸으니까. 악순환이지, 악순환….

대구 만촌동 시절의 사모님 모습이 스쳤다. 남천 곁에 서 있던 커다란 후박나무도 생각났다. 부인과의 사별 후 선생의 집필 활동은 왕성해서 어느 잡지에서는 지난해 가장 많은 수의 작품을 발표한 것으로 집계하기도 했다.

— 그래, 허 그 참, 그래서 내 그랬어. 야 이 사람들아. 많이 쓴 게 그게 무슨 자랑이라고, 발표를 한다면 누가 제일 좋은 작품을 썼나, 그런 걸 해야지. 내 참, 그 양반들이 그 발표를 하면서 나한테 미리 전화를 하길래…….

기상에서 취침까지

노시인의 일상은 어떤 것일까. 여느 노인들과 다른 것은 뭘까, 혼자 남은 황혼의 나날을 어떻게 관리하고 어떻게 감내하고 계실까. 기상에서 취침까지, 선생의 하루 일과를 독자들에게 소상하게 알려주고 싶었다. 한기자에게 이번 사진의 테마는 "김춘수 시인의 24시"라고 미리 말해두기도 했었다.

— 여섯 시 전후, 여섯 시 전후에 일어나. 일어나서 신문 보고 커피 마시고. 화장실 가고, 신문 보면서 커피 마시면 맛있거든. 커피는 아침에 맛이 있거든. 그러고 산보 가요. 여름엔 더우니까 아침에. 갔다 오면 10시, 아침밥은 죽을 먹어요, 가볍게. 점심은 조금 많이 잘 먹어, 12시에. 정해져 있어. 저녁은 5시. 잠은, 10시 11시쯤 자요. 그런데 중간에 오줌이 마려워 깨요. 늙으면 그래. 다시 잠이 들려면 금방 안 들어. 엎치락 뒤치락… 실제 자는 시간은 5시간 정도. 의사한테 물어보니까 다섯 시간만 자면 된다고 하데. 내 나이엔 그 정도 자면 아무 문제가 안 된다고 하더군.

아니야. 마누라는 잘 안 보여. 대개 꾸고 나면 무언지 잘 모르겠어. 개꿈이야 개꿈. 비교적 어릴 때 꿈이 더 선명하고 잘 꾸어지고… 요새는 책 잘 안 읽어, 눈이 아파서 못 해. 어쩔 수 없어. 그런데 쓰는 건 괜찮더군, 독서 많이 못 하고 있어요. 시는 짧으니까 잡지에 있는 것 대개 읽지. 쓰는 시간 정해놓고 그런 것 없어요. 밤엔 피하고, 쓰고 싶으면 쓰지. 텔레비는, 심심하니까. 아까도 보고 있었잖아. 주로 사극. 그러고 운동하는 걸 주로 봐. 일본 씨름, 스모, 학생 때부터 좋아했거든. 일본에서… 지금이 일본에선 스모하는 시기라….

오규원 시인은, 김춘수라는 한 시인을 구성하는 핵심적인 요소를 책과 바다와 처용이라 적고 있다. 책이 세계를 읽고 만드는 창이라면 바다는 실존의 너울이고 처용은 시적 자아의 얼굴이라는 것이다. 선생이 읽은 책, 책을 통해 만난 사상, 선생 문학의 스승이 누구냐고 물었다.

— 있어요. 내 인생, 내 인생관에 깊이 관계한 분인데 미국의 신학자예요. 라인홀트 니버라고, 그 양반이 쓴 『인간의 운명』이라는 책, 학생 때 그 책을 읽고 깊은 감명을 받았어요.

회람에서 현대에 이르기까지의, 그러니까 서구 휴머니즘의 계보를 기독교 신학적 입장에서 따져보고 동시에 비판한 책인데, 그 내용 중에 이런 게 있어요. 생물학자들은 "인간은 이성인 체 하는 동물이다.", 또 관념론자들은 "인간은 동물인 체 하는 이성이다."라고 하는데 니버는 양쪽의 생각을 비판, 수용하면서 "인간은 체 하는 존재이다."라고 결론을 내리지요. 동물인 체, 인성인 체 하는 존재, 이건 이율배반이거든. 이것도 아니면서 저것도 아니고, 조금은 저것이면서 조금은 이것이고, 천사면서 악마고, 그러니까 인간한테 이런 양면성이 있다는 거지. 체 하는 것, 다른 동물한테는 없는… 이게 인간의 특성이거든. 간단명료한 니버의 인간에 대한 정의에 깊은 감명을 받았어. 지금도 난 "인간은 이율배반이다." 그렇게 생각해. 니버를 읽고 난 뒤 책을 보니 위대한 문학은 다 그렇더란 말이야. 셰익스피어가 그렇고 도스토옙스키가 그랬어. 선과 악의 갈등, 선의 편도 악의 편도 아닌 갈등 그 자체, 이율배반, 리얼리티….

그리고 니콜라이 베르댜예프, 제정러시아 때 사상가고 공산당, 볼세비키혁명 때 처음엔 공산당에 동조했다가, 어이쿠, 이건 아니구나 하고 불란서로 망명한 사람인데 『현대에 있어서의 인간의 운명』, 이 책의 영향을 많이 받았어요. 이런 말이 있어요. "여태까지는 역사가 인간을 심판했다. 그러나 이제부터는 인간이 역사를 심판한다." 이 말은 볼셰비키혁명을 두고 한 말이야. 역사를 만드는 사람들이 무고한 사람들을 무수히 죽인 것을 두고 한 말이야. 인간이 역사를 심판한다는 말이 내 역사관 형성에 큰 영향을 주었어요. 역사라는 이름으로 개인을 얼마나 짓밟았는가, 역사가 어디 있는가! 역사를 팔려는 사람들, 그 사람들 심판을 받아야지. 그런데 지금도 역사에 맹목인 사람들이 있어요. 그런 사람들이 있다니까. 자기네들을 반대하면 그 무슨 반동이라 몰아붙이고….

역사에 대한 비판, 역사주의에 대한 부정은 반감에 가까울 정도로 예나 지금이나 철저하셨다. 이데올로기는 가난한 자의 밥이 될 수 없고 역사의 진보가 사실이라면 공자나 예수가 다 이루었을 것이라는 것이었다.

나는 역사 허무주의자

— 만약에 이데올로기가 청산해 줄 수 있다면, 공자나 예수가 그런 훌륭한 성인들이 이미 다 청산했을 건데, 변한 게 없잖아요. 변한 게 없어. 좋아진 것도 없고… 나는 역사 허무주의자입니다. 나는 역사를 믿지 않습니다. 역사를 이용하려는 사람들, 권력지향주의자들 그런 사람들이 역사를 이용하는 거지요. 어떤 한 사건 한 사태를 놓고 볼 때, 그건 보는 사람에 따라 다르지요. 19세기의 대표적 사상가 랑케는 "역사는 현실이다, 역사는 사실이다." 이렇게 말했는데, 사실은 사람이 어떻게 보았느냐에 따라 달라지지요. 사람의 눈에 어떻게

사실이 보입니까? 신의 눈이라면 몰라도, 랑케의 사실도 왕당파의 입장에서 본 한 파편이지요. E H.카가 오죽하면 "역사는 기록이다" 라고 했겠어요. 역사는 기록자에 따라 달라질 수 있다는 말이야. 우리 근대사만 보더라도 해방 후 오십 년 동안, 봐요, 정권이 바뀔 때마다 자꾸 이랬다저랬다 바뀌잖아요. 그러나 현실을 떠나서 살 수는 없으니까 역사가 있는 것처럼, 역사가 있는 체 하는 거지요, 해주는 거지요. 진보가 있는 체 해주는 거지요. 대중을 위해서 그래 주는 거지요. 그래야 현실을 견디니까. 역사가 없다고 하면 내 자신도 견디지를 못하니까. 역사가 없다고 하면 혼란이 일어날 테니까. 역사가 있는 것처럼, 진보가 있는 체 해주는 거란 말이야.

예수가 이미 그걸 알고 있었던 것 같애. 유다는 예수를 혁명가로 알고, 예수가 유대민족을 구원해줄 줄 알고 따라 다녔거든. 그런데 알고보니 자기가 믿었던 사람이 아니니까 팔았단 말이야. 그리고 예수도 유다가 그럴 줄 이미 알고 있었고, 예수가 못 알았겠어요, 다만 모른 척 했겠지.

역사를 부정하는 선생에게 4·19가 자신의 문학에 어떤 의미를 갖는가를 묻는 것은 어리석은 일인지 모르겠다. 그러나 황동규 시인의 글을 토대로 김윤식 교수는, 「릴케의 장」 등 난해시는 唯我論에 빠졌기 때문인데, (김춘수, 김수영, 김종삼 등이 가졌던) 그 유아론이 4·19를 겪으면서 모종의 반성기에 접어든다고 진단하고 있다. 또 선생은 4·19때 희생된 어린 학생의 죽음을 아파하는 「베꼬니아 꽃잎처럼이나」를 위험을 무릅쓰고 쓰고 있지 않은가.

— 내 문학에 아무 영향도 없어요. 4·19 뿐만이 아니고… 내 문학에는 역사가 아무 영향도 없어요. 내 문학에는…에이, 에이, 괜한 소

리. 그건 그 사람이 몰라서 그래. 평론가들이 그런 걸 좋아하니까. 그 래, 그래, 옳습니다. 강교수가 잘 봤네. 평론가들, 그 사람들 문학도 인생도 모르는 사람들이야. 8할이 9할이 그래.

역사에 대한 선생의 혐오 뒤에는 아마도 세다가야 감방의 영어 체험이 있겠다. "세다가야 등화 관제한 방에서/시도 못 쓰고 있는 나를 /한국인 憲兵補가 와서 붙들어 갔(「打令調10」)"던 일에 대해서 자세히 들었다.

— 내 하숙집 곁에 전라도 고학생들이 있었어요. 가난하니까 가와 사키 항구에 가서 노동을 해서 어렵게 생활을 하고 있었어. 석탄 하역 작업이었지. 토요일부터 일요일까지 일을 하면 일주일 생활비가 생겼단 말이야. 나는 집안이 넉넉해서 이태리제 카스미아지로 만든 양복 입고 알랑 들롱이 썼던 보리사리노 모자를 쓰고 멋을 부리고 다닐 정도였으니까 노동을 하거나 할 필요는 전혀 없었어요. 단지 호기심에서 하역 작업하는데 나도 따라가면 안 되겠나 했더니 아, 그러자 그래. 일을 하다가 쉴 때는 자연히 한국 사람은 한국 사람들 대로 모이게 됐지. 그래 한국말도 하고, 한국 사람끼리 모이니까. 뭐 천황 욕도 하고 말이야. 총리 비판도 하고…. 그 중 한 명이 나중에 알고 보니 염탐꾼, 스파이였어. 스파이를 해서 돈을 받아 학교를 다녔던 모양이야. 내가 유독 목소리도 크고 많이 떠들었던 모양이지.
겨울 방학이 돼서(한국엘 오려고) 짐을 챙기는데 하숙집 아주머니가 누가 찾아 왔다고 그래. 고향 사람인 것 같다고 그래. 잘 생기고 키가 훤칠한 사람이 서 있는데, 어떻게 오셨습니까, 했더니 자기하고 잠깐만 어딜 가자는 거야. 명함을 보니 일본말로 써 놨는데 우리나라 성으로 하면 한씨일 거라, 중앙대학 다녔어. 별거 아닙니다, 참

고삼아 잠깐 물어볼 게 있으니 갑시다 그러더라고. 지금 고향 가려고 짐을 챙기고 있던 중이었다 하니, 뭐 잠시 갔다 오면 되는데 그래서… 요코하마가 얼마되지는 않았거든. 그 길로 지하 유치장에 갇혔는데, 웬일인지 한 보름 동안 아무 말도 없어. 못 견디겠더라고. 이러다가 그냥 죽는 것 아닌가, 재수가 나쁘면 그렇게 되거든. 생체실험을 할 수도 있을테고, 지금 생각해보니 윤동주도 그렇게 된 것 아닌가… 경찰서 유치장도 아니고 헌병대 유치장에. 보름을 그렇게(취조도 없이) 가둬놓고 그 사이 나한테 대한 조사를 철저히 한 거야. 신문지 위에다 낙서해 놓은 것까지 철저히 조사를 했던 모양이야. 조사를 해 봐도 아무 것도 없거든. 그러니까 네가 부잣집 아들이고 부족한 게 없는데 뭣 때문에 거기 가서 노동을 했느냐? 저의가 뭐냐? 그렇게 따지고 들어요. 저의 같은 것 없으니까 없다고 할 수밖에. 심한 고문을 받았지. 그때 심한 좌절감을 느꼈어요. 묻는 대로 다 그랬다 그랬지. 내가 왜 이렇게 약하고 못났을까, 자기혐오, 이미 그때 나는 좌절을 맛보았어요. 어쨌든지 살아 놓고 봐야 한다는 생각밖에 안 나더군.

한 달쯤 뒤에 풀려났어. 학생이고, 그들 말대로 초범이니까 정상이 참작되었겠지. 하숙집으로 돌아와 있는데 같이 끌려갔던 그 고학생들이 찾아왔어요. 방세를 못 내서 쫓겨나 갈 곳이 없다고. 오갈 데가 없으니 같이 지낼 수밖에. 그 일로 또 잡혀간 거야. 아무래도 안 되겠다, 허튼 수작을 하고 있다. 그렇게 혼을 냈는데도 또 이렇게 모여 있는 것을 보니 틀림없이 무슨 꿍꿍이가 있다고… 고등계 형사한테 잡혀 갔어. 사상범으로. 한 일년 감옥을 살았는데, 재판에 회부되진 않았어, 다행히 아직 나이가 어리고… 천황을 욕했으니 그건 큰 죄가 되었겠지만 아직 학생이라 풀려났지. 그때 상한 위가 그 후로 회복이 안 돼. 그 전에는 보기 괜찮았는데 살도 알맞게 찌고.

그래 가지고 부산에 와서 여관에 있었는데 거기가 통영하고 가까워서 고향 사람들을 더러 만날 수 있었지. 고향 사람들이 나를 보니 피골이 상접해 있거든. 내 꼴을 보고 가서는 저 사람이 왜 저럴꼬 하다가 아편쟁이로 소문을 내버렸어. 난데없는 아편쟁이로 소문이 나서 혼담도 잘 안 되고….

교유록, 그리고 미적 유대

선생의 시에는 「姜畵伯의 와이프」, 「靑馬 가시고, 忠武에서」, 「이중섭」, 「천재동 씨의 탈」, 「김영태의 오리」, 「나스타샤 킨스킨」, 「윤이상의 비올론 첼로」 등과 같이 예술가들이 자주 등장한다. 선생의 삶과 문학에 관여한 분들과의 관계, 미적 유대를 느끼는 예술가들에 대한 생각은 어떤 것일까.

─ 생전에 한 번도 만난 적이 없어. 전화는, 전화 통화는 해 본 적이 있지. 아마 수영이 죽기 직전, 내가 대구 살 때 일거라. 무슨 일로 서울엘 와서 여관에 투숙을 했는데, 밤에 심심하기도 하고 그래서 전화번호부책을 뒤지니 수영이 있더란 말이야. 그래서 밤중인데 실례를 무릅쓰고 전화를 걸었지. 아마, 부인이었던 성싶어. 그래 내 이름을 말하고 좀 바꿔 달라고 했더니, 아이구, 웬일이십니까 하며 나를 알아보더군. 죄송하지만 내일 통화를 하면 안 되겠냐고 해서 내일은 대구로 내려가야 하기 때문에 결례인 줄 알면서 밤늦게 전화했다 했지. 부인 말이 만취 상태여서 전화를 받을 수 있는 형편이 못 된다고. 이부자리에다 오줌을 싸고 그랬던 모양이야. 허허. 그리고 얼마 후 그만 사고가 나서… .

수영을… 수영을 시인이라 생각하지, 진짜 시인. 굉장한 자기혐오에 빠졌던 사람이야. 내가 보기에는 수영의 시 중에서 졸작이라고 생각되기는 하지만 「어느 날 고궁을 나오면서」 같은 것도 수영으로서는 안 쓰고는 안 됐을 거야. 자기혐오거든. 자기가 싫어서, 내가 왜 이리 졸렬한가, 졸자인가, 체 게바라도 되어보지 못하고, 아내가 어렵게 마련한 피아노나 때려부수고 엉뚱한 데 화풀이나 하고… 시인이었으니까.

김수영이 없었다면 이렇게 여기까지 왔을까, 이런 생각을 해 봐요. 수영의 작업이 자극이 안 됐나, 수영이 그쪽으로 확 가니까… 반대쪽으로 돌아서게 된 면도 조금은 있지 않았을까. 그런 게 있는 것 같애. 나를 더 극단적으로 갈 수 있도록 채찍질한 사람은 결과적으로 수영이 아니었던가 하는 생각이 들어요.

강신석 화백과의 교유는 각별한 것이었다. 선생의 시를 파스텔로 그려 전시회를 한 적도 있었다. 지금도 선생의 거실 벽에는 강화백의 파스텔 한 점이 걸려 있었다. 청동의 깊이를 가진 검은 빛의 산, 이 세상 아무데도 없을 산이 거기 있었다.

— 음, 그래. (등뒤의 그림을 가리키며) 바로 이게 강화백이 그린 거야. 「산」이라는 시를 쓰기도 했는데… 이걸 한참 보고 있으니 이 산이 나를, 내 어깨를 자꾸 누르는 것 같단 말이야. 자네, 자네, 자네 하고 강화백이 내 어깨를 누르는 것 같단 말이야. 없는 것의 무게! 가 거기 있었어. 실제로는 아무도, 아무 것도 없는데, 저와 같은 산도 세상에는 없는데, 아 저게 나를, 내 어깨를 지긋이 누른단 말이야. 그래서….

강화백 그 사람, 이념이나 사상보다는 처신이 아나키스트였지. 자유분방하고, 세상물정 모르고 평생을 혼자 살았지.

　마산에 있을 땐데, 하루는 밤에 전화가 와서 신마산에서 만났어. 그래 술을 한 잔 하고 서로 데려다 준다고… 술을 많이 한 것은 아니지만 젊었을 때니까 오기로. 그 사람 세 잔 먹으면 나는 한 잔. 술을 마시고 서로 데려다 준다고. 이 사람이 나를 데려다 주면 또 혼자 못 보내서 내가 데려다 주고 아, 또 그 사람이 그러고, 그래서 신마산 구마산을 오가며 밤을 홀딱 새워버린 적이 있어. 허허허허.

　없는 것의 무게! 하며 내 어깨를 누르는 시늉을 하실 때의 선생의 천진난만한 표정을 어떻게 설명하면 좋을지 모르겠다.
　『상처받은 용』은 음악가 윤이상의 자서전이다. 한 음악가의 순탄하지 않은 역정을 루이제 린저가 받아 적은 것이다. 그는 선생의 어릴 적 고향 친구이다.

　─ 윤이상, 우리 나라에 있었으면 그 사람 중학교 음악 선생도 못 했을 거야. 보통학교, 요새로 말하면 초등학교를 겨우 나왔으니까. 집안이 무척 가난했고 독실한 기독교 신자였어. 머리가 좋았지. 그 사람 귀가 트인 게 교회 성가대에서였어. 혼자서 음악한다고 해 보니 그 시골에서 누가 알아주나. 다행히 장가를 잘 갔어. 아주 귀한 집 무남독녀한테 갔는데 처가에서 그 사람을 밀어 주었단 말이야. 독일 가서 굉장히 유명해졌어. 세계적인 작곡가가 됐지. 국회의원 할 때 독일 그 사람 집에서 한번 만난 적이 있어. 부둥켜안고 울더군. 내가 국회의원이라니까 베토벤과 맞먹을 만큼 소개가 된 음악사전을 보여주며 그를 아끼는 독일 사람들이 항의를 해. 너희 나라에서는 왜 훌륭한 음악가를 그렇게 박해하느냐고….
　아나키스트인 하기락 교수, 청마 유치환 선생과의 추억을 거쳐 선생은 미당 문학을 지나 누보 로망으로 이야기를 이으셨다.

— 아, 미당 그 사람은 말이야, 변덕이 심해 가지고, 좋을 땐 한정 없이 좋다가 금방 홱 틀어져 버리고, 그래서 다음에 만나면 무안하지 않을까 했지만 또 아무렇지도 않고 허허허허….

미당은 미당 나름대로… 당대 첫 손가락으로 꼽고 있지. 그렇지. 시에 대한 자의식은 없어. 약해, 약하고, 시가 그런 시니까. 그런데 언어 감각은 비상해. 천재시인이라 볼 수 있어. 발레리 같은 그런 시 의식이 투철한 시인은 아니고, 그런 의미하고는 달라. 오히려 서양으로 말한다면 랭보형… 그러나 그런 시 아무나 쓰는 거 아니야. 그 양반 타고난 시인이야.

나는 어느 쪽이냐 하면 T. S. 앨리엇이나 보들레르형이야. 시 의식이 따라가지 않으면… 내가 왜 이렇게 쓰는가? 스스로 쓰면서 자꾸 왜 쓰는가에 대한 비판을 하거든. 안 하면 안 되거든. 직성이 안 풀리거든. 미당하고는 달라. 미당한테는 그런 게 없어.

그래, 거, 내가 무의미시를 생각할 그 무렵에 우연히도 잭슨 폴록을 알게 됐어. 깜짝 놀랐어. 아이쿠, 내가 생각하고 있는 걸 이 사람이 이미 해버렸구나, 그림으로. 그게 뭐냐 하면, 시에서 말하자면 의미를 지워버리는 거란 말이야. 거죽만 남기는 것, 흔적만 남기는 것, 무얼 그렸는지 알 수가 없는… 그런 의미로서 내 선배가 그 사람이야. 안티 로망도 그런 데가 있어. 소설에서 이야기를 없앤다는 것은 시에 있어서 의미를 없애는 것과 일맥상통한다고 볼 수 있어. 그게 진짜 리얼리즘이거든. 이야기는 픽션이거든. 픽션에는 반드시 주관이 끼어들게 되지. 그러니까 완전한 객관, 리얼리즘의 입장에 서려면 이야기를 없애야 된다는 말이야. 안티 로망이지. 반소설이지. 음악이나 회화는 그게 문학보다 용이할지 모르지만 문학은 역시 힘들어. 언어를 매개로 하니까, 언어 그 자체가 의미를 가지고 있으니까.

한국사의 한 계보는 이상에서 김춘수로 그리고 이승훈과 오규원으로 이어지고 있다. 오규원 선생의 건강 문제로 무산되긴 했지만 처음 우리는 이 대담을 '김춘수와 오규원', 두 분의 자리로 기획했었다. 한 젊은 비평가의 지적처럼, "최근에 오규원이 보여준 날이미지의 시는 그 무엇을 제시하기 위한 언어가 아닌, 그 무엇 자체인 언어를 지향한다 그런 점에서 오규원은 김춘수의 適子인 셈"이기도 하고, "'시란 무엇인가' 혹은 '시의 언어란 무엇인가'라는 질문의 차이에도 불구하고, 이런 시의 존재론, 혹은 언어의 존재론에 대한 질문 자체가 억압되어 온 한국적인 상황에서는 두 분 시인들의 작업이 갖는 문학사적 무게는 함께 논의될 수밖에 없겠"기 때문이었다. 미적 유대는 깊겠지만 선생의 후배 시인들에 대한 이야기는 짧았다.

— 그게 그래 연관이 있겠지요. '비대상'이라는 말보다는, 어딘가에서 말한 적이 있지만 '무대상'이라고 하는 게 나았을 것 같애. '무대상시', 대상이 없다는 말이거든. 의미가 없다는 거거든. 주제가 없다는 말이야. 시니피앙… 그러니까 언어 자체의 유희다 이 말이야, 시니피에는 없고 시니피앙만 있는. 시니피에가 없다는 건 주제가 없다, 대상이 없다는 건 주장이 없다는 말이지.
'날이미지'라고 하는 것도, 이미지 그 자체를 생짜 그대로를 나타낸다는 말이겠지. 관념성을 없앤다는 뜻이겠지. 그러니 모두 뭐 비슷하다고도 볼 수 있지 않겠나. 일맥상통하는 게 있지. 나는 그렇게 봐요. 그리고 그 사람들이 내 뒤를 따라서 하려니까 똑같은 말 하기는 싱겁고 그래서 각기 다른 말을 썼지 않았을까 생각해요. 물론 색채는 조금 다르지만 근본은 같은 거지. 내가 뭐 그 사람들에 대해서 뭐라 말하기는 그렇지만 지금 물어 보니까 그렇다고 말할 수 있겠군.

— 오규원 시인도, 이승훈 시인도 선생님 시에 관한 글을 많이 썼는데 선생님 보시기에 그 두 분 글 중에 누가 더 일리가 있다고 보십니까?

— 그래. 그 둘이 다 내 얘기를 잘, 다른 사람들보다는, 또 그 두 사람이 가장 나를 잘 이해하고 있는 것 같고 그리고 또 몸소 실천하고 있는 사람들이기도 하고. 그런데서 오는 것 같은데, 공감이 가고, 둘 다 납득이 가요. 그런데 다른 사람들 중에는 전혀 엉뚱한 소리를 하는 사람들이 있어요. 어떤 사람들은 영 삐딱한 소리를 해요. 칭찬을 해도 별로 유쾌해지지가 않고. 더군다나 나를 비방하기 위해서 일부러 무슨 의미니, 턱도 없는 무슨 문법이니… 그런 사람들도 있어요.

『시와반시』에 대한, 『시와반시』를 위한

두 시간이 지났다. 한 기자의 카메라도 여기에서는 더 이상 할 일이 없어 했다. 오늘 서울에서 하루 묵어간다 하니 선생은 내일 다시 이야기 했으면 좋겠다 반색하셨다. 내일 대담거리는 따로 준비되어 있는 터, 나는 몇 가지를 더 챙겨야 했다.

— 시인이 안 되셨으면 뭘 하셨을 거 같습니까.

— 글쎄, 내가 뭘 했겠노. 내가 무얼 했겠노. 허허 그 참….

— 후대에 어떤 시인으로 기억되기를 바라십니까?

— 좋은 시를 썼다, 안 썼다 그 이전에, 극단적인 실험, 언어도단의, 언어해체의 경지까지 갔던 시인으로 기억하겠지.

— 만약 '김춘수 문학상'이 제정된다면 어떻게 운영되었으면 좋겠다고 생각하십니까. 혹시 압니까, 좋은 후원자가 나타나서 저희가 상을 제정할 날이 올는지….

— 허허, 글쎄, 그런 일이 있다면 대구에서, 『시와반시』가 중심이 되어 시행되면 좋겠지. 대구는 내 연고지고, 제자도 많이 있고, 내 인생에 가장 황금시절을 보냈고, 내 이름으로 운영되는 상이 생긴다면 대구에서 하는 게 옳겠다 생각해요.

응 그래, 상은 말이야. 역시 좋은 신인한테, 공정하고 엄격한 심사를 해서, 적임자가 없으면 매년 주지 않을 수도 있고, 좋은 시인이 발견될 때까지 2년이고 3년이고 기다렸다가 모였던 상금을 더 많이 주면 될 것 아니야. 상금은 그때마다 달라지게… 판박이로, 요식이나 상술을 뒤에 숨긴 그런 의례적인 것 말고… 꼭 내 경향의 시를 쓰는 시인에 한정하지도 말고, 경향을 막론하고 좋은 시인, 좋은 신인한테… 요새는 상도 얼마나 많은지 주기 위해서 만든 상도 많은 것 같애.

— 『시와반시』가 창간된 지 벌써 10년이 되었습니다. 한말씀 해주시지요.

— 그래요. 내가 대구에 오래 살았고 해서 하는 말이 아니고 나는 『시와반시』가 우리 시사에도 상당한 공헌을 했다, 그렇게 봐요. 신인 배출한 것도 그렇고. 지방에서 십 년이라! 아이구 그거, 허허 참… 대단한 일이지요. 요새는 지방에서도 잡지가 많이 나오지만 제일로 쳐요. 듣기 좋으라고 하는 소리인지는 몰라도, 선두주자지요, 선두주자. 수고 많이 했어요.

'기획특집' 말이야. 그걸 어떻게 잘 해 봤으면 좋겠어. 지방에서 하다 보니 필진 구하는 일이라든가 여러 어려움이 있겠지만 기억될

만한… 현대시사를 정리할 수 있는 그런 특집이 나왔으면 좋겠어요.

한창 우리 문단에 화제가 되고 있는 『김춘수 사색사화집』과 일본의 모더니스트 니시와키 준사부로의 시를 번역한 『나그네는 돌아오지 않는다』를 선물로 주셨다. 사인을 하고 낙관까지 찍어서. 내일 아침 산책 시간을 확인한 후 오늘 대담을 마쳤다. 몇몇은 노시인을 처음 만난 감회에 상기되어 있었고, 이원 시인은 선생님댁 찬장의 싸구려 커피를 마음에 걸려했다. 내일 아침 선생의 산책 시간에 맞추어 우리는 다시 분당을 찾을 것이었다.

아침 7시가 막 지났을 때 한 기자로부터 조금 일찍 오라는 전화가 왔다. 선생은 소공원을 산책하고 계셨다. 몇 차례 시도 끝에 다행히 포도 농사짓는 류기봉 시인과 연락이 닿았다. 남양주로 이동하는 차 안에서 『사색사화집』에 대한 이야기를 꺼내들었다. 오늘 대담의 초점은 선생의 산문이다.

이번 기획의 진행을 맡은 이원 시인은 "최근 김춘수 선생님께서는 화제가 되고 있는 『사색사화집』을 출간하셨습니다. 선생님의 산문 작업은 시쓰기와 떼어놓을 수 없는 불가분의 관계를 형성하고 있습니다. 지금까지 선생님의 시 작업에 대한 평가와 분석은 활발하게 이루어져 왔습니다. 그러나 선생님께서 쓰신 산문을 통한 평가나 정리 작업은 소홀했던 것으로 압니다. 『시와반시』는 창간 10주년을 맞아 시론과 隨想을 중심으로 선생님의 문학에 대한 말씀을 들어보는 특별한 자리를 마련했습니다."와 같이 써서 내게 이메일을 보내왔다.

김춘수의 산문들

— 『사색사화집』이 장안의 화제인데 몇 쇄 찍으셨습니까?
— 4판, 지금 4판 들어가 있어.

참고로 밝히면 『사색사화집』의 얼개는 다음과 같다.

1) 전통 서정시의 계열 ; 막상 챙겨보니 이 계열에 속하는 시는 그 수가 적었다. 작품의 질 위주로 뽑았다.(엄마야 누나야/往十里; 김소월, 돌담에 소색이는 햇발/내 마음을 아실 이; 김영랑, 冬天/歸蜀道; 서정주, 나그네; 박목월, 겨울밤; 박용래)

2) 피지컬한 시의 계열 ; 이 계열에 좋은 시가 의외로 많았다. 백석의 시들은 토속성이 강하기는 하나 소재의 처리 방식이 피지컬하고 작품으로서도 손색이 없기 때문에 이 계열에 넣기로 했다. 이장희의 시는 작품으로서는 좀 처지는 편이나 이 계열의 시로서는 효시가 아닐까 해서 넣기로 했다.(九城洞; 정지용, 都心地帶; 김광균, 외가집; 백석, 佛國寺; 박목월, 春泥/公州에서; 김종길, 미끄럼대; 전봉건, 북치는 소년; 김종삼, 가을 이미지/皆旣月蝕; 조영서, 저녁눈; 박용래, 하늘; 김영태, 長壽山1; 정지용, 모슬포 바람; 정진규)

3) 메시지가 강한 시의 계열 ; 이 계열의 시들은 수가 많으나 시로서의 균형이 잡히지 않는 것이 태반이다. 그 점을 고려했다. 박노해를 넣은 것은 그 점(균형)이 눈에 띄는 작품이 많았기 때문이다. 좀 어떨까 하지만 유치환도 이 계열에 넣었다.(빼앗긴 들에도 봄은 오는가; 이상화, 日月; 유치환, 풀; 김수영, 農舞; 신경림, 어둠 속에서; 김지하, 踏靑; 정희성)

4) 현대성과 후기 현대성을 지향한 시의 계열 ; 작품의 질보다는 실험성이 강하고 시사적 의의가 뚜렷한 것들을 뽑았다. (詩第一號;

이상, 孔子의 生活難; 김수영, 바다의 층계; 조향, 가을; 이승훈, 테크
노피아; 오규원, 루시의 죽음; 이형기, 뜰과 귀; 오규원, 벽1; 황지우,
사직서; 박남철, 총알; 송찬호, 양 세 마리; 박상순, 서울의 밤; 김혜
순)

* 番外(고독; 김현승, 自畵像; 윤동주, 빈 집; 기형도, 솔방울을 위
한 에스키스; 허만하, 태평가; 황동규)

— 이를테면 황동규 시인 같은 경우, 번외로 다뤄져 있던데 실험
계열로 잡을 수 있지도 않겠습니까?

— 글쎄, 보는 입장에 따라서 그럴 수도 있겠지. 어디에도 넣기가
좀 그렇고 그러나 그냥 안 하기도 아쉽고 그런 사람 몇 골랐는데, 아
무튼 보충을 더 해야 되겠어. 보충해야 할 사람들이 더 있을 것 같애.
『현대문학』에 연재했던 건데 그게 그렇더구만, 연재라는 게 한 달이
후딱 가버리고 쫓긴단 말이야. 발표되고 나면 아쉽고….

— 황동규 시인 같은 경우 문학적 프라이드가 굉장히 큰 것 같이
느껴지던데 혹시 번외로 넣어서 섭섭해 하지는 않던가요?

— 글쎄, 그래 그 사람 분위기가 좀 그런 게 있지. 어찌보면 도도해
보이기도 하고. 나는 자기한테 비하면 문학의 아득한 선밴데, 내 앞
에서도 좀 어깨를 재는 것 같고 그런 감이 있더군. 그건 이상에서 오
는 게 아닌가 싶어. 현대문학사에서 거기 수록된 사람들한테 책을
보냈던 모양이야. 그런데 유독 이 사람만 편지를 보내 왔어요. 자기
를 잘 취급해 주어서 고맙다고. 그런 것 보면 인상하고 또 좀 다르
고….

— 피지컬한 계열의 시들을 제일 많이 뽑으셨더군요?

— 챙겨보니까 그쪽에, 내 기호에 맞는 사람들이 많더라고. 어쩔
수 없지, 기호 문제니까. 설명에도 그런 게 있어.

— 친소 관계 때문이 아닌가 하는 말들도 있던데요?

— 그런 말하는 사람도 있다고들 하데. 그 누굴 두고 하는 소리인지 짐작이 가요. 김종길 씨 하고, 조영서… 잘 좀 밝혀 줘요. 내가 괜히 취급을 해 가지고 종길 씨나 영서 씨한테 폐가 가게 생겼어.

종길 씨는 내가 십 몇 년 전에 이미 「춘니」에 대해서 글을 쓴 게 있고 또 발표가 됐고. 그 무렵에 관심을 가졌었고. 조영서는 삼사십 년 전 그의 시에 대해 월평을 여러 번 쓴 적이 있어요. 그 사실을 모르니까, 그래 모르니까 뭐라고들 하는데, 그 사람 일찍 문단에 나와 가지고 시를 잘 썼는데 한 이십 년 간 안 썼어요. 최근에 갑자기 친해진 것처럼 말들 하는데, 벌써 그 사람 20대 초반부터, 내가 부산대 출강할 때부터 아는 사이지요. 『사상계』에 한창 월평 쓸 때부터. 이 사람 작품 잘 알아요. 사람도 변함이 없고. 고석규하고 같은 또래들이 모여 '신작품' 이라는 동인 활동도 했었고….

— 그래요, 선생님, 문단이라는 데가 하도 말 많은 곳이 되어 가지고….

— 그래, 그래.

— 전혀 개의 안 하셔도 됩니다.

— 글쎄, 그게 왜 그럴꼬?

— 쫌보들이니까 그렇지 않을까요. 보완하신다면 어떤 시인들을 고려하시는지요, 한용운은 넣으실 겁니까?

— 당장 꼬집어 얼른 생각나지는 않는데 검토를 해봐야겠어. 누락된 사람이 있을 것 같애. 만해 그 사람은 아마추어야. 수사가 제대로 안 되어 있어. 그게 무슨, 강교수도 그렇게 느낄지 모르겠지만 "날카로운 첫 키스"가 뭐야. 첫 키스가 어떻게 날카로울 수 있겠어. 그건 아마추어가 멋 부리는 거지, 「님의 침묵」은 그런 대로 읽혀지지만 다른 건 형편없어. 산문도 아주 졸렬하고. 시인이 수사가 제대로

안 되어 있다는 건 데생, 기초가 안 되어 있다는 건데… 왜 한용운을 뺐느냐, 의아해 하는 사람들이 있지만, 그거야 내가 안 좋아하는 시인이니까, 도리가 없잖아. 청마하고는 달라. 뺄 수는 없었어. 청마의 시에 대해서도 좋은 쪽의 얘기는 안 했거든, 오히려 비판적으로 다루었지.

— 『시의 위상』 출간이 1991년이던가요? 지금껏 말씀하신 『사색사화집』과 관계가 깊어 보입니다만 두 책 가운데 어느 쪽에 더 애착이 가십니까?

— 내가 쓴 몇 권의 시론서 중에서 지금 말한 『시의 위상』, 그게 가장 애착이 가요. 가장 공들여서 썼고, 또 내가 꼭 쓰고 싶어서 쓴 것이고. 지금도 내가 썼지만 가끔 읽고 있어요.

— 『한국현대시형태론』이 형식을 통해 점검해 본 한국시사라면, 『시의 위상』은 한국 현대시의 미시적 현장 점검입니다. 한국 현대시의 현장에서 다시 한번 지적해보고 싶은 문제들은 무엇십니까? 또 선생님께서 걱정하시는 한국시의 흐름 가운데 하나가 아마추어리즘입니다. 아마추어리즘과 프로페셔널리즘의 특색은 각각 어떤 것입니까?

— 아마추어리즘이 문제야.

아마추어와 프로의 차이, 그건 간단히 말해서 시에 대한 의식이 있느냐 없느냐 하는 거지. 옛날 선비들의 경우가 대표적인 아마추어들이야. 옛날에 선비들 하나 둘 자리에 모여 앉으면 시를 짓고 즐겼지. 그게 무슨 시인 줄 알고, 그건 취미지. 취미로 하는 거지. 현대시는 그런 게 아니거든. 프로거든. 프로페셔널한 거거든. 그게 시에 대한 의식, 시 쓰기에 대한 자의식이야. 그게 안 되어 있을 때는 한용운처럼 그런 시가 나오지. 아주 안이하게, 그렇게 쉽게 나오는 거거든. 우리 세대 중에 특히 그런 사람이 많아요. 우리 시단에도 유명한 사람… 내가 강교수니까 말 안 나올 줄 알고 말하는 거지만 00, 000,(대담자가 이름 삭제)등등 그런 사람들. 뻔한 소리, 그런 걸 뭐하려고 시로 써. 산문을 쓰지. 산문도 마찬가지, 산문도 그런 산문은 졸렬하거든. 그게 다 문학에 대한 의식이 약해서, 적어서 그래요. 그게 자기네들은 원숙해져서 그런 걸로 그렇게 알거든. 그런 사람들이 무슨 명망있는 대가로 존경받기도 하는 것 같고, 일본 문단만 하더라도 그런 사람들 발붙이지 못한 지 오래되었어요. 비교적 요즘 젊은 시인들은 그런 사람들이 적은 것 같아 다행이야.

— 1950년대 한국은 문학 이론의 불모지나 다름없습니다. 임화의 『문학의 논리』(1940), 김기림의 『시론』(1947), 백철의 『신문학사조사』(1953), 최재서의 『문학원론』(1957) 등 문학의 원론 및 개론이 우리 문학의 이론적 자산의 거의 전부라고 할 수 있던 그 시기, 즉 1958년에 『한국현대시형태론』이란 놀랄 만한 시 이론의 각론이 나왔습니다. 어떤 계기가 있었으며, 얼마 정도의 시간이 걸렸는지요?

— 그 책을 쓰게 된 동기는 이래요. 조윤제 선생 문학사를 보다가, '육당, 춘원의 신체시는 형식이 없는 시다'라는 말을 보고 놀랐어요. 그 사람 시를 모르는 사람이야. 학자라는 사람이 뭐 그런 사람이 있는지 몰라. 세상에 형식 없는 시가 어디 있나. 형식이라는 말조차도 모르는 사람인 것 같았어요. 신체시라는 게 하나의 형식인데, 폼인데, 그 자유라는 말에 사로잡혀서, 자유시라는 게 하나의 형식인데, 폼인데, 그만큼 우리 학계나 문학계가 형식이라는 말도 모를 정도로 이론이, 이론무장이 안 되어 있었단 말이야. 주요한의 「불놀이」를 자유시의 효시라고 하기도 하고, 산문시와 자유시를 분간 못할 정도로 형태에 대한 자각이 없었단 말이야. 안타까웠어.

— 출간 당시 문단의 반응은 어떠했습니까?

— 박남수 씨가 하는 『문학예술』에 연재를 했던 건데. 그래 관심이 있었던 사람은 아마 관심이 조금 있었을 거야. 지금 생각하면 아주 초보적인 이론이지. 그런데 그 당시에는 그런 것도 없었거든. 형태에 대한, 시 형태에 대한 관심을 촉발시켰다는 정도였지. 지금 생각해보면 유치하지.

— 1961년 문호사에서 출간된 『시론』(시작법)에는 외국 이론의 편의적 차용이 아니라 시인의 시작 현장의 체험에서 오는 작시의 요점이 간명하게 그리고 중요 항목별로 잘 정리되어 있습니다. 이 무렵에 이와 비슷한 자생 이론이 또 있었는지요?

— 물론 외국 시인들, 학자들, 비평가들 것을 조금 인용을 했지만 비교적 내 입장에서 쓴 것이니까 자생적인 것이라 그렇게 말할 수 있겠지.

경북대학에 와 보니까, 강교수는 조금 뒤지만, 권기호니 권국명이니 이창윤 이런 사람들 보니까 시를 잘 써요. 잘하면 좋은 시인이 될 자질이 있는 것 같았어요. 그 사람들이 좀 참고가 될 수 있는 걸 만들어야겠다, 이런 생각을 하고 교재용으로 만든 거지.

— 선생님의 「시작법」이 나온 지 약 30년 후에야 지금 많은 대학에서 교재로 사용하는 오규원의 『현대시작법』이 나왔습니다. 『현대시작법』은 수사학을 통한 시의 구조와 체계를 자생이론으로 시론화했다는 점에서 높게 평가받고 있습니다. 그리고 여기에다 사례연구를 연결시켜 놓고 있습니다. 혹시 읽어본 적이 있으신지요?

— 아, 그래, 그래요. 난 못 봤어.

— 『시론』 이후 월평 등 선생님께서 하신 현장 비평이 대부분 이론서의 일부로 등장하고 있습니다. 현장 비평을 담당한다는 것이 시인 자신에게 어떤 점에서 유익합니까?

— 현실 감각, 현장감을 읽게 되니까… 창작에 도움이 되지. 남의 작품을 읽어보고, 열심히 읽어보고 평을 해야 하니까.

『시론(시의 이해)』(송원문화사, 1971)은 시의 요소들이라 할 수 있는 주요 개념 가운데 음율, 이미지, 유추에 대한 개념 규정에 그 중심이 놓여 있다. 이 책은 개론에 가까운 각론인데, 항상 작품이 그 중심에 놓여 있는 선생의 저서에서는 보기 드문 경향이라 할 수 있다. 강의용으로 만들어진 때문일 것이다.

『한국현대시형태론』이 한국시에 대한 체계적이고 획기적인 연구라고 한다면, 『의미와 무의미』(문학과지성사, 1976)는 시인 자신의 시에 대한 체계적이고 획기적인 탐구이다. 이 책의 출판계기에 대해 물었지만 선생은 무의미시에 대해 소상하게 설명하셨다.

인간이 잃어버린 원시적 감각

— 강 교수는 과거 내 시작 과정을 대충 알고 있으니까 말하기 수월하지만, 1960년대 대구에 있을 적인데, 그동안 써오던 관념적인 시에 대한 반성이 생겨요. 특별한 계기가 있었던 것은 아니고, 그냥 자연적으로 나이를 먹으니까 그런 게 오지 않았나 싶어요. 시가 철학이어서는 안 되겠다는 생각을 많이 했지. 랜섬의 피지컬 포에트리에 대한 생각이 참고가 되었어요.

피지컬한, 이미지에 비유적인 성격을 지워버린 디스크립틱한 것 「忍冬잎」에서 처음 시도해 보았는데 마음먹은 대로 잘 되지 않았어.

忍冬잎

눈 속에서 초겨울의
붉은 열매가 익고 있다
서울 근교에서는 보지 못한
꽁지가 하얀 작은 새가
그것을 쪼아먹고 있다.
월동하는 인동잎의 빛깔이
이루지 못한 인간의 꿈보다도
더욱 슬프다.

— 뒷부분에 내 생각이 나와 버렸단 말이야. '더욱 슬프다' 는 코멘트가 그만 나와 버렸어. 쓸 때는 짐작을 못했는데 발표를 하고 나서 보니까 보이더군. 이미지 그 차제가 구원이고 그 자체가 즐거움이어야 되고 그렇게 되어야 하는데, 예술이라는 게 본래 그런 거거든. 순수하게 쓰려고 해도 자꾸 의미의 그림자가 따라 다녀요. 그래서 에이 이것도 안 되겠다. 이미지도 죽여 버리자, 그래서 리듬만 살리는 시를 쓰게 됐지. 일종의 주문과 같은 시.

불러다오
멕시코는 어디 있는가,
사바다는 사바다, 멕시코는 어디 있는가,
사바다의 누이는 어디 있는가,
말더듬이 일자무식 사바다는 사바다,
멕시코는 어디 있는가,
사바다의 누이는 어디 있는가,

불러다오,
멕시코의 옥수수는 어디 있는가,

이런 시를 써 보니까 아, 이것도 그 낱말이 가지고 있는 의미가 있
단 말이야. 그래서 낱말도 없애자. 음운단위로 시를 쓰자, 소리만 살
리자….

ㅕㄱㅅㅏㄴㅡㄴ
눈썹이없는아이가눈썹이없는아이를울린다.
심판해야한다ㅣㄴㄱㄴㅣ
심판해한다고 니콜라이 베르자에프는
이데올로기의솜사탕이다
바보야

이렇게 소리만 살리고 시를 써보니 이게 무슨 시가 되나, 갈 데까
지 가 버린 거지. 언어해체, 언어도단이 되어 버렸단 말이야.

— 무의미 시에 대한 문학사적 의의를 스스로 평가해 주시겠습니
까?
— 어찌 보면 나 같은 사람 하나쯤 있어도 괜찮지 않았나 싶고. 극
단적인 실험을 해보았으니까. 이상보다도 더 극단으로 갔던 것 같
아. 말을 없애는 데까지 갔으니까. 그 무렵 내 시를 악보시라 이름 붙
이기도 했었지.
우리는 동물적 감각을 다 잃어버렸으니까. 의미가 있어야 언어라
고 생각하니까. 동물의 소리는 의미가 없어도 다 의사소통이 되거
든. 사랑하는 사람끼리 만나면 인간도 그렇게 되지. 모차르트 음악

도 그런 것 아닌가, 무슨 의미가 있나. 좋은 음악들… 원시감정을 되살려주지.

　문명에 이렇게 길들여져서 인간이 생래적으로 가지고 있던 동물적인 감각을 상실한 문제, 그것을 소리 자체가, 의미를 버린 소리 자체가 일깨워줄 수 있지 않을까, 언어 해체에 대한 극단적인 실험이 인간이 잃어버린 원초적 감성의 회복에 닿는다면 그것은 선생의 무의미시가 갖는 또 다른 차원의 의의라는 생각이 들었다.

　— 다시 젊은 날로 돌아가서도 그와 같은 실험을 하시겠습니까?
　— 나로서는 다 했으니까….

　한국 현대시의 전통을 심화시킬 새로운 실험의 길은 무엇일까. 불안 때문에 전통을 거부하지만 과거의 전통을 떠나서는 현재가 없다는 엘리엇의 역사의식이 떠올랐다. 내용의 연속성과 형식의 현대성, '예술의 과정'에 대한 생각이 스쳤다.

　— 우리 시의 발전을 위해 또 다른 실험의 길이 있다면 무엇이라 생각하십니까?
　— 글쎄.
　— 최근에 상재하신 『거울 속의 천사』는 많은 독자, 특히 여성 독자들이 많다고 들었습니다. 어느글에선가 '지향된 후퇴'라는 말을 하셨더군요.
　— 섭섭하니까 그래본 거지. 변증법 이야기까지 하면 그렇고, 뭐 그럴듯하게 한번 그렇게 말해본 거지.

　『시의 표정』(문학과지성사, 1979)에서도 마찬가지고, 시인론은 초기의 저서에서부터 꾸준히 조금씩 포함되어 있다. 개인적인 욕구(내적 욕구)와 다른 욕구들(강의 등 외적 필요) 사이에 어느 쪽이 더 큰 비중을 차지하는지, 또 시인론은 이론서들 끝마다 각각 몇 사람씩 붙어 있다. 모아서 한 권의 시인론으로 엮지 않고 이론서를 낼 때마다 조금씩 포함하는 이유는 무엇인지 궁금했다.

— 그때그때 필요하기도 하고, 쓰고 싶은 마음도 있고…특별한 이유는 없고, 그때그때 책을 내다보니까 그때까지 쓴 사람들 걸 모아보니까 결과적으로 그렇게 되었는데, 물론 새로 그것만 모아서 책으로 낼 수도 있겠지. 그러나 지금 보면 산문도 옛날 쓴 것은 어색한 게 많고, 엉뚱한 소리 한 것도 있고. 문장도 서툰 것도 있고, 다시 손을 봐야 돼.

— 지금까지 선생님께서 출간한 수상집은 『빛 속의 그늘』(예문관, 1976), 『오지 않는 저녁』(근역서재, 1979), 『시인이 되어 나귀를 타고』(문장사, 1980), 『하느님의 아들, 사람의 아들』(현대문학, 1985), 『여자라고 하는 이름의 바다』(제일미디어, 1993), 『예술가의 삶』(혜화당, 1993), 『풋보리 향기로 고향 냄새를 맡는다』(우석, 1993), 『사마천을 기다리며』(월간에세이, 1995), 『꽃과 여우』(민음사, 1997)가 있습니다. 이 수상집에서 집중되어 반복되는 몇 가지 소재나 주제들이 있습니다. 그와 관련한 질문들입니다.

그 첫 번째가 시와 관련된 개인사적 체험 기록들입니다. 특히 유년과 유년을 둘러싸고 있는 통영 체험은 각별합니다. 어째서 그런지 말씀해 주시겠습니까?

— 그렇지, 그렇지. 누구나 다 그러하지만 유년 시절의 체험이 가장 오래 남아요. 암, 꿈을 꾸어도 그때 일이 가장 잘 꾸어지고, 엊그제 한 일은 그만 잊어버리는데 유년의 시절은 생생하고 가장 오래

기억에 남지. 어릴 때 기억이 가장 깊이 잠재하는 모양이야.

— 처용에 관한 관심도 각별하십니다. 소설로 쓴 『처용』도 있습니다. 그 속에 나오는 서사들은 어디까지가 사실이고 어디까지가 허구인지요?

— 『현대문학』 초창기에, 백 매짜리, 제목도 「처용」이었어. 구상을 할 때는 장편을 쓰려고 했는데 써 보니, 그만 백 매 쓰고 나니 할 말이 없어져요. 아이구, 소설은 안 되겠더군. 장편 쓰는 사람들 대단해요.

처용설화의 줄거리만 땄지 내용은 내 자전적인 것이고, 시도 그렇지. 「처용단장」도 처용 자체를 이야기한 게 아니고, 일종의 패러디, 패러디지. 조이스의 『율리시즈』도 마찬가지야.

「처용단장」 시말서라는 글에서 선생은 처용과의 만남을 "처용설화를 나는 폭력/이데올로기/역사의 삼각관계 도식의 틀 속으로 끼워 맞추었다. 안성맞춤이었다. 처용은 역사에 희생된(짓눌린) 개인이고 역신은 역사이다. 이 때의 역사는 역사의 악한 의지, 즉 악을 대변한다. 여기서 처용설화는 N. 베르댜예프의 역사관과 손을 잡게 된다. 개인을 파괴하는 역사의 악 또는 이데올로기의 악을 내 자신의 경험과 처용을 오버랩 시키면서 드러내려고 한 것이 나의 시적 주제이다. 통상적인 뜻으로서의 주제와는 다르다. J. 조이스의 「피네건의 눈뜸」에서와 같이 나의 경우도 적극적인 어떤 비전(세계관)이 전제가 되고 있지 않다."고 적고 있다.

— 기독교적 문화의 영향도 큽니다. 인정할 수 있으신지요? 예수에 관한 관심 또한 각별합니다. 김춘수적 예수랄까, 선생님이 해석한, 또는 강조하고 싶은 예수는 어떤 것입니까?

— 대여섯 살 때 미션 계통의 유치원을 다녔거든. 예수는 신앙이 아니고 정서로 왔어. 유치원 분위기가 그렇게 되니 자연히 교회를 다니게 되고, 정서적으로 예수가, 천사가 왔어. 내 어릴 때, 목욕탕엘 가면 벽에, 천사 벽화가 그려져 있었는데, 계집아이, 겨드랑이에 날개가 있고, 풀밭이 그려져 있고, 그걸 보고 아, 저게 천사구나 속으로 혼자 그렇게 생각을 하곤 했어요.

스무 살 무렵에 본격적으로 성서를 읽었는데, 예수의 인간적인 모습에 감동을 받았어요. 아, 사람이 어떻게 이럴 수가 있을꼬… 지금도 기억하는데 예수가 죽을 때, 민중들을 보고 하는 소리; "저들이 어찌 할 바를 모르나니" 그랬거든. 허, 참, 이거 지독한 소리거든. 내가 저들을 위해서 이 세상에 왔는데 저들이, 민중들이 나를 죽인다 이거야. 저들이 어찌 할 바를 몰라서. 혈우병에 걸린 환자가 와서 예수 옷자락을 잡고 무릎을 꿇고 절을 하니까 나았다고 하지. 내가 낫게 한 것이 아니고 네 믿음이 낫게 했다 그랬거든. 전기 작가들이 쓴 것 보니까 갈릴리 호숫가에 전염병이 돌아서 젊은 사람들이 죽어 가는데 예수가 저들의 손을 잡아 주고 한 그런 기록이 있어요. 현대의학에서도 절실히 위로해 주는 사람이 옆에 있으면 치유가 된다고 하더군. 예수가 기적을 일으킨 건 아니고….

역사적으로 볼 때 예수가 사실은 사생아야. 동정녀가 어떻게 아기를 낳겠나. 강간당해 아이를 낳은 마리아를 감싸준 요셉이 대단한 사람이었을 거야. 내가 감명 받은 건 인간적인 예수의 삶, 역사적 예수, 그 삶의 비애지.

정서하고 논리는 또 달라. 요한이가, 성서 작가들이 기록할 적에 그런 희망이 담겨 있었던 거겠지. 인간 중에 누군가 하나 그런 신과 같은, 초자연적인 인물이 나와 주었으면 좋겠다 그런 거겠지. 물 위를 걸었다거나 하는 예수의 여러 이적들은 그런 희망을, 인간의 욕망을 대변해 주는 것, 심리적 충족을 위한 것일 거야.

— 『시인이 되어 나귀를 타고』는 신문에 연재한 칼럼을 모은 글로 알고 있습니다. 이와 같은 삶의 현장과 시사에 얽힌 글쓰기를 통해 새로운 체험을 한 부분이 있다면 어떤 것이 있습니까?

— 그때그때 시사적인 걸 썼고, 또 평소 내가 생각한 삶에 대한, 인생에 대한 그런 것이었지. 내가 내고 싶어 냈다기보다는 출판사 권유에 의해서 출판한 것이 대부분이야.

시는 슬픔인가

남양주 장현리 강동중고등학교 곁에 류기봉 시인이 기다리고 있었다. 포도 농사를 짓는 그는 일주일에 한 번씩 어김없이 선생을 나들이 시켜드리는 지극한 사람, 각박한 세상에 저런 젊은이가 다 있다고, 자식도 못하는 일을 해준다고 선생은 고마워 하셨다. 그에게는 포도밭 흙냄새가 났다. 넓은 호수가 내려다보이는 전망 좋은 식당 '다송'에서 비빔밥을 시켰다. 선생이 자주 들르시는 집이어서 주인의 대접은 극진했다. 진수성찬이었다. 동동주를 곁들였다. 오늘 점심은 내가 사겠다고 류기봉 시인에게 미리 말했다. "아니, 오늘 점심은 내가 사도록 해줘요." 선생은 나를 향해 손을 저으셨다. 용돈은 궁하지 않으신지, 생활 여유는 있으신지 궁금했다.

— 국회의원 지내셨으니 연금 받으십니까?
— 아니, 연금이라고는 없고. '현정회'에서… 그게 일종의 압력단 첸데, 칠십 세 이상 되는 사람 중에서 생활이 어려운 사람에게 월 얼마씩 주는 게 있어요. 사, 오십 만원 정도야. 예술원 회원이라서, 120

만원인가 나오고. 뭐 내가 술을 먹나… 가정부 쓰는 건 자식들이 알아서 다하니까. 어려움 없어요.

— 가 보고 싶은 곳이 있습니까?

— 동유럽, 나이가 많아 이제 못 가겠지.

글 쓰고 책 읽는 일 말고, 선생은 또 어떤 것을 하실까. 대학 시절 브라운 통의 자켓과 넥타이가 떠올랐다. 영화 스팅을 보고 「스팅식 넌센스」라는 에세이를 쓰기도 하셨었다.

— 옛날엔 클래식 감상실에 자주 들렀었지. 요즘은 기계 다루기도 힘들고, 그림은 가끔 봐요, 도록을 펼치면 되니까.

젊어서는 넥타이 하나 고르는데도 며칠씩 걸렸어. 이 집 저 집 다니며 보고 또 보고 한 뒤에 사곤했지. 아이들이 아버지는 이런 걸 어디서 구했느냐고 놀라워한 적도 있어요.

「무도회의 수첩」, 「파리의 지붕 밑」 같은 명화가 없어. 잘 생긴 배우도 없고….

애인을 위해, 키스 신 안 하려고 마늘 먹고 촬영장에 갔다는 어느 여배우의 이야기를 인상 깊어 하셨다. 1937년 작 줄리앙 뒤비비에가 만든 프랑스 영화, 마리 벨이 주연을 한, 주마등 같은 생의 허망을 주제로 한 「무도회의 수첩」, 그것은 흑백영화이다. 강교수 많이 먹어 둬요. 틀니하게 되면 먹고 싶어도 마음대로 못 먹어요 하시는 선생의 분위기도 흑백이었다. 오늘 선생의 의상이 잿빛이어서가 아니라 선생이 앉아 계신 바로 이 자리가 주마등 같은 생의 허망 한가운데이기 때문일 것이다. 이곳은 1960년대 대구 시절, 미식가이신 선생이 자주 들렀던, 식탁에 붉은 장미가 꽂혀 있는 양식집 이탈리아노는 이미 아니었다. 창가에 앉아 커피를 마시던 중년의 신사도 가고 없었다.

솟을대문, 안대문이 있는 통영에서 가장 크고 좋은 집 세 채 중의 하나로 손꼽히던(그 중 한 집은 박경리 소설 『김약국의 딸들』의 촬영장소로 잘 알려짐), 선생의 통영 옛집이 헐리고 없는 것을 못내 안타까워하셨다. 외국에서는 문학가 한 사람의 취향, 이를테면 모자, 좋아하는 색깔, 즐겨 입는 옷의 디자인 등 자질구레한 것까지 자료로 모으는 사람도 있고 심지어는 말라르메가 자주 다니던 세탁소까지 기록하고 있다며 부러워 하셨다.

도대체 이 시점에서 시를, 인생을, 선생은 어떻게 생각하고 계실까? 선생은 어느 글에 "김종삼의 시에서 시의 근본 문제, 곧 '존재와의 근원적 슬픔'을 보여준다."고 쓰고 있다. 또 어디선가 "시는 일상의 덧없음을 환기시켜 슬픔을 도래하게 하는데 그것은 평소에 느끼지 못한 우리 자신을 존재자로 느끼기 때문"이라고도 쓰고 있다. 멋쩍고 어리석은 그러나 간절한 질문을 드렸다.

─ 선생님 시가 뭡니까? 인생이 뭡니까?
─ 모르겠어요.(웃음)… 이렇게 (나와서) 식사하는 재미, 자식들 잘 되는 거 보면 좋고, 상 받으면 좋고, 내 시 좋다 하면 기쁘고….
─ 耆宿으로 추대되는 자리에서 노래를 여러 곡 부르셨다지요? 십팔 번이 뭡니까?

"운다고 옛사랑이 오리오마는…" 하고 애수의 소야곡을 낮은 소리로 부르셨다. 가사 아는 노래가 이것밖에 없다고, 제목이 뭔가 하고 물으셨다. 철학으로 들렸다.

어제는 슬픔이 하나
한려수도 저 멀리 물살을 따라
남태평양 쪽으로 가버렸다.
오늘은 또 슬픔이 하나
내 살 속을 파고든다.
내 살 속은 너무 어두워
내 눈은 슬픔을 보지 못한다.
내일은 부용꽃 피는
우리 어느 둑길에서 만나리
슬픔이여.

—「슬픔이 하나」 전문

남기지 않고 비빔밥 한 그릇을 맛있게 비우셨다. 후식이 나오고 나는 서둘러 계산을 치렀다. 별미였던 황태찜과 파전은 주인이 특별히 서비스하는 것이어서 밥값이 예상보다 훨씬 쌌다. 한기자는 카메라를 챙겼다. 앞으로의 계획에 대해 물었다. 「비가」 연작에 대해 이야기하셨다.

— 이곳 저곳 발표도 했고, 한 40편쯤 썼는데 내년 봄쯤, 아마 그때쯤 시집으로 출간될 거야. 릴케가 그랬던 것처럼 존재론적 세계에 대한 작업, 내 문학의 마무리 작업을 할 때가 된 것 같애. 아내의 죽음이 계기가 되었지.

「第一番悲歌」는 이렇다.

여보, 하는 소리에는
서열이 없다.
서열보다 더 아련하고 더 그윽한
匈配가 있다. 조심조심
나는 발을 디딘다. 아니
발을 놓는다.
웬일일까 하늘이 모자를 벗고
물끄럼 말끄럼 나를 본다.
눈이 부신 듯
나를 본다. 새삼
엊그제의 일인 듯이 그렇게
나를 본다.
오지랖에 귀를 묻고
누가 들을라,
사람들은 다 가고 그 소리 울려오는
여보, 하는 그 소리,
그 소리 들으면 어디서
낯선 천사 한 분이 나에게로 오는 듯한,

영어를 조금 하고 일본어는 일본 사람도 깜짝 놀랄 정도로 잘 하신다는 이야기를 들었다. 『시와반시』 독자들에게 주고 싶은 자선시 10편을 부탁드렸다.

— 마지막으로 선생님, 꼭 하시고 싶은 말씀이 있으시면 하시지요.
— 아내가 보고 싶어! 한 번만, 그래 꼭 한 번만이라도……!

우리 어느 둑길에서 만나리

선생의 젖은 눈이 마음에 걸렸다. 가슴이 갑갑했다. 돌아오는 차 안에서 월드컵 쪽으로 분위기를 돌렸다.

― 선생님 월드컵 보셨지요? 잠재되어 있던 우리 민족의 원초적 감정이 그렇게 크게 폭발할 수 있다는 사실에 놀랐습니다. 말 그대로 열광이더군요.

― 한의 분출이야, 현실의 욕구불만에서 뿜어 나오는. 한이란 현실에서 충족 안 된 감정의 찌꺼기거든. 우리 민족에게는 그런 감정이 있어요.

― 문학은 한 많은 사람들이 하는 거잖아요, 선생님의 한은 뭡니까?

― 개인적인 것이라기보다는 내 핏속에 흐르는, 잠재되어온 한 같은 거겠지. 내 어릴 때 우리 어머님 바느질하면서 수심가를 부르시는 것 보면 참 슬펐어. 괜히 눈물이 나고. 우리 어머님도 개인적으로 무슨 한이 있어서, 부족한 게 있어서 그런 건 아니었거든. 여성의 피 속에 그런 한의 정서가 흐르고 있는 거지.

우리 민족은 신명이 많아. 옛 기록에 보면 몇 날 며칠을 주야로 음주가무 했다고 하잖아. 붉은 악마들 응원하는 것 봐, 어떻게 그렇게 한 덩어리가 될 수 있나. 세계가 놀라고 있잖아. 현대인들 스트레스가 얼마나 심한가.

시도 월드컵 축구처럼 그렇게 국민을 열광시킬 수는 없을까, 꿈 같은 생각이 스쳤다. 멋쟁이 히딩크에 대해서, 리더십에 대해서, 지치지만 않았으면 독일도 이겼을지 모른다는 아쉬움에 대해서, 우리 민족의 잠재 역량에 대해서 말씀을 하셨다.

　─ 좋은 지도자 말씀하시니까, 우리 나라도 좋은 지도자가 나온다면 민족의 순수한 신명, 열정 이런 것이 말 그대로 국운상승의 큰 에너지로 승화될 수 있을 텐데 정치 지도자 얘기가 나오면 전부 냉소부터 하니 큰일 아닙니까?

　─ 역대 대통령들이 그래 왔으니까. 갈수록 태산이고. 민주주의 운동한 사람들 맡겨 놓으면 잘 할 줄 알았더니… 민주주의 운동은 뭐 하려고 했나, 자기들 욕심 차리려고 한 것밖에 더 됐나.

　─ 어제 말씀하신 역사를 이용하려는 사람들 생각이 납니다.

　─ 순진하게, 그게 절대로 옳은 것인 줄 알고 희생당한 사람들만 억울하지. 그들의 죽음을 영광스럽게 안 만들고 억울하게 만들어 버렸어.

　─ 선생님, 투표는 하시는지요? 그때 어떤 기분이신지요?

　─ 안 하고, 안 하고 싶지. 그러나 정치라는 게… 그래도 투표를 안 하면 더 나쁜 사람이 나올 것 같고, 마음 같아서는 안 하고 싶어요. 내 할 소린지 모르겠지만 국민들이 투표 보이콧 운동 같은 것 한번 했으면 어떨까하는 생각이 들기도 해요. 세금도 내지 말고. 세금 내서 누구 좋으라고 내나 말이야.

　─ 선생님, 공적자금 처리하는 거 보세요.

　─ 그래. 엊그제 신문을 보니까 전기 값을 못 줘서 촛불을 켜다가 (화재가 나서) 어린애가 그만 타죽어버렸어요. 어린애가… 세상에는 그런 비참한 사람들도 있는데 그 몇십조나 되는 공적자금을 그렇게 함부로 쓰고, 정부가, 그러니 누굴 믿고 맡기겠나. 대통령이라는 사람은 제 자식이 셋이나 잡혀 들어가고, 그런데 그걸 뭐, 몰랐나 하니, 말이 되나.

선생의 불의에 대한, 사회 정의를 향한 분개는 남다를 것이었다. 남다른 만큼 사회와 현실과 역사를 극단적으로 배제하려 한 무의미 시의 추구는 힘겨웠으리라. '진짜 예술가, 용기있는 예술가는 역사를 무시할 수 있어야 한다, 역사에 끌려가서는 안 된다.'고 말하지 않으셨던가. "일상을 지배하는 법칙과 시를 지배하는 법칙이 다르다는 자각이 모더니스트로서 김춘수의 탁월성"이라는 이승훈 교수의 말이 떠올랐다.

대치동은 아니었지만 남양주에서 분당으로 이어진 길가에도 부용꽃이 한창이었다. 어제 끼고 계셨던 반지에 대해, 주치의를 자청해서 건강을 돌보아주는 김춘추 시인에 대해, 오직 우리 나라만 유난스러운 신인 추천제도에 대해, 특출한 시인이 출현하지 않는 1990년대 이후 우리 문단에 대해, 일주일에 한두 차례 선생을 모시고 시 이야기를 듣는 따뜻한 문학 소모임의 필요성에 대해(…좋겠지만 내가 나서서 할 수도 없고 하시며 기대감을 나타내셨다.), 실버산업에 대해 말씀을 나누는 동안 한기자의 차는 분당 까치마을 선경 롯데 아파트 입구에 이르렀다. 쓰레기를 치우던 수위가 선생을 반갑게 맞았다. 헤어질 때가 된 것이다.

내 손을 꼬옥 쥐어주셨다. 차가웠다. 그것이 마음 편한 듯, 아니 이제 이별이 익숙하신 듯, 머뭇대지 않으셨다. 뒤돌아 손 흔들지 않으셨다. 모두들 바빠서 생일날이나 제사 때가 아니면 가족들이 한 자리에 모이기가 어렵다고 하셨다. 오늘은 무심날이어서 집안은 텅 비어 있을 것이다. 아무도 없는, 없는 것의 무게로 숨 막힐 아파트로 선생은 총총 사라지셨다. 우리 시대의 큰 시인, 大餘 김춘수 선생, 그는 내일 아침 7시면 십문 반 크기의 갈색 랜드로바를 신고 서 문을 나와 산보길에 나설 것이었다. 이승의 둑길에서 저 세상의 천사를 만나고 돌아올 것이었다.

"우두커니, 하루종일, 혼자… 이건 고문이야." 하시던 말씀이 내 앞을 가로막았다. 눈물이 났다.

어떤 늙은이가 내 뒤를 바짝 달라붙는다. 돌아보니 조막만한 다 으그러진 내 그림자다. 늦여름 지는 해가 혼신의 힘을 다해 뒤에서 받쳐주고 있다.

— 「산보길」 전문

햇볕이 따가웠다. 택시를 잡기가 쉽지 않았다. 어디까지 가서 유홍 준 시인이 헐레벌떡 택시를 타고 왔다. 서울역은 아득해서 수원역을 택했다. 다행히도 때맞은 새마을 열차가 있었다. 우리는 아예 식당 칸으로 가서 맥주를 시켰다.

원고 청탁도 좋고, 시집 출간도 좋고, 행사 윗자리에 모시는 일도 나쁘지 않을 것이다. 선생의 외로움은 손과 발을 가진 것이므로 정 작 선생에게 필요한 것은 피와 살을 가진 구체적인 인간이다. 차를 함께 마시고, 함께 산책할 수 있는 따뜻한 가슴과 맑은 이마를 가진 사람, 잠자리를 챙겨주고 다시 이튿날 이른 아침 초인종을 누르는 사람, 기다림과 설렘으로 "하루 해가 너무 길"지 않게 해줄 수 있는 "나의 이 빛깔과 향기에 알맞는" 그런 여인이다.

선생의 시를 읽고 꽃 빛깔을 배우고, 선생의 시와 함께 겨울밤을 건너던 그 많은 독자들은 다 어디 있는가. 안타까운 마음에 일산과 서초동에 전화를 했다. 해 질 녘 우리는 동대구역에 닿았다. 맥주 열 한 병을 비웠다.

나의 아버지 김춘수

김영희(김춘수 선생님의 큰 따님)

대담·정리: 김지선(문학평론가)
곳: 경기도 성남시 분당구 김춘수 선생 자택
사진: 손현숙(시인)

1월 14일 오전 10시 서울역사 안에서 강현국 선생님을 기다린다. 김춘수 시인의 가족을 만나기 위해 선생님은 먼 대구에서 기차를 타고 오신다. 분주하게 쏟아져 나오는 사람들은 어디선가 오고 어디론가 가는 길 위에서 서성인다. 수많은 마주침 속에서 잠시 멈춤. 그러나 흔적은 곧 자취도 없이 사라진다. 김춘수 선생님은 말씀하실지도 모르겠다. 시를 통해서 시인을 만나면 되지 가족을 만나 무슨 흔적을 찾으려 하냐고, 모든 게 부질없다고. (하지만 우리는 아직 여기 삭막한 실존의 공간에 더 오래 남아있어야 합니다. 선생님의 숨은 말씀을, 남은 숨결을, 체취를 통해 당신의 가시는 길을 좀 더 오래, 가깝게 붙잡고 싶습니다. 남아 있는 우리들의 작은 위안을 위해⋯.)

11시 반 류기봉 시인의 차를 타고 우리는 분당 선생님이 사시던 아파트에 도착했다. 이틀 뒤에 있을 49제를 위한 준비로 가족들은 분주한 것 같았다. 약속 시간이 남아 우리는 김춘수 선생님께서 매일 나니시던 산책로를 따라가 보았다. 매일 아침 10시에서 11시 사이 선생님께 이곳은 그리움과 고독, 명상으로 이어지는 길이었을까? 아파트 옆 언덕길을 내려가 도로로 이어진 길을 한참 가다보면 개울을 끼고 있는 산책로가 나온다. 겨울의 스산함이 묻어 있긴 하지만 인공적인 냄새가 물씬 풍기는 분당에서 그나마 통영의 정취를 느낄 수 있는 유일한 곳으로 보였다. 문득 단 한 번 가봤던 통영의 바다를 떠올렸다. 쪽빛 바다, 봄빛으로 어른거리는 통영의 바다는 유년의 따사로움과 부드러움을 느끼게 했다. 거칠지 않은 그곳의 토양이 세련된 섬세함으로 선생님의 예술적 풍취를 길러냈다면 도시의 삭막함이 배인 정돈된 이곳의 자연은 말년의 선생님께 고독과 절제된 그리움으로 시적 영감을 떠올리게하는 장소가 됐을지도 모르겠다는 제멋대로의 생각이 떠올랐다.

가족들, 평범함 속에 스스로를 묻다

선생님이 사시던 아파트에서 큰따님 김영희 씨를 만났다. 조용하지만 할 말은 하는 당당한 분위기를 지닌 분이었다. 나중에 류기봉 시인에게 물었더니 자제분 중 가장 김춘수 선생님의 성격을 닮은 분이라고 했다.

— 아버지가 글쓰는 분이라서 자녀들로서 뭔가 아쉬운 일이 더러 있지 않았습니까?
— 아쉽다기보다는 행동 같은 데 제약을 받는 경우가 간혹 있었죠. 아버지께 해가 될까봐 보통 사람들 같으면 할 수 있는 일도 안 하는 경우가 많았고 자식들이 다 그런 의식을 하고 살았어요.
— 전혁림 선생님 뵈니까 90이신데도 정정하시더라구요. 선생님 이야기를 한참 했는데 우리 나라가 아니고 다른 선진국 같으면 벌써

노벨문학상을 받았을 거라고 하시던데 가족으로서 선생님 문학에 대한 사회적 인식이나 나라에서 대하는 문제들에 대해서 어떤 생각을 가지고 계세요?

— 그런 민감한 사항은 말할 수 없어요. 우리는 문학을 잘 몰라요. 아버지가 시인이시라도 딴 사람들이 보는 아버지보다 더 잘 몰라요. 다른 사람들이 오히려 그런 자리에 있으니까 더 잘 알겠지요.

— 아버지가 시인이면 어느 한 분은 문학을 이어받을 수도 있을 텐데 어떻게 그런 분은 없나 봐요.

— 아버지의 그늘이 너무 커가지고 위축되서 엄두가 안 나지요. 그렇게 우리가 한 번씩 말하곤 합니다. 포기 상태에 있는 거지요.

— 조각하시는 막내아드님인가 그분의 예술적인 소질 같은 게 선생님을 이어받았다고 할 수 있을까요?

— 같은 예술 계통이니까 아버지를 이어받았다고 말할 수 있을 거예요.

민감한 사항에 대해서는 조심스럽게 답변을 회피하기시도 하고 거듭 문학을 잘 모른다고 말씀하시는 것은 아마도 위대한 시인을 아버지로 둔 부담 때문이었을 것이다. 김영희 씨가 쓴 『달개비꽃』 후기를 보면 아버님을 떠나보내는 가슴 절절한 아픔이 묻어나 있다. 그 정도의 정돈된 글솜씨라면 『시와반시』의 아버지에 관한 에세이 청탁도 무리없이 들어주실 만도 하건만 극구 사양하신 걸 보면 아버지의 그늘이 가족들에게 너무 크게 자리잡고 있는 것 같았다.

— 아버지 시를 외워봐라 그럼 하나도 못 외워요. 아버지가 책 나왔다고 주시면 갖다 놓고, 갖다 놓고 해서 쌓여 있어도 다 읽지도 못

하고. 딴 사람이 보는 아버지보다도 우린 더 몰라요. 저는 아버지 시 중에서 「꽃」보다 실제로 「서풍부」 같은 작품이 더 가슴에 와 닿고 좋더라구요.

— 아버지가 시인이라 갖게 된 시인에 대한 생각이 있다면 말씀해 주세요. 시인이란 이러이러한 사람이구나 하는 그런 느낌 같은 게 있다면.

— 아버지를 보면 마음이 여리고 심성이 착하고, 평범한 사람들이 휩싸여 있는 세파에 전혀 물들지 않은 사람이라는 생각이 들어요. 남들이 신경쓰지 않는 사물 하나하나를 세심하게 관찰하는 사람이기도 하고. 아버지가 참 세상 물정에는 어두우셨어요. 은행에 가보신 적도 없고. 우리들이 전화로 은행 볼일을 보면 전화로도 그런 걸 할 수 있나 놀라시며 어떻게 그런 게 가능하냐고 묻곤 하셨죠. 아마도 어머니께서 불편하셨겠죠.

아버지, 나 그리고 추억

김춘수 선생님은 카리스마가 있는 분이라는 말씀을 어디선가 읽은 기억이 나서 평소 선생님에 대해 여쭈어 보았다. 또 자제분 중 어떤 분이 아버님과 가장 비슷하시냐는 질문을 드렸더니 강현국 선생님께서 한 말씀 거드셨다. "선생님은 별 말씀 안 하고 가만히 계셔도 사람의 마음을 꿰뚫어 보시는 느낌을 주시지. 과묵하신 편인데 옆에만 있어도 왠지 자기 마음을 들키는 것 같아. 그러니까 두렵지."

— 성격이 카리스마가 있고 어렵고 그랬어요. 남자 동생들 중 어떤 동생은 아버님 앞에 가면 말문이 콱 막힌다고 그랬어요. 전화도 받

기 힘들어 하고, 평소 꾸중도 잘 안 하시는데 기가 눌린다고 그러더군요. 그래도 저는 겁이 하나도 안 났어요. 아버지께 농담도 잘하고 어느 때는 대들기도 하고 했어요. 그러니까 우리 여동생이 그래요. 언니는 어떻게 그렇게 하노? 나는 아버지랑 같은 의자에도 못 앉고 옆에 있는 의자에 앉는데 언니 니는 아버지랑 같이 긴 의자에 앉아 눕기도 하고, 아버지 앞으로 막 걸어다니기도 하고, 그게 신기했나 봐요. 저는 전혀 아버지를 의식해서 이렇게 해야지 저렇게 해야지 생각해 본 적이 없어요. 그저 자연스럽게 행동했죠. 아마도 맏이니까 어릴 때부터 아버지를 제일 많이 대해서 그랬겠죠. 어릴 적 아버지께서 외출했다 들어오시면 초인종을 누르는 게 아니라 제 이름을 부르며 들어오셨어요. 또 마산 계시다 저 고등학교 2학년 때 대구로 올라오셨는데 그때 제가 모시고 있으려고 같이 올라왔거든요. 자식 다 똑같겠지만 아무래도 함께 있던 시간이 많았으니까 마음이 좀 더 쓰이고 그러시지 않았겠어요.

― 사진을 보니까 사모님과 많이 닮으신 것 같은데 성격은 아버님 많이 닮으셨나 봐요?

― 외모는 어머니 많이 닮았다고들 그래요. 남 불쌍한 거 보고 안됐어 하고 남 눈치보면 안 되지 하는 건 아버님 많이 닮았고요. 아버지가 동정심이 참 많으셨어요. 드라이브하시다가도 없는 사람이 뭐 팔고 있는 거 보면 사줘라 하고, 일하러 오는 사람도 오죽하면 저리 오겠나 하면서 식구 같이 대해 줘라 그러셨고, 그런 말씀 참 잘하셨어요.

― 성장하는 동안 아버님께 받은 영향이나 가장 마음에 남아 있는 말씀이 있다면.

― 저 어렸을 때는 환경에 차이가 나는 사람들이 많았잖아요. 잘

사는 사람이 무얼 했다 싶으면 갖고 싶었을 수도 있는데 어린 마음
에도 우리는 부모를 원망하거나 하는 그런 마음이 전혀 없었어요.
우린 남들 하는 거 안 해도 아버님이 계셔서 전혀 아쉬울 게 없다 하
는 자부심이 있었죠.

　─ 제가 핏줄을 탔는지 4·19가 일어났을 때 처음부터 끝까지 나가
서 데모를 했어요. 그때 제가 고등학생이니까 걱정이 되셔서 방에
잡아 놓고 못 나가게 하셨는데 그래도 살짝 도망 나가곤 했어요. 할
아버지도 독립지사셨고, 외할아버지께서 아버지랑 어머니 혼인 말
씀 있으셨을 때 일본에서 감옥 사신 분이라고 첫마디에 오케이하셨
다고 그러더군요.

　─ 어린 시절 아버님은 잘 놀아주셨나요?
　─ 아버님이 집에 계시면 장난 같은 거 잘 치셨어요. 우리 어릴 때
이상한 복장을 해가지고 나오셔서 장난치시구 하셨죠. 가령 머리에
수건을 동여매고 갑자기 뛰어나오셔서 우릴 깜짝 놀라게 하거나, 참
가정적이셨어요. 학교 다니실 때는 학교와 집밖에 모르시고. 여유가
있으면 어머니나 우리들에게 옷 같은 거 사가지고 와서 입혀 보시고
좋아하시고 그러셨어요. 여행을 가시면 꼭 편지나 엽서를 보내시고
유럽 여행 때나 어딜 가시면 주변의 경관에 대해 자세하게 설명해
주시는 글을 곁들여서 보내주셨어요. 어머니께도 편지 많이 보내셨
구요. 살아 계실 때 동네 분들은 잉꼬부부라 하셨는데 그럴 때면 어
머님은 잉꼬부부 좋아하시네 그러셨죠. 금방 다투셨다가 좋으셨다,
그래도 사이가 좋으신 편이었죠. 어딜 가실 때도 꼭 같이 다니셨어
요. 주로 쇼핑센터를 다니셨는데, 반찬거리 사오시면서 자식들 것도
사주시고.

　따님의 말씀을 듣다보니 우리나라 여느 아버지처럼 무뚝뚝하지만

속내 깊이 정을 간직한 선생님의 모습이 떠올랐다. 아니 훨씬 더 세심하고 자상한 분이셨을 것 같다. 돌아가시기 전 선생님의 일과는 어떠했을까?

— 가장 즐거워하셨던 때는?
— 생신, 제사 때처럼 식구들이 모일 때가 가장 행복해 보이셨어요. 모두들 쭉 둘러앉아서 아버님 이야기를 들으면 두세 시간이 훌쩍 지나가곤 했어요. 예수 이야기도 해주시고 그리스 신화나 트로이 얘기도 하셨어요. 우리가 모르던 사실도 알게 되고 어쩜 그렇게 기억력이 좋으신지, 듣고 있자면 기가 찰 정도로 잘하셨어요. 자식들이 카톨릭 신자지만 저희보다 성서에 대해 모르시는 게 없었죠.

— 선생님의 하루 일과에 대해 말씀해 주세요.
— 8시에 아침 드시고 10시에서 11시 사이 산보하시고 스포츠를 좋아하시니까. 탁구, 배구, 일본 씨름, 우리 나라 씨름 등 하루 종일 텔레비전 보시고 그러셨어요. 월드컵 때도 빨간 티 입은 조카들이랑 어깨동무하고 펄쩍펄쩍 뛰시고 좋아하셨어요. 이승엽 홈런 때리고 박수치시고, 어느 날은 조카가 전화로 할아버지 화나셨다 그래요. 이승엽 선수가 너무 못했다고. 10시쯤 되면 주무시고 생활은 아주 규칙적이셨어요. 불면증은 그다지 없으셨던 거 같고. 젊었을 때는 술을 거의 안 드셨는데 요즘은 점심, 저녁에 반주 한잔을 꼭 드셨어요. 포도주나 매실주 등. 음식점에서도 매운탕 드실 때 대나무 술이나 막걸리 두 통 얻어 오셔서 사위들 나눠주시고 그러셨어요.

— 그밖에 특별히 하시는 일은 없으셨나요?
— 어머니 산소에 한 달에 한 번 정도는 꼭 가셨어요. 멀찍이 서서

한 십오 분 정도 가만히 서 계시다가 오시고. 아버님은 마음이 너무 여리시니까 죽음이란 게 두렵다는 말씀을 자주 하셨죠. 그래도 어머님을 만날 수 있다면 언제 가도 괜찮다 괜찮다 하셨어요.

선생님은 사모님을 여의신 외로움과 한 발자국씩 엄습해오는 노년의 죽음에 대한 공포를 어떻게 물리치셨을까? 가족들과 함께 하는 시간이 많은 위로가 되셨겠지만 적요의 시간을 홀로 맞이해야 하는 운명은 여느 평범한 인간과 다름없었을 것이다. 말년에 쓰신 많은 시는 선생님 내면에 고인 상념들이 저절로 흘러 넘쳐 모인 뜨거운 실존의 잔해물들이 아니었을까.

마지막 가시던 길

이야기는 자연스럽게 선생님께서 쓰러지시던 날로 흘러갔다.

― 그날 가슴 있는 데가 결린다고 하고 아마도 폐렴기가 있었나봐요. 상식적으로는 폐렴이면 열이 많다고 생각했는데 열이 없으셔서 전혀 몰랐지요. 응급실 모시고 갔는데 입원도 안 하시고 같이 집에 오시겠다고 고집하셔서 다시 모시고 왔는데 일하는 아줌마가 밥을 너무 안 잡수신다고 해서 미음 한 숟갈 잡수셨는데 그게 가래랑 섞여서 식도에 막힌거 같아요. 그거 보니까 참 겁나더군요. 식도 막히면 호흡이 안 되는거지. 그리되면 다 돌아가시겠더라구요. 산소 공급이 5분 지나면 너무 늦은 상태가 되죠. 사람의 목숨이란 게 참 허망하죠. 한 순간에 가시기도 하니까요. 하지만 아 하고 넘어지셨고 그 뒤로 계속 의식이 없으셨으니까 고통없이 가신 거죠. 죽음을 그

렇게 두려워하셨는데 죽음의 공포를 느끼지 못하셨다는 거, 그게 그나마 위로가 돼요.

— 갑자기 가셔서 유언 같은 건 없으셨겠네요.

— 평소 여의도 성모 병원에 가서 심장 체크 해보면 꼭 이십대 기능같고 너무 건강하시다고 하셨어요. 자신의 건강에 대해서는 당신도 별로 걱정을 안 하셨어요. 그래서 그런지 유언이다 싶은 특별한 말씀은 없으셨고 죽으면 어머니 만날 수 있을까. 그런 말씀을 자주 하셨죠. 우리도 아버님이 어머님 만나셨을까 하는 말을 자주 해요. 한 번은 여동생이 꿈을 꿨는데 우리는 밖에서 보고 있고 환한 식당 안에서 음식이 많이 차려진 가운데 아버님이 앉아 계시고 어머님은 음식을 옮기시고 하는 모습을 뵜다고 해요. 두 분이 만나시지 않았겠습니까. 그렇게 위로 받으니까 우린 덜 슬프고….

집안 구석구석 남아 있는 선생님의 자취를 사진으로 찍는다, 인터뷰를 한다. 괜히 소란스럽게 해드린 건 아닐까. 그동안 잡지에 실린 선생님 어린 시절의 사진이나 중학교 때 사진을 정작 가족들은 하나도 가지고 있는 게 없다며 이런저런 사진을 꼭 보내주면 좋겠다고 당부하는 말씀에 죄송스런 생각이 들었다. 후에 세워질 선생님의 기념관을 생각하며 유품 하나 하나가 모조리 남아 있기를 바라는 게 우리의 마음이지만 정작 가족들이 바라는 건 조용히 아버지의 생애를 반추하며 가시는 길 편안하시길 비는 마음이 우선인지도 모른다.

— 지팡이 하나는 태워드렸습니다. 일본 여행 갔다 오면서 사다드렸더니 가벼워서 좋다고 평소 잘 짚고 다니셔서 그건 태워드렸어요.

인터뷰를 마치고 우리는 선생님이 누워 계신 경기도 광주 공원묘지로 갔다. 중간에 합류한 심언주 시인과 류기봉 시인의 차 두 대에 각각 나눠 타고 따님을 모셨다. 집에서 차로 30분이면 도착하는 가까운 거리에 있어 일주일에 한 번씩은 꼭 다녀오신다고 하셨다. 묘지에 도착한 뒤 누구 하나 선뜻 말을 꺼내지 못했다. 고인의 죽음 앞에서 아쉬움과 서글픔이 앞설 뿐. 잠시의 침묵 뒤 김영희 씨가 말씀을 꺼냈다. "아직 기억력도 좋으시고 정신도 총총하셨으니까 살아계셨다면 좋은 글을 더 많이 쓰실 수 있으셨을 텐데…." 그게 어찌 따님만의 안타까움일 뿐이겠는가. 묘지에서 내려오는 길 소나무 숲 아래로 훤히 트인 저수지가 한 눈에 보였다. 이젠 남아 있는 선생님의 글을 통해서밖에 뵐 수 없겠지요. 그토록 그리워하던 사모님과 함께 이젠 편안히 쉬세요, 선생님.

5부
나의 예술인 교우록

나의 예술인 교우록

청마(靑馬)

청마는 언젠가 나에게 "이젠 시를 써주지 않겠다."고 듣기에 따라서는 아주 유아독존적인 오만한 말을 한 일이 있다. 나는 그 말을 들었을 때 처음에는 얼떨떨했다. 무슨 말을 하려고 허두를 그렇게 떼는가 싶었다. 그 뒤에 이어질 말을 기다리고 있었는데 말은 거기서 뚝 끊어지고 오랜 침묵이 왔다.

그 말은 물론 나를 두고 한 말은 아니다. 시가 현실에서 무슨 소용인가? 하는 시의 효용에 대한 회의를 그렇게 말한 것이라고 나는 해석했다. 청마에게 물어보지는 못했으나 누군가의 말처럼 문학(시)이란 태평양 바다 위에 뜬 물거품과 같은 것으로 그도 생각하게 되었는지도 모른다. 그가 그처럼 칼을 가는 심정으로 사회를 규탄하는 시를 쓰고 또 썼지만 누구도 아랑곳하지 않았다. 사회는 그의 시로 하여 달라진 곳은 아무데도 없었다. 그는 행동으로 뛰어들고 싶었으리라. 그러나 그는 오직 시인일 수밖에는 없었다. 그는 끝내 시를 버리지는 못했다. 그야말로 그가 입버릇처럼 자주 입에 올리던 "아무 짝에도 쓸모없는" 것 중의 하나인 그 시가 그를 놓아주지 않았다. 일 찍 그가 말했듯이 초식동물이 풀을 먹듯 그도 운명적으로 시인으로 태어났다.

시가 어디 세상에 나가서 세상을 금방 달라지게 할 수 있는 그런 기능을 가지고 있다고 하겠는가? 청마는 그것을 물론 잘 알고 있으 면서도 자기 소리에 너무나 귀가 먹어 있는 사회를 그런 투로 꾸짖 었다고 할 수 있을 듯하다. 자기 소리에 동조하여 모든 시인들이 다 일시에 붓을 놓고 침묵해 주었으면 하는 심정이었을까? 시가 일체 이 땅에서는 없어져 주었으면 하는 그런 심정이었을까? 그러나 그렇 게 설령 된다 해도 세상은 크게 달라지지 않으리라는 것을 그는 또 잘 알고 있었으리라.

청마는 전형적인 '詩言志'의 시인이다. 시인으로서의 그는 그만 큼 소박했다고 할 수 있다. 뜻을 펴는 것이, 즉 메시지를 전달하는 것 이 그에게 있어서는 시의 으뜸가는 임무다. 그런데 그 메시지를 어 떻게 전달하는 것이 가장 효과적일까 하는 데 대한 관심, 즉 방법론 에 대한 관심은 거의 없었는 듯하다. 내가 소박하다고 한 것은 이런 사정을 두고 한 말이다. 그에게는 오직 修辭가 있었을 뿐이다. 방법 론의 추구가 시가 된다는 그런 시관을 그는 이해하지 못했으리라. 그는 기교란 말조차 싫어했다. 시에서는 물론이오 일상생활에서도 그랬다. 늘 단도직입이다. 언어는 철두철미 시의 수단일 수밖에는 없었다. 언어를 빼면 시는 아무 데도 없다는 사실을 그는 인정하지 않으려고 했다. 언어가 시의 테마가 된다는 것을 그는 꿈에도 생각 하지 못했으리라. 그런 말을 누가 그의 앞에서 했다면 그는 아마 구 토를 느꼈으리라. 다행히도 그의 앞에서 그런 말을 한 사람은 아무 도 없었다. 그는 마침내 그가 한 말 중에서 가장 反詩的인 말이라고 할 수 있는 "마침내 참의 시는 시가 아니어도 좋다."는 말을 하게 되었다. 이 말을 했을 때 그의 뇌리에는 공자의 思無邪가 자리하고 있었는지도 모른다. 그의 '참의 시'는 일체의 기교를 배제한 진솔하게 뜻(志)이 그대로 드러난 시를 가리키는 것이라고 할 수 있다. 그러니까 그에게 시는 라틴어의 Ars, 즉 기술과는 다른 그 무엇이다.

청마는 시를 두고 이러쿵저러쿵 이론으로 따지고 드는 것을 늘 불쾌하게 대했다. 그에게 시는 간단한 것이다. 난삽하거나 애매한 것이 아니다. 시를 말하면서 한 권의 책을 엮는다는 것은 그로서는 불가사의한 일일 수밖에는 없었다. 그로서는 시란 단 한마디로 끝나는 그 무엇이다. 최근에 김종길 씨로부터 들은 얘기다. 청마와 경북대학교 문리과대학에서 함께 강의를 맡고 있을 때의 일이다. 그때는 한 교시가 90분인데 청마는 겨우 그 반을 채우고는 할 말이 없어서 강의실을 나와 버리곤 했다는 것이다. 종길 씨가 90분을 다 채우고 나오는 것을 보자 뭐 그리 할 말이 많으냐고 의아해 하며 부러워하더라고 한다. 청마다운 일화다. 40여 분을 채운 것도 그로서는 대견스러운 일이다. 얼마나 고통스러웠을까? 그는 교수 생활을 얼마 지속하지 못했다. 곧 고등학교 교장으로 자리를 얻어 행정직을 맡아 나갔다.

청마는 예술가로서의 시인은 아니다. 사상가, 경세가로서의 시인이다. 할 말이 있어야 시를 쓴다. 할 말이 없는데도 시를 쓸 수 있을까? 나의 무의미시나 이승훈의 비대상시와 같은 것들은 그에게는 일종의 수수께끼가 되리라. 그가 생존하고 있었을 때 내가 무의미시를 그의 면전에서 말했다면 그는 아마 질겁을 했으리라. 그는 겉으로는 자기감정을 좀처럼 드러내지 않았으니까 속으로 이 사이비! 하고 몹시 언짢아했으리라. 시에 관한 한 나와는 상대를 하지 않으려고 했으리라는 생각을 나는 간혹 하는 때가 있다. 그러나 그런 바위 같은 고집스런 일면이 있는가 하면 아주 소년다운 풋풋하고 나긋나긋한 일면도 있었다. 수줍음을 잘 탔다는 말이다.

청마와 이영도 여사와의 염문은 세상이 다 아는 일이다. 한 번은 이런 일이 있었다. 그러니까 50년대 중반쯤의 일이다. 청마의 나이 40의 후반을 훨씬 넘어섰을 때다. 나는 그때 부산대학교에서 시간을 얻어 출강하고 있었다. 내 집은 마산인데 한 번 나가면 하루나 이틀은 부산서 묵게 된다. 하루는 우연히 길에서 청마와 마주쳤다. 오랜만이라 서로가 반가워서 그냥 헤어지기가 서운하다고 저녁녘에 어디서 다시 만나기로 했다. 청마도 낮에는 볼일이 있었고 나는 강의가 있었다. 약속한 시간보다 훨씬 빠르게 약속한 남포동 어느 이층다방에 나는 나가 있었다. 창가에 자리를 잡고 나는 느긋하게 기다리기로 했다. 책을 꺼내보다가 멍하니 밖을 내다보다가 하며 시간을 보내고 있었다. 그러다가 저만치 골목길을 청마와 이영도 여사가 나란히 이리로 오고 있는 것이 눈에 들어왔다. 오라! 청마가 아까 볼일이 있다고 한 것은 이 여사를 만나는 일이었구나!(그때 이 여사는 동래에 있는 어느 여고의 교사로 있었다.) 나는 좀 긴장이 되었다. 얼마 뒤에 어찌된 일일까 청마가 혼자서 들어왔다. 내 쪽으로 와서 자리를 잡는다. 차를 시키고 조금 있자니까 이 여사가 혼자서 따로 또 들어온다. 옆도 보지 않고 줄곧 구석진 곳으로 가더니 우리에게는 옆얼굴만 보이는 위치에 자리를 잡는다. 나는 청마와 마주보고 있으면서도 신경은 이 여사 쪽으로 쏠고 있었다. 얼씨구! 얼마도 안 지나서 이 여사는 얼굴에 웃음을 띄우며 아이구 김 선생 어쩐 일입니꺼, 하며 다가오더니 그때야 내 앞자리의 청마를 보았다는 듯이 깜짝 놀라며 청마 선생님 참 오랜만입니더 어쩐 일입니꺼, 하며 순간 얼굴이 굳어진다. 나는 얼른 내 옆자리에 이 여사를 앉혔다. 그러고는 앞의 청마의 얼굴을 살폈다. 그의 얼굴도 굳어 있었다. 그들은 왜 그런 모양으로 나를 어색하게 만들면서까지 그들의 만남을 감추려고 했을까? 쑥스러워서 그랬을까? 왜 좀더 태연하지 못했을까? 나는 속으로 웃음을 참느라 내가 더 당황해지기도 했다. 그들을 앞과 옆에 두고 나는 내가 훨씬 더 어른이 된 듯한 기분이 되기도 했다. 나는 그날 청마에게 저녁을 대접하려고 했는데 그만 두고, 청마더러 아까 헤어진 뒤 갑자기 일이 하나 생겼다며 먼저 자리를 뜨고 말았다. 자리를 뜨면서 나는 그들에게 한 마디 해주고 싶었다. 오랜만에 우연히 만났으니 천천히 회포나 푸시라고- 그러나 나는 목례만 남기고 다방문을 나섰다. 인구에 회자되고 있는 '사랑하였으므로 행복하였네라'라는 말을 50이 넘은 근엄한 외모를 한 청마가 스스럼없이 하고 있다. 청마에게는 그런 데가 있다.

청마는 타고난 성미가 대범하고 만사에 너그럽다. 남의 일에 좀처럼 끼어들지도 않고 남의 잘못을 봐도 별로 지적하거나 뭐라고 한마디 타이르거나 하지 않는다. 그런가 하면 왜 저럴까 싶을 정도로 세상살이의 통념이나 절차 같은 것을 예사로 깔아뭉개고도 신선한 얼굴을 바꾸지 않는다. 도통 무신경인 듯이 보인다. 보고 있는 쪽에서 화가 치미는 때가 있지만 너무도 신선한 얼굴을 하고 있어 어이가 없어지고 한 번 열어볼까 하던 입을 다시 다물어버리게 된다. 희한한 일이다.

이미 말했듯이 해방 직후 우리가 고향에서 문화단체를 만들어 문화운동을 한참 전개하고 있을 때도 회장인 청마는 단 한 번도 무슨 지시는커녕 참견을 한 일이 없었다. 누가 하든 그냥 하는 대로 내버려두고 남의 일 보듯 했다. 나는 그때 총무를 맡고 있었다. 그때나 지금이나 사무 능력이 없는 나는 간혹 엉뚱한 실수를 저지르곤 했지만 청마는 그저 못 본 척했다. 돈(단체의)도 좀 축난 일이 있었지만 그 또한 모르는 척했다. 일이 잘못 되거나 제대로 진행이 안 되거나 하더라도 팔짱 끼고 먼발치서 그는 그저 구경만 하고 있었다. 그러던 그가 학교 교장직을 맡아 학교를 어떻게 꾸려갔는지 몹시 궁금했다. 그런가 하면 또 다음과 같은 사례도 있었다.

우리 단체가 사용한 건물은 도심지에 있는 이층 목조다. 이층은 꽤 넓은 홀이다. 거기다 사무용 책상 하나만 달랑 차려놓고, 그 책상은 주로 총무인 내가 쓰고 있었다. 홀은 늘 썰렁했다. 그 건물은 敵産인데 우리가 단체 명의로 접수한 것이다. 그런데 어느새 아래층의 살림채는 청마의 식구들이 차지해 버렸다. 회원들의 양해나 승인을 받은 일이 없다. 속으로는 언짢게 생각하고 있던 회원도 있기는 했으나 아무도 면대하고 청마에게 말을 하지 못했다. 청마를 너무 무안하게 하면 어쩌나 하는 그런 배려 때문인 듯했다. 청마의 부인은 이미 말한대로 처녀 때 유치원 보모를 지낸 분이다. 우리가 단체 명의로 일본인들이 경영하던 적산 유치원을 접수해서 청마 부인께 그 운영을 맡겼다. 그런데 한 번도 운영 경과를 보고한 일이 없었다. 나중에는 우리 단체가 사용한 그 건물과 함께 유치원의 소유권도 흐지부지되고 말았다. 거기에 대해서도 청마는 일언반구의 말이 없었다. 청마는 자기가 그랬듯이 남이 그런 짓을 했다 하더라도 거기 대한 아무런 반응도 아마 보이지 않았으리라. 그는 그런 데가 있었다. 상식으로는 이해가 잘 안 되는 부분이다. 그러나 그는 많은 사람들로부터 인격적 추앙을 받고 있었다.

청마가 불의의 교통사고로 이승을 뜨자 상가에 모인 문상객과 장례식에 모인 추도객은 과히 인산인해를 이뤘다고 해도 과언은 아니리라. 상여 뒤를 따르는 이의 행렬이 그야말로 長蛇를 이뤘다. 그를 기리는 詩碑만 해도 고향 통영과 그가 교직을 맡아 연고지가 된 경주, 두 군데에 세워졌다. 그것도 그가 변을 당한 직후의 일이다. 대구 지방에서는 지금도 그를 大人君子로 추앙하는 후학들이 한둘이 아닌 듯하다. 너무 가까이에서 조석으로 몇 해나 그를 접했는데도, 아니 그 때문인지 오히려 나는 그가 그렇게도 추앙받는 비밀을 아직 알지 못하고 있다.

청마는 나의 처녀 시집에 서문을 써주었다. 48년 여름의 일이다. 그때까지 우리는 고향 통영에서 매일같이 얼굴을 맞대고 격의 없이 지내고 있었다. 그는 나의 처녀 시집의 서문에서 다음처럼 말하고 있다.

신이 그의 가장 의로운 자식으로 하여금 시인으로 삼았으리라. 그렇지 아니한들 어찌 시인인 그가 아무런 보람도 없는 내세의 열반을 바람도 아닌 이 노릇- 인류의 영원한 향수와 동경의 소재를 찾기에 이렇듯 애달프게 노력하기를 면하지 못하랴.

그러나 신의 은총은 항상 우리의 모르고 또한 뜻하지 아니하는 곳에 이슬같이 이루어짐이어늘 여기에 새로운 한 시인을 우리가 얻게 됨은 우리 겨레가 진실로 의로운 겨레임을 신이 스스로 증거하여 주심이리라. (후략)

나를 위하여는 너무 송구스러워 얼떨떨할 따름이었고 지금도 그렇다. 겸손하고 평소에 말수가 적은 그로서는 특별한 경우가 아닌가 싶다. 그러나 지금 이 글을 쓰면서 문득 생각나는 일이 있다. 어쩌다 무슨 행사 때나 불시에 축사를 부탁받으면 즉석에서 절묘한 비유를 찾아내서 간명하고도 적절한 말솜씨를 보이곤 하던 일들이다. 평소의 그에 비춰 어디서 저런 말이 저렇게 수월하게 나오는가 하고 우리는 다들 감탄하곤 했었다.

청마의 큰 누이는 나와는 유치원의 동료였고 청마의 큰 따님은 나의 죽마고우인 문학평론가 고 김성욱의 아내다. 치포란 이름의 청마

큰 누이는 연극배우로 활동하다가 월북했다고 들었다. 청마는 한 번
도 그 누이에 대한 얘기를 나에게 하지 않았다.

미당(未堂)

미당을 만나기 전에 나는 미당에 관한 예비지식을 얼마큼 가지고
있었다. 『화사집』의 시인 미당을 오히려 돋보이게 하는 그런 것들이
다. 다른 사람은 몰라도 나에게 있어서는 그러했다. 마산의 시인 고
花人 김수돈에게서 들었는 듯하다.(기억이 좀 애매하기는 하다.) 미
당의 제주도 시편들은 鬼氣가 서려 있다. 이 시편들의 소재는 그가
서귀포에서 직접 가서 얻은 것들이라고 한다. 최근에 어느 잡지에서
미당 자신이 술회하고 있었다. 김영랑이 돈을 주어서 30년대 당시로
서는 너무도 먼 제주도까지 가서 한참을 묵게 되었다고 하고 있다.
화인(?)의 말에 의하면 그때 미당은 여관방의 천정에 한 되짜리 소주
병을 매달아 놓고 두문불출 드러누워 그것만 쳐다보며 한 주일을 지
냈다고 한다. 술을 끊기 위한 고행인 듯했다. 그런가 하면 제주도 체
류 중에 밥은 멀리하고 거의 소주로 끼니를 때웠다고도 한다. 어느
쪽이었을까? 두 가지를 다 겸했을까? 화인(?)은 또 이런 말도 해주었
다.

미인을 숭배하지 않는 남성이 있을까마는 미당은 그 숭배하는 방
법이 아주 특이했다고 한다. 임화가 폐를 앓아 처가인 마산에서 요
양하고 있을 때 미당이 문병을 왔는데 임화의 아내이던 지화련을 보
자 덥석 엎드려 큰절을 했다는 것이다. 이건 또 다른 데서 들은 얘긴
데(누구에게서 들었는지 기억이 나지 않는다.) 다음과 같은 일도 있
었다고 한다.

미당이 한때 오장환에게 붙어산 일이 있었다고 한다. 그런데 오장환 또한 그의 백씨 댁에 붙어살고 있을 때라고 한다. 오장환은 미당이 하도 성가셔서 하루는 차를 태워 그(미당)의 고향으로 내쫓았다고 한다. 그런데 웬걸 한밤중에 장환아! 하며 미당이 나타나더라는 것이다. 미당은 용산에서 내려 되돌아왔다. 젊은 날의 미당에게는 그런 데가 있었던 모양이다. 언젠가 30년, 40년도 전에 平溪 이정호가 하던 말이 새삼 지금 생각난다. 미당은 요즘은 아주 신사가 다 됐어! 양복도 입고 넥타이고 매고 말이다!

49년에 나는 직장(중학교 교사)을 마산으로 옮겼다. 그때는 6년제 중학이던 마산 중학에서 5학년 담임을 맡게 되었다. 내 반에 일본에서 4학년을 마치고 편입해 온 천상병이라는 괴짜 학생이 있었다. 우리말 발음도 아직 서투르고 그래서 그런지 늘 시무룩한 얼굴을 하고 외톨박이로 동아리도 없는 듯했다. 그런데 이 학생이 어떻게 알았는지 내가 시를 쓴다고 나를 찾아와서 얄팍한 노트 한 권을 내놓는다. 시가 여남은 편 작은 글씨로 적혀 있었다. 한 번 읽어 봐 달라고 한다. 그의 어줍은 구화와는 달리 시는 날카롭고 수사도 제대로 정돈되어 있었다. 나는 깜짝 놀랐다. 그 중의 한두 편을 골라 청마께로 보냈더니 청마도 탐복했는지 그때 모윤숙 여사가 내고 있던 잡지 『문예』에 추천을 해서 실리게 되었다. 이런 일이 있자 천상병은 무시로 내 집을 드나들게 되었다. 집사람과도 곧 무관하게 지내게 되었다. 내 가방은 으레 그가 날라다 주었다.

나는 48년에 처녀 시집을 낸 뒤로 초조한 심정이 되어 있었다. 詩作은 왕성한데 발표 지면이 없었다. 그래서 마산으로 직장을 옮기자 그동안 써둔 것들을 정리해서 제2시집을 낼 차비를 서두르게 되었나. 천상병이 자연스레 내 일을 거들게 되었다. 인쇄소에 연락하는 일, 교정을 보는 일 등등이다. 그때는 시골 인쇄소라는 것이 활자도 제대로 갖추고 있지 못했었다. 없는 활자는 고무로 파서 찍어야 했다. 그런 일에도 천상병은 일역을 맡았지 않았나 싶다. 그건 그렇다 하고, 나는 선배의 서문을 이번에도 또 얻고 싶어졌다. 이번에는 누구로 할까 하다가 천상병과도 의논한 끝에 미당의 글을 받기로 했다. 49년의 세모에 나는 서울로 미당을 만나러 갔다.

　그날은 몹시도 날이 추웠다. 명동 입구에서 전차를 내려 어깨를 웅크리며 가는데 저만치 (한 스무 남은 발짝 앞) 누가 비틀거리며 가고 있었다. 아직도 해가 있는데 저 모양일까, 하다가 언뜻 머리를 스치는 것이 있었다. 예감이다. 미당이구나 싶었다. 나는 걸음을 빨리해서 다가갔더니 내 예감이 맞았다. 미당은 동정이 때에 절어 동정인지 뭔지 분간도 안 되는 검정 두루마기를 걸치고 있었다. 모자는 더했다. 중절모는 중절모인데 형이 망가져 골이 져야 할 가운데가 山高로 솟아 있었다. 보기에 내가 민망했다. 그런 모양을 하고 아직 해도 떨어지기 전의 명동 입구 인파 속을 비틀거리며 가고 있었다. 몽롱한 눈으로 미당은 그러나 나를 알아보기는 했다. 움찔하는 기색이었다. 그 시각에 거기 내가 나타나리라고는 생각 못했으리라. 나는 서울에 온 사정을 대충 말하고 그의 뒤를 따랐다. 그는 그때 손소희 여사가 경영하던 다방 '마돈나'로 나를 데리고 갔다. 그의 커다란 두 눈이 젖어 있었다. 술 때문이었을까? 그는 나더러 원고를 두고 가면 일간 곧 서문을 써 보내겠다고 하곤 고개를 빠뜨렸다. 술이 어지간히 된 모양이다. 나는 그 길로 마산으로 내려왔는데, 약속대로 며칠 뒤에 내 원고뭉치와 함께 미당의 서문이 소포로 보내왔다. 원고지 한 장 반 정도의 글이다. 청마의 경우와 비교하면 너무도 간소했다. 나는 그대 두 분의 나에 대한 관심의 차이로 받아들였다. 어쩐지 좀 서운했다. 그의 서문은 다음과 같다.

김춘수 형의 이 책 『늪』은 前著 『구름과 장미』에 비하야 월등한 진경이나 비약을 뵈이고 있는 것은 아니라고 나는 생각했다. (중략) 한 개의 김춘수적 사상의 높이와 김춘수적 시적 종교의 넓이에까지 이들의 체험이 마침내 도달될 날이 있기를 바라 마지않을 따름이다.

미당을 가까이에서 대한 일이 80년대까지만 해도 별로 없었다. 한 번은 이런 일이 있었다.

대구의 영남대학교에서 미당을 초청해서 문학 강연을 하게 했다. 그 강연에 나도 나가서 청강했다. 그런데 갑자기 강연 도중에 연사가 한마디 양해도 없이 온 데 간 데가 없어졌다. 강당의 공기가 술렁거릴 수밖에는 없었다. 그런데 한 식경 뒤에 나타난 연사는 천연스럽게도 생리 현상이라서 하며 강연을 이어갔다. 나중에 알고 보니 강연 전에 맥주를 좀 과하게 한 모양이다. 그렇더라도 강연 중에 말도 없이 소피 보러 나갔다 오는 연사는 처음 보았다. 그런데 이상하게도 그 장면이 어색해 보이지가 않았다. 미당이 간직한 인간적 분위기 때문이 아니었을까 한다. 그날의 일이라고 생각되는데 누가 이런 말을 해 주었다.

강연을 마치고 술좌석이 벌어졌다. 마음에 드는 기생이 있었던 모양이다. 미당은 그날 받은 강연료를 봉투째로 건네주고 그 기생더러 어디서 만나자는 귀띔을 했다. 기생은 봉투를 받아 챙기고 선선히 약속을 받아주었다. 미당은 술좌석이 파하자 약속한 장소로 나가 기다렸지만 자정이 넘도록 여인은 나타나주지를 않았다. 그래도 미당은 철석같이 그 약속을 믿고만 있었다. 난데없이 사람이 없어졌기에 부랴부랴 찾아나선 누가 이런 사정을 알게 되었다. 설마 하는 마음은 누구에게나 있다. 그러나 사람을 믿는다는 것은 미덕일 수 있다. 언젠가 평계 이정호는 미당은 감정으로 사물을 판단한다는 말을 나에게 한 일이 있다. 감정이 한번 쏠리면 끝내 그 대상을 미워하지 않는다. 그의 편이 되어 준다. 다음과 같은 일이 있었다고 한다.

부산이 임시 수도일 때 피난 온 '文總'이 총회를 열었다. 그때의 회장은 고의동 화백이다. 회장에게 일부 회원들이 문총 경상비의 행방을 추궁했다. 회장은 난리통에 정신없이 경상비 남은 것을 없애버렸다. 답변을 못하고 있는데 미당이 나서서 회장의 인격을 믿는다면 우리가 그깟 경상비 몇 푼쯤 따져서 뭘 어쩌겠다는 건가 하고 못마땅해 했다고 한다. 공금도 그의 눈에는 그렇게 보인 것이리라. 이런 따위 몹시도 주관적이고 정서적인 사물 판단을, 나도 80년 이후 서울에 와서 그와 접촉할 기회가 잦아지면서 더러 느껴보곤 했다. 그를 이해하고 양해해야 할 것 같다. 작고한 고석규가 40년도 더 전에 나에게 한 일화가 있다.

공덕동 미당의 집은 골목을 한참 들어간 곳이라고 한다. 골목 도중에 가게가 하나 있는데 미당 부인께서 닭을 두어 마리 키워 알을 까면 그걸 모아서 그 가게에 내다 팔곤 한 모양이다. 그런데 미당집을 찾는 후배들이 그 가게에서 계란을 사들고 간다는 것이다. 결국 미당 내외는 본의 아니게 자기 집 계란을 도로 먹게 되는 꼴이 된다. 또 다음과 같은 일화도 있었다는데, 누가 만들어냈다 하더라도 미당에게는 몹시도 어울리는 한 토막의 장면이다.

일본인들이 패전 후 그들 나라로 물러나면서 미당의 시를 애독한 누가 자기가 살던 집을 미당에게 넘겨주고 갔다는 것이다. 미당이 살았던 공덕동의 집이 바로 그렇게 해서 생긴 것이라고 한다. 나는 그 집을 가 본 일이 없으니까 그 집이 일본식 건물인지 아닌지를 알 바 없지만, 그 일본인은 우리말과 우리글에 능통했으리라. 미당의 시의 감칠맛을 음미하려면 그냥 말과 글을 안다는 정도로서는 되지 않는다. 나는 그 말을 듣고 그것이 사실이었으면 하는 생각을 했다.

지금도 그 생각에는 변함이 없다.

　미당은 감정으로 사물을 판단한다고 평계 이정호가 말했다는 말을 나는 했다. 이 말을 좀 더 부연하면, 미당은 주관적으로 사물을 판단한다는 것이 된다. 냉철하게 객관적으로 하지 않고 남이야 어떻게 받아들이든 상관하지 않고 자기 혼자 납득하고 말을 해버린다는 것이 된다. 이런 일들이 더러 있었다. 언젠가 미당은 나에게 시는 남이 알아 볼 수 있게 써야지 그 자신도 잘 모르는 시를 쓰면 안 되지, 하는 말을 했다. 나는 여기에 대하여 아무런 대꾸도 하지 않고 그저 그런가보다 하는 표정을 짓고 있었다. 내가 아무런 반응도 보이지 않으니까 더 이상 말을 잇지 않고 침묵이 왔다. 좀 분위기가 어색해졌다. 그러나 그래도 나는 시치미를 떼고만 있었다. 그 당장에 뭐라고 대꾸할 말도 없었지만, 설령 할 말이 있어 대꾸를 했다 하더라도 미당은 자기 비위에 거슬리면 곧 내색을 할 것이 뻔했기 때문이다. 나는 그 뒤에 여유를 두고 그때 미당의 그 말을 찬찬히 생각해봤다.

　미당이 말한 대로 시는 남이 알아볼 수 있도록 써야 한다고 하자. 그럼 그 알아볼 수 있도록의 기준은 어디다 둬야 하나? 미당이 알아볼 수 있도록과 내가 알아볼 수 있도록에는 차이가 있을 수 있지 않는가? 미당은 아마 자기 기준으로 말을 했으리라. 그러니까 자기가 해독할 수 없는 시는 쓰지 말란 것이 될 듯하다. 그런데 여기서 알아볼 수 있도록의 정도가 또 문제가 된다. 어느 정도만큼 알아볼 수 있도록이 돼야 할까? 나는 해독이란 말을 했지만 내가 여기서 말한 해독은 시의 언어가 아닌, 이를테면 산문의 언어로 풀어서 말할 수 있다는 것을 염두에 두고 한 말이다. 즉 패러프레이즈할 수 있다는 말이 되겠다. 미당도 그만한 정도를 두고 한 말일까? 그렇다고 하더라도 이 산문의 언어로 하는 풀이라는 것이 쉽지가 않다. 폴 발레리는 어디선가 훌륭한 시는 그 가장자리에 침묵을 거느린다고 했다. 페러 프레이즈할 수 없다는 말이다. 그런가 하면 50년대 미국의 분석비평 가들은 설명할 수 없는 아름다움은 사람을 초조하게 만든다고 하고 있다. 나는 이 두 가지 입장을 다 같이 양해한다. 그럴 수도 있고 저럴 수도 있다. 그러나 이 두 가지 입장을 두고 한 가지 말할 수 있는 것은 설명될 수 있는 시도 있고 설명이 잘 안 되는 시도 있다는 그 사실이다. 그리고 설명이 잘 되는 시는 좋은 시고 설명이 잘 안 되는 시는 나쁜 시라고 할 수는 없다는 그 사실이다. 내가 설명할 수 없다고 그 시가 나빠진다면 그것은 그 시에 대한 모독이 되리라.

미당이 말한 것처럼 시를 쓴 작자 자신도 왜 그런 따위 시를 썼는가 하는 것을 설명할 수 없는, 자기 자신도 잘 모르는 시를 쓰는 경우도 있다. 그렇다고 그 시가 나쁘거나 의의를 못 가진다거나 할 수도 없는 경우가 있다. 초현실주의를 표방한 시인들의 시 중에는 그런 것들이 더러 있으리라고 생각된다. 미당이 자기 기준으로 말을 하다가 호되게 코를 다친 경우를 하나 목격한 일이 있다.

부산이 임시 수도일 때 강신석 화백과 나는 시화전을 가진 일이 있었다. 광복동에 있는 〈르네상스〉라는 다방에서다. 그 당시로서는 호화다방이다. 홀도 널찍하고 좌석이나 실내 치장도 쾌적했다.

하루는 공초 오상순 선생과 미당이 자리를 함께 하게 되었다. 그때는 두 분이 다 피난살이를 할 때라 어디 갈 곳도 없고 해서 긴 시간을 담소로 보내다가 저녁이 되어 식사를 함께 하게 되었다. 강 화백이 그 방면의 베테랑이다. 그리 멀지 않은 곳에 밥집을 하나 물색해 놓고 있었다. 음식이 특출하다는 것이다. 우리 네 사람(공초선생, 미당, 강 화백, 그리고 나)은 우리가 들어서자 공간이 꽉 차버리는 그런 좁디좁은 그 밥집에서 그러나 강 화백의 말대로 아주 맛있는 저녁을 배불리 잘 먹었다. 그때의 일이다. 미당이 공초 선생께 왜 요즘은 시를 통 안 쓰시느냐고 느닷없는 질문을 던졌다. 한동안 말이 없으시다가 화제가 딴 데로 넘어간 뒤에야 공초 선생께서 자네가 잘하고 있잖아, 하고 대꾸를 하셨다. 뜨끔했다. 공초 선생의 그 말씀에는 후배들이 잘 하고 있는데 굳이 자기가 끼어들 게 뭐 있느냐는 그런 뜻이 담겨있지 않았나 싶었다. 좌중이 좀 어색해졌다. 동안을 두고 공초 선생의 말씀은 이어져갔다. 자네가 지금 쓰고 있는 시는 자네가 혼자서 쓰고 있다고 생각하지 말게나. 우선 말-우리말은 고금의 우리 민족이 만든 것이지 자네가 혼자서 만든 것이 아니지 않나-미당도 그때 조금은 무안을 먹었을까?

미당은 그때까지 시인이 시를 쓰지 않을 수도 있다는 생각을 미처 못 했을는지도 모른다. 미당이 그때 던진 그 질문이 무심코 한 짓거리인지는 모르나 공초 선생께서는 미당에게서 어떤 당돌함을 느끼셨는지도 모른다. 나는 그때 잠깐 스쳐간 분위기를 통해서 그런 짓을 감지할 수 있었다. 남의 입장과 그때 그 장소의 분위기를 염두해 두지 않는 언동을 미당에게서 가끔 보게 되는데, 개성이 몹시 강하거나 자기가 하는 일에 남다른 자신을 가진 이들에게서 볼 수 있는 현상이다. 물론 거기에 어떤 사사로운 감정이 있었던 것도 아니고, 특별히 의식하고 의식적으로 그러는 것은 더더구나 아니다. 이쯤 말하다 보니 문득 한 가지 또 생각나는 일이 있었다. 그것은 내 아호에 관한 일이다.

70년대의 중반쯤이 아니었던가 한다. 어느 대학의 초청 강연으로 미당이 대구에 왔을 때의 일이다. 강연이 끝난 뒤에 저녁을 겸해서 술자리가 벌어졌다. 미당과 내가 마주보고 앉게 되었다. 술이 한 순배 돌고 식사가 시작되자 느닷없이 미당이 나에게 선물 하나를 주겠다고 한다. 뭐냐고 했더니 물건이 아니고 나에게 아호를 지어 주겠다고 한다. 미리 준비했던 것인지 그 당장에 대여(大餘) 라고 종이에

써준다. 그러면서 글자풀이를 해준다. 여(餘)자는 이 경우 처질 여로 새겨야 한다. 그러니까 크게 처지면서 살아라는 뜻이 된다고 한다. 남 다 먼저 보내고 유유히 서둘지 말고 대기만성(大器晩成)으로 처신하라는 것이라고 하면서 어때, 그만하면 됐지, 하는 기색을 내보인다. 나는 고맙다고 인사를 차렸다. 그 뒤로 나는 왠지 미당이 그때 지어준 대여라는 아호를 간혹 쓰고 싶어지기도 해서 이제는 내 것으로 간직하고 있다. 그러나 이 아호는 나에게 썩 어울리는 것은 아니다. 언젠가 나는 아호에 대하여 글을 쓴 일이 있다. 그 요지는 다음과 같다

아호에는 두 가지 종류가 있다. 그 하나는 관념적인 것이고 다른 하나는 심상적인 것이다. 이를테면 미당이 나에게 지어준 대여와 같은 것은 전자에 속할 것이고 목월(木月)과 같은 것은 후자에 속할 것이다.

나는 관념을 싫어했다. 지금도 그렇지만 그때는 더욱 그랬다. 그래서 대여란 아호가 나에게는 어울리지 않는다고 생각하면서도 그것을 버리지 못하고 지금껏 간혹 남 앞에서 쓰기도 하는 것은 순전히 미당의 그때의 나에게 대한 호의 때문이다. 즉흥으로 그랬던 것이 아니고 미리 생각해 온 것이라면 더욱 그렇다. 나는 지금도 미당이 특별히 나에게 호의를 베풀고 싶어 대구 오는 길에 그런 선물 하나를 미리 준비해 가지고 온 것이 아닐까 하고 생각해 본다. 아니, 그렇게 생각하고 싶다.

미당은 뭔가 남에게 베푸는 것을 좋아하는 성미다. 마음에 드는 후배에게는 더욱 그렇다. 술도 자주 사고 집에도 불러서 융숭한 식사 대접을 한다. 자리나 일감의 주선 같은 것도 이쪽 의사는 물어보지도 않고 자기가 판단해서 해줘야 되겠다 싶으면 곧잘 나서곤 한다. 나도 그런 일을 겪었지만 미당의 그런 마음씀이 거북할 때가 있다.

그런데 미당은 그런 데 눈치는 둔하다. 워낙 자기 본위적이기 때문에 그런 데 눈치를 살필 겨를이 없을는지도 모른다.

동리(東里)

동리는 청마나 미당에 비하면 훨씬 상식적이고 거동이 논리적이다. 그리고 계획적이다. 시인이 아니라서 그럴까? 그의 행동을 관찰하면 앞뒤가 잘 맞아 떨어지는 그의 소설의 구성을 보는 듯하다. 그의 소설은 어느 것이나 잘 짜인 구성을 가지고 있지 않은가 말이다.

내가 처음 동리를 만난 것은 48년의 일이다. 그때 동리는 『경향신문』 문화부장으로 있었다. 첫인상은 예상 밖이었다. 키가 자그마하고 눈발이 매서웠다. 혼자서 말을 오래한다. 동리를 처음 만난 것이 가을이다. 그때 나는 처녀 시집 『구름과 장미』를 그해 여름에 상재하고 있었다. 비슷한 시기에 청마도 『울릉도』라는 제목의 시집을 내고 있었다. 별 볼일도 없는데 우리(청마와 나)는 각기의 시집 몇 권씩을 싸들고 서울 나들이를 갔다. 그때는 시집을 서점에 내놔봤자 팔리지 않았다. 친지나 동료 선배 시인들끼리 나눠보기 위해 시집을 낸다해도 과언이 아니었던 그런 시절이다. 대개가 자비출판이다.

동리는 청마가 나를 소개하자 대번에 알아차렸다. 나는 이미 그에게 내 책(처녀 시집)을 보내놓고 있었기 때문이리라. 그는 내 시집에 대해서는 별로 말을 하지 않고, 혹 가지고 온 시가 있으면 놔두고 가면 좋겠다고 일종 은근한 원고 청탁을 해왔다. 나는 마침 두어 편 가지고 간 것이 있어 건네주었더니 두 편이 다 곧 『경향신문』의 문화란에 실렸다. 지금도 그들 제목을 기억하고 있다. 「언덕에서」와 「푸서리」다. 나중에 어느 좌석에선가 우연히 그때의 이야기가 나와 동리는 「언덕에서」를 아주 새로운 신선한 감각을 보인 문제작인 듯이 말을 했다.

그 날 우리는 소공동 경향신문사에서 동리의 집이 있던 성북동인가 돈암동인가(어느 쪽인지 기억이 희미하다)까지 걸어서 갔다. 자기 집에 하루 묵고 가라는 간청을 저버리지 못하고 우리(청마와 나)는 그를 따라 나섰다. 걸어가며 우리는 이런저런 많은 말들을 나누었다. 도중에 시장해서(청마와 나는) 길가 어디 허름한 중국 호떡집에 들어가 요기를 하기로 했다. 동리는 호떡은 거들떠보지도 않고 줄곧 무슨 이야기만 지치지도 않고 해대고 있었다. 청마가 왜 하나 먹어보지, 하니까 설레설레 고개를 저으며 하는 말이 너무 밀가루를 먹어싸서, 였다. 그의 말인 즉 봉급의 일부를 밀가루로 쳐 주곤 해서 수제비를 하도 많이 먹어서 신물이 난다는 것이다. 그 때가 그런 시절이다.

동리의 집은 방이 서너 개 되는 조그마한 한옥이었다. 집장사가 만든 새 집이다. 집장사가 만든 집들은 구조가 획일적이라 곧 알아볼 수 있다. 청마와 나는 문간방에 안내되었다. 방바닥은 초도배만 겨우 해놓고 장판이 깔려있지 않았었다. 동리의 살림살이가 군색했음을 짐작하고도 남음이 있었다. 그날 밤과 다음날 아침에 어떤 식사 대접을 받았는지 지금은 기억이 아득하다.

동리의 주선으로 우리(청마와 나)의 공동 출판기념회가 〈플라워〉라고 하는 역시 소공동에 있었던 다방에서 있었다. 실은 이 출판기념회는 청마를 위한 것인데, 젊은 신진이 함께 왔고, 또 같은 무렵에 시집을 냈으니 곁들여 해주자는 동리의 주선으로 공동이란 이름이 붙게 됐는 듯하다. 그날 기라성 같은 문단 선배들의 축하를 받고 나는 몸둘 바를 몰라했다. 사회를 박목월 시인이 맡았다고 생각된다. 기념회가 파한 뒤에 이한직 시인이 국일관에서 밤새도록 주연을 베

풀어 주었다. 공초 선생과 조지운 시인이 동행했다고 생각된다. 평계 이정호도 껴여 있었다. 한직의 선대께서 잘 다니시던 곳이라 그 집 주인이 특별한 배려를 해주는 듯했다. 한직은 늘 호탕했다. 그날은 포르스름한 명주 두루마기에 같은 빛깔의 명주 목도리를 하고 있었다. 지금도 눈에 선하다.

동란 중 부산 피난살이를 할 때 동리는 다방 〈밀다원〉의 단골이었다. 젊은 문인들이 늘 그의 주위를 맴돌고 있었다. 그 수가 적지 않았다. 그때의 분위기를 그는 『밀다원 시절』이란 소설에 잘 그려놓고 있다. 그 무렵의 일이다. 내가 그때 살고 있던 마산에서 예술제가 있어 그를 초청하여 강연을 부탁한 일이 있었다. 일을 마친 그 다음 날인가 내 집에 모셔 점심 대접을 했는데, 그때 내놓은 젓갈을 몹시도 인상깊게 음미하곤 했다. 그는 그 젓갈의 맛을 심각하다는 말로 표현했다. 최근에 나는 그때의 일을 염두에 두고 「젓갈」이란 제목의 시를 한 편 쓴 일이 있다.

언젠가 김동리씨에게
내 고향 젓갈을 권했더니
한 입 입에 넣어보고는
심각한 맛!이라고 했다.
썩어가는 어물을
그 창자를
소금은 나트리움의 짜디짠
연옥이 되게 하지만
보라, 이젠
네 이마 위 천당이 없고
네 발 아래 지옥이 없다.

앙리 미쇼의 시를 읽으며 나는 가끔
비공(鼻孔) 깊숙이 스미는
뭔가 탕쳐버린 듯한 소금의
쌉쌀한 그 냄새를 맡고
그 맛을 본다.

　청마도 동리도 다 가고 없는 지금 나는 가끔 생각한다. 그분들은
그분들 나름의 자기 분위기를 가장자리에 늘 거느리고 있었다고-동
리는 50년대까지만 해도 군색한 편이었다. 그러나 그런 티는 아무
데도 내뵈지 않았었다. 그 점에 있어서는 청마도 미당도 매한가지
다. 동리는 그때그때 친구들과 어울리면 회비를 모아 그 범위 안에
서 술자리를 벌이곤 했다. 간혹 서울나들이를 가서 나는 그런 장면
을 더러 목격했다. 절대로 어느 한 사람에게 과분한 부담을 지우거
나 하지 않았다. 푼수 밖으로 일탈하지 않았다. 이 점에서는 청마나
미당이나 한직과 같은 시인들과는 유를 달리했다. 역시 소설가답게
냉철했다. 남에게 폐 되는 일은 삼가는 그런 처신을 보여주곤 했다.
가풍인지도 모른다. 가풍이란 말이 나왔으니 그의 백씨에 관한 일을
잠깐 말해볼까 한다. 그의 백씨인 범부 선생을 그분 생전에 꼭 한번
뵌 일이 있다.
　서예가 시암 배길기 씨가 나더러 함께 가보자고 해서 따라갔다. 범
부 선생은 여러 사람으로부터 들어서 그분의 학식과 인품에 대하여
는 얼마큼의 예비지식을 가지고 있었다. 그 날 방문했을 때 선생께
서는 몸이 불편하시다고 자리에 누워 계셨다. 그러나 우리가 들어서
자 일어나 앉으시며 정중히 대해주셨다. 내 이름을 말하자 대뜸 하
시는 말씀이 그것을 그대로 호로 해도 되겠군! 물가 수를 물 수로 바
꾸고 말야! 였다. 그러고는 몇 마디 딴 말을 하셨는데 그것은 서예에

관한 것이어서 나는 잘 알아듣지를 못했다. 그때의 인상은 동리와는 아주 딴판이었다. 깡마르고 훤칠한, 그리고 준수하면서도 어딘가 날카로운 풍모를 하고 계셨다. 동서 철학에 두루 정통한 분이라고 들었다. 대구에는 대학교수 중에 이분을 흠모하는 이들이 상당수 있다. 동리도 철학을 자기 백씨로부터 배웠다는 말을 하는 것을 나는 들은 일이 있다. 누구에게선가 나는 또 들었다. 범부 선생께서 계씨인 동리를 두고 저 애는 골목대장감이야! 라고 하셨다고 한다. 골목대장은 좀 어떨까 하지만, 동리는 해방 후 문단 한쪽을 뒤흔들고 있었다. 그 사실은 아무도 부인 못한다. 범부 선생께서 하신 말씀은 계씨의 재능을 겸손하게 표현하신 것으로 새길 수가 있을 듯도 하다.

동리는 남이 봐서 지칠 정도로 꼼꼼한 데가 있다. 부산 피난살이할 때의 일이다. 마산에 볼 일이 있어 온 김에 들른 거라고 하며 내 집을 찾아 주었다. 시장 거리를 차를 한 잔 나누고 어슬렁거리며 버스 시간까지 시간을 보내기로 했다. 왜 하필 시장이었을까? 동리가 그렇게 청을 해서 그렇게 된 듯하다. 그런데 나는 그날 몹시도 지치고 말았다.

시장은 그날따라 붐비고 있었다. 사람들을 헤집고 다니기만 해도 짜증스러운데 동리는 간혹 한 난전 앞에 쭈그리고 앉아서는 하염없이 잡동사니들을 만지작거리며 난전 주인과 무슨 말인지 말을 주고받고 한다. 나는 저만치 비켜서서 하염없이 기다려야 했다. 겨우 끝냈는가 하면 몇 발 가지도 않아 또 다른 난전에서 또 그 짓이다. 나중에는 화가 다 날 지경이었다. 그래도 그는 막무가내다. 거의 삼매경에 든 사람처럼만 보였다. 나는 순간 생각했다. 저런 것이 진짜 소설가의 버릇이요 자세인가? 그러자 갑자기 내가 엄숙해지기도 했다. 이건 또 무슨 조화인가 말이다. 그런 따위 관심과 관찰이 소설가에게는 필요한가 보다. 시인은 건성으로 그냥 스쳐가버리면 된다. 그 다음은 상상력이요 어떤 인상의 환기만 잘 되면 된다.

동리는 나의 시 「모른다고 한다」를 좋아했다고 한다. 그의 명복을
비는 뜻으로 여기 그 시를 적어 두기로 한다.

　　산은 모른다고 한다
　　물은
　　모른다 모른다고 한다

　　속잎 파릇파릇 돋아나는 날
　　모른다고 한다
　　내가 기다리고 있는 것을
　　내가 이처럼 너를 기다리고 있는 것을

　　산은 모른다고 한다
　　물은
　　모른다 모른다고 한다

동리가 그처럼 오랜 병상에 있었는데도 나는 한 번도 문병을 가지
못했고, 문상도 하지 못했다. 두고두고 가시처럼 걸릴 것이다.

〈사족〉

『황토기』『무녀도』『등신불』 등 단편과 『사반의 십자가』와 같은
장편은 동리문학의 우리 문학사에 길이 남을 걸작들이다. 동리는 소
설뿐 아니라, 이론이나 비평 면에서도 큰 업적을 남기고 있다. 그의
휴머니즘론이나 순수문학론은 40년대 후반을 풍미한 탁견이었다.
그와 함께 그는 또 후진을 키워주고 후진의 재능을 발견하는 데에도

남다른 혜안을 가지고 있었다. 그가 발견하고 육성한 제자들만도 수십을 헤아리고, 그들이 바로 오늘날 우리 소설문단의 주축을 이루고 있다. 이런 일과는 다르기는 하나 그는 또 동지애라고 할까, 문학적 입지나 경향을 같이하는 선후배에 대한 애정이 각별했다. 나에 대해서도 다음과 같은 일들이 있었다.

동리가 예술원 회장으로 있을 때 회원끼리의 세미나가 있어 내가 주제를 맡은 일이 있었다. 세미나가 끝난 뒤에 일부러 나를 찾아와 치하하고 특별히 어느 대목을 더 천착해서 새로 글을 하나 썼으면 한다고 하고, 어디다 그 글을 발표하는 것이 어떻겠는가고 권유까지 하면서 뭣하면 지면도 그런 글에 알맞은 데를 자기가 한번 알아보겠다고 했다. 그 뒤에 나는 그의 그런 관심에 대해서 별로 보답을 하지 못했다.

언젠가는 문학 행사가 있어 서울에 올라와(내가 대구에 있었을 때다) 모 여관에 투숙을 했다. 그걸 어떻게 알았는지 늦은 밤인데도 잠깐 들렀다며 찾아와서 나를 위로해 주고 가기도 했다.

동리는 또 청마나 미당과는 달리 나를 부를 때 꼭 '씨' 자를 붙였다. 『귀환장정』이라는 그의 소설집을 보내줄 적에도 김춘수 씨라고 그는 쓰고 있었다. 청마는 나이 차도 심하고 고향 선배라서 나를 아예 춘수라고 뒤에 아무것도 붙이지 않고 불렀다. 물론 말은 놓았다. 미당은 어중간한 편이다. 나에게 아호를 지어준 뒤로는 나를 부를 때는 꼭 그 아호로 불렀다. 그리고 반말을 쓰는 때가 많다. 그러나 동리는 그렇지가 않다. 꼭 존댓말을 쓴다. 후배를 대하는 일종의 예의라고 나는 나대로 받아들였다.

공초 선생(空超先生)

우리는 섣불리 흉금을 남 앞에서 터놓지 못한다. 자칫 잘못하면 나만 처량한 꼴이 된다. 말하자면 허심한 인간관계가 성립되기 어려워졌다는 것이 된다. 늘 경계해야 하고 따라서 신경을 곤두세워야 한다. 한 말로 인간관계가 즐겁지 않다. 괴롭고 서글프고 마침내 겁이 난다. 이럴 때 새삼 생각나는 분이 한 분 계신다. 공초 오상순 선생이시다. 그분 앞에서는 무슨 짓을 해도 허물이 되지 않을 것 같다. 그분은 우리의 옹색한 긴장을 다 풀어주신다. 그분은 그대로 가만 계시기만 하면 된다. 그런 인격은 좀처럼 볼 수 없게 된 요즘 매우 희한한 현상이라고 할 수 밖에는 없을 듯하다.

나와 평계 이정호는 공초 선생을 街頭禪의 수행자라고 곧잘 말하곤 했다. 어찌보면 생애를 托鉢로 보내신 분인 듯이도 보인다. 바리를 내미는 일은 물론 없었지만 생애를 남의 동냥으로 지냈으니까 말이다. 어쩐지 우리는 공초 선생 곁에 있으면 그분이 말 않더라도 호주머니에 있는 한의 돈(몇푼 되지도 않지만)을 다 털어 그분을 위해서 써야만 마음이 놓인다. 희한한 일이다. 그분 곁에 있으면 우리는 늘 빚지고 있는 사람처럼 되어버린다. 갚아드려야만 할 것 같은 기분이 된다. 다방에 앉으시면 담배팔이 애들을 어이! 하고 부르신다. 담배를 건네주면 누군가가 셈을 대신 한다. 신문팔이 애들에게도 어이! 하면 신문을 놓고 간다. 그러면 또 누가 신문값을 댄다. 누가 차를 대접할라치면 혼자 드시지 않는다. 곁의 사람 모두에게 다 권한다. 찻값은 권한(선생께) 그 사람이 다 물게 된다.

언젠가 꽤 오래된 일이다. 내가 마산중학(6년제)의 교사를 하고 있을 때 공초 선생께서 마산에 오셨다. 그때의 교장이 공초 선생을 알고 있어, 마산에 오셨단 말을 어디서 들었는지 모시고 강연을 듣고 싶다고 했다. 내가 그런 교장의 뜻을 전했더니 강연은 무슨 강연 하시며 사양하셨다. 그 뜻을 이번에는 또 교장에게 전했더니 매우 섭섭해 하면서 그럼 식사라도 한 번 대접했으면 하는 눈치였다. 그 뜻을 선생께 전했더니 이번에는 선선히 받아주셨다.

그때만 해도 마산에 변변한 음식점이 없었다. 괜찮은 곳을 그런대로 택한다고 중국 요리점으로 모셨다. 식사가 시작되어 담소하며 즐겁게 酒食을 나누고 있는 판에 그 집 요리사가 직접 커다란 모반에 일품요리를 여러 개 담아 싣고 들어왔다. 좌석의 누가 그런 거 시킨 일 없다고 하자 요리사는 고개를 갸우뚱하더니 도로 가지고 나가려 한다. 그 찰나 "이왕 가지고 왔으니 두고 가게나." 하시며 공초 선생께서 입을 떼셨다. 마치 공초 선생께서 우리를 대접하는 모양새가 되고 말았다. 그러나 그뿐, 선생께서는 별로 그런 데에는 구애하지 않으셨다. 그 몇 접시의 요리는 끝내 누구도 손을 대지 않은 채로 남아서 나갔다. 그런데도 선생께서는 당신이 좋아하시는 음식을 몇 더 청하시곤 하셨다. 교장의 그날 기분은 어떠했을까? 나는 그날 교장의 표정을 살폈지만 별로 낭패하거나 불쾌한 기색은 아니었다. 공초 선생과 섞이면 자질구레한 타산 따위를 잊게 된다. 일종의 해방감 같은 것을 느끼게 된다. 그날의 그 교장도 이상하다는(오히려 득을 봤다는) 느낌을 아마 가졌으리라고 추측해 본다.

사람의 소유욕이란 일종의 본능이라서 체질화되고 있다. 그런데 공초 선생께서는 그런 체질이, 즉 그런 본능이 거의 마비되고 있는 듯이 보일 때가 있다. 역시 마산에서의 일이다. 무학산이라고 그만 그만한 높이의 산기슭을 걸으시다가 멀리 진해가 내려다보이는 전망이 활짝 틘 곳에서 곁에 사람이 없다는 듯이 갑자기 퍼질러 앉으셨다. 그리곤 궐련 한 개를 새로 무시고 감탄에 겨운 표정을 지으셨다. 나는 늘 보는 전망이라 별로 신선한 느낌이 없었는데 선생의 그런 동작이 신기해 보였다. 그때의 선생의 말씀인즉 "울타리는 마음에 있는거야." 였다. 나는 왠지 내 마음 속의 울타리가 부끄러워졌다.

공초 선생의 눈에는 울타리가 보이지 않을까? 우리는 울타리를 쳐야 안심이 되고, 누가 훔쳐갈까 밤낮으로 감시한다. 울타리 안에 있는 것이 내 것이라는, 그리고 그것이 있기 때문에 마음이 흡족해지는 그 만족감 때문이다. 그것(만족감)을 버리라는 것은 사람의 체질을 바꾸라는 말과 같은 것이라서 하루아침에 되는 일이 아니다. 공산주의라는 거창한 이데올로기와 그에 따른 엄청난 부피의 사회구조가 지금 무너져가고 있는 판국이 아닌가? 사람의 오랜 체질을 바꿔놓지 못했기 때문이다. 무정부주의자 브르통이 "재산은 도탈이다."라고 외쳐댔지만 재산을 국가가 관리해보니 국민은 허탈 상태에 빠지고 삶의 의욕까지 잃게 되었다. 소유욕이란 그처럼 두꺼운 사람의 껍질이다. 또 있다.

공초 선생께서 만년에 시를 별로 쓰지 않으셨다. 그 까닭도 소유욕과 같은 레벨의 것으로 생각된다. 내가 꼭 써야할 이유가 어디 있는가? 후배들이 더 잘하고 있지 않은가? 하는 생각은 생각으로서는 공초 선생이 아니라도 해볼 수는 있으리라. 그러나 선생께서는 그렇게 생각하시자 시 쓰는 일을 그만두셨다. 쓸쓸하지 않으셨을까? 물론 이런 따위 생각은 내 레벨에서 하는 생각이다. 공초 선생께서는 활짝 튄 전망을 바라보듯 남(후배)이 쓴 시들을 자기의 것인양 보셨으리라. 우리는 개성이니 뭐니 하는 美名 아래 실은 끝없는 소유욕 충족을 추구하고 있는 것은 아닐까? 詩作이 무슨 재산인 것처럼 말이다. 익명으로 시를 써야 한다면 그래도 쓰겠다는 사람이 몇이나 될까? 우리는 시 그 자체보다는 시 외적인 것들, 이를테면 자기현시와 허영, 더 나아가서는 취직과 몇 푼 되지도 않는 돈을 위해서도 시를 쓰고, 시를 자주 써서 남에게 자기를 알리려고 한다. 이런 점에서도 공초 선생을 보고 선생 곁에 있으면 자꾸 빗진 생각이 들곤 한다. 이 것은 솔직한 내 실감이다. 선생 가시고 사람에게서 선생에게서와 같 은 분위기를 느껴본 일이 거의 없다.

'공자는 꿈에 주공을 보다.' 라고 했지만, 나는 꿈에 공초 선생을 아직 한 번도 보지 못했다. 그만큼 내 흠모의 깊이가 얕다는 것이 될 까? 늘 생각하고 있으니까 꿈에서도 보게 되는 것일까? 그 점에 있어 서 나는 공초 선생을 어쩌다 생각에 떠올릴 정도다. 나는 내 利害에 사로잡혀 사람의 중요한 기능 하나를 잃어가고 있는지도 모른다. 사 람이 사람을 흠모한다는 그 기능 말이다.

〈사족〉

이미 이 글에서 썼지만, 나와 강신석 화백이 르네상스 다방에서 시 화전이 있었을 그때의 일이다.

우리가 그때 저녁을 맛있게 먹고 있는 동안 바깥에서는 눈이 억수 로 퍼붓고 있었다. 한 두어 시간 사이에 발이 푹 빠질만큼 눈이 쌓였 다. 우리가 식사를 끝내고 식당 밖으로 나왔을 때는 눈은 멎지 않고 아니 더욱 기세가 등등했다. 목을 움츠리고 빠른 걸음으로 다방에 발을 들여놓았을 때는 지척을 분간 못할 만큼 눈은 내리고 있었다. 바람마저 드세져 있었다. 꼼짝없이 우리는 다방에 묶인 신세가 되고 말았다. 나와 강 화백은 여관에 갈 수 없었고 공초 선생께서도 낯빛 이 조금 달라져가는 듯했다. 새벽녘에는 우리는 거의 제정신이 아니 었다. 홀에는 불기가 싹 가서지고 잠은 오지 않고 담배도 동이 났다. 공초 선생의 눈빛이 보통이 아니다. 보기에 딱하다. 내 눈빛은 공초 선생의 눈에는 몇 배나 더 일그러져 있었으리라.

공초 선생의 그런 눈빛을 나는 처음 보았다. 늘 웃는 눈빛만 보아 오다가 그날 새벽녘의 그런 눈빛을 보자 나는 몹시도 후회스러워졌다. 보아서는 안 될 것을 보았다는 그런 뉘우침이다. 그러나 한 식경 지나고 나자 되려 마음이 안정되면서 공초 선생의 그런 모습을 보게 된 것을 다행으로 생각하게 되었다. 여간해서 볼 수 없는 모습이 아닌가? 눈에 불을 켜고 홀을 누비며 꽁초를 찾아다니셨다. 체면도 뭐도 다 내던진 듯한 거동이시다. 저분께도 아직 저런 데가 계셨구나! 하는 일종의 안도감이다. 우리와 아직은 동류다 하는 그 편안함이다. 그런 생각이 들자 나는 내가 주운 꽁초 중 좀 길이가 나가는 것들을 몇 선생께 바치기로 했다. 그때야 선생께서는 본래의 자기 눈빛으로 돌아와 아주 고맙다는 듯이 받아 주셨다. 싫다는 기색은 물론이요 망설이지도 않으셨다. 너무도 솔직하셨다. 역시 공초 선생다웠다. 그날 밤의 일이다. 아직 담배가 몇 개비나 남아 있었고 난로의 불도 아직은 그런대로 타고 있었다. 우리는 이런저런 얘기 끝에 청마 형제에 관한 말이 나왔다. 그때 공초 선생께서는 이런 말을 하셨다.

치진〔東郎〕과 청마는 은근히 체하는 데가 있어 아직 꼭지가 덜 떨어졌어, 거기에 비하면 셋째 치담이가 젤 자연스러워. 그는 제가 뭘 한다는 의식을 늘 떠나있는 그런 사람이야. 그러니까 자연스럽지. 동랑이나 청마는 어깨를 재고 있어. 골목대장 같단 말야. 그들 4형제 중 셋째인 치담은 바이올린을 하고 있었으나 한 번도 무대에 선 일이 없었을 뿐 아니라, 그가 그런 것을 하고 있었다는 것을 아는 이도 몇 되지 않는다. 그는 늘 아마추어로 자처했다. 공초 선생께서 시를 쓰시는 태도와 흡사한 데가 있다. 공초 선생께선 치담의 그런 점이 마음에 드신 모양이다. 치담은 나와 나이 차가 많지 않아 격의 없이 지낸 편이다. 수줍음을 잘 타고 말수가 적고 무슨 모임 같은 때도 한쪽 구석에 있는 둥 없는 둥 앉았다가 소리도 없이 빠져나가곤 했다. 한 번은 마산 내 집에 와서 하룻밤을 묵게 되었는데 아침에 말도 없이 일찍 나가곤 돌아오지 않았다. 물론 아침 식사도 거른 채로다.

강 화백(姜 畵伯)

강신석 화백의 호는 花龜다. 우리는 그를 늘상 화구 선생이라고 불렀다.

화구 선생은 거짓말을 잘 한다. 기상천외의 거짓말로 남을 놀라게 하고 동시에 그것으로 자기도 만족하면 그만이다. 화구 선생의 거짓말에는 독이 없다. 그의 거짓말로 하여 누가 화를 입었다는 소리는 듣지 못했다. 간혹 그 자신이 자기의 거짓말 때문에 화를 입는 일은 있었다. 한번은 이런 일이 있었다.

화구 선생은 자기 자랑이 심하다. 이것도 독 없는 거짓말의 일종이다. 하루는 많은 친구들 앞에서 수영에 관한 자기 자랑을 한바탕 늘어놓았다. 일본 유학 당시 세또나이까이(일본의 태평양쪽으로 자리한 多島海의 한 섬)에서 다른 한 섬으로 가슴 위에다 도시락을 얹고는 背泳으로 헤엄쳐 갔다는 것이다. 물 한방울 도시락에는 묻지 않았다고 한다. 도시락을 까먹고 되돌아서 먼젓섬으로 다시 배영으로 헤엄쳐 왔지만 가슴 위의 도시락 상자에는 역시 물 한 방울 튀지 않았다는 것이다. 이런 식의 거짓말은 하도 듣고 있는지라 듣는 사람들은 또 나왔군 싶었으나 그래도 웬만큼은 헤엄을 잘 치는 것으로 알았다. 그 일이 있은 지 얼마 뒤에 몇몇 친구끼리 뱃놀이를 나갔다.

배 앞머리에 〈사루마다〉 바람으로 오똑하게 앉았는 화구 선생의 모습은 꼭 살찐 도야지 같기도 하고 바람이 잘 든 커다란 풋볼 같기도 했다. 일행 중 누가 무심코 바다를 멀리 바라보며 앉았는 화구 선생을 뒤에서 밀쳐 물에 처넣었다. 그런데 뜻밖에도 큰 소동이 일어났다. 모두들 설마 그럴 줄은 몰랐다. 으레껏 화구 선생은 유유히 바다를 한 바퀴 돌곤 유유히 돌아올 것으로만 알았다. 그런데 웬걸, 화구 선생은 팔을 휘저으며 손으로 물을 치며 발을 타닥거리며 겨우

친다는 게 개헤엄도 못 되는데 보고 있기가 여간 민망하지가 않았다. 그대로 두었다가는 생사람 잡을 판이다. 로프를 던진다, '우끼'를 던진다 하여 간신히 물에서 건져 올렸다. 그렇게도 호기가 당당하던 양반이 죽을 상이 되어 웅크리고 앉았는 것을 보니 농을 걸 수도 없었을 뿐 아니라 뱃놀이의 흥도 식어버렸다.

그런 일이 있었는데도 내가 그 뱃놀이에 참례를 못 했다고 그러는지 예의 그 세또나이까이의 얘기를 나에게 눈도 끔쩍 않고 해댄다. 화구 선생이 거짓말로 하여 봉변을 당한 일은 내가 알기에는 이런 일 정도가 아닌가 한다. 이런 류의 거짓말은 목숨을 걸어놓고 해야 할 성질의 것이다.

우리가 잘 나가는 '비원(秘苑)'이란 다방이 있었다. 하루는 화구 선생, 花人(김수돈의 아호), 노월(盧月)(이원섭의 아호) 등 몇이 자리를 함께 하게 되었다. 나는 내 시에 관한 얘기를 간밤의 꿈으로 가장하여 피력했다. 나는 간밤에 참 이상한 꿈을 꾸었다. 거북이가 한 마리 어인 한창인 꽃밭에 들었다. 나는 그 어디 놓인 벤치에 앉아 있었다. 나는 가만히 거북이가 하는 짓을 지켜보았다. 한참 동안 거북이는 땅바닥에 엎드려 움쩍도 않는다. 그러나 마침내 모가지를 내뽑는다. 대번에 쑥 뽑는 것이 아니고 아주 신중히 조금씩조금씩 내뽑는다. 드디어 모가지는 어느 한 지점에서 머물러 버린다. 머리를 갸우뚱 거리더니 눈알을 굴린다. 그것이 선연히 내 눈에 보인다. 우리가 무엇에 귀를 기울일 때의 그 시늉 그대로다. 거북이는 그때 무슨 소리를 듣고 있었는지도 모른다. 이윽고 거북이의 모가지가 차츰차츰 위로 움직이는가 싶더니 하늘을 바라고 머리를 흔들며 무수히 도리질을 한다. 거북이는 그런 모양으로 울고 있었다. 거북이가 우는 것을 나는 처음 보았다. 한동안 그러다가 거북이는 모가지를 소로시 움츠리고 땅바닥에 다시 죽은 듯이 엎드렸다. 그리곤 움쩍거리지 않는다. 그러자 나는 또 잠을 깼다.

대강 이렇게 말을 끝내고 화구 선생에게 "화구 선생, 어떻습니까? 시가 되겠습니까? 이걸 그대로 적으면 시가 되지 않을까 하는데요."

이렇게 말을 걸었으나 화구 선생은 엉뚱한 대답을 해 주었다.

"김 선생, 난 지금 이상한 예감이 드오. 어머님이 돌아가셨는지도 모르겠소. 어쩐지 요 며칠 이상하더라니까…. 결국 김 선생이 그런 꿈을 꾸고 말았군…. 이런 말을 결국은 듣고 말았군…."

이렇게 말하는 화구 선생의 낯빛이 여느 때와는 다르다. 사뭇 언짢은 기색이다. 나는 화구 선생의 자당이 어디서 어떻게 살아계시는지를 모른다. 자당이 살아계신다는 말은 이번이 처음 듣는 말이다. 나는 그때 이미 다 된 시의 내용을 얘기로 여러분 앞에서 말해본 데 지나지 않는다. 제목은 「꽃밭에 든 거북」이다. 그런데 날이 가도 화구 선생은 내 꿈 얘기와 선생의 자당 얘기는 입 밖에도 내지 않을 뿐 아니라 언제 그런 말들이 있었는가 하는 표정이다. 나는 비로소 알았다. 화구 선생은 내 얘기를 듣자 곧 허구고 거짓 꿈이라는 것을 알아챘다. 내 얘기가 하도 신비스러웠기 때문에 자신도 그런 식의 신비스런 얘기로 대꾸한 것이리라.

그때가 오전 10시쯤 된 시각이었다. 나는 막 투표를 끝내고 돌아와 있었다. 화구 선생은 대문을 채 들어서기도 전에 高聲으로, "김 선생, 선거는 치렀소?" 한다. 막 치렀다고 하고 아랫방으로 안내했다. 큰방(안방)으로는 내 아내가 부인을 안내했다. 그날의 화구 선생의 얘기를 대강 적어본다.

김 선생, 당신은 3인조는 아니겠지, 별놈의 꼴을 다 봤지 뭐야. 난 오늘 비장한 결심을 하고 나섰단 말야. 불리한 증명이 될 만한 건 죄다 불사르고 나섰던 거야. 김 선생도 아다시피 내가 언제 무신 짓을 저지를지 내 자신도 잘 모르거든…. 결국 무사하긴 무사했지만 지금 공기로선 앞으로 또 내 신변에 어떤 일이 닥칠지도 몰라. 김 선생이 내 행장의 증인이 돼 달라고 찾아온 거야. 내가 어떻게 될는지 어떻게 알어?

이런 말들을 하다가 마침 찾아온 또 한 사람 친구와 내 집에서 점심을 나누고 오후 세 시쯤 해서 거리로 나섰다. '시민극장' 앞으로 나서자 '일신백화점' 바로 위쪽의 네거리 근방에 사람이 운집해 있고 이따금 고함 소리가 들리고 누가 치는 것인지 박수 소리도 들리곤 했다. 무슨 일일까? 우리 세 사람이 빠른 걸음으로 '은하수다방'까지 다다르자 민주당 당원들이 머리에 헝겊을 동여매고 "부정선거 다시 하자!", "대한민국만세!" 등등의 구호를 외치며 네거리를 시장쪽에서 오동동 쪽으로 건너가는 참이었다. 사뭇 비장한 낯색들이다. 화구 선생이 이 광경을 목도하자 어느새 우리 곁을 빠져나가 쏜살같이 군중 속으로 내달렸다. 내달리면서 "에이-ㅋ!" 하는 무슨 짐승 같은 부르짖음을 창자가 찢어질 듯한 소리로 내뱉는다. 한순간에 일어난 일이다. 아까 내 집에서 한 화구 선생의 말이 생각났다. 내가 무슨 짓을 할지 나도 잘 모른단 말야…. 드디어 그날 밤 그 참변이 일어났다.

화구 선생의 일이 궁금해진다. 그러나 화구 선생은 16일 하루 온종일 얼굴을 내놓지 않았다. 17일인가 18일에 나는 화구 선생을 다방 '외교구락부'에서 만났다. 어찌 됐소? 이렇게 묻는 내 말에 화구 선생은 다음과 같이 대답해 주었다.

내가 고함을 지르고 내닫자 군중 속에서 누가 팔을 붙드는 거야, 안면이 있던 형사야, 이거 붙들렸군 싶었지. 그는 "선생님, 왜 이러십니까? 이러시면 안돼요." 이런 말을 하면서 날 붙들고 저자 안에 있는 목로 집으로 데리고 가는 거야. 거기서 난 실컷 술을 얻어마셨지. 그뿐인가 그자는 쇠고기를 한 댓 근 사서 안기는 거야, 그래 난 그자를 그만 둘 수가 있어야지, 이번에는 내가 그자를 붙들고 '산마산' 까지 나갔지, 위스키를 두어 병 내가 대접했단 말야, 그자는 차를 불러 날 태워줬는데 그 다음 일은 난 몰라. 그날 밤 굉장한 난리가 났다는데 그것도 난 몰랐어.

대강 이런 얘긴데 얼굴 표정의 능청스럽기는 여전하다. 어디까지가 참이고 어디부터가 거짓인지 나는 지금도 분간을 못 한다. 하여간 화구 선생 아니고서는 할 수 없는 얘기다.

〈사족〉

강신석 화백은 파스텔 화가다. 그도 공초 선생 모양으로 자기가 화가라는 의식이 전연 없다. 그저 좋아서 파스텔을 만지작거린다는 투다. 돈이 아쉬우니까 간혹 나와 함께 시화전 같은 것도 가져보곤 할 따름이다. 자기의 개인전은 한 번도 가져본 일이 없다. 그저 엉터리같은 헛소리만 하고 다닌다. 남 보기에는 일종의 삐에로처럼 보이기도 하지만 철저한 에미런트다. 그리고 자유인이고 자주인이다. 말하자면 정치색이 거세된 일종의 아나키스트다. 그는 만년에 미국에 가서 그림엽서나 크리스마스카드 같은 것을 그려주며 생계를 유지하다가 후두암으로 죽었다. 잠들기 전에는 공초 선생 모양 늘 담배를 입에서 떼지 않았다. 그는 파이프 담배를 언제나 애용했다.

아는 이는 다 아는 일이지만 강 화백은 아나키스트 하기락 박사와 만년에 극친한 사이가 되었다. 그가 뉴욕에서 후두암을 앓고 있을 때 하 박사께서 한약을 용하다는 의원에게 특별히 부탁하여 조제케해서 게까지 들고 간 일도 있었다고 한다. 의기상투한 모양이다. 강화백은 평생 가정을 제대로 가져보지 못했다. 제멋대로 가난하지만 아무것에도 구애되지 않고 70평생을 살다갔다. 그의 신변은 늘 정결

했다. 그의 거처를 어쩌다 가볼라치면 그때마다 늘 잘 정돈돼 있었다. 요리 솜씨도 어느 만큼의 경지에 가 있었다. 그가 굽는 김과 생선 조림은 과히 타의 추종을 불허할 정도다.

릴케가 말한 일이 있었다. 내가 이승에 남기고 가는 것은 친구들 뇌리에 새겨 놓은 내 생전의 어떤 모습들이라고….

그렇다. 강 화백은 몇 안 되는 그를 아는 우리들 뇌리에 지울 수 없는 그의 모습을 새겨 놓았다. 그는 가고 없지만 그는 늘 우리 곁에 있다. 이런 따뜻한 말을 해보는 것도 참 오랜만이다. 이런 일이 다 그의 유덕이 아닌가? 나는 그를 모델로 한 시를 세 편이나 썼다. 그 중의 한 편을 여기 적어보기로 한다.

> 어느 봄날
> 강 화백이 물고 있는 파이프에서
> 강 화백의 얼굴만한
> 커단 낙엽이 지는 것을 보았다.
> 어느 가을날
> 강 화백이 물고 있는 파이프에서
> 시네라리아의 귀여운 한 송이가
> 반쯤 피었다 지는 것을 보았다.
> 파이프를 물고 있을 때의
> 강 화백의 쌍꺼풀진 커단 눈은
> 언제 보아도 젖어있다.

이 시의 제목은 「강화백의 파이프」다. 1994년 11월 25일에 나온 〈민음사〉판 『金春洙詩全集』을 보니 155페이지에 실려 있다. 550페이지나 되는 이 시집에 실린 시들은 제작 시기 순으로 배열되어 있으니까 이 시는 꽤 오래된 시다. 아마 60년대를 넘지 않을 듯하다. 벌써 그렇게 되었다.

화인(花人)

花人 金洙敦을 처음 보게 된 것은 46년의 여름이다. 부산에서 청년 문학가협회의 경남지부를 결성한다고 참석해 달라는 연락을 받고 청마와 내가 그 준비위원회의 합숙소로 가서 합숙하게 되었다. 그때 우리를 반갑게 맞아준 사람이 바로 화인이다.

화인은 키가 자그마했으나 용모는 아랍계통의 피가 섞이지 않았을까 싶을 정도로 이국적이었다. 코가 뭉툭하니 크고 쌍꺼풀진 툭 불거진 눈을 하고 있었다. 피부색이 가무잡잡하다. 눈이 생글생글 웃고 있었다. 매우 다정하고 그리고 부지런했다. 거의 혼자서 결성 대회의 준비를 해내고 있었다. 그때 합숙한 사람 중에 趙鄕이 있었다. 화인과 조향과 나는 곧 친해지고 합숙하는 이삼 일 동안에 벌써 우리는 동인지를 내자는 약속까지 하게 되었다. 청년 문학가 협회 경남지부의 결성대회는 성대히 그리고 무사히 마쳤다. 청마와 나는 통영으로 돌아가고 화인과 조향은 둘 다 그때 마산에 거주하고 있었기에 그쪽으로 돌아가 동인지 준비를 그쪽에서 서둘겠다고 했다. 연락하면 원고나 보내 달라고 하고 나에게는 부담을 덜어주기로 했다.

내 처가가 마산이었기 때문에 나는 동인지의 일이 궁금하기도 해서 동인지가 나오기까지 몇 번 마산으로 건너갔다. 아직 잔서가 기승을 부리고 있었을 때다. 나는 화인의 집주소가 적힌 쪽지를 들고 그를 찾아갔다. 마침 그는 집에 있었다. 그때가 대낮이었다. 웃통을 벗고 베잠방이 바람으로 마당에서 나를 맞았다. 내 한 쪽 팔을 붙잡더니 집안은 더우니까 밖으로 나가자고 했다. 집 앞에 늙은 느티나무가 한 그루 넓게 그늘을 치고 서 있었다. 그 밑으로 가서 우리는 자리를 깔았다. 화인은 미리 돗자리를 준비해 갖고 있었다. 우리는 퍼질러 앉았다. 그런데 보자하니 화인의 아랫도리 그 베잠방이가 이상하다. 군데군데 먹물이 들어 있다. 보기가 흉하다. 내 눈이 자꾸 그곳으로 가곤 하는 것을 눈치 채고 화인이 변명하듯 말을 꺼냈다. 청년 문학가 협회 경남지부 결성대회 때 쓴 플래카드를 버리기가 아까와 가져와서 베잠방이를 만들었는데 먹물이 잘 빠지지 않아 그렇다고 했다.

조향은 잘 만나지지 않았다. 그는 그때 막 생긴 부산의 동아대학에 강의를 맡게 되어 있어서 부산에 자주 나간다는 것이었다. 그러나 우리들의 동인지 일은 조향이 주로 보고 있다고 했다. 그가 책 만드는 일에는 일가견을 가지고 있고 또한 매우 열성적이라는 것이었다. 아마 조향은 자기대로 동인지의 제호까지 정해놓고 있는 듯하다는 것이었다. 그때 화인은 古書를 두어 권 들고 나왔었다. 내가 방문했을 때 그것들을 읽고 있었는 듯했다. 나에게 그 책들에 대한 장황한 설명을 해주었지만 내 기억에는 지금 어느 한 가지도 남아 있지 않다. 다만 그것들이 마산 인근에 살았던 선비인 누군가의 문집이었다는 것만 나는 기억하고 있을 뿐이다. 좌우지간 그런 일이 있은 뒤로 화인을 유심히 살펴보니 우리 고전에 대한 이해가 이만저만이 아니라는 것을 알게 되었다. 나는 왠지 자꾸 주눅이 들었다.

화인은 『文章』 추천을 받은 시인이다. 靑鹿派 三家詩人들과 같은 무렵에 문단에 나왔다. 그러나 그는 그런 티를 눈꼽만큼도 내보이지 않았다. 아주 소탈했다. 이미 그때 그는 『召燕歌』라는 시집을 상재할 준비를 끝내놓고 있었다. 나보다는 한 걸음 앞선 선배다.

시집 『소연가』에 수록된 시들은 전통적인 서정시들이지만 그 뒤에 곧 화인은 모더니즘 취향의 시를 쓰게 되었다. 그것들을 모아 『우수의 황제』라는 제2시집을 곧이어 상재했는데 그 시집에 실린 시들은 보들레르 투의 도시의 우수를 다루고 있다. 근대도시에 사는 도시인의 권태와 분열된 또는 상실된 자아를 천착하고 있다. 자연을 소재로 한 첫 시집과는 사뭇 다르다. 화인은 이 시집 이후로는 별로 시를 쓰지 않고 있다. 암중모색의 시기로 접어들었는지도 모른다. 그 대신 상당 기간 그는 연극에 관심을 쏟으며 연출의 일을 보고 있었다. 그리고 문화 운동에 열중하고 있었다. 문총 마산지부의 일에 동분서주하는 것을 나는 지켜보기도 했다. 그때는 나도 마산에 이사해서 마산에 직장을 가지고 있었다. 그러나 그 이전에도 화인과의 관계는 늘 이어져 있었고 잊을 수 없는 일들도 우리 사이에 일어나곤 했었다.

청마를 회장으로 모시고 해방 직후 통영문화협회라는 문화단체를 만들어 문화 운동을 전개한 일이 있었다는 말은 이미 이 글(「그늘이 깃드는 시간」)에서 한 일이 있다. 그때 우리는 소인극단을 만들어 인근 도시로 순회공연을 나간 일이 있었다. 마산공연 때의 일이다.

통영서 마산까지 뱃길로나 육로나 그때는 너댓 시간은 족히 걸렸다. 우리는 일부 버스로 육로를 가기로 하고 일부는 배편으로 가기로 했다. 배편 쪽은 청마와 여자(여배우)들이었다. 거기에는 또 무대장치며 소도구들을 실었다. 남자배우와 스탭들은 모두 육로 쪽이다. 나도 육로 쪽이다. 그때는 마산까지 가려면 고성에서 버스를 갈아타야 했다. 버스는 기름으로 움직이는 것이 아니라 목탄차다. 뒷 꽁무니에 연돌이 달려 있어 거기로 연기를 쉴 새 없이 뿜어 올리며 연탄을 때야만 했다. 그래도 차는 속력이 잘 나지 않는다. 그날은 어찌된 일인지 30분을 기다려도 교환차가 오지 않았다. 얼마나 더 기다려야 할지 막막하다. 그러는 동안에 일이 터졌다.

주연 배우가 공교롭게도 그렇게 기다리는 동안 애인을 만나 어디론가 자취를 감췄다. 얼마 지나지 않아 교환차가 왔다. 그러나 주연 배우는 나타나지 않았다. 다른 손님들도 있고 해서(물론 우리보다 다른 손님들의 수가 훨씬 더 많았다.) 차는 기다려 주지 않고 떠났다. 일이 난감해졌다. 누가 대역을 맡는단 말인가? 차 안에서 급조한 주연배우를 한 사람 내세워 그런대로 대사는 외우게 했다. 마침 대사가 그리 많지 않은 극이었다. 그나마 다행이었다. 그날 밤 연극은 그럭저럭 간신히 끝나갔는데 뜻밖의 일이 또 터졌다. 연극의 끝부분의 클라이막스에서 잡치고 말았다. 그때만 해도 소인극의 효과 보는 일이란 허술하기 짝이 없었다. 총소리 같은 것은 막 뒤에서 대막대기로 책상을 두들기는 그런 방법을 썼다. 그 연극의 클라이막스는 이렇다. 일제 말 학도병으로 한국 청년이 만주에 주둔해 있던 관동군에 배속되었다. 탈출 기회를 노리다가 마침내 동포 마약 장수의 도움을 받아 외딴 비밀 장소에 있는 그들(마약 장수)의 소굴로 몸을 감췄다. 그런데 어느 날 그 비밀 소굴이 발각되어 일본군의 습격을 받게 되고 그 탈출 한국 청년의 정체가 드러난다. 일본군의 총을 맞고 쓰러지는 장면이 클라이막스이자 대단원이 된다. 일본군이 총을 쏠 때 뒤에서 대막대기로 책상을 두들겨야 하는데 총 쏘는 동작을 했는데도 총소리가 나지 않았는데 그만 쓰러지고 말았다.(대역이라서 그는 요령이 없었기 때문이기도 했다.) 와! 하고 관객석에서 야유가 터져 나왔다. 그런데 그뿐인가, 조금 있자 이번에는 그 일본 군인은 우두커니 무대 한쪽에 서 있기만 하고 한국 청년은 이미 쓰러져 버렸는데 난데없이 총소리가 터져 나왔다. 무대 뒤에서 그때서야 효과 맡은 친구가 대막대기로 책상을 두들겼다. 타임을 전연 맞추지 못했다. 뭘 하고 있었던가? 졸고 있었을까? 와! 하고 또 한 번 관객석에서 야유가 터져 나왔다. 급히 막이 내려졌다. 그날 공연은 이런 모양으로 엉망이 되고 말았다.

날짜를 이틀 잡았는데 그 다음날의 낮 공연까지 합해서 두 차례의 공연은 포기할 수밖에는 없었다. 관객이 있을 것 같지가 않았다. 극장 대관료도 물 수 없게 되었고 여관 숙박비도 물 수 없게 되었다. 화인이 중간에서 애를 태웠다. 화인이 주선해서 마산 공연을 하게 되었기 때문이다. 화인인들 무슨 뾰족한 수가 있지 않았다. 그저 극장과 여관을 번갈아 왔다 갔다 하며 파리 손을 부릴 수밖에는 도리가 없었다. 한동안 화인은 극장과 여관의 독촉 등쌀을 견디지 못하고 야간도주를 해서 여기저기 숨어 다니기도 했다. 그러나 우리 앞에서는 짜증스런 낯색을 조금도 보이지 않았었다. 그 무렵의 얘기다.

한산섬 충무공 사당에 모실 영정과 비석의 제막식이 있었다. 비석의 비문을 鄭寅普 선생께서 지으셨다고 해서 문인들이 참석하게 되어 있었다. 특히 통영 인근 지방에 거주하고 있던 문인들이 더러 모였다. 그 제막식 전날이었던가 제막식이 있었던 그날이었던가 기억이 희미하다. 하여간 우리는 청마 댁에서 하룻밤을 술로 지샜다. 우리란 청마, 東騎 李敬純, 巴城 薛昌洙, 具常, 화인, 그리고 나다. 도합여섯 사람이다. 비좁은 방에 장골이 여섯이나 들이박혔으니 아직 초봄인데 공기가 후덥지근하다. 방문을 활짝 열어젖히고 술을 퍼마신다. 그렇다. 그냥 얌전히 마시는 게 아니다. 퍼마신다고 해야 그때의 광경에 어울리는 표현이 된다.

청마 댁에서는 그런 일이 있으리라고 미리 생각하고 술을 빚어둔 것은 아니다. 워낙 청마가 술을 좋아하니까 한 섬들이 독에 술(막걸리)을 그득 담가뒀다. 그걸 그날 바가지로 제각기 양껏 퍼마셨다. 나이외의 다섯은 희대의 호주들이다. 자정을 넘기자 진풍경이 벌어졌다.

좌중의 누구는 누군지도 모르는 누군가에게 고래고래 고함을 지

르며 욕설을 퍼붓는다. 또 누구는 춤을 덩실덩실 추며 혼자서 흥에
겨워 있다. 옷을 홀랑 벗어 던지고 알몸이 되었는데 그래도 춤을 멈
추지 않는다. 누구는 또 돌아앉아 청승맞게 훌쩍 훌쩍 울고 있다. 그
야말로 천태만상이다. 주사도 가지가지구나 싶었다.

나는 술을 못하기 때문에 혼자 꾸어다 놓은 보릿자루 모양 한쪽 구
석에 우두커니 앉아 있었다. 이따금씩 바깥바람을 쐬기도 했다. 드
디어는 새벽녘에 나는 내 집으로 달아나버리고 말았다. 그 뒤의 일
을 나는 모른다. 내가 도망쳤을 때는 독 안의 술이 바닥나 있었다. 그
리고 그 다섯의 기도 많이 꺾여 있었다. 화인은 조금 떨어진 데서 뭔
가 혼자서 중얼거리고 있었다. 쌍꺼풀진 그 큰 눈을 자꾸 끔벅거리
면서 말이다. 화인이 마침내 고개를 빠뜨리고 그 자리에 그냥 머리
를 처박고 넘어지는 것을 보고 나는 자리를 떴다. 그런 난장판을 그
점잖은 분네들이 서슴없이 벌이고 있었다. 그러나 난장판이란 그처
럼이나 無邪하기만 했다.

화인이란 아호는 李元燮이 지어준 것이다. 피난 시절의 일이다. 우
리들은 마산의 서너 개 다방을 번갈아가면서 단골로 들랑거렸다. 그
다방의 이름은 '등대', '외교구락부', '秘苑' 이다. '등대' 는 피난 온
고 복혜숙 여사가 친구와 함께 차린 다방이다. '외교구락부' 는 上海
에서 오랜 해외 생활을 했으며 이국적으로 풍채가 당당한, 우리가
'리틀 박(朴)' 이라고 부른 멋쟁이 신사가 차린 운치 있던 다방이다.
그는 코 밑에 콜맨수염을 기른 키가 훤칠한 중년이다. '비원' 은 문
총 마산지부장을 맡고 있던 예술애호가 侮가 차린 다방이다. 이 셋
중의 어느 곳이던가 지금은 기억이 희미하다. 우리는 모여서 한참
얘기꽃을 피우고 있었다. 우리란 화인, 花龜, 나, 그리고 두셋 신문기
자들이다. 아호 얘기가 나오자 누가 원섭에게 희망자가 있으면 하나
씩 아호를 지어 주라고 제의를 했다. 원섭이 한문이 좋았기 때문이

274

다. 이리하여 수돈과 신석(화가)이 희망해서 각각 화인, 화구로 아호를 얻게 되었다. 둘 다 꽃 화 자가 들어 있는데 모두들 썩 잘 어울린다고 박수를 쳐주었다. 화인은 꽃같은 사람이란 뜻으로 지은 아호다. 더 나아가서 말하자면 향기를 가진 사람이란 뜻이다. 그런 데가 그에게는 없지도 않았었다. 두 사람은 그 아호를 그대로 받아 들였다. 우리는 두 사람을 그 뒤로 그 아호로 부르게 되었다. 특히 그런 아호를 받게 된 두 당사자들은 그 뒤로 말을 낮추게 되고 허교를 하게 되었다. 술자리에서는 둘이가 서로 아호를 불러가며 말다툼을 간혹 벌이기도 했다. 두 사람이 다 호주가(好酒家)요, 호주가(豪酒家)다. 특히 화인이 그러했다.

화인이 얼마나 술을 좋아하고 많이 마셨는가에 관한 일화는 한 둘이 아니다. 화인은 주석에 한번 자리를 잡으면 일어설 줄을 모른다. 그리고 그 주석을 거의 매일이다시피 벌인다. 그러니까 그는 늘 술에 젖어 있는 사람처럼 보인다. 점잖게 말해서 호주가지, 다르게 말하면 그는 술고래다. 과음이란 말이 있지만 그는 바로 그 고래가 물 마시듯 술을 마신다. 곤드레만드레 갈지자 걸음이 자주 보게 되는 그의 일상사다. 대낮부터 간혹 그의 그런 몸가짐을 보게 된다. 그러자니 직장을 제대로 지켜내지 못한다. 그 직장이란 것이 대개가 학교가 아니던가?

화인은 점심시간에 식당에 죽치고 앉았다가 그날의 오후 수업은 까먹게 된다. 술 때문이다. 실력이 있어 강의는 훌륭하다. 그건 모두 인정한다. 게다가 학생 대하는 태도가 인자스럽고 자상하다. 학생들이 잘 따른다. 그러나 술이 늘 화근이다. 직장을 자주 옮기게 된다. 나중에는 호가 나서 채용이 잘 되지 않는다. 60년대 초에 내가 대구로 직장을 옮겨 갈 무렵에는 실직을 하고 있었다. 그의 가족은 호구도 제대로 하지 못했다. 그건 뻔한 사실이었다.

내가 대구로 옮겨간 지 일 년이 될까 말까 해서 화인이 이승을 떴다는 소식이 전해져 왔다. 나는 눈 감고 오랜 시간 그의 명복을 빌었다. 나는 그때 호주가이던 화구가 화인을 보고 한잔 걸친 김에 "너 임마 술을 그렇게 마시면 오래 못 산다!"고 한 말이 생각났다. 귓전이 찡했다.

조향(趙鄕)

조향의 본명은 趙燮濟고 그의 일제 때의 펜네임은 趙薰이다. 그 이름으로 그는 일본에서 발행된 시 잡지에 시를 실었다고 한다. 나도 어디서(『日本詩壇』이란 시 잡지가 아니었던가 한다.) 그의 이름을 본 듯도 하다.

화인을 말하면서 우리가 만나게 된 계기를 잠깐 언급했듯이 그것은 해방 직후의 일이다. 그도 화인처럼 키가 자그마했다. 그러나 화인보다 훨씬 몸이 가늘었다. 선병질이었다. 안경을 끼고 있었다. 꽤 도수가 높다고 했다.

조향은 한 마디로 재사(才士)다. 그림도 그리고 판화도 한다고 했다. 서지학에 대해서도 일가견을 가지고 있었다. 그는 또 희대의 장서가다. 그가 마산의 적산가옥에 살고 있을 때 가본 일이 있는데 그의 서재는 책으로 그득 차 있었다. 다다미 6초면 작은 방은 아니다. 사방 벽이 서가로 채워졌고(물론 서가에는 책이 빽빽이 꽂혀 있었다.) 방바닥에도 여기저기 책이 쌓여 있었다.(나는 나중에 고석규의 서재에서도 이와 유사한 광경을 목격했다.) 나는 한편 놀라기도 하고 한편 주눅이 들기도 했다. 저렇게 많은 책을 다 읽었을까? 읽어낼 수 있을까? 한편 생각건대 무슨 시위(示威) 같기도 했다.

조향은 화인과 나와 함께 할 동인지의 이름을 『魯漫派』라고 했으면 어떻겠느냐고 내 의견을 물어봤다. 그러고는 거기 대한 설명을 하고 있었다. 일본인들이 Romanticism을 일본어로 번역하면 浪漫主義라고 했는데 이것은 일본 발음으로는 제대로 된 것이지만 한국어 발음대로 하면 낭만주의가 되어 어울리지가 않는다. 그래서 한국어 발음대로 로만이라고 했다는 것이다. 듣고 보니 그럴듯하다. 조향에게는 그런 천착벽이 있었다. 따지기를 잘한다. 화인과는 이 점이 많이 다르다. 화인은 박식하되 언제나 아마추어로 자처한다. 한 가지를 깊게 파고드는 그런 데가 없다. 그의 성격 탓일까? 그는 모가 나지 않는다. 누구에게나 사람 좋은 아저씨다. 조향은 모가 난다. 어리뻥뻥한 것을 싫어하고 흑백을 명백히 했다.

화인과 나는 조향의 의견을 따랐다. 우리의 동인지는 46년의 세모에 빛을 보게 되었다. 조향이 혼자서 도맡아 했다. 편집이며 책의 체제며 표지며 제호의 글씨체며 심지어 출판 경비까지 그가 어디선가 뽑아냈다. 학교 교과서를 취급하는 서점에서 뽑아낸 것이 아닐까 하고 나는 추측을 해보았다. 하여간에 책(『로만파』)에 대한 그의 열성은 대단했다. 책이 나왔다는 연락을 받고 세모에 나는 마산으로 건너갔다. 책의 형이 독특했다. 국판을 반으로 쪼갠 그런 판형이다. 나는 중학생 때 습자 책으로 그런 판형을 본 뒤로는 처음 봤다. 아직껏 나는 이런 판형의 시 동인지를 보지 못했다. 서점에 내놓겠다고 했다. 나에게도 통영의 서점에 내놔 달라고 이미 싸놓은 책 뭉치를 내놓았다. 어쨌든 나는 자랑스러웠다. 세상에 나서 나는 내 시가 실린 책을 처음으로 상재하게 되었으니 말이다. 그날은 처가에서 묵고 나는 다음날 통영으로 가서 배에서 내리자 그 길로 친구가 하고 있는 책방에다 책을 맡겼다. 위탁판매다. 그러나 끝내 그 책은 단 한 권도 통영에서는 팔리지 않았다. 마산에서는 사정이 조금 다르기는 했던 모양이다. 그렇다고 스무 권 서른 권이 나간 것은 아니었다. 겨우 여남은 권 정도다. 그것도 조향이 책방에다 특별히 부탁을 하고 야단스레 광고문을 책방 입구에 써 붙이고 해서 그만 정도가 되었다. 나는 조향에게 미안하기만 했다.

『로만파』 창간호에 실린 시들을 보면, 조향은 리리시즘의 전통을 그대로 밟은 얌전한 시를 쓰고 있었고, 화인은 모던한 취향의 시를 내놓고 있었다. 뒤에 시집 『우수의 황제』에 실린 시편들이다. 나는 이것도 저것도 아닌, 세 사람 중에서 제일 처지는 형편없는 습작품들을 내놓은 셈이 되었다. 그때를 생각하면 창피스럽기 그지없다. 그런데도 3집까지 『로만파』를 내고 3집 때는 화인이 빠졌는데도 나는 조향과 함께 시를 내놓았다. 3집까지 조향이 다 맡아서 했다. 그이상은 조향으로서도 어찌해 볼 방도가 서지 않았는 듯했다. 이제는 그만둬야 하겠다는 전갈이 나에게 왔다. 나는 물론 단념할 수밖에 없었다.

조향과의 내왕은 끊어졌다. 우리는 몇 년을 소식도 서로 전하지 못하고 지냈다. 그런데 뜻밖에도 50년대 초에 임시 수도 부산의 남포동 거리에서 조향과 나는 마주치게 되었다. 조향은 그때 '후반기동인회'에 관계하고 있었다. 나더러 함께 해 볼 의사가 없는가고 은근히 떠보는 눈치였으나 나는 별로 흥미가 없었다. 나는 그때 릴케에 다시 열중해 있었다. '후반기동인회'가 30년대 영국 뉴컨트리파 쪽으로 경사(傾斜)돼 있는 것이 내 구미에 맞지 않았다.

조향은 곧 따로 초현실주의에 관한 연구회를 만들어 『가이아』, 『雅屍體』 등의 기관지를 통하여 괄목할 만한 연구 결과를 내놓았다. 나는 거기 실린 조향의 논문에서 많은 시사를 받기도 하고, 한편 비판적이 되기도 했다.

전혁림(全爀林)

全畵伯
당신 얼굴에는
웃니만 하나 남고
당신 부인께서는
위벽이 하루하루 헐리고 있었지만
cobalt blue,
이승의 더 없이 살찐
여름하늘이
당신네 지붕 위에 있었네

　이 시는 70년대 초 내가 젊은 문학도들의 청에 따라 충무시에 강연을 하러 갔을 때 전 화백의 댁을 방문하여 그때의 인상을 그대로 스케치한 것이다.

　그때만 하더라도 전 화백은 가난의 티를 벗지 못하고 있었다. 충무시의 외곽 지대, 교외 가까운 산발치에 자리한 전 화백의 댁은 거실만 넓다랗게 자리를 차지한 썰렁한 분위기였다. 그런 거실에서 한 시간 정도 오랜만에 만난 회포를 풀며 그동안 서로의 달라진 모습을 서로가 유심히 살피곤 했다. 전 화백의 얼굴 모습은 앙상했다. 이가 다 빠져 웃니만 하나 겨우 잇몸에 발을 붙이고 있는 그런 느낌이었다. 부인은 위벽이 헐어 식사를 제대로 못하고 있는 듯했다. 안색이 썩 좋지 않았다.

　전 화백 댁의 그런 처량한 모습과는 대조적으로 전 화백 댁 언저리의 자연환경은 너무나도 밝고 화려했다. 하늘은 쾌청이라 더없이 푸르고 저 건너 내다뵈는 바다 또한 짙은 쪽빛이다. 빛깔은 화가의 사상이란 말이 있지만 전 화백에게는 한때 청색 시대가 있었다. 그 무렵 전 화백의 화폭을 진하게 물들인 그 청색은 그때 내가 본 충무시의 그 하늘빛이요, 특히 그 물빛이다. 화가로서의 전 화백의 뇌리에는 늘 충무 앞바다의 물빛이 그득 괴고 있었지 않았나 싶다.

그날 나는 귀한 선물을 두 개나 받았다. 하나는 화분이요 또 하나는 쟁반이다. 두 개가 다 전 화백의 그 무렵에 만들어진 작품들이다. 화분은 꼭 신발같이 생겼다. 나지막이 옆으로 퍼져있다. 황색 바탕에다 남색으로 물고기를 그리고 있다. 쟁반은 짙은 남색으로 칠을 했다. 그렇다. 그것은 칠이지 그린 것은 아니다. 모처럼 만난 나에게 뭔가 자기가 아끼는 것을 주고 싶었으리라. 전 화백은 그런 섬세한 배려를 하는 성미다. 나는 또 얼마 뒤에 10호짜리 정물화를 한 점 더 얻었다. 그 정물화 역시 청색이 주조가 되고 있다. 나는 그 그림을 볼 때마다 충무 앞바다의 물빛이 연상되곤 했다. 내 시에도 바다가 자주 나오고 그 바다는 언제나 밝고 잔잔하기만 하다.

내가 전 화백을 처음 만난 것은 45년 해방된 그해 가을이다. 나는 여름에 해방과 함께 곧 마산의 처가살이를 청산하고 고향으로 건너갔다. 그 무렵 객지에 나가 있던 사람들이 하나둘 고향을 찾아왔다. 그 중에 시인 청마 유치환 씨가 있었다. 그분을 회장으로 모시고 우리는 〈통영문화협회〉라는 문화단체를 만들어 해방된 조국의 고향 땅에서 우리가 전공한 분야에서 뭔가를 해보려고 애를 썼다. 그 무렵 거의 매일같이 전 화백과 나는 어울리게 되었다. 전 화백은 그때 30을 전후한 말쑥한 청년 신사였다. 호리호리한 키에 얼굴 윤곽이 갸름하고 섬세한 이목을 지닌 백석의 선이 가는 외모를 하고 있었다. 말수는 적은 편이나 사물에 대한 날카로운 비평안을 간혹 보이기도 했다. 전 화백은 수산학교를 나오고 家業도 수산업이다. 형님 댁에 더부살이를 하고 있는 셈이었다. 나이 30이나 되는 노총각이 방 하나를 차지하고 하는 일 없이 날만 보내고 있으니 남의 눈에 딱하게 보일만도 했다. 그런 전 화백 자신은 그런 티를 전연 내뵈지 않고 늘 친구들에게 섬세한 관심을 기울이곤 하는 그런 인정스런 청년 신사였다. 나보다는 대여섯 살이나 위다. 그러나 그런 나이의 간격을 못 느낄만큼 전 화백은 나에게도 격의 없는 친구가 되어 주었다. 우리가 다 함께 70을 넘어서게 된 지금에서야 댓 살의 차이는 그다지 크게 느껴지지 않지만 20대나 30대 전후의 나이로는 그럴 수 없는 것이 정상인데 그 점에 있어 우리는 좀 비정상적인 교분을 유지해 왔다고 해야 하리라.

전 화백이 거처하는 방은 사방 한 평 정도로 좁았다. 내 집과는 지척의 거리에 있었기 때문에 가며 오며 자주 들르곤 했다. 전 화백은 그때 銅製 자그마한 佛像을 여러 개 소장하고 있었다. 전 화백은 그것들을 꽤 話題에 올리곤 했지만 무슨 말을 들었는지 지금은 기억이 아득하다. 다만 전 화백의 그때의 표정이 진지했다는 것만은 회상이 된다. 그처럼 그 무렵 전 화백은 불상에 많은 애착을 가지고 있었다. 전 화백이 그 뒤 50년대에 마산에서 칩거 생활을 할 때 불상을 자주 그리곤 한 것을 보기도 하고, 그 중 한둘은 내가 잠시 빌려서 내 침실에 걸어뒀다가 도로 돌려주기도 했다. 왠지 내 눈에는 그때의 그 불상들의 그림이 돋보이기만 했다. 그러나 해방 직후 우리가 고향에 머무르고 있던 2~3년 동안 나는 한 번도 전 화백이 그림을 그리는 것을 본 일이 없고 완성된 그림을 본 일도 없다. 전 화백의 그 좁다란 방이 그대로 화실을 겸하고도 있었다고 짐작되나 그것은 내 짐작일 따름이지 작업 현장을 목격한 일은 없다. 그렇다고 왜 그림을 안 그리느냐고 또는 그림은 언제 그리고 그린 그림은 다 어디다 보관해 두느냐고 그리고 보관한 것이 있으면 한번 봤으면 싶다고 생각은 늘 간절했으나 나는 한 번도 그런 말을 입 밖에 내지를 못했다. 왠지 전 화백의 면전에서 그런 말을 끄집어내는 것이 전 화백을 괴롭히는 일이 될 것 같은 그런 느낌이 자주 들곤 했다. 50년대에 우리는 또 공교롭게도 마산에서 그것도 지척의 거리를 두고 살게 되었다. 나는 직장을 마산 처가 근처로 옮겼기 때문이었지만 전 화백은 무슨 이유로 마산에 거처를 정하게 되었는지 짐작이 안 된다. 하여간 우리는 마산에서 10년 가까이 살면서 자주 내왕이 있었다.

50년대의 마산 생활은 전 화백으로서는 참으로 힘겨운 나날이었으리라. 직업도 없이 셋방살이를 하면서 칩거하다시피 바깥세상과는 벽을 쌓고 그림 그리기에만 몰두하고 있었다. 어둡고 좁은 남의 집 문간방에서 신들린 사람처럼 말이다. 끼니를 놓치는 일도 더러 있었지 않았나 싶다. 부인이 애를 무던히도 썼으리라. 그저 꾹 참고 견디며 있는 듯했다. 그 끈기에 고개가 수그러졌다. 근 10년 가까이를 그렇게 버티다가 공교롭게도 또 내가 대구로 직장을 옮길 무렵 전 화백도 부산으로 거처를 옮겨갔다. 거기서 어느 도자기 회사의 디자인을 봐주고 있다는 소문을 들었다. 그러나 나중에 알고 보니 그 소문은 다소 빗나가 있었다. 디자인을 봐준다는 것은 糊口之策이고 본래의 목적인즉 그림을 도자기를 통하여 실험해보고 싶었던 화가로서의 의욕 때문이었다. 전 화백이 매우 실험적이고 전위적인 예술가라는 것은 이미 정평이 나있지만 일찍부터 전 화백은 관심의 폭이 매우 넓었었다. 조각에도 관심이 뻗어 있었다. 동제불상들을 수집하고 있었던 그때부터 그런 자질은 이미 드러나고 있었다고 해야 하리라.

60년대의 10년 동안 우리는 거의 소식이 두절된 상태로 지내왔다. 그 10년 동안 전 화백은 많은 것들을 터득한 듯했다. 화단과 세상의 주목을 받게 된 작품들이 다량으로 쏟아져 나온 것이 70년대 이후가 아니던가? 老益壯으로 80년대에 전 화백의 나이 70줄에 가까워져서 울연한 대가의 풍도(風度)를 드러내게 되었다는 것은 참으로 장한 전 화백의 끈기의 소산이다. 100호 200호의 대작이 그것도 새로운 실험으로 쏟아져 나오고 있다. 장관이라 아니할 수 없다.

80년대의 중간쯤이라고 기억한다. 내가 예술진흥원의 고문으로 있을 때 전 화백이 거기의 전시장에서 전시회를 가진 일이 있다. 그때 전시된 작품들은 모두가 하나같이 대작들이다. 100호를 넘는 것들뿐이다. 그런데 작품의 크기도 문제지만 그 내용이 더 문제다. 내가 본 과거의 어느 작품과도 다른 새로운 시도를 보여주고 있다. 훨씬 더 기하학적으로 선이나 면이 추상화되고 지적으로 날카롭게 처리되고 있다. 빛깔도 赤色이 주조를 이루고 있다. 그런데 그런 요소들이 내 눈에는 대번에 알 수 있을만큼 사찰 건물의 단청을 닮고 있었다. 전에도 특히 소재에서 우리 것에 대한 애착을 보인 일이 간혹 있기는 했으나 이처럼 전적으로 우리 것에 기대려하고 있고 우리 것을 재현해 보려는 의지를 강하게 드러낸 일은 없었다. 어설픈 말로 내가 내 나름의 소감을 그렇게 말하자 전 화백은 침묵으로 답했을 뿐이었다. 그것이 내 말을 수긍한 것인지 수긍을 못하겠다는 것인지 혹은 같잖은 소리를 다 듣는다고 무시해 버린 것인지 알 바 없다. 그러나 나는 지금도 그때의 그 대작들의 인상을 선명하게 떠올릴 수가 있다. 만년에 朴生光 화백이 인도를 다녀와서 우리의 무속(巫俗)에 관심을 기울이게 된 것과 좋은 비교가 된다. 박 화백의 경우는 매우 서정적이요 다이내믹하다. 그러나 전 화백의 경우는 이미 지적한대로 매우 지적 추상적이요 靜的이다. 말하자면, 한쪽은 디오니소스적이라면 다른 한쪽은 아폴로적이다. 이 자질은 전 화백에게 있어서는 근원적인 것인 듯하다. 언제나 어떻게 변모하더라도 아폴로적인 싸늘한 지적 視線이 밑바닥에 깔려있다. 나는 그렇게 생각한다. 예술가의 두 유형이다. 인격이 작용하고 생활 체험이 작용하는 형의 예술가가 있고 사물에 대한 인식이 지적으로 작용하고 생활 체험은 작용하지 않는 형의 예술가가 있다. 전 화백은 뒤의 경우, 즉 인식의 예술가라고 할 수 있을까 한다.

전 화백은 명성을 얻게 됨과 함께 경제적으로도 윤택해졌다. 그러나 전 화백은 고향을 버리지 않는다. 여전히 고향 충무시에서 허두에서 말한 그 하늘과 그 바다가 내뿜는 cobalt blue, 그 쪽빛을 조석으로 눈 담으며 초심자의 열정으로 오직 제작에만 열중하고 있다. 전 화백은 내가 알기로는 그 도자기 회사의 디자인을 봐준 이외에 일체 직장을 가져본 일이 없다. 그 흔한 단체(미술의)와 관계를 맺은 일도 없다. 예술가, 특히 화가는 혼자서 고독하게 일을 하는 사람이다. 그 전범을 전 화백은 보여 준 셈이다.

윤이상(尹伊桑)

'통영문화협회'의 총무직을 맡고 있을 때다. 하루는 혼자 이층 사무실에서 서류를 뒤적이고 있는데 술취한 사람처럼 몸을 제대로 가누지 못하며 윤이상이 나타났다. 엉엉 소리를 내며 울음을 터뜨린다. 주먹으로 책상을 내리친다. 무슨 일이 있었구나! 싶어 나는 그의 눈치를 살펴가며 물어봤다. 그는 다음과 같은 짤막한 대답을 그러나 쉬엄쉬엄 흥분을 가라앉혀가며 해줬다.

한길에서, 행인들이 보는 데서 朴某에게 손 한 번 내보지 못하고 일방적으로 두들겨 맞았다고 한다. 상대는 권투선수다. 윤이상과는 보통학교 동기다. 나도 잘 아는 사람이다. 윤이상과 그는 나보다 두 해 위다. 나는 어릴 때(보통학교 시절) 그가 만든 야구팀에서 포수를 한 일이 있었다. 그는 수영도 선수급이다. 크롤 스트로크라는 泳法을 맨 먼저 배워 우리를 가르쳐 준 일도 있었다. 운동은 만능이다.

그의 집은 양조장을 하는 부자다. 사람됨이 쾌활하고 어질다. 함부로 남을 패거나 할 사람이 아니다. 그날은 윤이상과의 사이에 어떤 일이 있어 그렇게 됐는지 나는 얼른 납득이 되지 않았다. 윤이상도 그렇게 된 경위에 대해서는 말이 없었다. 결과만 간단히 나에게 알려줬을 뿐이다. 그러는 걸 나는 굳이 캐물을 수도 없었다. 나는 그저 진정하라고만 하고 참는 것이 상수라고만 하고 윤이상을 달래는데 급급했다. 나로서는 그때 그 이상 더 할 일이 없었다. 잊어버리려고 애를 쓰고 있는 듯했다. 그 일은 나 외는 우리 회원('통영문화협회'의)들은 한참까지 아무도 몰랐다. 그러나 그때의 그 광경을 지나치다 본 사람의 입을 통해서 우리 회원들 귀에도 들어갔는 듯했다. 그렇지만 그 일에 대해서 우리끼리는 말을 꺼내지 않았다. 윤이상은 친구들과의 교제에서는 아주 부드럽고 대범하기도 했다. 그러나 자기 눈에 못마땅하게 비쳐진 상대에 대해서는 좀처럼 선입견을 풀지 않았다. 朴某와의 사건은 그런 것이 작용하지 않았나 하고 나는 나대로 생각도 해봤다.

윤이상은 선비 집안의 후예다. 그러나 중학 진학도 못할만큼 몹시도 가난했다. 그 사실이 그에게 묘한 갈등을 일으키게 하고 있었지 않았나 싶다. 내가 국회에 있었을 때, 그러니까 80년대 초에 베를린의 그의 집을 대사관에 부탁해서 일부러 찾아간 일이 있었다. 그는 그때 음악가로서는 유럽에서도 일급의 대우를 받고 있었다. 그의 집은 가히 저택이라고 할만한 규모의 것이었다. 그의 생가인 통영의 초가삼간을 순간 나는 회상해보기도 했다. 윤이상은 그때 나에게 책을 한 권 기증해줬다. 그의 자서전이다. 여류소설가 루이제 린저가 윤이상이 구술한 내용을 받아 쓴 것이다. 린저의 두 번째 남편이 음악가고 윤이상과는 가까이 지냈기 때문에 린저도 자연히 윤이상과 자주 접촉이 있게 된 모양이다. 그 日譯本에서 윤이상은 자기 가문에 대한 얘기를 길게 하고 있었다. 선비 집안이란 것이 강조되어 있었다. 나는 그의 심경을 알 수 있을 것 같았다.

윤이상의 동생은 나와 보통학교 동기다. 생김새부터가 윤이상과는 아주 다르다. 윤이상은 알맞은 키에 선비형으로 준수한 모습을 하고 있었지만 동생은 키가 작고 모습이 초라했다. 형제 같지가 않았다. 그렇다. 윤이상과 그의 동생은 걷는 길도 전연 달랐다. 윤이상의 동생은 어부가 되어 배를 탔다. 이른바 우리가 얕잡아 부른 그는 뱃놈이었다. 형과는 아주 딴판이었다.

윤이상은 어떻게 해서 음악을 하게 됐을까? 해방 직후 우리가 매일같이 어우러져 다닐 때는 이미 그는 한 사람의 음악가였다. 거의 독학으로 혼자서 그렇게 됐다고 해야 하리라. 그는 가곡의 작곡에 열중하면서 한편 첼로를 늘 끼고 다녔다. 첼로 연습을 여학교의 강당에서 방과 후에 거의 일과처럼 하곤 했다. 교외에 있는 윤이상의 집에서 여학교까지의 거리는 10리가 훨씬 더 됐다. 첼로가 그의 팔에 무겁게만 보였다. 간혹 그와 함께 길을 걸을 때가 있다. 첼로를 끼고 가다가 한길에서 주저앉아 느닷없이 각혈을 하는 그를 나는 돌봐 준 일이 있기도 했다. 그는 폐가 좋지 않았다.

윤이상은 복장이 초라했다. 해방 직후 내가 통영에서 그를 처음 만났을 때 승마복 비슷한 탱크즈봉을 입고 있었다. 신발은 일제 때 노무자들이 신던 지까다비(地下袋)였다. 내 기억으로는 그런 복장은 내가 통영을 떠날 때까지 2~3년 동안 줄곧 변하지 않았다. 탱크즈봉은 각반을 치지 않아도 됐기 때문에 일제 때 많이 착용했다. 해방이 돼서도 윤이상은 그것을 그대로 입고 있었다.

윤이상은 아이디어맨이고 또 실천가다. '통영문화협회'의 행사

스케줄이나 레퍼토리도 그가 짠 것이 많다. '민족의 밤'이란 메인 타이틀로 몇 부문의 예술 행사를 주기적으로 가졌는데 그 명칭도 그가 붙인 것이다. 그리고 행사 준비를 위해서도 몸을 아끼지 않았다. 광고의 글씨도 그가 쓴 것이 많았고, 그것(포스터)을 붙이는 데도 그가 한몫을 단단히 했다. 그는 글씨를 썩 잘 썼다. 말하자면 서예에도 능했다. 그리고 선전문구 같은 것도 곧잘 짜내곤 했다.

윤이상이 소설을 썼다고 하면 믿기지 않으리라. 그러나 한때 그는 문학에도 관심을 쏟아 단편소설을 써서 부산의 『국제신문』에 실은 일이 있다. 음악에 대해서 자기 재능과 자기에게 주어진 여건을 고려한 끝에 한때는 음악을 포기하고 문학(특히 소설) 쪽으로 나갈까 하는 생각도 했으리라고 나는 짐작한다. 하여간 그는 文才도 겸하고 있었다.

80년대 초에 내가 베를린 그의 집에 들렀을 때 그는 나에게 고향에 관한 일들을 이것저것 파고 물었다. 중에서도 오래 보지 못한 고향 친구들이 몹시 궁금했던 듯했다. 누구누구를 이름까지 들어가며 근황을 캐묻기도 했다. 나도 고향을 떠난 지가 오래라 일일이 답해주지 못 한 것이 못내 아쉽기만 했다. 그때 나는 고국이 그가 떠나 있는 동안 얼마나 많이 달라져 있는가를 그는 까마득히 모르고 있다는 사실을 절감했다. 그의 말끝을 붙잡아보면 그는 그가 떠났을 무렵의 고국의 모습을 그대로 속에 담고 있다는 것을 알 수 있었다. 안타깝기만 했다.

윤이상은 몹시 고국, 특히 고향을 그리워하고 있었다. 고향 통영에 음악 센터를 하나 마련해 주면 여생을 거기서 보내고 싶어했다. 동남아 일대에 제자도 많고 해서 국제적인 음악 센터로 키우겠다고도 하고 국제적인 권위있는 음악행사를 계획할 수 있다고도 했다. 헤어질 때는 내 어깨를 붙잡고 눈에는 눈물이 글썽했다. 귀국해서 요로에 윤이상의 뜻을 전하고 꼭 그렇게 실현이 됐으면 얼마나 좋을까하고 간곡한 청을 하기도 했지만, 처음에는 듣는 척했는데 날이 갈수록 흐지부지 되고 말았다. 윤이상의 집 거실 한쪽 벽에는 통영시가의 선명한 사진이 액자에 넣어져 걸려 있었다.

내가 문예진흥원의 고문으로 있을 때 〈윤이상 음악 발표회〉를 가지게 된 것을 나는 큰 위안으로 삼는다. 세종문화회관 그 회장에서 그때 나는 옛 친구의 육성을 가까이에서 듣는 기분이었다. 그가 결혼 전에 부산의 어느 고아원에서 일을 봐주고 있었다. 그는 독실한 기독교 신자다. 교회계통에서 알선해 줬다고 생각된다. 부산에 볼일이 있어 나갔다가 그를 찾았는데 볼이 앙상하게 살이 빠지고 창백했던 얼굴빛이 더욱 핏기가 가셔져 있었다. 폐가 악화된 것이 아닐까 걱정스러웠다. 그런데 1년 남짓 지난 뒤에 결혼을 하고 마산을 거쳐 고향으로 간다면서 내 집(그때 나는 마산에 살고 있었다)에 잠깐 들른 일이 있었다. 윤이상이라고는 할 수 없을만큼 몸에 살이 붙고 얼굴에는 기름기가 반질했다. 처가가 살만하다는 소문을 들었다. 부산의 처가에서 그는 그동안 기거를 했던 것 같다.

윤이상이 프랑스로 떠나기 얼마 전에(그는 처음에는 프랑스로 건너갔다) 서울의 그의 집(처가에서 사줬다고 들었다)에서 그가 하도 붙드는 바람에 하루를 묵은 일이 있다. 그는 그때 연세대학의 한 교수와 한참 논쟁을 펴고 있었다. 내가 무슨 구원병이나 되는 듯이 그는 나를 붙들고 장시간 자기주장을 한치의 양보도 없이 도도하게 늘어놓았다. 내가 몹시 피로를 느낄 정도로 그는 막무가내로 그러고 있었다.

그는 내가 알고 있는 한에서는 공산주의자는 될 수 없는 사람이다. 해방 직후 그렇게도 좌익청년들이 설칠 때도 그는 우리와 함께 민족진영에 서서 좌익을 비판했던 사람이다. 그리고 그의 음악 경향이

뭣보다도 그를 공산주의자로 넘어갈 수 없도록 하고 있다. 그런데 그는 왜 그런 오해를 받게 됐을까? 남북분단의 비극이다. 나는 그렇게 생각한다. 지금 윤이상에게 주고 싶은 말이 하나 있다. -네 혼자 너무 멀리 가지 말라! 이 말은 또한 내가 나를 타이르는 말이기도 하다.

파성(巴城), 동기(東騎), 노석(奴石), 일영(逸影)

파성 薛昌洙를 처음 만난 것은 46년 한여름이다. 8·15 1주년을 기념하는 예술제를 진주에서 개최했다. 그때의 祭主가 파성이다. 머리를 길게 기르고 있었고 눈이 부리부리했다. 음성에는 무게가 실려 있었고 잘 울리는 바리톤이었다. 특히 남의 이목을 끄는 것은 그의 복장이었다. 모시 고의적삼에다 모시 두루마기 차림이다. 게다가 투박한 일제 군대용 우피구두를 신었다. 머리에는 챙이 넓은 맥고모자를 눌러쓰고 있었다. 차려놓은 제상 앞에서 장문의 축문을 멀리까지 퍼져가는 우람한 소리로 읽고는 큰절을 몇 번인가 했다. 제주의 축문 읽기와 큰절이 끝나자 풍악이 울리고 그 언저리를 메운 사람들의 울이 조금씩 허물어져 갔다. 예술제를 위한 일종의 서막이다. 내 눈에는 그 광경이 신기하기도 하고 한편 지루하기도 했다. 그해 여름은 유난히도 무더웠다. 진주는 분지라 무더위는 한결 더 했다. 땡볕에서 엄숙한 자세를 가누며 서 있기가 힘에 부쳤다.

서막을 끝내고 점심을 나누면서 수인사를 했는데 알고 보니 파성은 나와는 대학이 동문이었다. 첫인상과는 달리 사람 대하는 매너가 아주 부드럽고 자상하기도 했다. 그때 소개받은 분들 중에 시인 세 분이 있었다. 동기 이경순, 노석 박영환, 일영 홍두표가 그분들이다.

이 세 분은 진주 예술제에는 그 뒤에도 단골손님이 되었다. 세 분 다 나보다는 열 살 가까이 위다. 파성도 댓 살이나 나보다는 위다. 대학 동문이라고 했지만 물론 나보다는 몇 기나 선배다.

파성은 알고 보니 대학을 중퇴하고 있었다. 나와 같다. 중퇴하게 된 내력도 나와 같다. 파성도 일제의 탄압에 걸려 영어 신세가 됐다가 학교를 퇴학당했다고 했다. 나도 그랬다. 파성은 46년의 그 해방 기념 예술제를 47년부터는 가을로 옮겨서 했다. 명칭도 '개천예술제'로 고쳤다. 행사 치르기에는 안성맞춤의 좋은 계절이다. 그런데 이 '개천예술제'는 다른 데에서는 볼 수 없는 여흥이 또 있었다. 아주 특이한 여흥이었다.

진주시 변두리에 낡은 절간 한 채가 있었다. 그 절의 주지가 吳濟峰이라고 서예가로 일가를 이룬 분이다. 밤에는 그 절간의 법당과 앞마당에서 술잔치가 대판으로 벌어진다. 참여 인사는 초청 받은 여남은 명이다. 자정을 넘게 되면 난장판이 벌어진다. 파성을 필두로 몇 이는 옷을 홀랑 벗어 던지고 알몸이 된다. 알몸인 채로 덩실덩실 춤을 춘다. 거기 끼지 않은 몇 이는 술만 자꾸 퍼마시며 뭔가 되잖은 소리를 뇌까리며 고래고래 고함을 마구 질러 댄다. 지쳐서 나가떨어진 이도 있다. 술에 약한 이다. 밤새 그런 난장판을 벌이고도 다음날은 또 예술제 행사에 참가한다. 심사를 보기도 하고 심사평을 장황하게 하기도 한다. 술을 가장 많이 마신 분을 고르라면 앞에서 든 파성, 동기, 노석, 일영과 청마일 것이다. 그야말로 말술을 鯨飲하고도 끄떡없었다.

46년의 해방 1주년 기념 예술제 때의 일이라고 기억한다. 예술제를 마치고 남은 사람들끼리 남강 상류로 천렵 나갔다. 거기서 은어 파티가 벌어졌다. 그것도 파성이 미리 계획해 둔 여흥의 하나다.

남강 상류의 은어가 그렇게나 진미임은 미처 몰랐다. 입안 가득히 잘 익은 수박 냄새를 머금게 했다. 그 뒤로는 그 맛을 다시는 음미할 수 없게 됐지만, 그때의 그 기억만큼은 지금도 생생하다. 지금도 남강 상류의 물은 그때처럼 청정할까? 잘 갠 하늘과 반들반들 잘 씻긴 넓적넓적한 바위들과 그들 바위 사이를 기세 좋게 내닫던 계곡의 急流 급류를 타고 치솟던 은어들의 은빛 비늘과…. 지금 생각해 보니 무슨 동화의 세계 같기만 하다. 자연은 여러모로 사람을 즐겁게 해 준다.

파성은 하는 짓이 통이 크다. 음식을 남에게 대접할 때도 어딘가 푸짐하다. 하다못해 그가 지니고 있는 만년필까지가 그렇다. 잉크가 작은 병 한 병 만큼은 들어갈 만한 크기다. 여행을 자주 다니니까 그런 것을 가지고 있어야 한다고 했다.

파성은 일 년 내내 '개천예술제'를 위하여 살고 있는 사람처럼 보였다. 반년은 예술제의 준비를 위하여 동분서주해야 했고, 나머지 반년은 예술제를 무사히 잘 마쳤다는 인사하러 다닌다고 날을 보내야 했다. 정부 기관이나 기업체나 간에 사람을 만나기 위하여 때로는 몇 시간이고 대합실에서 버티고 앉아 있기도 했다. 그런 끈기와 열정으로 파성은 거의 혼자서 '개천예술제'를 끌고 나갔다.

예술제는 파성이 제일 먼저 시작했다. 말하자면 파성은 이 방면의 개척자다. 지금은 경향 각지에서 연중행사가 되고 있지만 말이다. 파성은 '개천예술제'로 하여 유명해지고, 정부가 수립되자 초대 예술 과장으로 발탁됐다. 파성이 그 자리를 내놓고 도로 진주로 내려가면서 下野란 말을 썼다고 하여 화제에 오르게 됐다. 파성이 일꾼이라는 것이 요지부동의 파성에 대한 세인들의 인식이 돼 갔다. 파성은 장면 정권 때 참의원 위원으로 가뿐히 당선됐다. 파성의 선거용 사진에 찍힌 長髮이 또한 화제가 되기도 했다. 여자가 아닐까 하는 친근감어린 농이 돌기도 했다. 파성은 그 뒤로 어떤 공직에도 관여하지 않았다. 박정희 정권 때 국회에 나오라는 권유를 받았으나 거절했다는 소문이 나돌기도 했다.

파성의 부인은 소설가다. 해방 직후 파성이 주재한 동인지 『嶺文』에 단편을 발표한 것을 본 일이 있다. 그러나 『영문』이 폐간된 뒤로는 파성 부인의 글은 지금껏 보지 못하고 있다.

파성은 시도 많이 썼지만 희곡을 여러 편 남기고 있다. 그것도 대부분 단막극이다. 지방에서는 파성의 희곡이 더러 무대에 올려지기도 했다. 파성의 전집을 보면 희곡이 차지하는 부피가 수월찮다는 것을 알게 된다. 문학의 여러 장르를 두루 거치고 있으나 소설만은 손을 대지 않고 있다. 부인에 대한 배려 때문이 아닐까 하고 나는 생각해 본다. 파성에게는 그런 일면이 있다. 파성은 처신이 언제나 어디서나 너무도 정중하다. 악수를 할 때도 두 손으로 꼭 쥐고 한참까지 놓아주지 않는다. 남의 청을 받으면 거절하는 일이 없다. 남에게 절대로 무안을 주지 않는다. 그것이 국가 민족에 해를 끼치지 않는 이상 청을 받으면 어디서 하는 어떤 행사든 참석하여 성의껏 일을 도운다. 약삭빠른 요즘과 같은 세태에 파성은 너무도 고전적인 지사형의 인물이다. 보기 드문 일이다.

「疎外者의 영탄과 의지의 알레고리」라는 제목으로 나는 파성의 시를 다음과 같이 해설한 일이 있다.

눈알 있는 돌멩이처럼
뽀얗게 먼지투성이로 그들은 간다.
가야 할 거기로.

소리 있는 돌멩이처럼
억센 노래 부르며 그들은 간다.

가야 할 거기로.

-「돌멩이」의 전반부

이 「돌멩이」는 민중의 알레고리로 볼 수 있다. 민중의 속성과 그렇게 돼 주었으면 하는 민중의 모습이 그려져 있다. 시인의 실천적 의지가 알레고리(돌)로 드러나 있다. 여기서 더 나아가면 메시지나 격문이 될 수도 있다. 알레고리의 간접성이 배제되고 더 절박한 진술이 된다면 말이다.

시가 어떤 소재를 도덕적으로 처리할 수 있다고 하더라도 시의 틀을 벗어날 수는 없다. 시의 틀이란 언어의 시적 조작을 떠나서는 있을 수 없다. 알레고리라는 것도 언어의 시적 조작의 한 방법이다. 알레고리가 그 자체로 제아무리 적확하더라도 논리의 굴절이며 리듬이며 어조 등이 적절히 조립되지 못하면 알레고리만으로는 시적 뉘앙스를 드러내지 못한다.

시 「돌멩이」의 후반부를 인용하여 전반부와 이어보자.

산에 산에 돌멩이처럼
고향도 사랑도 없는 돌멩이처럼
산바람과 밤서리를 맞으면서
그들은 기다린다.
있어야 할 그때를.
팔매 던진 돌멩이처럼
원수를 겨누어 부딪쳐 가면
돌멩이 송두리째 불꽃이 된다.

돌멩이를 소재로 한 민중의 알레고리는 그 현실성과 당위성을 모두 적절히 그려내고 있다. 그러나 논리 전개가 너무도 형식적이라 시로서의 부피와 뉘앙스는 엷다. 시인이 도덕적 관심에 비하여 언어의 시적 조작에 대한 배려가 미흡했다는 점도 있겠으나 원천적으로는 도덕적 가치, 그것의 전제가 되는 현실과의 치열한 변증법적 갈등 지양을 시의 문제로서 중요시하고 있지 않다는 데 있다. 현실과 이념(도덕), 심리와 관념 사이의 갈등 지양이 정지된 상태에서 파성의 시는 시작되고 있다. 따라서 그의 시는 너무도 당연한 도덕률을 강조하고만 있는 듯이 보인다. 시의 고민은 반드시 도덕적인 데에만 있는 것은 아니지만, 도덕적인 데에도 있다. 그러나 시에서의 도덕은 언어의 시적 조작에 대한 배려와 잘 어울려질 때, 그리고 그 도덕은 변증법적으로 지양되려는 의지의 과정에서 그것이라야 뉘앙스(실감)를 획득할 수 있다. 그러나 파성에게 있어서는 사정이 좀 다를 런지도 모른다. 시인이 다음과 같은 진술을 하고 있다면, 언어의 시적 조작이니 변증법적 갈등 지양이니 하는 따위가 모두 한가로운 잠꼬대가 될는지도 모른다.

> 삶이란 모두 이런 판세일진댄
> 그렇듯 뻔뻔히 살아얄진댄
> 달아, 사정 둘 것 없다.
> 내 가슴팍을 밟아 굴러라.
> 바윗돌로 찧어 홈을 파라.
> 마구 깨뜨려라.
> 찢어 헤쳐라.
>
> 별마저 너 손아귀로

내 염통을 비틀어 죽여라.

비수(匕首)로 갈갈이 버혀 갈라라.

뭇 까마귀에게 던져 주라.

- 「정선의 노래」에서

　동기는 파성처럼 그냥 동기라고 부르기가 거북했다. 나와의 나이 차가 워낙 컸기 때문이다. 나는 그분의 아호 밑에 선생을 붙여서 불렀다. 동기는 노석, 일영, 청마와 함께 아나키즘에 기울고 있었다. 聊林의 지지자다. 동기는 치과 전문학교를 나온 치과 의사인데도 병원을 차린 일이 없다. 말수가 적고 어디서든 자기를 내세우지 않는다. 한쪽에 조용히 앉았다 자리를 뜬다. '개천예술제'에서도 심사를 맡기는 해도 나서서 심사평을 한다거나 하는 일은 늘 사양하곤 했다. 그러나 속에 품은 배알은 대단했다. 한 번은 이런 일이 있었다.

　부산 어디선가에서 여럿이 어울려 점심 식사를 하게 됐다. 우연히 그렇게 됐다. 여남은 명이나 어울린 자리다. 술이 몇 순배 돌자 동기가 한쪽에 호젓이 앉았다가 느닷없이 술주전자를 청마 쪽을 바라고 내던졌다. 누구에게 하는 소린지 "더러운 자식들!" 하는 고함을 내지르곤 자리를 박차고 나가 버렸다. 술이 들어가면 간혹 그런 발작을 일으킨다. 그와 비슷한 일을 다른 데에서도 본 일이 있다. 그날은 청마가 좌석의 주빈처럼 돼 버렸다. 내가 보기에도 너무 청마에게만 관심이 쏠리고 청마만 두둔해 하는 분위기가 돼 버렸다. 청마의 큰 사위(그는 내 죽마고우다)가 자리를 함께 하고 있었는데 그에게까지 칭찬의 소리가 건너가곤 했다. 꼭 무슨 아첨이나 하는 꼴들이 됐다. 한쪽에서 가만히 그런 광경을 보고 있자니 자기도 모르게 동기는 배알이 몹시 뒤틀리게 된 모양이다. 그때 내 눈 앞에 샤를 보와예의 영화 『덧없는 행복』의 한 장면이 어른거렸다. 보와예가 분한 니힐리스트 청년이 관극하다가 느닷없이 인기 절정에 있던 여배우를 총으로 쏜다. 그 여배우에게 보내는 관객들의 뭇 시선이 역겨웠던 것이리라.

동기의 시는 일본의 아나키스트 시인 쿠사노 신페이(草野心平)의 시를 닮은 데가 있다. 쿠사노의 영향이 있었지 않았나 싶다. 그러나 쿠사노보다는 동기의 시는 보다 더 다다이즘 쪽으로 기울고 있다. 그런 경향의 시를 한편 인용해 보기로 한다. 덧붙여 이 시에 대한 내 견해를 적은 글을 옮겨 보기로 한다.

> 대낮에 지렁이 초상났다 개미떼 상여를 메고
> 발자국이 모이고 흩어지는 광장 옆을 돌아간다.
>
> 고함소리를 울리고 달리는 걸음 밑에
> 납작해진 지렁이 그 기다란 공간,
>
> 하루를 겨눈 가늠자에 3백 6십 다섯 날을 쏘았거니
> 놓쳐 버린 시간 위로 오늘은 열풍 부는 이 계절
>
> 돌아가랴, 무지개 걸린 지평선 너머로
> 내일을 향해 또 한방 탄환을 잰다.

-「365일·銃聲」

앞뒤(과거와 미래)가 다 막힌 절박한 상황 설정이 이 시의 의도를 잘 말해준다. 다만 자기에게 방아쇠를 당길 수가 있을 뿐이다. 그것

을 우리는 심리학의 용어를 빌어 자학증이라고 부르기로 하자. 역사의 한 절박한 상황 하에서 다다이스트들이 다다 그것을 '다다는 아무것도 의미하지 않는다.'고 한 그 심리와 통한다. 이러한 비정상의 심리상태는 發作의 하나의 圖形이기는 하나, 따지고 들면 이것 역시 용납할 수는 없되 어쩌지도 못 하는 숙명인 인간 조건이 전제가 된다. 그에게는 역사의식이 없다. 사태를 늘 원점에서 바라본다. 따라서 다다이즘도 역사의 산물로서 받아들이지 못한다. 숙명적인 인간 조건을 받아들이는 입장에서는 다다이즘의 이즘은 거세되고 다다만이 원래적인 것이 된다.

노석은 인품이 소탈하다. 아무하고도 격의 없이 잘 섞인다. 열 살이나 나이 차가 나는데도 나를 꼭 친구처럼 대해 준다. 술을 좋아하고 어디든지 용하게 잘 나타난다. 남달리 후각이 예민해서 그럴까? 늘 빈털터리니까 남의 신세만 지곤 한다. 그러나 일체 개의찮는 표정이다. 늘 선선한 얼굴을 바꾸지 않는다. 아무도 노석을 멀리 하거나 빼돌리지 않는다. 노석이 자리에 있으면 한결 좌중이 훈훈해진다. 노석은 시를 쓰고 산문도 쓰고 하지만, 스스로는 언제나 소인 취급한다. 시단에 발을 들여놓겠다든가 어디 그럴만한 잡지에 글을 실어보겠다든가 하는 기색이 전연 없다. 그저 글쓰기를 혼자서 즐기고 있다는 느낌뿐이다. 내 눈에는 그렇게 비쳤다. 한 번은 이런 일이 있었다.

50년대 초의 일이다. 작곡가 李相根의 발표회가 그때 부산에 피난와 있던 이화여대 강당에서 있었다. 발표회를 끝내고 갈 데 올 데가 없는 친구들이 여럿 노석의 셋방살이 단칸방에 빽빽하게 들앉게 됐다. 노석이 일을 그렇게 만들었다. 하도 거기 모인 친구들의 처지가 딱하게 뵀던 모양이다. 노석은 부인을 내쫓고 우리가 방을 차지한 꼴이 되게 했다. 왜 내쫓았냐는 말을 쓰느냐 하면 노석은 다짜고짜로 부인더러 어디 가서 술을 받고 안주를 장만해 오라고 호령을 했기 때문이다. 부인에게 그만한 돈이 있을는지, 있다 하더라도 한밤중에 술과 안주를 어디서 장만할 수 있을는지 몹시도 궁금했다. 우리가 아무리 그러지 말라고 해도 막무가내다. 부인은 그러나 순순히 남편의 불호령을 따랐다. 희한하게도 한 식경 뒤에 부인께서 술과 안주를 대령해 왔다. 그때가 섣달이다. 눈이 많이 내렸다고 기억한다. 방은 군불을 때지 않아 냉돌이다. 술이 반갑기만 했다. 우리는 술잔을 돌리며 고성방가로 밤을 지샜다. 노석은 자기 부인더러 자꾸 그 왜 있잖아? 하며 무슨 노랜지 노래를 부르라고 자꾸 보챘다. 손님들에 대한 대접으로 생각하고 그랬는 듯 하다.

노석은 만년에 친구 소유의 공동묘지 관리인 노릇을 했다. 산에 묻혀 망령들과 지내니 마음이 더없이 편하기만 하다고 했다. 지내놓고 보니 노석은 그 나름의 진짜 아나키스트였다. 가진 재산은 아무것도 없으면서 늘 자유로운 운신을 하다 이승을 떴다.

일영은 선생이라고 불러야 하겠다. 앞에 든 네 분 중 가장 연장이시다. 내가 해방 직후 처음 만났을 때 이미 그분은 初老의 모습을 하고 있었다. 얼굴 생김도 그랬거니와 행동거지가 아주 점잖았다. 그래서 더 나이를 느끼게 했는지도 모른다.

일영 선생을 처음 파성이 나에게 소개할 때 시인이란 말을 했다고 기억한다. 그러나 나는 그분의 시를 한 번도 본 일이 없다. 파성 외의 다른 사람들로부터는 그분이 시인이란 말을 듣지 못했다. 그분은 그러나 의젓했지만 딱딱하지는 않았다. 음성부터가 몹시도 부드럽고 말씨도 독특했다. 에스프리가 번득이는 낱말이 간혹 그분의 입에서 새 나오기도 했다. 그리고 우리 고전에 대한 조예가 돋보였다. 아마

중국의 고전에 대해서도 그랬으리라고 나는 나대로 추측하고 있었다. 간혹 한시 구절들을 외는 것을 듣기도 하고, 공자나 노장의 말을 인용해서 담소하는 것을 듣기도 했다.

일영 선생은 선대로부터 물려받은 천석이나 되는 재산을 다 탕진하고(무엇으로 그랬는지?) 내가 알게 된 때에는 부산의 달동네라고 할 수 있는 산꼭대기 초가삼간에 살고 있었다. 이화여전을 일제 때에 마쳤다는 키가 훤칠한 과년의 딸이 아버지를 모시고 살림을 꾸리고 있었다. 청마도 일영 선생 앞에서는 주눅이 드는 듯했다.

奇人列傳
위 惠園

위혜원 선생은 위 헨리라고 자기를 영어식으로 부르기도 하지만, 불어식으로 위앙리라고 부르기도 한다. 나는 위 선생을 에미그런트라고 영어로 부르고자 하는데 자기는 에뜨랑제라고 불어로 불러주는 것을 좋아한다. 물론 이 두 말의 뉘앙스는 다르다. 한쪽은 移住民이요 다른 한쪽은 異邦人이다. 나는 어느 쪽이냐 하면 위 선생을 이주민으로 생각하고 살았다. 언제나 서먹서먹하니 우리 풍토에 밀착되지 않은 몸짓과 언동, 습관을 가졌는데 그것이 오히려 우리가 가지고 있지 않은 데서 끌리는 이상한 매력을 풍겨 준다. 우리에게는 위 선생은 어느 때 어느 장소에서나 세련된 新夾者다.

위 선생은 모든 면에서 딜레탕트다. 음악에 그렇고 문학에 그렇고 영화에 그렇고 운동경기에 그렇다. 어학에도 능하다. 영어, 불어, 노이, 중국어, 일어 모두 그렇다. 직업도 그렇다. 토건업을 했는가 하면 대학 강사도 했고 문화원 원장도 했고 보따리장수도 한 일이 있다.

도무지 어느 것이 이 분의 직업인지 알 수가 없다. 물질적으로는 늘 가난하지만 마음이 젊어 늘 활기가 넘친다.

위 선생은 키가 후리후리 크고 알맞게 살이 쪄서 양복이 잘 어울린다. 얼굴이 길고 귀가 길고 눈이 옆으로 길게 찢어진 편이고 입도 그렇고 해서 위 선생은 모든 것이 길게만 보인다. 내가 보기에는 훌륭한 骨相이다. 3·1 운동 당시 상해에서 활약한 志士이기도 하지만 그런 지사다운 딱딱한 티는 위 선생의 6尺이 넘는 몸집의 어디에서도 찾아볼 수가 없다.

내가 위 선생과 알게 된 것은 오래되었다. 위 선생은 몸에 밴 다방면의 교양과 풍부한 인생 체험과 오랜 외국에서의 견문이 있는 한편 혈통과 천성으로 갖게 된 인품이 있다. 위 선생 앞에서는 어떤 비밀얘기도 서슴찮고 할 수가 있고 위 선생 또한 그것을 조용히 잘 들어주고 이해해 준다. 위 선생께 답답한 심정을 토로하고 나면 마음이 다 후련해진다.

위 선생은 내가 가지지 못한 것들을 많이도 가지고 있다. 나에게는 그러니까 그 누구보다도 신래자고 이주민이다. 나는 위 선생과 접근하게 되자 내가 가지고 있지 않은 부분을 열심히 흡수하게 됐다. 나는 그것을 의식했다. 위 선생은 아낌없이 자기를 나에게 나누어 준다. 위 선생 자신은 그것을 아마 특별히 의식하지 않았으리라. 위 선생에 비하여 그만큼 나는 옹졸하고 엉큼한 데가 있었는지도 모른다.

위 선생이 불어를 말할 때 위 선생의 얼굴로 하여 가보지 못한 상해의 불란서 조계가 연상되고 위 선생이 영어를 말할 때는 마닐라의 번화가가 연상되고(미국이나 영국의 어느 도시가 연상 안 되는 것은 위 선생의 얼굴 모습 때문이다. 어디까지나 동양적 풍모다.) 위 선생이 중국어를 말할 때는 중국 어느 오지의 長者가 연상되곤 한다. 그만큼 다채로운 변화를 그때그때 보여준다. 썩 드문 일이라 아니할

수 없다. 위 선생은 코밑에 존 바리모아식 수염을 달고 있다. 퍽 인상
적이다. 이 수염 때문에 얼굴에 긴장미가 더해지고 이그조틱한 맛이
더해지고 있다. 이러한 뉘앙스 짙은 얼굴 모습을 하고 거리와 다방
을 드나들며 자기의 분위기를 빚는다. 위 선생이 미국인과 대화를
하거나 중국인과 대화를 하는 것을 곁에서 보고 있노라면 그 자연스
러움이 오히려 우리와 함께 있을 때보다 한결 더하다. 위 선생과 서
울행을 같이한 일이 꼭 한번 있었다. 미대사관의 정치부장 모씨와는
10년지기인 듯 막역했다. 저녁 초대를 받고 관사에 가서도 그랬거니
와 식후의 드라이브에서도 위 선생의 언동은 그대로 그들의 호흡에
밀착돼 있었다.

〈새벽사〉의 사장이고 그때 주미대사로 가 있던 張利郁 박사와는
홍사단의 단우로서 그랬고, 조선일보 편집국장 宋志英 씨와 過政 당
시의 체신 장관이던 모씨와는 상해 당시의 학우요, 동지로서 또한
지극히 서로 아끼는 사이였다. 이런 명사들을 우인으로 또는 동지로
가지고 있으면서 위 선생은 외떨어진 항구(마산)에 와서 불편한 생
활을 하고 있었다. 송 씨는 위 선생을 대접한다면서 명동 어떤 바에
우리를 초청했다. 마침 위 선생은 볼일이 갑자기 생겨 그 자리에 동
석하지 못했다. 우리는 위스키 병을 다섯 개나 비웠다. 송 씨는 호주
가다. 그때 상기된 기분으로 송 씨는 위 선생에 대한 얘기를 많이 해
주었다. 내가 모르고 있었던 여러 면을 알게 됐다. 송 씨는 그때 몇
번이나 "아까운 사람이야, 좀 데카당이라서 그렇지, 그만한 인물도
쉽지 않아!"라고 했다. '좀 데카당'이란 말은 얼른 수긍되지 않았으
나 요컨대 그만한 능력을 가졌으면서도 名利에 담담하여 일개 시정
인으로 누항에서 떠돌이 생활을 하고 있다는 의미라면 그럴듯도 했
다.

위 선생은 홀아비의 군색함을 별로 호소하는 일은 없었으나 곁에

서 보기에 민망할 때가 간혹 있었다. 역시 서울행을 같이 했을 때의 일이다. 부산서 일박을 했는데, 여관방에서 돋보기를 쓰고 바느질을 하는 위 선생을 보게 됐다. 와이셔츠 단추를 달고 있었다. 가만히 지켜보고 있는 나에게 멋쩍었던지 묻지도 않은 말을 위 선생은 해 주었다. "김 선생, 이불도 내가 혼자서 다 꿰맨다오. 수련이 돼서 이젠 아무렇지도 않소!"- 위 선생은 무슨 생각으로 나에게 그런 말을 다 했을까?

남윤철(南潤哲)

형은 굶주린 개였소. 이 말은 내가 형을 몹시도 경애하는 나머지 쓰는 말이라고 받아주오. 무엇에 굶주렸던가? 그것을 얘기하려고 나는 붓을 들었소. 용서하오. 나는 인색한 자였소. 그러나 형은 모르리라. 인색이 얼마나 자기 희생 위에 서 있는가를 형은 모르리라. 인색이 얼마마한 고통 위에 서 있는가를-이건 역설이 아니오. 인색하기 때문에 나는 인생에서 많은 부채를 짊어지고 있소. 남형, 이 말의 참뜻을 알아주었으면 하오. 부채는 고통이고 고통은 자기희생이요. 그러나 생각해보시오. 인생을 낭비하고 있는 형에게도 부채가 없었던가? 낭비도 고통이고 자기희생이요. 요컨대 인색도 낭비도 인생에 있어 그 가치는 매한가지란 말요. 형이 낭비의 쪽을 택하고 내가 인색의 쪽을 택했다는 것은 견해의 차이라기보다는 운명적인 것이요. 다만 보다 진실되게 인생을 낭비할 일이 있을 뿐이고 다만 보다 진실되게 인생을 인색하게 꾸려갈 일이 있을 뿐이요. 나는 지금 미사여구로 어떤 사태를 카우플라주 하려는 것이 아니오.

남형, 그날 밤(달빛이 유난히도 밝은 늦여름이었소.) 형이 나를 찾아준 까닭을 나는 이렇게도 저렇게도 생각할 수가 있소. 그러나 형이 하필이면 형의 눈물을 보여야 할 상대로 나를 택해야 했던가? 나는 그 일을 지금도 어리둥절해 하고 있소. 형이 나를 속으로는 설령 멸시하고 있었다 하더라도 역시 나에게는 하나의 사건이었소

남형, 형이 내 집 대문을 밀고 들어섰을 때 나는 내 가족들과 평상에서 달을 구경하고 있었소. 형의 눈에는 다소 아니꼽게 보였을는지도 모르는 일이요. 용서하오. 형과 함께 술을 나누어야 할 시간에 나는 가족과 함께 달을 구경하고 있었소. 그렇다고 형이 나를 탓할 권리는 물론 없었던 것이요. 그러나 나는 형의 얼굴을 보자 고통스러워졌소. 내가 형들을 배반하고 있는 듯한 생각이었소. 그러나 나는 이러한 생각을 곧 죽일 수가 있었소. 나는 그만한 훈련은 돼 있었소. 형은 그러나 내 생각에는 상관하지 않고 일직선으로 형의 감정만을 나에게 터뜨리고야 말았소

"선생님, 좀 울고 싶은데 어쩔까요?"

내 대답도 기다리지 않고 형은 짐승같은 울음을 터뜨리고야 말았소. 형은 외쳐대기도 했소.

"○○가 무어꼬? 제가 무어꼬?"

한동안 그러다가 형은 붙드는 내 손을 뿌리치고 나가 버렸소. 술의 탓이라고는 물론 생각할 수가 없었소. 나중에야 안 일이지만 ○○씨는 형이 너무 과음하기에 자리를 옮겨 다시 시작하자는 형을 돌려보내느라고 땀을 뺐다는 것이고 그때 형은 "날 몰라줘! 간에서 불이 나는데 날 몰라줘!" 하며 마구 덤볐다는 것이요.

'간에서 불이 나는데' 란 말은 잘 이해가 되고 형의 울음도 알 수는 있으나 형이 ○○씨에게 한 짓은 잘한 일이라고는 할 수 없을 듯 하오.

형을 많이 겪어보지 못한 이들에게는 형의 그런 행태가 이해하기

어려울 것이요.

남형, 형의 한쪽 허파는 도려내지고 없는데 한쪽 허파가 없다는 그 것이 바로 형의 인생의 가당찮은 밑천이 아니었소? 육신이 성한 이들은 형의 그런 형태가 얼른 납득이 안될 것이 아니오? 형, 형의 인생에 있어서 유일한 밑천은 형에게 한쪽 허파가 없다는 그 사실이 아니었소? 인생은 얼마나 잔혹하고 또한 희한하오? 형의 허파가 온전했다고 하면 형은 인생의 많은 부분을 보지 못했을 것이요.

형이 몸이 성했을 때 형은 의과대학의 학생이었더라고 했소. 형이 한쪽 허파를 잃게 되자 새너토리엄의 신세를 지게 됐고 그렇게 되자 형은 시를 알게 됐소. 시는 형에게 의과대학생으로서는 엿볼 수 없었던 미지의 세계를 엿볼 수 있게 했소. 정말 운명적이오. 형은 운명을 감수하는 이상으로 운명을 전패(戰敗)한 사람처럼 덤비었소. 여기 형이 두고 간 시가 한 편 있소. 적어 보리다.

> 밤을 받은 창은
> 무한히 너에게만 뻗던 정열이
> 안으로 눈을 뜬다.
> 수없는 반문(反問)이 별이 되고
> 내가 나를 거역하는
> 유리창에 피어린 눈알
> 속으로 속으로만 탄다

이처럼 비밀한 정열을 형은 한쪽 허파를 잃음으로 얻을 수 있었던 것이요. 기억나시오? 형은 '살고 싶다!' 고 외친 적이 한두 번이 아니었소. 형은 객관적으로는 퍽 행복한 듯 보이기도 했소. 아름답고 헌신적인 부인이 계셨고 형은 거침없이 인생을 살고 있었기 때문이요.

앞에 든 형의 시는 연애 시절 형의 부인에게 바친 헌시인 듯도 하오.

한때 의과대생이었던 형이 人體를 하느님의 이름을 빌어 말하곤 했소. 형은 인체를 말할 때마다 입버릇처럼 "인체는 슬기로와요. 제가 갈 길을 잘 알아요. 인체가 하는 일은 모두 좋아요. 아름답기도 해요." 이렇게 말한 형이 아니오? 형은 도스토옙스키를 한 번도 말한 적은 없지만, 나는 가끔 알료샤를 연상해 보곤 했던 것이오. 육체에 결함을 가진 형은 굶주린 개처럼 헐떡이며 단 하루에 건강한 사람의 10년을 살 듯이 날뛴 것이 아니었소? 아니 그런 것이 아닌 것 같소. 형은 육체에 결함을 가졌기에 폭주하는 삶의 빗발을 전신에 느꼈던 것이 아닐까? 남의 눈에는 그것이 꼭 굶주린 개처럼 보였을 뿐이 아닐까?

남형, 지금 어디서 어떻게 지내시오?

김윤기(金允基)

채송화는 여름에 흔히 보는 꽃이다. 채송화는 연약한 듯 하면서 강단이 있어 여간한 박토에도 곧잘 뿌리를 내린다. 어떤 염천에도 한여름 내내 시들지 않는다. 소년 김윤기를 채송화라고 한다면 어떨까? 그는 어느 날 날 찾아와서 하는 말이,

"선생님, 이상해요. 길을 걸으면 하늘이 금방 무너질 것 같고 집에 있으면 천장이 금방 무너질 것 같아요. 선생님, 이건 무슨 병일까요?"

얼굴을 보니 그렇지도 않다. 도수 높은 안경알 속의 두 눈은 어느 쪽도 고요하다. 이건 무슨 심본가? 나는 어느 날의 그의 모습을 잠시 회상하게 됐다. 그날 그는 내가 잘 나가는 다방에 와 있었다. 다른 때

보다 홀이 붐볐다. 내가 들어서자 그는 곧 내게로 달려와 의자를 권하고 내 곁에 와 앉는다.

"무슨 회합이라도 있나요?"

이렇게 묻는 내 말에는 대답을 않고,

"선생님, 부탁이 하나 있습니다. 실은 전 제 나일 좀 속이고 있습니다. 한 댓 살쯤, 전 너무 어려서요. 선생님, 절 이제부터 군이라고 부르지 말고 형쯤으로 불러주시면 해요. 그럼 제 입장이 섭니다. 나이 어리면 상대를 안해 준답니다. 아 참 선생님, 오늘은 우리 기자단의 회합입니다."

이런 투로 내 귓전에다 속삭였다. 그는 그때 P일보 지사의 기자였다. 인간 수업을 한다는 것이 그의 신문기자 된 자기변명이었다.

"당신 신경쇠약 아니오?"

내 말에 그는 마땅찮은 표정이다.

"선생님, 제겐 이건 좀 심각한 문제인걸요."

이 말에도 나는 가볍게 대꾸했다.

"내겐 경험이 없잖아."

이런 경우 나는 당황할 수밖에는 없다. 물론 나에게도 하늘이 무너질까 땅이 꺼질까 두려워지는 경험이 전연 없었던 것은 아니다. 그렇다 하더라도 내가 무엇을 말해줄 수 있단 말인가? 그는 나에게서 무엇을 알아내려고 하는 수작일까? 나를 테스트하고 있는 것은 분명한데 나는 어찌할 바를 모르고 있지 않은가. 이윽고 그는

"선생님, 그건 그렇고, 어떻게 생각하십니까? 무식하다는 것과 똑똑하다는 것은 다르겠죠? 제 하숙집 주인은 무식하지만 똑똑합니다. 일종 천재라고 생각해요. 돈을 버는 재주가 비상해요. 선생님, 어떻습니까? 저도 돈을 버는 데는 재능이 있을 것 같습니까?"

"그러면 어떻단 말인가?"

이 말을 차마 나는 입 밖에 내지는 않았지만 나는 순간 그가 나에게서 천 리나 만 리나 떨어진 거리에 있다는 것을 깨달았다. 그는 그때 나를 보고 말을 한 것이 아니라 제 스스로 자기에게 묻고 있었다. 그의 나이는 그때 열여덟이었다. 그는 인생의 많은 비밀을 한꺼번에 죄다 알고 싶었던 것이리라. 그는 그만큼 나이가 너무 어렸다.

그가 내 신변에 두고 간 것이 무엇일까? 한 두어 편의 짤막한 서정시와 천 매나 되는 소설 원고 뭉치와 인생에 대한 몇 마디 난삽한 질문이 그 전부일까?

잡으려는 잡으려는 너의 손은 아무리 팔을 뻗어도 잡히지 않는다.
새파란 낭떠러지를 가운데 두고 너는 그쪽 절벽에서 나는 이쪽 절벽에서
그만 주저앉아 울고 싶도록 잡으려는 잡으려는 너의 손은
아무리 뻗어도 잡히지 않는다.

「잡을 수 없는 손」이라는 제목의 그의 시다. 이 시의 초고를 나에게 보였을 때 그는 몹시도 불안했으리라. 그에게 "이건 시가 아냐!" 라고만 했지 그 다음에 '시 이상이야!' 란 말은 입속으로 삼키고 말았다. 정말 놀랄 만한 투시력이다. 이런 소년에게 내가 어떤 적절한 말을 해줄 수가 있었겠는가? 그의 질문은 끝내 그 자신이 풀 수밖에는 없다. '네 총명이 네 병이다!'

그가 천 매나 되는 장편의 원고 뭉치를 내 앞에 내놓았을 때 나는 틈나는 대로 읽어 보겠다는 말 한마디로 그를 돌려보냈다. 그 뒤로 그 원고에 대한 말은 그도 입 밖에 내지 않았다. 지금 그 원고를 내가 보관하고 있지만 아직 한 번도 읽어보지 못했다.

약 반 년을 그는 말도 없이 떠나있던 일이 있었다. 그가 돌아오자

그를 아는 사람들 사이에는 그에 관한 여러 가지 말들이 떠올랐다. 그러던 어느 날 그가 찾아와서 하는 말이

"선생님, 비행기는 타고 있을 때보단 비행기를 기다리고 있는 시간이 즐겁더군요."

"당신 비행기를 타봤군 그래!"

"선생님, 전 그동안 연애도 해 봤어요. 문학보다 더 좋더군요. 더 직접적이구요."

비행기와 연애의 얘기는 모순이다. '기다리는 시간과 행동(직접적)의 시간'은 모순이 아닌가? 그러나 너무나 명석한 모순이다. 이런 따위 모순이 그를 불안하게 한다. 그의 총명은 그의 불안과 다부지게 끊임없이 싸울 것이다. 그리고 그의 총명은 어떤 박토 위에서도 제 나름의 꽃을 피우리라. 그는 채송화가 아니던가? 그러나 그는 이미 오래 전에 내 곁을 떠나고 말았다. 그도 지금 어디서 뭘 하고 있는지 궁금하기 그지없다. 벌써 이 세상 사람이 아닐는지도 모른다.

〈청포도〉 동인들

국립 새너토리엄에 내가 처음 발을 디딘 것은 1952년 봄이었다. 정문을 들어서자 현관 옆 마당에 키가 내 어깨에 닿을까 말까 한 어린 목련꽃나무 한 그루가 먼저 눈에 띄었다. 그것이 卵型의 단정한 꽃봉오리를 여럿 맺고 있었다. 꽃잎이 이미 黃白으로 물이 들어 있었다. 나를 맞아준 사람들은 李, 朴, 金, 南, 閔 등이다. 이들은 그 성자가 각색이듯이 얼굴 모습도 모두가 각색이다. 그러나 꽃들이 제각기 다르면서도 한데 어울리면 그대로 아름답듯이 그들도 또한 그러했다. 양지바른 현관 앞에 나란히 나서는 그들은 그대로 난데없는

꽃밭이었다. 건강인인 나보다도 오히려 더 싱싱했다. 사람의 허파를 파먹는 벌레는 사람의 볼을 도화빛으로 물들여 주는 벌레이기도 하다. 이만한 수의 이만큼 신선한 모습의 청년들이 그들의 청춘을 남몰래 저희들끼리 불사르고 있다. 그들이 나를 여기까지 불러낸 이유인즉 그들은 〈청포도〉라는 제호로 시 동인지를 저희들끼리 내겠는데 그것의 편집을 의논할 겸 문학 담화로 한때를 같이 지내자는 것이었다.

〈청포도〉라는 제호가 잘 어울린다고 생각했다. 이처럼이나 잘생긴 청년들의 허파를 벌레가 파먹고 있을 때, 그들이 그것을 무시로 자각하고 있을 때, 우리가 입으로 음미하는 포도가 그만한 차원의 열매로만 비치지는 않을는지도 모른다. 그들은 한 알의 포도에 형이상의 의미를 부여함으로써 저희들이 인생을 무엇인가 이 세상 것이 아닌 것으로 채색하고 싶었으리라. 시가 그들을 사로잡았다. 새너토리엄, 거기는 얼마나 존귀한 것을 간직하고 있었겠는가? 도시의 한 귀퉁이에 새너토리엄이 있다는 것은 도시를 위하여는 다행한 일이다. 그들이 쉬는 숨소리는 가냘프지만 그런대로 도시의 중심에까지 스며들곤 하리라. 눈에는 잘 안 띄는 병균이 때로 우리의 마음속 한 공간에 알을 깐다. 그것은 우리를 괴롭히고 우리의 삶을 좀먹는 형이하의 병균이 아니라 우리의 삶을 축복해 주고 찬미해 주는 그런 형이상의 병균이다. 그렇다. 이것도 병균은 병균이다. 생애의 한때를 이런 병균에 감염돼 보지 못한 사람을 우리는 대수롭게 생각하지 않아도 된다. 벌레가 허파를 파먹을수록 볼이 더욱 아름답게 윤을 내듯이 삶을 동경하는 사람은 가슴이 병을 앓는다.

새너토리엄에 이러한 청년들만이 있었다는 것은 아니다. 이러한 청년들도 있었다는 얘기다. 그들과 두세 시간 담소를 나누고 헤어질 때 그 한 그루의 목련꽃나무를 사이하고 우리는 사진을 찍었다고 기

억하는데 찾아봐도 내 수중에 그때의 사진이 없다. 어쩌면 내 착각
일는지도 모른다.

〈청포도〉동인 중 끝내 시인이 되어 지금껏 시를 쓰는 이는 한 사
람 뿐이다. 나머지는 소식이 묘연하다. 그러나 지금 생각해보니 이
런 혼탁한 세상에서는 한때나마 그들도 기인들이었다.

천상병(千祥炳)

49년에 통영중학에서 마산중학으로 전근하여 나는 5학년의 담임
을 맡게 됐다. 그때는 중학이 6년제다. 고등학교로 갈라져 나가기 전
이다. 내 반에 천상병이란 학생이 있었다. 한눈에 곧 인상에 남는 그
런 학생이다. 어디가 돋보여서 그런 것이 아니다. 그 반대다. 너무 못
나고 하도 꾀죄해서 그렇다. 그런데 이 학생과 나는 이내 특별한 교
분을 가지게 되었다.

어느 날, 수업을 마치고 교실을 나서는 나를 상병이 막아섰다. 뭐
냐는 표정을 짓자 그는 절을 한번 꾸벅하고는 더듬적거리면서 어렵
게 어렵게 말을 끄집어낸다. 뭔가 나에게 부탁이 있는 모양이다. 그
러면서 얄팍한 노트 하나를 내 손에 잡혀 준다. 읽어봐 달라는 눈치
다. 일본말 억양이 가시지 않은 말솜씨다. 나중에 알았지만 그때 그
는 일본에서 귀국한 지 얼마 되지 않았을 때다. 호왈 귀국 동포다. 일
본에서 중학을 다니다가 갓 전학했을 때다. 내가 시를 쓰고 있다는
것을 어디서 들었는지 혹은 내 시를 어디서 봤는지 하여간에 나를
시인으로 알고 나에게 제 습작들을 평가받고 싶었는 듯하다. 나는
교무실에서 그가 나에게 느닷없이 잡혀 준 그 얄팍한 노트를 펴보며
첫장부터 긴장하게 됐다. 그의 시구들은 날카롭고 신선하다. 열댓

편 되는 시들을 단숨에 다 읽어 버렸다. 눈을 뗄 수가 없었다. 그건 하나의 발견이랄 수 있었다. 그처럼이나 어줍던 그의 말솜씨와는 전연 딴판이다. 나는 이들 시 중에서 몇 편을 골라 청마 선생께 보내드렸더니 곧 간단한 독후감과 함께 『문예』에 추천하겠다는(본인만 승인한다면) 전갈이 왔다. 『문예』는 그 당시의 유일한 문예지다. 나는 곧 상병을 불러 청마 선생의 뜻을 알렸더니 그는 흥분을 감추지 못하고 꾸벅꾸벅 나에게 몇 번이나 절을 다 했다. 그 뒤로 그는 방과 후 내 가방을 들고 내 집을 수시로 드나들게 됐다. 이리하여 그는 한동안 내 심부름꾼이 됐다.

상병은 문단에 발을 걸치게 되자 비평에도 손을 대곤 했지만 그쪽은 오래 가지 못했다. 뭐든 싫증을 잘 내는 편이다. 청마 선생은 나를 보면 곧잘 상병의 안부를 묻곤 하셨다. 상병을 늘 병상이라고 잘못 부르곤 하셨다. "병상은 잘 있나? 시도 쓰고 있고?" 하는 투다. 청마 선생도 어린 소년의 시를 퍽 인상깊게 읽으신 듯하다. 상병은 제 또래의 문청(文靑)들과 교분을 가지게 되고 무슨 동인지 비슷한 책자를 낼 계획도 세워보곤 하는 듯했다. 이웃 도시 진주에 거주하는 최계락이며 이형기와 서로 왔다갔다 하는 눈치였다. 그러나 동인지는 끝내 불발이 되고 말았는 듯하다. 진주의 이형기도 조숙한 수재다. 그를 내가 처음 본 것은 46년에 있었던 해방 1주년 기념 진주 예술제에서였다. 그때 그는 백일장에서 시 부문에 장원을 했고 웅변대회에서는 3등을 했다. 그때의 시는 대번에 심사 위원들의 눈에 들 만큼 특출했다.

50년에 6·25가 터지고 7월에 마산 근처까지 적군이 밀어닥쳤다. 학교는 군에 내주고 미처 가교사도 마련하지 못하고 있었을 때다.

졸업반이던 상병은 재빠르게 미군의 통역으로 일을 보게 됐다. 틈을 타서 간혹 내 집에도 들르곤 했다. 비도 오지 않는데 하장이 길어서 손까지 다 덮인, 밑은 구둣발에 밟히는 그런 헐렁한 미군 우장을 하고 나타나기도 했다. 그는 이미 그때 도스토옙스키의 영역 소설을 읽고 있었다. 그러나 회화는 어느 정도인지 알 수 없었다.

그 이듬해 판잣집 가교사에서 졸업식을 올리고 상병은 서울대학교 상과대학에 들어갔다. 왜 하필 상과대학을 택했을까? 나는 그가 문과나 철학과에 갈 것으로 짐작하고 있었는데 내 이 짐작은 터무니없는 것이 되고 말았다. 그가 중학생 때, 5학년 때의 가을 소풍 때 있었던 일화 한 토막을 소개한다.

49년 그때만 해도 좌우로 편이 갈라져서 학내 공기가 살벌했다. 충돌이 잦아 그때마다 양편이 다 부상자를 내곤 했다. 그날의 소풍에서 있었던 일이다. 술이 거나해진 좌우 학생들이 술기운을 빌어 대판 싸움이 벌어졌다. 산의 중턱에서 싸움이 벌어졌는데 술병이 날아가고 날아오고 하는 아주 험한 판세다. 그러나 그런 일에는 평소에도 별로 관심을 가지지 않던 상병은 홀로 떨어져 산 밑의 아늑한 평지에 자리를 잡고 명상의 삼매경에 들어 있었다. 그런데 웬일일까? 어디서 난데없이 술병 하나가 그의 두상에 날아왔다. 그는 머리에 상처를 입었다. 그러나 어쩌겠는가? 혼자서 허허 하며 웃고 치웠다. 그의 별명은 그때 소크라테스였다. 소크라테스는 철학자라는 뜻도 있었으나 못 생겼다는 뜻도 있었다. 특히 코가 납작하다는 뜻이 강조되고 있었다. 그런 별명에 대해서도 그는 허허 하고 웃고만 있었다. 그는 이미 그 자신의 용모에 대하여는 달관하고 있었는 듯했다.

상병이 상과대학을 중퇴하고 방랑생활을 하고 있다는 소문이 들려왔다. 그때 임시수도이던 부산의 번화가에서 우연히 그를 만난 일이 있다. 꾀죄한 몰골은 여전하다. 아니, 전보다 더한 것 같았다. "아이고 선생님!" 하면서 깜짝 놀란다. 그가 잘 나가는 다방이 있다면서 거기로 나를 안내한다. 나는 그를 따랐다. 알고 보니 거기가 바로 그의 서재 겸 휴식처였다. 차를 갈아주지 않아도 아무 말이 없을 만큼 돼 있었다. 거기의 카운터에다 잉크병과 펜을 맡겨두고 필요하면 내오라고 해서 거기서 글을 쓴다. 어디서 자느냐고 물었더니 한무숙 씨 댁에서 잔다고 했다. 그 댁의 신세를 지고 있다는 것이다. 한무숙 씨의 남편은 은행가인데 부자라는 것이다. 나에게도 돈을 좀 얻어줄 수 있다고 한다. 그만큼 한 씨 부부의 사랑을 받고 있다고 한다. 허튼 소리 하지 말라고 나무랐으나 무가내하다. 왜 그런 허깨비 같은 소리를 그는 그때 나에게 해야만 했을까? 수긍이 가지 않는다. 제 능력을 과시하고 싶었을까? 어린애 같은 수작이다. 그에게는 그런 따위 좀 모자라는 데가 없지도 않다. 그 뒤로 그와는 오래토록 소식이 끊긴 채로 지냈다. 그가 죽었다는 헛소문이 돌기도 했다.

80년대 초에 인사동 어디서 뜻밖에도 그와 마주쳤다. 나보다도 그가 더 놀라는 기색이었다. 손을 벌리기에 만 원짜리 한 장을 잡혀줬더니 거스름돈이 없다고 한다. 허풍을 떨고 있는 듯이도 보였으나 어쩌면 너무 과한 돈을 받았다고 생각돼 진심으로 그런 소리를 했는지도 모른다.

그의 시는 자꾸 퇴행해 갔는 듯하다. 「歸天」과 같은 것은 아마추어의 시다. 시에 대한 착각이 있었는 듯하다. 同名의 다방을 그의 미망인이 내고 있다는데 거기를 나는 아직 한 번도 가보지 못하고 있다. 인사동에 있다는데 지금도 건재한지 모르겠다.

고석규(高錫珪)

대신동 후미진 골짜기의 목조 가교사에서 수업을 하고 있을 때의 50년대 초 부산대학교에 나는 한동안 출강한 일이 있었다. 문리과대학의 국어국문학과에 고석규라는 학생이 있었다. 체구가 작고 머리가 세모꼴이다. 눈이 좀 힐끔해 보인다. 장 폴 샤르트르를 닮았다. 이 학생이 나에게 자꾸 접근해 온다. 과분한 친절을 베푼다. 자기 집에 나를 초대해주고 침식을 제공해 주곤 한다. 고맙기 이를 데 없다. 나는 그때 몇 푼 되지도 않는 강사료로써는 여관을 잡기가 힘겨웠다. 그런 사정을 그는 잘 알고 있었는 듯하다.

고석규의 부친은 월남한 분이다. 아들만 데리고 내려와서 부산에 자리를 잡았다. 그분은 의사다. 소아과다. 내가 고석규네 집을 드나들게 됐을 때 그의 부친의 병원은 환자가 대기실에 늘 그득 차 있었다. 용하다는 소문이 인근에 널리 퍼져 있었다. 고석규처럼 그의 부친도 키가 자그마하다. 그러나 고석규보다는 훨씬 잘생긴 풍채다. 안색이 보얗다. 분칠을 한 것처럼 보인다. 성미도 상냥하고 나를 깍듯이 대해 줬다. 아들의 스승이라고 그랬던 듯하다. 그러나 고석규와 나는 친구처럼 격이 없는 사이가 됐다. 그때는 나도 젊었다. 30을 갓 넘겼을 나이다. 나는 나중에 하숙을 하게 됐는데 내 하숙으로 고석규가 옮겨와서 한 지붕 밑에서 기거하게 됐다. 그처럼 그는 나를 따랐다. 지금 생각해 봐도 무슨 인연인지 모르겠다. 그와 나는 몇 달 동안 그렇게 지냈다. 그동안 우리는 수없이 토론도 하고 정보(문학과 철학에 관한) 교환을 하기도 했다.

고석규는 대단한 독서가고 또 장서가다. 그의 서재는 육조 다다미 방인데 책으로 메워져 있었다. 사방 벽면은 서가로 빽빽했고 책은 차고 넘쳐서 방바닥 여기저기에 쌓여 있기도 했다. 나는 그의 장서 중에서 상당한 양을 빌려보기도 하고 희귀본 얼마를 기증받기도 했다. 왠지 그는 나에게는 마음 씀씀이가 헤펐다.

고석규는 수재고 만사에 욕심도 많고 또 열성이 대단했다. 그가 중심이 돼 부산대학교에서 그때 문학동인지가 나오곤 했다. 그 대표적인 예가 『新作品』의 경우다. 국문과 학생보다는 타과 학생들이 오히려 더 열을 내기도 했다. 孫景河, 河然承과 같은 준재들이 가담했다. 그때에 벌써 그들은 고석규 못지않은 재능을 드러내곤 했다.

『신작품』의 동인으로는 그때 『국제신문』의 편집을 보고 있던 曹永瑞 서울대학교의 독문과 학생이었던 宋永擇이 있었고, 金載燮이라고 학생도 아니고 직장인도 아닌, 그러나 만만찮은 시인(그때 이미 자기 개성을 갖춘)이 가담하고 있었다.(김재섭은 지금은 소식이 묘연하다.) 이 동인지의 제작비도 고석규 부담이었다. 고석규는 시도 썼지만 학술 논문과 비평에 더 많이 관심이 가 있었다. 그쪽의 역작들이 그때 이미 쏟아져 나왔다. 지금 읽어봐도 20대의 청년이 쓴 것 같잖은 밀도 있는 글들이다. 아마 우리 문단에 지금도 어떤 시사를 던지고 있지 않나 싶다. 나도 그에게서 시사 받은 일이 더러 있었다고 기억한다.

고석규는 학사 과정을 마치자 석사 박사 과정을 다 순조롭게 끝내고 대망의 학위(박사)를 취득했다. 그러는 동안에 그는 또 결혼도 했다. 내 눈에는 그가 너무 서두르고 있는 듯이 보였다. 아니나 다를까, 그는 전임 강사가 돼 모교의 교단에 서게 되자마자 병명도 애매한 병으로 졸지에 가고 말았다. 그를 아끼던 樂山 金廷漢 선생(그때 그분은 부산대학교 문리과대학 국어국문학과의 주임을 맡고 계셨다)의 비탄은 이만저만이 아니었다. 나는 그때 부산대학교의 출강을 그만두고 마산에서 배를 곯고 있었다. 부고를 받고 뛰어갔지만 그는 이미 땅에 묻혀 있었다. 그의 묘를 찾아 나는 그의 명복을 비는 뜻의 몇 마디 말을 하긴 했다. 그의 생전의 모습이 눈앞을 자꾸 가로막았다. 얼마 전의 그의 결혼식에서 그의 청을 저버리지 못해 축시를 지어 읽은 일이 있었다. 그때의 장면이 한참까지 되살아나곤 했다. 상기된 그의 얼굴이 클로즈업되곤 했다. 그는 결국 유복자를 남기고 갔다.

고석규는 동창인 秋英秀와 결혼을 했다. 추영수도 시를 쓰고 있었다. 그런 연유로 친해지게 되고 사랑이 싹트게 됐는 듯하다. 여담이 되겠으나 이 유복자는 나중에 조영서의 사위가 됐다. 고석규의 사망 이후에도 조영서와 고석규의 부친은 서로 내왕이 있었고 집안끼리도 가까이 지냈는 듯하다. 이들의 결혼식에 통지를 받고 나도 참석해서 축하를 해주고 참으로 오랜만에 고석규의 부친도 뵙게 됐다. 곱게 늙어 있었다. 내가 상상한 그대로였다.

고석규와 내가 하숙을 함께 하고 있을 때 의논이 돼 동인지를 내게 됐다. 『詩硏究』라는 이름을 붙였다. 이번의 동인지는 부산대학교의 좁은 테두리를 벗어난 큰 규모의 것이다. 우선 동인의 면면을 보면 다음과 같다. 金聖旭, 金宗吉, 金顯承, 그리고 고석규와 나다. 창간호에 시와 논문 및 에세이를 기고한 문단인들은 다음과 같다. 柳致環, 趙芝薰, 宋稶, 申瞳集 등이다. 고석규 김성욱과 나는 時誣을 맡아 아주 신랄한 비판을 했다. 이 시평으로 하여 나는 매우 당돌하다는 문단 선배들의 지탄을 받았다. 세 사람 명의로 발표가 되기는 했으나 글은 나 혼자서 썼다. 그걸 어떻게 용하게도 알았을까? 우리 동인 중 누군가의 입에서 새나간 것일까?

동인의 『시연구』의 재정적 뒷받침은 고석규가 맡고 있었다. 편집도 그의 생각이 거의 90%를 차지했다. 우리는 그저 이름만 얹어놓은 꼴이었다. 그러나 그런대로 그 당시로서는, 특히 지방에서 나온 것 치고는 체제와 내용 아울러 그다지 초라한 몰골은 아니었다. 뜻밖에도 고석규가 급사 요절하는 바람에 『시연구』는 더 이상 계속할 수가 없게 됐다. 창간호가 그대로 폐간호가 됐다. 여담을 한둘 말하자면 다음과 같다.

동인지 『시연구』는 인쇄를 마산에서 했다. 내가 인쇄부분을 맡았었다. 나는 그때 마산에 살고 있었다. 고석규는 돈과 아이디어만 대고 심부름은 스승인 내가 한 셈이다. 책이 나온 뒤에 동인되는 것을 사양하겠다고, 다음 호부터는 자기 이름은 빼달라는 말을 김종길 씨가 해왔다. 그러나 2집을 채 내지도 못하고 폐간되고 말았다. 왜 그랬을까? 김종길 씨에게 지금껏 물어보지 못하고 있다. 고석규가 만사에 욕심이 많았다는 것은 이미 말한 바 있다. 그는 서울의 문청(文靑)들과 어느새 말을 짰는지 '現代評論家協會'라는 것을 만들었다. 그때 서울대학교의 학생이던 宋永擇, 柳宗鎬, 李哲寧 등과 동국대학교의 학생이던 李哲範이 가담했고 연배층으로는 김성욱과 李正鎬가 가담했다. 내 이름도 고석규가 집어넣었은 듯했다. 김성욱은 청마 선생의 맏사위요 내 죽마고우다. 평계는 나와 오래전부터 알고 지내는 중학동창(나보다 한해가 아래다)이다. 이 '현대평론가협회'의 창립을 자축하는 문학 강연회를 연다고 고석규가 서울행 차표를 두 장 끊어와서 나를 억지로 기차에 태웠다. 나도 강연을 하기로 돼 있다고 한다. 소월에 관한 것을 짧게 하면 된다고 한다. 이미 나는 「소월에 관한 각서」라는 글을 발표하고 있었다. 그걸 그대로 말하면 된다고 한다. 어쩔 수 없이 나는 강연을 승인하는 꼴이 됐다. 그러나 일은 그날 밤 강연회장에서 터졌다.

나는 술에 약하다. 그러나 분위기에 휩쓸리는 경우가 간혹 있다. 그날도 장시간의 기차 여행에 시달린 몸으로 마중 나온 '현대평론가협회' 회원들과 이른 저녁 식사와 함께 술잔을 나누게 됐다. 연배인 나에게 술잔이 자꾸 돌아왔다. 시장기가 도는데도 식사는 뒷전으로 하고 술잔만 여러 순배 비워야만 했다. 그날의 분위기가 나를 거절할 수 없게 만들었다. 그런데 웬걸 강연회장에 가앉자 술기운이 전신에 번져 몸을 가눌 수가 없게 됐다. 하필이면 내 강연이 첫 번째 순서다. 연배라고 해서 대접을 한 모양이다. 그러나 간신히 단상에 서기는 했지만 고개가 자꾸 아래로 떨어지고 혀가 꼬부라져 말이 되지 않는다. 그러고 섰는 나를 보다 못해 누가 와서 붙들어 하단시키고 말았다. 창피를 단단히 당했다. 청중들은 무슨 영문인지 몰랐으리라. 누가 나서서 어떤 변명을 해줬는지 나는 모른다. 이와는 좀 다르기는 하나 내가 무안을 당하고 지금껏 잊지 못하고 있는 일이 그 뒤에 또 한 번 있었다.

벌써 30여 년의 세월이 흘러갔다. 그때 잡지 『新東亞』에서 나에게 원고 청탁이 왔다. 한국현대시의 전개 양상을 60매 정도로 정리해 달라는 것이었다. 나는 그 청탁을 받아들였다. 원고를 보내고 난 얼마 뒤에 내 그 글을 화제로 좌담회를 가졌으면 하는데 꼭 참석해 달라는 요청이다. 나는 이번에도 그 청에 응하기로 했다. 나는 그때 대구에 거주하고 있었다. 여비가 부쳐왔다. 정해진 날짜의 정해진 시간에 정해진 장소로 나가보니 그날의 참석자들이 이미 다 나와 있었다. 참석자를 나는 사전에 알지 못하고 있었다. 조지훈, 송욱, 金禹昌 세 사람이다. 주최 측으로는 참석자의 인선에 신경을 많이 썼다고 했다.

좌담이 시작되자 송욱이 점잖은 목소리로(나이에 어울리지가 않았다. 그는 나보다 댓 살 아래다. 나와는 중학이 동문이다. 그도 사실을 잘 알고 있다.) 그러나 날카로운 공격조의 비판을 한다. 너무 일본인들의 견해를 많이 따르고 있는 듯한 인상이 못마땅하다는 것이다. 六堂의 新體詩를 일본의 그것과 비교해서 너무 비하시키고 있는 것이 육당 그 당시의 우리의 제반 사정, 특히 문화 환경에 대한 이해 부족의 탓이라고 몰아세우듯 했다. 나는 그 기세에 그만 질려버렸다. 송욱은 소장학자요. 준재인 것은 세상이 다 아는 일이다. 그러나 나는 그런 식의 일방적인 논조에는 동조할 수 없었다. 상당한 편견이, 따라서 억지스러움이 담겨 있었다. 어쨌든 나는 육당의 신체시는 일본의 그것이 전례가 된 것임에 틀림없고 일본의 그것에 비해 작품으로서의 질이 떨어지는 것도 엄연한 사실이고, 더 중요한 것은 소박하긴 하지만 일본에서는 신체시가 왜 나와야 했는가에 대한 이론적 천착이 있어 그 뒤의 이론 전개에 하나의 기초가 돼 줬으나 우리에게는 그런 따위 이론 전개가 전무했다는 내 견해를 고집할 수밖에는 없었다. 그건 그렇다 하고 그 다음 그가 제기한 것은 主知詩의 문제였는데 아예 힐난조였다. 주지시란 말은 일본이 만들어낸 억지 조어지 본고장인 영미에서는 그런 말은 쓰지 않는다는 것이다. 은연 중 내가 그쪽 소식에 어둡다는 것을 꾸짖고 있었다. 몹시 불쾌하긴 했으나 내가 그쪽 소식에 어두운 것은 사실이고 주지시란 말을 일본인이 쓰고 있었던 것을 그대로 옮긴 것 또한 사실이다. 그러나 그 일본인은 영국에 오래 유학한(중세영어를 전공하고 T.S 엘리엇과도 교분이 있었다.) 이론가요 국제적 명성을 얻고 있던 시인이기도 하다. 다른 두 사람은 시종 침묵을 지켰다. 나는 그 자리를 뜨고 싶었으나 그럴 수는 없었다.

고석규도 간혹 송욱이 보인 그런 자기본위적인 행동을 안하무인 격으로 저지르기도 했다. 한번은 이런 일이 있었다. 그가 이끄는 친목회가 있었다. 주로 부산의 남녀대학생들이 회원이다. 간혹 시내 다방 같은 곳에서 모임을 가진다. 그날도 내가 출강한 김에 내 말을 듣겠다고 영화에 대해 뭔가를 생각나는 대로 먼저 실마리를 풀어달라는 회원들의 청이 있었다. 나는 가벼운 기분으로 그때 한참 화제가 되고 있었던 제임스 딘에 대한(그의 연기에 대한) 인상을 그야말로 인상비평을 했다. 그러자 난데없이 고석규가 내 말을 가로막았다. 그런 엉성한 비평이 어디 있느냐는 것이다. 더 좀 객관성 있게 검토하고 연구해서 말을 해야지 잡담을 하듯 해서는 안 된다는 것이다. 나는 몹시 불쾌해서 하던 말을 중단하고 그 자리를 뜨고 말았다.

그 길로 나는 버스를 타고 마산 내 집으로 곧바로 달려갔다. 버스를 타고 있는 너댓 시간 동안 얼얼했다. 수재란 그런 데가 있어야 하는지 모르겠다.

문신(文信)

문신은 키가 작은 편이다. 그러나 체구는 딴딴하다. 눈썹의 숱이 짙고 코가 우뚝하고 눈이 우묵하니 파이고 크다. 얼굴색은 구리빛을 띠고 있다. 이런 점으로 보아 그의 외모는 아랍 계통의 피가 섞인듯한 인상을 준다. 그러나 그의 모친은 일본인이고 그의 부친은 한국인이다. 국적은 물론 한국이다.

문신을 알게 된 것은 50년대 초의 일이다. 내가 직장을 처가가 있는 마산으로 옮긴 것이 49년이다. 6·25를 겪고 난 직후 나는 처남으로부터 그를 소개받았다고 기억한다. 그는 처남과 보통학교(지금의 초등학교)의 동기동창이다. 처남은 나와 동갑이다. 문신과는 곧 나도 친구처럼 지내게 되었다. 그는 그때 그림을 그리고 있었다. 이젤을 겨드랑이에 끼고 야외로 사생 나가는 그를 몇 번인가 보았다. 그는 늘 과묵했다. 왠지 얼굴 표정이 침통했다. 그러나 그런 얼굴 표정과는 딴판으로 사람을 대하는 태도는 부드러웠다. 말수가 적은 것은 오히려 그의 부끄러움을 잘 타는 내성적인 성격 탓이 아닌가도 싶었다.

문신은 50년대 초에 마산 시내의 고지대에 있는 추산공원의 한쪽에 터를 닦아 베비골프장을 만들었다. 거기 단골로 드나드는 일군중 이국적인 인물들이 있었다. 박치덕(리틀 박이라는 별명을 가졌다.), 위혜원, 김양진, 강신석 등이다. 박은 상해에서 건너와서 카페와 다방을 경영했다. 위도 상해에서 건너왔다. 그는 상당한 레벨의 지식인이다. 어학에 능하다. 영어와 불어를 잘한다. 대학에서 강의도 맡았고 문화원의 원장도 지냈다. 김은 신문사에 적을 두고 있었다. 하르빈에서 건너왔다. 이 일군의 인물들은 하나같이 이국적인 풍모와 분위기를 가지고 있었다. 박과 위는 키가 육척이나 되는 거한들이다. 박은 김두한을 꼼짝 못하게 제압했다는 전설적인 인물이다. 그 방면의 실력자다. 김가와 강도 외모가 한국인 같지 않다. 강은 키가 작으나 눈이 부리부리하고 음성이 우렁차다. 김은 살갗이 희고 눈이 크고 눈알이 맑다. 푸른 기가 돈다. 이들이 어쩌다 어우러져 길을 걷게 되면 조무래기들이 신기하다는 듯이 뒤를 우르르 따르곤 했다. 이 일군의 인물들은 함께 같은 시간에 문신의 골프장에 나타나는 일은 거의 없다. 대개는 각기 다른 시간에 따로 따로 나타난다. 문신은 그러나 이 일군 중의 누구와도 어우러지는 일이 없었다. 아니, 그는 거의 골프를 치지 않았다. 우두커니 저만치 비켜서서 바라보고만 있었다. 그럴 때도 그는 언제나 누구와도 말을 건네지 않았다. 그러다가 어느새 자취를 감춰버리곤 했다. 친구에게 차 한 잔 대접하는 일도 없었고 골프장 곁에 있는 자기 집에 초대하는 일도 없었다. 어쩐지 그의 신변은 늘 쓸쓸해 보였다. 그는 미인의 아내와 예쁘게 생긴 어린 아들과 함께 칩거하고 있었다. 그렇게 보였다. 한 달에 한두어 번 시내로 내려올까 말까했다. 우리가 잘 나가는 박치덕이 경영하는 '외교구락부'라는 다방에 간혹 얼굴을 내비치곤 했다. 그는 한쪽 구석에 말없이 앉았다가 어느 사이 자리를 뜨곤 했다.

　박치덕은 해결사 역할을 곧잘 맡아주었다. 문신도 어려운 일이 생기면 박에게 의논하여 도움을 청하곤 하는 눈치였다. 간혹 박의 다방에 나타나는 것은 그런 일 때문이 아닐까 하고 나는 생각해보기도 했다. 왜냐하면 문신은 보기와는 달리 아주 경제적으로 살고 있었기 때문이다. 그가 움직이는 것을 보면 꼭 무슨 실제적인 목적이 있어 그러는 것 같았다. 그냥 친구와 만나 한가하게 담소를 나눈다든가 하는 일이 별로 없었다. 그렇다고 약삭빠르다든가 하는 인상을 주지 않았다. 어릴 때부터 몸에 밴 버릇인 듯 했다.

문신은 그의 앞에 부모의 국적 문제부터 복잡한 문제들이 가로놓여 있었다고 짐작된다. 어릴 때부터 그는 그런 어른들의 틈새에서 어떻게 처신하는 것이 자기를 위하는 길인가를 터득해온 듯했다. 때로는 보기에 딱한 때도 있었다. 자기 입장만 생각하고 부득부득 무리한 청을 하기도 했다. 곁에서 보기가 민망했다. 그러나 그는 너무도 순진했다. 꼭 떼쓰는 어린애 같았다.

어떻게 해서 그렇게 됐을까? 문신은 뛰어난 미모의 부인과 헤어지고 어린 아들을 누구에게 맡기고는 홀홀단신 프랑스로 떠났다. 그가 떠난 뒤에 한참까지 반갑잖은 소식들이 들려왔다. 무척 고생을 하는 모양이었다. 그건 짐작이 간다. 가진 것 없이 떠났으니까, 만리 이국 땅에서 도와주는 이 없이 오죽이나 힘겨웠을까? 막노동으로 살아간다고 했다. 토목이나 건축 공사장을 찾아다니며 힘으로 하는 일을 하며 하루하루를 꾸려갔다고 한다. 마산에서의 그의 별명이 미련한 곰이었다. 그 별명 그대로 그는 자기를 밀고 간 모양이다. 그의 딴딴한 몸을 믿고 말이다. 그런데 끝내는 괴상한 소문이 나돌았다.

문신이 파리에서 중년의 아주 못생긴 프랑스 여자와 동거한다는 것이었다. 그녀는 조그마한 화랑을 경영한다고 했다. 그런데 그녀는 자기 집에 잠만 재워주고 식사만 제공해줄 뿐 용돈은커녕 일체 뒤를 돌봐주지 않는다는 것이었다. 그러니까 문신은 자기가 돈은 여전히 노동을 해서 벌어야만 했다. 그러나 침식의 문제가 해결됐으니 여간 다행한 일이 아니다. 그때로부터 그는 조각 쪽으로 방향을 바꿨다. 곰 같은 미련함이 오직 밑천이다. 그는 방향을 바꾸자 죽자하고 거기 매달렸다. 그럴 수밖에 없었으리라.

문신은 3년만에 한 번씩 고국에 나와서 전시회를 가졌다. 그의 조각 작품은 그런대로 상당한 값으로 팔렸다. 고생한 보람이 나타났다. 국내에서는 점점 평가를 드높여 갔다. 들건대 그쪽(유럽)에서도 차차 알려지기 시작한 듯했다. 그러나 그쪽에서는 그의 작품을 사가는 사람이 없었다. 여기서 마련한 돈으로 그쪽에 가서 생활을 꾸려가곤 했다. 두어 번 그런 짓을 더 되풀이하다가 동거녀와도 헤어지고 그쪽 생활을 청산했다. 그는 귀국하자 마산의 추산공원에 다시 자리를 잡고 거기다 공장 비슷한 작업장을 차리고 주저앉았다. 여생을 거기서 보낼 작정을 단단히 한 모양이다. 내가 80년대 초에 그를 찾았을 때 그는 거기다 자기 개인의 조각 공원을 만들겠다고 했다. 그 준비를 이미 하고 있었다. 그는 그때 철재의 대작을 제작 중이었다.

문신의 작품을 보고 나는 시를 한 편 써서 발표한 일이 있다. 80년대 초의 일이다. 제목은 「앵재(櫻材)」다. 문신은 한동안 벚나무를 소재로 썼다. 아니, 그때의 문신의 작품은 소재(벚나무)가 곧 주제가 되고 있었다. 벚나무의 피부 결을 그대로 살리는 것이 그의 제작의 도였다. 오브제 사건과 맥이 닿아 있다. 그의 손때가 묻어 번들번들 윤이 나는 벚나무의 토막을 보고 나는 깜짝 놀랐다. 그는 잠자리에서도 벚나무의 그 토막들을 사타구니에 끼고 있었다고 한다. 그렇게 닦고 또 닦았다고 한다. 내가 그때 한참 지향하고 있었던 '시니피앙이 곧 시다.' 하는 인식에 그대로 통하는 데가 있었다. 지금 찾아보니 어찌된 일일까, 그때 쓴 시가 아무 데도 없다. 내 시집에서도 그 시는 누락되고 있다. 애석한 일이다.

80년대의 중반이었다고 기억한다. 그러니까 한 10년쯤 전이다. 서울에서 개인전을 연다고 미리 나에게 연락이 왔다. 마산에서 내 처남도 전화로 좀 도와주라고 부탁을 해왔다. 그러나 내가 무슨 힘을 가졌는가? 도와주라는 말은 작품이 좀 팔릴 수 있도록 주선해 주라는 말인데 나는 내가 딱하기만 했다. 그래도 가보지 않을 수는 없어 나가봤다. 전시장에는 문신과 함께 그의 젊은 부인(後妻)이 나와 있었다. 아주 정다워 보였다. 그날따라 문신은 얼굴 표정이 아주 화사해 보였다. 웃는 낯이다. 그러나 너무 커서 전시장 안(실내)에 전시할 수 없어 밖에까지 내다놓은 철재 작품을 보고 나는 기가 질렸다. 누군가가 저것들은 억대를 호가한다고 했다. 나는 또 한 번 기가 질렸다. 시를 쓰는 나와 같은 사람은 엄두도 낼 수 없는 어마어마한 액수다. 저런 대작을 그런 거액으로 사 가는 사람도 있을까? 그러나 있다고 한다.

문신이 마산의 그 추산공원에 세우려고 한 조각 공원은 완성을 했는지 몹시 궁금하다. 그렇게도 딴딴한 체구를 가진 그가 갑자기 세상을 떴다는 소식을 나는 몇 년 전에 접하고 한 십 년 가까이나 만나보지 못한 것이 못내 아쉽고 후회스럽기만 했다. 나는 그가 오래오래 장수할 것으로만 알았다.

조두남(趙斗南)

「선구자」의 작곡가 조두남은 키가 훤칠한 훤훤장부다. 외모가 그렇다. 얼굴 모습이 준수하다. 귀티가 난다. 그리고 아주 유하다. 인상이 이처럼 썩 좋다. 웃으면 어린애 같은 순진함이 배어난다. 그는 늘 말이 많다. 무엇인가 늘 입을 놀리고 있어야만 직성이 풀리고 그런 사람처럼 보인다. 그의 체구에 비하면 음성은 여성처럼 가냘프다. 그와 처음 대면했을 때 나는 이 음성 때문에 적이 당황하기까지 했다. 그러나 자주 대하는 동안 그것(음성)은 일종의 애교처럼도 보이고 일종의 어리숙함으로도 보이곤 했다. 그리고 그는 말을 어떻게 빠르게 하는지 잘 알아듣지 못할 경우가 허다했다. 말하면서 듣는 사람이야 어떻든 혼자서 웃어대곤 했다. 듣는 사람은 그가 왜 웃어대는지 영문을 몰라 어리둥절해지기도 한다. 하여간 그는 참 재미있었다.

조두남을 내가 알게 됐을 때 그는 이미 중년을 넘어선 나이였다. 나는 아직 서른을 막 넘긴 나이다. 그러니까 그와는 열 살 이상의 나이 차이가 난다. 그런데도 그는 나를 김 선생님 하고 부르며 깍듯이 인사를 차렸다. 알고 보니 나에게만 그러는 것이 아니라 누구에게나 그랬다. 하기야 나에게만 그럴 이유가 아무 데도 없다. 이 또한 그의 인품의 소치다.

조두남은 이북 출신이다. 그쪽에서는 꽤 부유한 편이었던 모양이다. 월남하여 이리저리 떠돌아다니다가 6·25가 터지자 마산으로 자리를 옮겼다. 오동동이라는 동네의 어느 집 아래채를 얻어 세 들었다. 부인이 피아니스트다. 피아노 한 대를 장만하여 학생들을 교습하며 생계를 이어갔다. 그다지 군색한 꼴은 보이지 않았다. 물론 그와 그의 부인이 모두 낙천적인 성격이라(외면상 그렇게 보였다.) 그렇게 보인 점도 없잖아 있었다고 할 수 있으나 실제가 그랬다. 부인의 가르치는 능력이 아주 출중하여 날로 교습장(좁디 좁은 셋방)이 번창해가는 듯했다. 그리고 그뿐만이 아니라 다른 또 하나의 활동을 벌이고 있었다.

조두남은 서울에 그 방면(음악)의 친지가 더러 있었다. 중에는 대학에 적을 둔 사람들도 있었다. 그들과의 왕래가 끊이지 않았다. 자기 부인이 가르치는 학생들을 소개하여 그쪽으로 옮겨가게 하는 그런 일을 하고 있었다. 대학의 현직에 있는 교수의 제자가 되면 입시에 훨씬 유리해진다. 마산의 부유층 자제들의 청에 따라 알선해 주고 상당한 사례를 받기도 하는 듯했다. 이 일을 거들어 주는 사람이 있었다.

그 사람 또한 월남하여 마산에 거주하는 이북 출신이다. 영문학을 전공한 문학도. 나이가 내 또래이기도 하여 나와는 친구처럼 지내는 사이였다. 주변성이 있고 동작이 민첩했다. 거동이 어줍은 조두남을 대신하여 일을 봐주곤 했다. 그래서 두 사람은 서울행을 같이하는 일이 잦았다. 그럴 때 보고 들은 이야기들을 나에게 해준다. 그런 것들 중의 하나다. 조두남은 군것질이 몹시 심하다고 한다. 서울서 마산까지 또는 마산에서 서울까지 오르내리는 동안 기차 칸에서 파는 이런 것 저런 것들을 쉴 새 없이 사먹는다는 것이다. 심심풀이로 그러는 것 같지가 않더라고 한다. 줄곧 말을 하고 있어야 직성이 풀리는 사람인데 그것이 제대로 안 되니까 그러는 것인지 모른다고도 했다. 보기와는 달리 신경이 늘 흔들리고 있는 것이 아닌지 나는 그 말을 듣고 혼자서 그렇게 생각해 보기도 했다. 월남 이후의 여의찮은 생활환경 탓으로 그렇게 신경이 안정을 잃은 것이 아닌지? 그렇게 보면 그의 낙천적인 듯한 성격은 노력하고 꾸며서 만들어진 가짜현상이 아닐까도 싶었다.

조두남의 주변에는 같은 처지의 월남민들이 늘 찾아들고 조그마한 도움도 받곤 하는 모양이었다. 유명한 작곡자 홍난파의 조카 남매가 그를 찾아와서 한동안 머물게 된 것도 그런 사례의 하나일 것이다. 이들 남매에 대하여 내가 겪은 일화 하나씩을 적어보기로 한다.

남매 중 오빠 되는 사람은 키가 훤칠하기는 하나 얼굴은 모가 지고 피부색도 거무죽죽하니 어두웠다. 인상이 좋지 않았다. 바이올리니스트라고 했다. 마침 그때 부산과 마산에 피난와 있던 음악인들이 심심파적으로 음악회를 가졌으면 하는 요구를 해와서 내가 나서기로 했다. 왜 하필이면 내가 나섰느냐 하면 하도 마산에는 사람이 없어 나 같은 애숭이가 문총구국대(그때는 전시체제라 문총에다 구국대라는 석자를 덧붙였다.)의 마산지대장을 한때 맡게 되어 그렇게 되었다. 나는 조두남의 소개로 홍난파의 조카 되는 남매와 수인사를 하게 되었다. 먼저 나는 오빠에게 이번 음악회에 출연을 해달라고 청을 했다. 그러자 그의 얼굴 표정이 일그러졌다. 나를 아주 멸시하는 그런 표정이 되었다. 나는 무안했다. 공연히 말을 끄집어냈다고 후회가 막심했다. 그러자 조두남이 곁에서 눈짓을 했다. 그는 자리를 뜨고 말았다. 조두남은 자기가 오히려 미안한 듯 뭐라고 나에게 말을 건넸지만 나는 그 말을 알아들을 수가 없었다. 그러나 누이 되는 처녀(그때 대학 음악과에 다니는 학생인 듯했다.)가 출연을 승낙해 주었다. 그런데 이 처녀가 또 한 번 나에게 무안을 주었다.

그녀가 연주를 끝내자 나는 하도 고마워서 미리 준비해간 꽃다발과 과자 상자를 안고 무대 뒤로 그녀를 위로차 그리고 치하하는 뜻도 겸하여 찾아갔다. 꽃다발과 과자 상자를 내놓자 그녀는 뒤도 돌아보지 않고 아주 같잖다는 표정을 지으며 총총걸음으로 그 자리를 떠버렸다. 나는 내민 손이 부끄러웠다. 나는 지금도 그때의 광경을 잊지 못하고 있다. 그렇게도 도도한 사람들을 처음 보았다. 나는 윤이상의 친구다. 윤이상이 그렇게도 이름을 날린 뒤에도 베를린에서 나를 보자 얼싸안고 눈물을 다 글썽거렸다. 일찍부터 그는 늘 고분고분하고 친절했다. 그들 남매가 뭐냐 말이다. 그렇게 그들이 남의 호의를 모독할 수 있을까? 어떻게 보면 우습기 짝이 없다. 세련되지 못한 짓거리들이다. 조두남은 이 나중 사건에 대하여는 알지 못했으리라.

조두남이 마산에서 작고했다는 소식을 서울에 살면서 전해 듣고 그동안 적조한 일이 아쉽기만 했다. 명복을 빈다. 기질적으로 그는 타고난 예술가가 아니었던가 싶다. 그의 미망인께서는 건재하신지 모르겠다. 소식이 궁금하다.

이윤수(李潤守)

46년인가 47년인가 기억이 확실하지 않다. 여름이다. 나는 청마와 함께 대구를 다녀왔다. 대구에서 '竹筍' 동인들을 만나는 것이 주된 목적이었던 듯싶다. 대구는 분지라 더위가 대단하다. 통영 내 고향의 바닷바람을 쐬며 여름을 나는 우리에게는 대구의 더위는 유별난 것이었다. 땅에서도 열이 훅훅 치솟는 듯했다.

'죽순' 동인회의 실질적인 리더인 이윤수를 만나러 가는 길은 꽤 까다로웠다. 지금 거기가 어디인지 전연 생각나지 않는다. 한길에서 몇 번을 꼬부라진 골목길로 접어들었다고 생각되는 그런 곳에 이윤수의 전방이 있었다. 시계포다. 그러나 새 시계를 파는 것이 아니라 고장난 시계를 손봐주는 일종의 시계 수리소다. 그곳의 넓이는 서너 평이 될까 말까 했다. 우리가 들어서자 수염이 더부룩한 건장한 30 전후의 청년이 우리를 치떠봤다. 그가 그곳의 주인이요 시인인 이윤수였다. 그는 우리를 반갑게 맞아주었다. 아주 소탈한 인품이다. 금방 친해질 수 있었다. 그때가 마침 점심때라 우리를 어느 곰탕집으로 안내해 갔다. 거기의 곰탕이 괜찮다는 것이었다. 구수한 맛이 괜찮기는 했다. 그러나 그곳은 너무 좁아 더운 탕국을 먹느라고 무진 애를 썼다. 땀이 쉴 새 없이 얼굴과 가슴께를 적셨다. 청마는 나보다 더했다. 우리는 거기를 빠져나와 그 다음으로 간 곳이 어디였던가 지금 얼른 생각이 나지 않는다. 나는 그날 여류시인 吳蘭欺를 만났고 朴木月이 시지 『죽순』의 편집동인이 돼 있다는 것을 알게 되었다. 이윤수는 나에게도 시를 좀 보내달라는 청을 했다. 나는 이 청을 받아들여 곧 서너 편의 시를 보냈더니 이내 게재가 됐다. 어찌된 일인지 요즘도 내 문단 경력을 말할 때 이 『죽순』을 통하여 문단에 나온 것처럼 소개되곤 하는데 어이없는 일이다. 『죽순』에 내가 추천을 받아 시가 실린 것은 아니다. 청탁을 받고 시를 보냈을 뿐이다. 듣건대 누가 문학 사전을 만들면서 그렇게 내 문단 경력을 적은 것이 시발이 된 듯하다. 무책임한 짓이다.

이윤수와는 내가 대구로 직장을 옮겨 60년대 초부터 80년대 초까지 20년이나 사는 동안 가장 자주 만나게 된 문인 중의 한 분이다. 그는 일제 때 이미 『日本詩壇』이란 시지에 시를 발표하고 있었다. 그는 시지 『죽순』을 발간하는 한편 문화 사업에도 열성적으로 관여하곤 했다. 해방 직후 가장 먼저 건립된 시비인 尙火詩碑도 그의 진력으로 된 것이라고 들었다. 그는 늘 쾌활하고 늠름했다. 나비넥타이를 단정하게 매고 신사의 티를 떨어버리지 않았었다. 그가 80이 넘어 작년에 자기 집 앞에서 교통사고로 이승을 떴다는 소식을 전해 듣고 나는 아연실색했다. 최근까지 그는 나에게 나올 때마다 빠짐없이 시지 『죽순』을 보내주는 우정을 잊지 않았었다. 나는 서울로 이사한 이후 지금껏 그를 만나지 못했다. 못내 아쉽기만 하다.

이호우(李鎬雨)

이호우는 淸道 명문의 후예다. 선비 가문이다. 매씨 永道여사와 함께 현대시조를 개척한 그 방면의 해방 이후 큰 봉우리를 이룬 분이다. 키가 훤칠하고 명리에 초연한 자세를 시종 견지한 분이다. 대구

거주의 문인들 중 문화단체에 관심을 가진 이들이 있고 그렇지 않은 이들이 있는데 이호우는 그 후자의 전형적인 예가 된다. 자주 다방에 나와 진을 치고 장시간 후진들에게 문학과 처신에 관한 견해를 피력하곤 했다. 나도 간혹 동석하여 그의 거침없는 그리고 정연한 언설에 귀를 기울이곤 했다.

이호우를 알게 된 것은 해방 직후다. 대구에 우연히 들렀다가 마침 무슨 행사를 참관하는 자리에서 수인사를 하게 됐다. 그때 나는 하루를 대구에서 묵게 됐는데 이호우 댁의 신세를 지게 됐다. 어디 미리 정해둔 숙소가 없으면 자기 집에 가자고 어찌나 권하는 바람에 참으로 마지못해 따라간 꼴이 됐다. 나는 그날 밤 저녁 식사하며 잠자리에 이르기까지 극진한 대접을 받았다. 이튿날의 아침 식사까지 푸짐한 대접을 받고 나는 정말이지 그의 그런 세심한 배려에 몹시 감격했다.

그런 일이 있었던 몇 해 뒤에 나는 또 한 차례 이호우 댁에 신세를 지게 됐다. 이번에는 한여름이다. 경북대학의 출강 문제로 나갔다가 다방에서 그를 만났다. 정한 숙소가 없으면 자기 집에 가자고 이번에도 권하는 바람에 염치없이 나는 또 따라가게 됐다. 그날 밤은 통풍이 잘되는 넓직한 방에 나를 재워주며 모기장까지 손수 쳐주었다.

이호우의 시조는 서정성보다는 사회성이 강한 편이다. 평소의 몸가짐도 그러했다. 명리에는 초연하면서도 불의에 대하여는 추상같은 비판을 서슴치 않았었다. 그는 너무도 오랜 시간을 지하 다방에서 담소하다가 바깥바람을 쐬자 갑자기 현기증을 일으켜 길바닥에 쓰러진 채로 의식을 회복하지 못했다고 한다. 시조가 별로 우리 문단에서 대접을 받지 못하고 있는 요즘 이호우의 문학 세계와 그의 이름 석자마저 잊혀져가고 있는 현상은 안타깝기 그지없다.

이설주(李雪舟)

설주라는 이름은 이름치고는 좀 별나다. 아호가 아닐까도 하는데 잘 모르겠다. 나는 그에게 그것을 물어보지 못했다.

나는 청마의 소개로 이설주를 알게 됐다. 키가 훤칠하고 살이 알맞게 붙은 미장부다. 나는 처음 본 그의 인상을 영국 출신의 헐리우드 영화배우 로널드 콜먼과 견줘보았다. 얼굴선이 부드럽고 품위가 있다. 코밑에 이른바 콜맨수염을 달고 있지 않을 뿐이다. 그의 사람 대하는 태도도 몹시 부드럽고 친절하다. 그는 꽤 큰 인쇄소를 경영하고 있었다. 그의 사위되는 사람은 대구에서 제일 큰 서적 도매상이다. 그래서 그런지 그는 그때 이미 몇 권의 개인 시집을 연달아 내놓았다. 그 이후에도 수없이 많은 시집을 내놓았다. 아마 개인 시집이 많기로는 조병화와 쌍벽을 이루리라. 그리고 그때 그는 연간사회집을 호화판으로 내고도 있었다. 수지가 맞지 않을 것이 뻔한 출판이다. 여기에 나도 한 번 그해 시단의 총평을 쓴 일이 있다. 역시 청마의 주선으로 그렇게 된 듯하다.

50년대 초의 일이다. 나는 그때 경북대학에 시간강사로 출강하고 있었다. 시간강사의 얼마 안 되는 수입으로는 여관에 투숙하기가 벅찼다. 그런 사정을 짐작하고 이설주는 나에게 숙소를 제공해 줬다. 그의 인쇄소에 차려진 숙직실이 내가 대구에 머무는 동안 내 차지가 됐다. 그가 그렇게 배려해 줬다. 나는 또 간간이 그의 집으로 초대돼 가서 식사 대접을 받기도 했다. 이호우 댁에서와 같이 그도 나에게 융숭한 대접을 해주곤 했다. 알고 보니 과는 다르지만 그는 나와 대학이 동창이었다. 물론 나보다는 훨씬 선배다. 이설주의 따님이 시조시인이다. 요즘도 붓을 놓지 않고 있는 듯하다. 이설주의 미주 잔치에 그 따님이 나를 초대해 줬는데 나는 가보지 못했다. 듣건대 구순이 된 지금도 건강에는 별로 지장이 없다고 한다. 참으로 다복한 인생이라 아니할 수 없다.

정점식(鄭点植)

잠깐 중간에 화가 한 분을 모셔보기로 한다. 정점식이다.

정점식은 키가 호리호리하고 늘 웃는 낯을 하고 있다. 소탈하고 다정하다. 내가 60년대 초에 대구로 직장을 옮긴 후 책을 하나 출판하게 됐다. 교재용 시론집이다. 그 장정을 정점식이 쾌히 맡아줬다. 붉은색 단색으로 제비 꼬리 모양의 뾰족뾰족한 토막들을 몇 개 그려줬다. 특이하고 인상적이다. 나는 그에게 고맙다는 말 한마디 변변히 전하지 못했다. 그때 사정이 있었겠지만 한참 뒤에 그를 만나자 그의 수고에 보답하는 말이 내 입에서 잘 나와지지가 않았다. 뭔가 새삼스럽기만 한 느낌이 들고 왠지 건성으로만 들릴 것 같아서 망설이다가 끝내 기회를 놓치고 말았다. 그와는 그러나 자주 만나는 사이가 아니었다. 직장도 다르고 하는 일도 다르고 우리가 다 술을 좋아하지도 않았기 때문이다. 그런데 한참 뒤에 접촉이 잦아지게 됐다. 내 집 셋째가 화가 지망생이었다. 정점식의 제자로 그의 가르침을 받게 됐다. 나중에 영남대학으로 옮겨 조각을 하게 됐지만 처음에는 계명대학에서 그림을 배우고 있었다. 그런데 소년 객기라고나 할까 야외 나들이 나갔다가 친구들과 술 몇 잔을 걸친 김에 다른 패거리들과 싸움이 벌어진 모양이다. 내 집 셋째는 몸집이 우람하고 힘깨나 쓰는 편이다. 상대방 한두 놈을 몹시 패준 모양이다. 이놈들이 진단서를 붙여 고소를 했다. 그 뒤를 수습하느라고 정점식과 나는 애를 많이 썼다. 그때 느꼈지만 그는 일을 대강대강 해치우는 성미가 아닌 듯 했다. 나보다도 훨씬 더 그가 마음을 쓰고 그가 더 나서주곤 했다. 귀찮고 성가시는 교섭을 그가 훨씬 더 많이 맡아줬다. 그의 그림은 군더더기가 없고 섬세하다. 그의 성품의 발로가 아닌가 싶다.

내가 국회 문공위원회에 있었을 때 정점식이 학교 일로 하여 나에게 뭔가를 상의한 일이 있었는데 나는 그 일에 아무런 도움도 주지 못했다. 못내 마음에 걸린다. 또 하나 그의 행적 중에 퍽 인상적인 것이 있다.

나의 회갑잔치를 대구에서 경북대학의 내 제자들이 성의껏 차려준 일이 있었다. 그 잔치 자리에서 나는 뚱딴지같은 스피치를 해버렸다. 나로서는 가난한 제자들이 호주머니를 털어 이렇게 성대히 잔치를 벌여야 할 게 뭐 있느냐는 심정으로 한 소리가 오히려 그들(제자들)을 꾸짖는 소리로 오인할 표현이 되고 말았다. 나는 지금도 그때의 일을 후회하고 있다. 그런데 정점식은 전연 다른 각도에서 내 그때의 스피치를 받아들인 듯했다. 우연히 나는 그가 쓴 수필을 보게 됐다. 그때의 내 회갑잔치의 스피치에 관한 얘기다. 그는 그 스피치의 숨은 뜻을 나의 겸손함에 있었는 것처럼 해석하고 있었다. 떠벌일 필요가 없는 일을 그렇게 야단스레 해줘서 오히려 쑥스럽고 낯간지럽다고 내가 생각하고 있었다는 투의 해석이었다. 그는 독특한 스타일의 수필가이기도 하다. 그는 아주 출중한 수필집을 세상에 내놓기도 했다.

요산(樂山)과 향파(向破)

요산 金庭漢과 향파 李周洪을 만난 것은 해방 직후다. 두 분이 다 부산 거주의 소설가다. 나보다는 두 분이 다 열 살 이상 연상이시다.

해방 직후 부산에서 나온 『예술신문』이란 주간지가 있었다. 소설가 廉某가 낸 신문이다. 거기서 행사가 있어 초청을 받고 청마와 내가 나갔더니 나이 지긋한 소설가 두 분이 정답게 담소하고 있었다. 그분들은 눈이 부리부리하고 얼굴빛이 검고 음성도 탁하고 우렁차다. 거기 비하여 향파는 눈이 가늘고 얼굴빛이 깨끗하다. 음성도 밝고 차랑차랑하다. 요산에 대하여는 조금 아는 바가 있었으나 향파에 대하여는 그때까지만 해도 아는 바가 없었다.

요산은 유명한 소설 『寺下村』을 쓴 이다. 그때로부터 시종일관 그는 리얼리즘에 매달려 있었다. 해방 직후 우리가 만든 '청년문학가협회 경남지부'에는 얼씬거리지도 않았다. 그는 우익 민족진영에 대하여는 회의적이었다고 생각된다. 50년대에 접어들자 어찌된 일인지 나는 그의 주선으로 부산대학에 출강하게 됐다. 그는 그때 부산대학의 국문과 주임으로 있었다. 곧 전임이 될 수 있을 것이라는 그의 말을 믿고 나는 여비도 안 되는 강사료를 참고 견디며 1년 넘어 마산서 나다녔다. 그러나 전임은 좀처럼 되지 않았다. 나는 그때 이상한 생각을 하게 됐다. 요산은 와세다대학 고등학원(예과) 일년 수료의 학력이다. 그런데 나는 중퇴이기는 하나 대학 3년까지 다녔다. 그런데도 그는 버젓한 교수로 대접받고 있는데 나는 1년도 더 지났는데도 전임강사도 되지 못하고 있었다. 향파는 대학의 문턱도 밟아보지 못했는데도 수산대학의 교수로 대접받고 있었다. 물론 나는 그분들에 비하면 문단의 아득한 후배이기는 하다. 그러나 나를 전임으로 채용하지 않는 학교 측의 이유는 대학 중퇴의 학력이라는 것이었다. 나는 몹시 억울한 심정을 억누르지 못하고 부산대학의 출강을 그만 두게 됐다. 요산은 미안한 듯 나에게 위로의 말을 해주곤 했으나 그때는 그가 야속하기만 했다.

요산은 고석규라는 준재를 잘 다듬어 석사 과정을 마치게 하고 끝내는 부산대학에서 전임강사가 되도록까지 힘을 썼다. 애석하게도 고석규는 요절했다. 요산의 애통해하던 모습이 지금도 눈앞에 선하다. 요산은 장편소설도 쓰지 않았고 뚜렷한 주제를 붙들지 않고는 붓을 움직이지 않던 과적의 작가였다. 90이 되도록 장수를 누렸다. 운명하기 얼마 전에 텔레비전에 나온 그의 얼굴은 주름투성이였다. 마치 W.H 오든의 만년 얼굴을 보는 듯 했다.

향파는 요산과는 다르다. 신문소설도 쓰고 고전의 번안 같은 것도 해서 책으로 엮기도 했다. 인세나 고료 수입이 수월찮으리라. 향파도 나를 아껴주고 취직 알선도 더러 해주곤 했지만 번번이 성사가 되지 못했다. 나에게 운이 오지 않았는 듯했다. 그는 한문이 좋았고 고전에 정통했고 일가견을 가지고도 있었다. 요산이나 향파는 부산에서 생긴 문화단체에는 일체 관여하지 않았다. 초연했다라기보다는 아니꼽게 보고 있었지 않았나 싶다. 그러나 이 두 분에게는 많은 후진들이 따랐다. 신변은 외롭지가 않았다.

대구의 文友들

대구에서 사귄 문우들이 많다. 나 또래만 하더라도 朴薰山, 申瞳集, 全尙烈, 朴暘均, 朴柱逸, 田大雄, 金宗吉 등이다. 나보다 나이가 처지는 측으로는 曺己燮, 尹章根이 있다. 벌써 이들 중 이승을 뜬 이가 둘이나 되고 오랜 병석에 있는 이도 있다. 내가 서울에 와서 살게 된 지도 어언 17년째가 됐다. 참으로 눈 깜빡할 사이다. 이들에 관한 인상적인 장면 한둘씩 적어보기로 한다.

박훈산은 키다리다. 허리가 구부정하다. 청도 출신인데 부유한 가정에서 자랐다고 한다. 70년대 말 내가 대구에 있었을 때만 해도 아직도 고향에 남아있는 하천부지를 조금씩 처분해가며 유유히(?) 생활을 꾸려가고 있었다. 그는 늘 무료한 듯 술집을 기웃거리곤 했다. 술을 무척 좋아했다. 아니, 술이 빚는 분위기에 늘 젖어있어야만 직성이 풀리는 모양이다. 그는 또한 멋쟁이다.

내가 대구로 이사 가서 얼마 되지 않았을 때다. 그와 우연히 길에서 만났다. 술 한잔 하자는 바람에 그를 따라 길가 선술집으로 들어갔다.

보아하니 그가 쓰고 있는 등산모가 좀 별나다. 탐이 난다. 나에게 양보할 수 없겠는가고 했더니 선뜻 벗어서는 내 머리 위에 얹어주고는 맞는지 모르겠다고 한다. 조금 크기는 했으나 나는 그것을 그대로 쓰고 술집을 나섰다. 뒷날 그를 만나자 지폐 몇 장을 그의 호주머니에 찔러주면서 모자 값이라고 했더니 거절하지 않았다. 내 마음이 조금은 편해졌다. 그는 가끔 집을 나가 떠돌이 생활을 즐기는(?)듯도 했다.

신동집은 내가 마산에 살 때, 그러니까 50년대의 초에 내 집을 찾아온 일이 있었다. 어떻게 길을 알고 찾아왔는지 탄복했다. 그는 그때 군복 차림이었다. 나더러 학교에 자리 하나 주선해달라고 했다. 군복을 곧 벗는다는 것이다. 그러나 그러고는 그 뒤에 소식이 없다. 나도 그의 취직 건은 잊어버렸다.

내가 대구로 이사간 뒤부터 가장 자주 만나는 친구 중의 한 사람이 그였다. 그도 호주가였다. 술집을 해가 떨어질 때쯤 되면 기웃거리는 것이 그의 일과 중의 하나다. 그는 몸집이 좋아 역기 선수처럼 보인다. 사실 그는 역기에 있어 아마추어는 넘어선 실력을 가지고 있었다. 그의 얼굴은 언제 보아도 낙천적이다. 답답할 때 그를 보면 그 답답함이 풀린다. 허허 하고 늘 웃고 있는 것 같지만 그러나 자기 속은 속대로 챙기고 있는 그는 계산가이기도 하다. 그의 초기시는 아주 신선한 수사가 돋보였다. 릴케류의 존재론의 세계를 천착하고 있었다고 나는 보았다. 그가 80년대 초부터 혈압으로 쓰러져 지금껏 운신을 제대로 못 하고 있다니 딱하기도 하다.

전상렬은 체격도 그렇거니와 시작도 야무지다. 이 말은 군더더기가 없다는 뜻이 된다. 잘 정돈돼 있다는 뜻이다. 그는 언제나 덤비지 않고 한 발짝 비켜선 자리에 있다. 눈에 잘 띄지 않을 때가 있다. 그의 시의 행보도 그와 같다. 그가 칠곡의 시골중학교에서 교장 노릇을 하고 있을 때 우연히 들러 맛이 별난 진달래꽃술을 대접받은 일이 문득 생각난다. 내 눈에는 그때의 그가 가장 편하게 보였다.

박양균은 오랜 공무원 생활을 해서 그런지 언제 보아도 몸가짐이 단정하다. 얼굴 모습도 얌전하고 지적이다. 테 굵은 안경 때문에 그렇게 보였을까? 그에게 지나가는 말로 조금 까다로운 부탁을 했더니 끝내 일을 성취시켜 줬다. 나는 새삼 그를 다시 보게 됐다. 그의 시작도 그렇게 단정하다.

박주일과 전대웅은 함께 여행도 자주 다니고 장난도 더러 함께 하곤 했다. 술을 좋아하는 박주일은 나에게 하는 말이 있었다. '술은 인생을 배로 살게 해준다.' -이것이 그의 술타령이다. 그의 시는 빼어난 서정적 에스프리를 보여준다. 그의 시집에 내가 발문을 쓰기도 했지만 그는 그의 역량에 비하여 문단의 대접을 제대로 받지 못하고 있다.

전대웅은 영문학자요 비평가다. 왜 그만한 능력을 가두어두고만 있는지 모르겠다. 안타깝기만 하다. 얼마 전에 참으로 오랜만에 전화가 걸려왔다. 문득 생각이 났던 모양이다. 우리가 밀양의 표충사 언저리까지 장난길을 떠났던 일이 새삼 회상됐다. 그때만 해도 아직 우리는 젊었었다.

김종길은 50년대 초에 내가 경북대학에 시간강사로 잠깐 출강했을 때부터 알게 된 사이다. 진해의 해군사관학교에서 교관으로 있었던 윤일주(윤동주 시인의 계씨) 씨를 만나러 가는 길에 마산 내 집에 들러 하룻밤을 묵은 일이 있었다. 그때의 내 인상을 그는 글로 써서 발표하기도 했다. 요즘은 나와는 아주 가까이 지내고 있다. 뜻이 잘 통하기 때문이다.

조기섭과 윤장근은 대조적이다. 조기섭은 체격이 크고 머리가 일찍 벗겨져 나이보다 걸망해 보인다. 그에 비하면 윤장근은 체구가 작고 가냘프다. 얼굴도 동안이다. 조기섭은 시인이요 윤장근은 소설가다. 둘 다 수월찮은 역량을 가졌으면서도 문단적인 출세에 대한 관심이 없다. 아주 담담하다.

조기섭은 대학의 총장직을 맡아 학교 행정에도 수완을 보였다고 한다. 내가 대구를 떠난 뒤에 참으로 오랜만에 그를 만났다. 조금 초췌한 모습이었다. 윤장근은 근 20년을 보지 못하고 있다. 여전히 그 앳된 티를 그대로 지니고 있으리라. 날카롭고 정연한 그의 언술도 그대로 변함없겠지. 그는 어쩐지 내 뇌리에는 영원한 청년으로만 새겨져 있다.

- 1922년 11월 25일 경남 통영읍 서정 61번지(현 경남 통영시 동호동 61) 에서 3남1녀 중 장남으로 출생.
- 1935년 통영공립보통학교 졸업. 5년제 경성공립제일고등보통학교(4 학년때 경기공립중학교로 교명이 바뀜)에 입학.
- 1939년 11월, 졸업을 앞두고 경기공립중학교 자퇴, 일본 동경으로 건 너감.
- 1940년 4월, 동경의 일본대학 예술학원 창작과에 입학.
- 1942년 12월 일본대학 퇴학(일본 천황과 총독정치를 비방, 사상 혐의 로 요코하마 헌병대에서 1개월, 세다가야 경찰서에서 6개월간 유치되었다가 서울로 송치됨).
- 1944년 부인 명숙경 씨와 결혼.
- 1945년 통영에서 유치환, 윤이상, 김상옥, 전혁림, 정윤주 등과 통영문 화협회를 결성해 근로자를 위한 야간 중학과 유치원을 운영하 면서 연극, 음악, 문학, 미술, 무용 등의 예술운동을 전개, 극단 을 결성해 경남지방 순회공연을 하기도 함.
- 1946년 9월, 『해방 1주년 기념 사화집』에 시 「애가(哀歌)」를 발표. 조 향, 김수돈과 함께 동인사화집 『노만파(魯漫派)』 발간. 3집 발 간 후 폐간됨.
- 1948년 8월, 첫 시집 『구름과 장미』(행문사)를 자비로 간행.
- 1950년 3월, 제 2시집 『늪』(문예사) 출간.
- 1951년 7월, 제 3시집 『기(旗)』(문예사) 출간.

- 1952년 대구에서 설창수, 구상, 이정호, 김윤성 등과 시 비평지 『시와 시론』 창간. 시 「꽃」과 함께 첫 산문 「시 스타일론」 발표. 창간호로 종간됨.
- 1953년 4월, 제 4시집 『인인(隣人)』(문예사) 출간.
- 1954년 3월, 시선집 『제1시집(第一詩集)』(문예사) 출간.
    9월, 『세계근대시감상』 출간.
- 1956년 5월, 유치환, 김현승, 송욱, 고석규 등과 시 동인지 『시연구』를 발행, 고석규 씨의 타계로 창간호로 종간됨.
- 1958년 10월, 첫 시론집 『한국 현대시 형태론』(해동문화사) 출간.
    12월, 제 2회 한국시인협회상 수상.
- 1959년 4월, 문교부 교수자격 심사규정에 국어국문학과 교수 자격 인정 받음.
    6월, 제 5시집 『꽃의 소묘』(백자사) 출간. 11월, 제 6시집 『부다페스트에서의 소녀의 죽음』(춘조사) 출간.
    12월, 제 7회 유아세아문학상 수상.
- 1960년 마산 해인대학(현 경남대학교 전신) 조교수로 발령.
- 1961년 4월, 경북대학교 국어국문학과 전임 강사로 자리를 옮김.
- 1964년 경북대학교 국어국문학과 교수로 임용. 1978년까지 재직.
- 1966년 경상남도 문화상 수상.
- 1969년 11월, 제 7시집 『타령조(打令調)・기타(其他)』(문화출판사) 출간.
- 1972년 시론집 『시론』(송원문화사) 출간.
- 1974년 9월, 시선집 『처용』(민음사) 출간.
- 1976년 5월, 수상집 『빛속의 그늘』(예문관) 출간.
    8월, 시론집 『의미와 무의미』(문학과지성사) 출간.
    11월, 시선집 『김춘수 시선』(정음사) 출간.

- 1977년 4월, 시선집 『꽃의 소묘』(삼중당) 출간.

  10월, 제 8시집 『남천(南天)』(근역서재) 출간.
- 1979년 4월, 시론집 『시의 표정』(문학과지성사) 출간.

  4월, 수상집 『오지 않는 저녁』(근역서재) 출간.

  9월부터 1981년 4월까지 영남대학교 국어국문학과 교수로 재
  직.
- 1980년 1월, 수상집 『시인이 되어 나귀를 타고』(문장사) 출간.

  11월, 제 9시집 『비에 젖은 달』(근역서재) 출간.
- 1981년 4월, 국회의원(문공위원)에 피선.

  8월, 예술원 회원.
- 1982년 2월, 경북대학교에서 명예문학박사 학위 수여.

  4월, 시선집 『처용이후』(민음사) 출간.

  8월, 『김춘수 전집』 전3권(문장사) 출간.
- 1986년 7월, 『김춘수 시전집』(서문당) 출간.

  방송심의위원회 위원장에 취임한 뒤 1988년까지 재임.

  한국시인협회 회장에 취임한 뒤 1988년까지 재임.
- 1988년 4월, 제10시집 『라틴점묘(點猫)·기타(基他)』(탑출판사)
  출간.
- 1989년 10월, 시론집 『시의 이해와 작접』(고려원) 출간.
- 1990년 1월, 시선집 『샤갈의 마을에 내리는 눈』(신원문화사) 출간.
- 1991년 3월, 시론집 『시의 위상』(둥지) 출간.

  10월, 제 11시집 『처용단장(處容斷章)』(미학사) 출간.

  10월, 한국방송공사 이사로 취임하여 1993년까지 재임.
- 1992년 3월, 시선집 『돌의 볼에 볼을 대고』(탑출판사) 출간.

  10월, 은관문화훈장 수훈.
- 1993년 4월, 제 11시집 『서서 잠자는 숲』(민음사) 출간.

7월, 수상집 『예술가의 삶』(혜화당) 출간.

11월, 수상집 『여자라고 하는 이름의 바다』(제일미디어) 출간.

- 1994년 11월, 『김춘수 시전집』(민음사) 출간.
- 1995년 2월, 수상집 『사마천을 기다리며』(월간에세이) 출간.
- 1996년 2월, 제 12시집 『호(壺)』(한밭미디어) 출간.
- 1997년 1월, 제 13시집 『들림, 도스토옙스키』(민음사) 출간.

1월, 장편소설 『꽃과 여우』(민음사) 출간.

11월, 제 5회 대산문학상 수상.

- 1998년 9월, 제 12회 인촌상 수상.
- 1999년 2월, 제 14시집 『의자와 계단』(문학세계사) 출간.

4월 5일 부인 명숙경 여사 사별.

- 2001년 4월, 제 15시집 『거울 속의 천사』(민음사) 출간.
- 2002년 4월, 비평을 겸한 사화집 『김춘수 사색사화집』(현대문학) 출간.

10월, 제 16시집 『쉰한 편의 비가(悲歌)』(현대문학) 출간.

- 2004년 1월, 『김춘수 전집』(현대문학) 출간.
- 2004년 11월 29일 영면.
- 2004년 12월, 유고시집 『달개비꽃』(현대문학) 출간.

| 작품목록 |

- 1948년 8월 첫시집 『구름과 장미』, 행문사
- 1950년 3월 제2시집 『늪』, 문예사
- 1951년 7월 제3시집 『旗』, 문예사
- 1953년 4월 제4시집 『隣人』, 문예사
- 1954년 3월 시선집 『第一詩集』, 문예사
- 1954년 9월 『세계근대시감상』, 출간
- 1958년 10월 첫 시론집 『한국현대시형태론』, 해동문화사
- 1959년 6월 제5시집 『꽃의 소묘』, 백자사
- 1959년 11월 제6시집 『부다페스트에서의 少女의 죽음』, 춘조사
- 1961년 6월 시론집 『시론』, 문호당
- 1969년 11월 제7시집 『打令調·其他』, 문화출판사
- 1972년 시론집 『시론』, 송원문화사
- 1974년 9월 시선집 『處容』, 민음사
- 1976년 5월 수상집 『빛 속의 그늘』, 예문관
- 1976년 11월 『金春洙詩選』, 정음사(문고판)
- 1976년 8월 시론집 『의미와 무의미』, 문학과지성사
- 1977년 4월 시선집 『꽃의 소묘』, 삼중당(문고판)
- 1977년 10월 제8시집 『南天』, 근역서재
- 1979년 4월 시론집 『시의 표정』, 문학과지성사
- 1979년 월 『오지 않는 저녁』, 근역서재
- 1980년 1월 수상집 『시인이 되어 나귀를 타고』, 문장사

· 1980년 11월 제9시집『비에 젖은 달』, 근역서재

· 1982년 4월 시선집『처용이후』, 민음사

· 1982년 8월『김춘수 전집』전3권, 문장사

· 1985년 12월 수상집『하느님의 아들, 사람의 아들』, 현대문학

· 1986년 7월『김춘수 시전집』, 서문당

· 1988년 4월 제10시집『라틴點描·其他』, 탑출판사

· 1989년 10월 시론집『시의 이해와 작법』, 고려원

· 1990년 1월 시선집『샤갈의 마을에 내리는 눈』, 신원문화사

· 1991년 3월 시론집『시의 위상』, 둥지

· 1991년 110월 제11시집『處容斷章』, 미학사

· 1992년 3월 시선집『돌의 볼에 볼을 대고』, 탑출판사

· 1993년 4월 제12시집『서서 잠자는 숲』, 민음사

· 1993년 7월 수상집『예술가의 삶』, 혜화당

· 1993년 11월 수상집『여자라고 하는 이름의 바다』, 제일미디어

· 1994년 11월『김춘수 시전집』, 민음사

· 1995년 2월 수상집『사마천을 기다리며』, 월간 에세이

· 1996년 2월 제13시집『壺』, 한밭미디어

· 1997년 1월 제14시집『들림, 도스토옙스키』, 민음사

· 1997년 1월 장편소설『꽃과 여우』, 민음사

· 1999년 2월 제15시집『의자와 계단』, 문학세계사

· 2001년 4월 제16시집『거울 속의 천사』, 민음사

· 2002년 4월『김춘수 사색사화집』, 현대문학

· 2002년 10월 제17시집『쉰한 편의 悲歌』, 현대문학

· 2004년 2월『김춘수 시전집』『김춘수 시론전 1Ⅱ집』, 현대문학

· 2004년 12월 유고시집『달개비꽃』, 현대문학

· 2005년 1월 대표에세이집『왜 나는 시인인가』, 현대문학

| 주요연구목록 |

〈 잡지 · 단행본 〉

· 권기호 외 『김춘수연구』, 학문사, 1982.

· 권영민 「인식으로서의 시와 시에 대한 인식」, 세계의 문학, 1982. 12.

· 권혁웅 「어둠 저 너머 세계의 분열과 화해, 무의미시와 그 이후 - 김춘
        수론」, 문학사상, 1997. 2.

· 금동철 「 '예수 드라마' 와 인간의 비극성」, 『구원의 시학』, 새미, 2000.

· 김두한 『김춘수의 시세계』, 문창사, 1993.

· 김용태 「김춘수 시의 존재론과 Heidegger와의 거리(其一)」, 『어문학
        교육12집』, 1990. 7.
        「김춘수 시의 존재론과 Heidegger와의 거리(其二)」, 『수련어문
        논집 17집』, 1990. 5.

· 김열규 「꽃이 피운 서정」, 『심상』, 1977. 9.
        「단층 너머 두 개의 시학, 서정주와 김춘수의 시전집」, 『세계의
        문학』, 1995. 봄.

· 김영태 「처용단장에 관한 노우트」, 『현대시학』, 1978. 2.

· 김인환 「김춘수의 장르의식」, 『한국현대시문학대계25-김춘수』, 지식
        산업사, 1987.

· 김종길 「탐색을 멈추지 않는 시인 - 김춘수론」, 『시와 시인들』, 민음사,
        1997.

· 김주연 「명상적 집중과 추억」, 『처용』, 민음사, 1974.

　　　「김춘수와 고은의 변모」, 『변동사회와 작가』, 문학과지성사, 1979.

· 김준오 「처용시학-김춘수의 무의미시론고」, 『부산대논문집』 29, 1980. 6.
　　　「변신과 익명-김춘수의 시적 가면」, 『가면의 해석학』, 이우출판사, 1985.
　　　「김춘수의 의미시와 소외현상학」, 『도시사와 해체시』, 문학과비평사, 1992.

· 김　현 「김춘수의 유년시절의 시」, 『문학과 유토피아』, 문학과지성사, 1991.
　　　「김춘수와 시적 변용」, 『상상력 인간』, 문학과지성사, 1991.

· 김현자 「김춘수 시의 구조와 청자의 반응」, 『한국시의 감각과 미적 거리』, 문학과지성사, 1997.

· 남기혁 「김춘수 전기시의 자아 인식과 미적 근대성: 무의미시로 이르는 길」, 『한국현대시의 비판적 연구』, 월인, 2001.
　　　「김춘수의 무의미시론 연구」, 『한국현대시의 비판적 연구』, 월인, 2001.

· 노　철 『한국현대시 창작방법연구: 김수영, 김춘수, 서정주』, 월인 2001.

· 동시영 「〈처용단장〉의 울음 계열체와 구조」, 『1950년대 한국문학연구』, 보고사, 1997.

· 류순태 「1950년대 김춘수 시에서의 '눈' / '눈짓' 의 의미 고찰」, 『관악어문연구』 24집.

· 문혜원 「김춘수론-절대순수의 세계와 인간적인 울림의 조화」, 『문학사상』, 1990. 8.
　　　「김춘수의 시와 시론에 나타나는 이미지 연구」, 『한국문학과 모더니즘』, 한양출판, 1994.

「하이데거의 영향을 중심으로 한 김춘수 시의 실존론적인 분석」, 비교문학 20호, 1995.

· 박윤우「김춘수의 시론과 현대적 서정시학의 형성」, 『한국현대시론사』, 모음사, 1992.

· 박철희「김춘수 시의 문법」, 『서정과 인식』, 이우, 1982.

· 서준섭「순수시의 향방-1960년대 이후의 김춘수의 시세계」, 『작가세계』, 1997. 여름.

· 신범순「무화과나무의 언어」, 『한국현대시의 퇴폐와 작은 주체』, 신구문화사, 1998.

· 신상철「김춘수의 시세계와 그 변모」, 『현대시 연구와 비평』, 경남대 출판부, 1996.

· 오규원「김춘수의 무의미시」, 『현대시학』, 1973. 6.

· 원형갑「김춘수와 무의미의 기본구조」, 『현대시론총』, 형설출판사, 1982.

· 윤재웅「머릿속의 여우, 그리고 꿈꾸는 숲」, 『현대시』, 1993. 2.

· 윤정구「무의미시의 깊은 뜻, 혹은 반짝거림」, 『한국현대시인을 찾아서』, 국학자료원, 2001.

· 이기철「김춘수 시의 독법」, 『현대시』, 1991. 3.

· 이남호「김춘수의 『시의 위상』에 대하여」, 『세계의문학』, 1991. 여름.

· 이미순「김춘수의 〈꽃〉에 대한 해체론적 독서」, 『梧薰 趙恒 화갑기념 논총』, 보고사, 1997.

· 이숭원「생명의 속살, 죽음의 그늘」, 『현대시』, 1993. 12.
　　　　「인간 존재의 보편적 욕망」, 『시와시학』, 1992. 봄

· 이승훈「존재의 해명- 김춘수의 꽃」, 『현대시학』, 1974. 2.
　　　　「김춘수, 시선과 응시의 매혹」, 『작가세계』, 1997. 여름.
　　　　「전후 모더니즘 운동의 두 흐름」, 『문학사상』, 1999. 6.

「김춘수의 〈처용단장〉」,『현대시학』, 2000. 10.

　　　『한국모더니즘시사』, 문예출판사, 2000.

· 이어령「우주론적 언술로서의 〈처용가〉」,『시 다시 읽기』, 문학사상사, 1995.

· 이은정「처용과 역사, 그 불화의 시학 - 김춘수의 처용단장론」,『구조와분석』, 창, 1993.

· 이창민『양식과 심상: 김춘수와 정지용 시의 동적 체계』, 월인, 2000.

· 이태수「김춘수의 근작, 기타」,『현대시학』, 1978. 8.

· 정효구「김춘수 시의 변모과정 연구」, 개신어문연구, 충북대, 1996.

· 조남현「1960년대 시와 의식의 내면화 문제」, 건국어문학 11, 12, 1987. 4.

　　　「순수참여 논쟁」,『한국근현대문학연구입문』, 한길사, 1990.

· 조영복「여우, 장미를 찾아가다-김춘수의 문학적 연대기」,『작가세계』, 1997. 여름.

· 조명제「존재와 유토피아, 그 쓸쓸함의 거리-김춘수의 시세계」,『시와비평』, 1990. 봄.

· 채규판「김춘수, 문덕수, 송욱의 실험정신」,『한국현대비교시이론』, 탐구당, 1982.

· 최라영「산홋빛 애벌레의 날아오르기-김춘수론」, 대한매일신문신춘문예, 2002.

　　　「나는 바다가 될 수 있을까-김춘수론」,『오늘의문예비평』, 2003. 여름.

· 최원식「김춘수시의 의미와 무의미」,『한국현대시사연구』, 김용직 공저.

| 학위논문 |

─ 박사학위논문

· 김의수 「김춘수 시에서의 상호텍스트성 연구」, 서울대박사, 2003.

· 이민호 「현대시의 담화론적 연구-김수영·김춘수·김종삼의 시를 대상
　　　　으로」, 서강대박사, 2001.

· 이은정 「김춘수와 김수영 시학의 대비적 연구」, 이화여대박사, 1993.

· 이인영 「김춘수와 고은 시의 허무의식 연구」, 연세대박사, 1999.

· 진수미 「김춘수 무의미시의 시작 방법 연구-화학적 방법론을 중심으
　　　　로」, 서울시립대박사, 2003.

· 최라영 「김춘수의 무의미시 연구」, 서울대박사, 2004. 8.

─ 석사학위논문

· 고경희 「김춘수 시의 언어기호학적 해석」, 건국대석사, 1993.

· 김예리 「김춘수 시에서의 '무한' 의 의미 연구」, 서울대석사, 2004.

· 서진영 「김춘수 시에 나타난 나르시시즘 연구」, 서울대석사, 1998.

· 손자희 「김춘수 시 연구-이미지를 중심으로」 중앙대석사, 1983.

· 윤지영 「김춘수 시 연구-〈무의미시〉 시의 의미」, 서강대석사, 1998.

· 이경민 「김춘수 시의 공간 연구」, 중앙대석사, 2001.

· 이은정 「김춘수의 시적 대상에 대한 연구」, 이화여대석사, 1995.

· 장광수 「김춘수 시에 나타난 유년 이미지의 변용」, 경북대석사, 1988.

· 정유화 「김춘수 시의 기호학적 구조연구」, 중앙대석사, 1990. 12.

· 조명제 「김춘수 시의 현상학적 연구」, 중앙대석사, 1983.

· 황유숙 「김춘수 시의 의식현상 연구」, 성신여대석사, 1998.
· 현승춘 「김춘수의 시세계와 은유구조」, 제주대석사, 1993.

정리 : 김지선(문학평론가)